Robi

de
DANIEL DEFOE

Ilustrado por Dino Di Lena

Índice

- CAPÍTULO I. 5
- CAPÍTULO II. 17
- CAPÍTULO III. 27
- CAPÍTULO IV. 41
- CAPÍTULO V. 57
- CAPÍTULO VI. 67
- CAPÍTULO VII. 79
- CAPÍTULO VIII. 87
- CAPÍTULO IX. 95
- CAPÍTULO X. 109
- CAPÍTULO XI. 117
- CAPÍTULO XII. 127
- CAPÍTULO XIII. 139
- CAPÍTULO XIV. 139
- CAPÍTULO XV. 161
- CAPÍTULO XVI. 173
- CAPÍTULO XVII. 187
- CAPÍTULO XVIII. 199
- CAPÍTULO XIX. 213
- CAPÍTULO XX. 225

CAPÍTULO I.

Primeras aventuras de Robinson

Nací en 1632, en la ciudad de York, de una buena familia, aunque no de la región, pues mi padre era un extranjero de Brema que, inicialmente, se asentó en Hull. Allí consiguió hacerse con una considerable fortuna como comerciante y, más tarde, abandonó sus negocios y se fue a vivir a York, donde se casó con mi madre, que pertenecía a la familia Robinson, una de las buenas familias del condado de la cual obtuve mi nombre, Robinson Kreutznaer. Mas, por la habitual alteración de las palabras que se hace en Inglaterra, ahora nos llaman y nosotros también nos llamamos y escribimos nuestro nombre Crusoe; y así me han llamado siempre mis compañeros.
Tenía dos hermanos mayores, uno de ellos fue coronel de un regimiento de infantería inglesa en Flandes, que antes había estado bajo el mando del célebre coronel Lockhart, y murió en la batalla de Dunkerque contra los españoles. Lo que fue de mi segundo hermano, nunca lo he sabido al igual que mi padre y mi madre tampoco supieron lo que fue de mí. Como yo era el tercer hijo de la familia y no me había educado en ningún oficio, desde muy pequeño me pasaba

la vida divagando. Mi padre, que era ya muy anciano, me había dado una buena educación, tan buena como puede ser la educación en casa y en las escuelas rurales gratuitas, y su intención era que estudiara leyes. Pero a mí nada me entusiasmaba tanto como el mar, y dominado por este deseo, me negaba a acatar la voluntad, las órdenes, más bien, de mi padre y a escuchar las súplicas y ruegos de mi madre y mis amigos. Parecía que hubiese algode fatalidad en aquella propensión natural que me encaminaba a la vida de sufrimientos y miserias que habría de llevar. Mi padre, un hombre prudente y discreto, me dio sabios y excelentes consejos para disuadirme de llevar a cabo lo que, adivinaba, era mi proyecto. Una mañana me llamó a su recámara, donde le confinaba la gota, y me instó amorosamente, aunque con vehemencia, a abandonar esta idea. Me preguntó qué razones podía tener, aparte de una mera vocación de vagabundo, para abandonar la casa paterna y mi país natal, donde sería bien acogido y podría, con dedicación e industria, hacerme con una buena fortuna y vivir una vida cómoda y placentera. Me dijo que sólo los hombres desesperados, por un lado, o extremadamente ambiciosos, por otro, se iban al extranjero en busca de aventuras, para mejorar su estado mediante empresas elevadas o hacerse famosos realizando obras que se salían del camino habitual; que yo estaba muy por encima o por debajo de esas cosas; que mi estado era el estado medio, o lo que se podría llamar el nivel más alto de los niveles bajos, que, según su propia experiencia, era el mejor estado del mundo y el más apto para la felicidad, porque no estaba expuesto a las miserias, privaciones, trabajos ni sufrimientos del sector más vulgar de la humanidad; ni a la vergüenza, el orgullo, el lujo, la ambición ni la envidia de los que pertenecían al sector más alto. Me dijo que podía juzgar por mí mismo la felicidad de este estado, siquiera por un hecho; que este era un estado que el resto de las personas envidiaba; que los reyes a menudo se lamentaban de las consecuencias de haber nacido para grandes propósitos y deseaban haber nacido en el medio de los dos extremos, entre los viles y los grandes; y que el sabio daba testimonio de esto, como el justo parámetro de la verdadera felicidad, cuando rogaba no ser ni rico ni pobre. Me urgió a que me fijara y me diera cuenta de que los estados superiores e inferiores de la humanidad siempre sufrían calamidades en la vida, mientras que el estado medio padecía menos desastres y estaba menos expuesto a las vicisitudes que los estados más altos y los más bajos; que no padecía tantos desórdenes y desazones del cuerpo y el alma, como los que, por un lado, llevaban una vida llena de vicios, lujos y extravagancias, o los que, por el otro, sufrían por el trabajo excesivo, la necesidad y la falta o insuficiencia de alimentos y, luego, se enfermaban por las consecuencias naturales del tipo de vida que llevaban; que el estado medio de la vida proveía todo tipo de virtudes y deleites; que la paz y la plenitud estaban al servicio de una fortuna media; que la templanza, la moderación, la calma, la salud, el sosiego, todas las diversiones agradables y todos los placeres deseables eran las bendiciones que aguardaban a la vida en el estado medio; que, de este modo, los hombres pasaban tranquila y silenciosamente por el mundo y partían cómodamente de él, sin avergonzarse de la labor realizada por sus manos o su mente, ni venderse como esclavos por el pan de cada día, ni padecer el agobio de las circunstancias adversas que le roban la paz al alma y el descanso al cuerpo; que no sufren por la envidia ni la secreta quemazón de la ambición por las grandes cosas, más bien, en circunstancias agradables, pasan suavemente por el mundo, saboreando a conciencia las dulzuras de la vida, y no sus amarguras, sintiéndose felices y dándose cuenta, por las experiencias de cada día, de que realmente lo son.

Después de esto, me rogó encarecidamente y del modo más afectuoso posible, que no actuara como un niño, que no me precipitara a las miserias de las que la naturaleza y el estado en el que había nacido me eximían. Me dijo que no tenía ninguna necesidad de buscarme el pan; que él sería bueno conmigo y me ayudaría cuanto pudiese a entrar felizmente en el estado de la vida que me había estado aconsejando; y que si no me sentía feliz y cómodo en el mundo, debía ser simplemente por mi destino o por mi culpa; y que él no se hacía responsable de nada porque había cumplido con su deber, advirtiéndome sobre unas acciones que, él sabía, podían perjudicarme. En pocas palabras, que así como sería bueno conmigo si me quedaba y me asentaba en casa como él decía, en modo alguno se haría partícipe de mis desgracias, animándome a que me fuera. Para finalizar, me dijo que tomara el ejemplo de mi hermano mayor, con quien había empleado inútilmente los mismos argumentos para disuadirlo de que fuera a la guerra en los Países Bajos, quien no pudo controlar sus deseos de juventud y se alistó en el ejército, donde murió; que aunque no dejaría de orar por mí, se atrevía a decirme que si no desistía de dar un paso tan absurdo, no tendría la bendición de Dios; y que en el futuro, tendría tiempo para pensar que no había seguido su consejo cuando tal vez ya no hubiera nadie que me pudiese ayudar. Me di cuenta, en esta última parte de su discurso, que fue verdaderamente profético, aunque supongo que mi padre no lo sabía en ese momento; decía que pude ver que por el rostro de mi padre bajaban abundantes lágrimas, en especial, cuando hablaba de mi hermano muerto; y cuando me dijo que ya tendría tiempo para arrepentirme y que no habría nadie que pudiese ayudarme, estaba tan conmovido que se le quebró la voz y tenía el corazón tan oprimido, que ya no pudo decir nada más.

Me sentí sinceramente emocionado por su discurso, ¿y quién no?, y decidí no pensar más en viajar sino en establecerme en casa, conforme con los deseos de mi padre. Mas, ¡ay!, a los pocos días cambié de opinión y, para evitar que mi padre me siguiera importunando, unas semanas después, decidí huir de casa. Sin embargo, no actué precipitadamente, ni me dejé llevar por la urgencia de un primer impulso. Un día, me pareció que mi madre se sentía mejor que de ordinario y, llamándola aparte, le dije que era tan grande mi afán por ver el mundo, que nunca podría emprender otra actividad con la determinación necesaria para llevarla a cabo; que mejor era que mi padre me diera su consentimiento a que me forzara a irme sin él; que tenía dieciocho años, por lo que ya era muy mayor para empezar como aprendiz de un oficio o como ayudante de un abogado; y que estaba seguro de que si lo hacía, nunca lo terminaría y, en poco tiempo, huiría de mi maestro para irme al mar. Le pedí que hablara con mi padre y le persuadiera de dejarme hacer tan solo un viaje por mar. Si regresaba a casa porque no me gustaba, jamás volvería a marcharme y me aplicaría doblemente para recuperar el tiempo perdido.

Estas palabras enfurecieron a mi madre. Me dijo que no tenía ningún sentido hablar con mi padre sobre ese asunto pues él sabía muy bien cuál era mi interés en que diera su consentimiento para algo que podía perjudicarme tanto; que ella se preguntaba cómo podía pensar algo así después de la conversación que había tenido con mi padre y de las expresiones de afecto y ternura que había utilizado conmigo; en pocas palabras, que si yo quería arruinar mi vida, ellos no tendrían forma de evitarlo pero que tuviera por cierto que nunca tendría su consentimiento para hacerlo; y que, por su parte, no quería hacerse partícipe de mi destrucción para que nunca pudiese decirse que mi madre había accedido a algo a lo que mi padre se había opuesto.

Aunque mi madre se negó a decírselo a mi padre, supe después que se lo había contado todo y que mi padre, muy acongojado, le dijo suspirando:

—Ese chico sería feliz si se quedara en casa, pero si se marcha, será el más miserable y desgraciado de los hombres. No puedo darle mi consentimiento para esto.

En menos de un año me di a la fuga. Durante todo ese tiempo me mantuve obstinadamente sordo a cualquier proposición encaminada a que me asentara. A menudo discutía con mi padre y mi madre sobre su rígida determinación en contra de mis deseos. Mas, cierto día, estando en Hull, a donde había ido por casualidad y sin ninguna intención de fugarme; estando allí, como digo, uno de mis amigos, que se embarcaba rumbo a Londres en el barco de su padre, me invitó a acompañarlos, con el cebo del que ordinariamente se sirven los marineros, es decir, diciéndome que no me costaría nada el pasaje. No volví a consultarle a mi padre ni a mi madre, ni siquiera les envié recado de mi decisión. Más bien, dejé que se enteraran como pudiesen y sin encomendarme a Dios o a mi padre, ni considerar las circunstancias o las consecuencias, me embarqué el primer día de septiembre de 1651, día funesto, ¡Dios lo sabe!, en un barco con destino a Londres.

Creo que nunca ha existido un joven aventurero cuyos infortunios empezasen tan pronto y durasen tanto tiempo como los míos. Apenas la embarcación había salido del puerto, se levantó un fuerte vendaval y el mar comenzó a agitarse con una violencia aterradora. Como nunca antes había estado en el mar, empecé a sentir un malestar en el cuerpo y un terror en el alma muy difíciles de expresar. Comencé entonces a pensar seriamente en lo que había hecho y en que estaba siendo justamente castigado por el Cielo por abandonar la casa de mi padre y mis obligaciones. De repente recordé todos los buenos consejos de mis padres, las lágrimas de mi padre y las súplicas de mi madre. Mi corazón, que aún no se había endurecido, me reprochaba por haber desobedecido a sus advertencias y haber olvidado mi deber hacia Dios y hacia mi padre.

Mientras tanto, la tormenta arreciaba y el mar, en el que no había estado nunca antes, se encrespó muchísimo, aunque nada comparado con lo que he visto otras veces desde entonces; no, ni con lo que vi pocos días después. Sin embargo, era suficiente para asustarme, pues entonces apenas era un joven navegante que jamás había visto algo así. A cada ola, esperaba que el mar nos tragara y cada vez que el barco caía en lo que a mí me parecía el fondo del mar, pensaba que no volvería a salir a flote. En esta agonía física y mental, hice muchas promesas y resoluciones. Si Dios quería salvarme la vida en este viaje, si volvía a pisar tierra firme, me iría directamente a casa de mi padre y no volvería a montarme en un barco mientras viviese; seguiría sus consejos y no volvería a verme sumido en la miseria. Ahora veía claramente la bondad de sus argumentos a favor del estado medio de la vida y lo fácil y confortablemente que había vivido sus días, sin exponerse a tempestades en el mar ni a problemas en la tierra. Decidí que, como un verdadero hijo pródigo arrepentido, iría a la casa de mi padre.

Estos pensamientos sabios y prudentes me acompañaron lo que duró la tormenta, incluso, un tiempo después. No obstante, al día siguiente, el viento menguó, el mar se calmó y yo comenzaba a acostumbrarme al barco. Estuve bastante circunspecto todo el día porque aún me sentía un poco mareado, pero hacia el atardecer, el tiempo se despejó, el viento amainó y siguió una tarde encantadora. Al ponerse el sol, el cielo estaba completamente despejado y así siguió hasta el amanecer. No había viento, o casi nada y el sol se reflejaba luminoso sobre la tranquila superficie del mar. En estas condiciones, disfruté del espectáculo más deleitoso que jamás hubiera visto.

Había dormido bien toda la noche y ya no estaba mareado sino más bien animado, contemplando con asombro el mar, que había estado tan agitado y terrible el día anterior, y que, en tan poco tiempo se había tornado apacible y placentero. Entonces, como para evitar que prosiguiera en mis buenos propósitos, el compañero que me había incitado a partir, se me acercó y me dijo: -Bueno, Bob -dijo dándome una palmada en el hombro-, ¿cómo te sientes después de esto? Estoy seguro de que anoche, cuando apenas soplaba una ráfaga de viento, estabas asustado, ¿no es cierto?

-¿Llamarías a eso una ráfaga de viento? -dije yo-, aquello fue una tormenta terrible.

-¿Una tormenta, tonto? -me contestó-, ¿llamas a eso una tormenta? Pero si no fue nada; teniendo un buen barco y estando en mar abierto, no nos preocupamos por una borrasca como esa. Lo que pasa es que no eres más que un marinero de agua dulce, Bob. Ven, vamos a preparar una jarra de ponche y olvidémoslo todo. ¿No ves qué tiempo maravilloso hace ahora? Para abreviar esta penosa parte de mi relato, diré que hicimos lo que habitualmente hacen los marineros. Preparamos el ponche y me emborraché y, en esa noche de borrachera, ahogué todo mi remordimiento, mis reflexiones sobre mi conducta pasada y mis resoluciones para el futuro. En pocas palabras, a medida que el mar se calmaba después de la tormenta, mis atropellados pensamientos de la noche anterior comenzaron a desaparecer y fui perdiendo el temor a ser tragado por el mar. Entonces, retornaron mis antiguos deseos y me olvidé por completo de las promesas que había hecho en mi desesperación. Aún tuve algunos momentos de reflexión en los que procuraba recobrar la sensatez pero, me sacudía como si de una enfermedad se tratase. Dedicándome de lleno a la bebida y a la compañía, logré vencer esos ataques, como los llamaba entonces y en cinco o seis días logré una victoria total sobre mi conciencia, como lo habría deseado cualquier joven que hubiera decidido no dejarse abatir por ella. Pero aún me faltaba superar otra prueba y la Providencia, como suele hacer en estos casos, decidió dejarme sin la menor excusa. Si no había tomado lo sucedido como una advertencia, lo que vino después, fue de tal magnitud, que hasta el más implacable y empedernido miserable, habría advertido el peligro y habría implorado misericordia.

Al sexto día de navegación, llegamos a las radas de Yarmouth. Como el viento había estado contrario y el tiempo tan calmado, habíamos avanzado muy poco después de la tormenta. Allí tuvimos que anclar y allí permanecimos, mientras el viento seguía soplando contrario, es decir, del sudoeste, a lo largo de siete u ocho días, durante los cuales, muchos barcos de Newcastle llegaron a las mismas radas, que eran una bahía en la que los barcos, habitualmente, esperaban a que el viento soplara favorablemente para pasar el río.

Sin embargo, nuestra intención no era permanecer allí tanto tiempo, sino remontar el río. Pero el viento comenzó a soplar fuertemente y, al cabo de cuatro o cinco días, continuó haciéndolo con mayor intensidad. No obstante, las radas se consideraban un lugar tan seguro como los puertos, estábamos bien anclados y nuestros aparejos eran resistentes, por lo que nuestros hombres no se preocupaban ni sentían el más mínimo temor; más bien, se pasaban el día descansando y divirtiéndose del modo en que lo hacen los marineros. En la mañana del octavo día, el viento aumentó y todos pusimos manos a la obra para nivelar el mástil y aparejar todo para que el barco resistiera lo mejor posible. Al

mediodía, el mar se levantó tanto, que el castillo de proa se sumergió varias veces y en una o dos ocasiones pensamos que se nos había soltado el ancla, por lo que el capitán ordenó que echáramos la de emergencia para sostener la nave con dos anclas a proa y los cables estirados al máximo.
Se desató una terrible tempestad y, entonces, empecé a vislumbrar el terror y el asombro en los rostros de los marineros. El capitán, aunque estaba al tanto de las maniobras para salvar el barco, mientras entraba y salía de su camarote, que estaba junto al mío, murmuraba para sí: «Señor, ten piedad de nosotros, es el fin, estamos perdidos», y cosas por el estilo. Durante estos primeros momentos de apuro, me comporté estúpidamente, paralizado en mi cabina, que estaba en la proa; no soy capaz de describir cómo me sentía. Apenas podía volver a asumir el primer remordimiento, del que, aparentemente, había logrado liberarme y contra el que me había empecinado. Pensé que había superado el temor a la muerte y que esto no sería nada, como la primera vez, mas cuando el capitán se me acercó, como acabo de decir, y dijo que estábamos perdidos, me sentí aterrorizado. Me levanté, salí de mi camarote y miré a mi alrededor; nunca había visto un espectáculo tan desolador. Las olas se elevaban como montañas y nos abatían cada tres o cuatro minutos; lo único que podía ver a mi alrededor era desolación. Dos barcos que estaban cerca del nuestro habían tenido que cortar sus mástiles a la altura del puente, para no hundirse por el peso, y nuestros hombres gritaban que un barco, que estaba fondeado a una milla de nosotros, se había hundido. Otros dos barcos que se habían zafado de sus anclas eran peligrosamente arrastrados hacia el mar sin siquiera un mástil. Los barcos livianos resistían mejor porque no sufrían tanto los embates del mar pero dos o tres de ellos se fueron a la deriva y pasaron cerca de nosotros, con solo el foque al viento.
Hacia la tarde, el piloto y el contramaestre le pidieron al capitán de nuestro barco que les permitiera cortar el palo del trinquete, a lo que el capitán se negó. Más cuando el contramaestre protestó diciendo que si no lo hacían, el barco se hundiría, accedió. Cuando cortaron el palo, el mástil se quedó tan al descubierto y desestabilizó la nave de tal modo, que se vieron obligados a cortarlo también y dejar la cubierta totalmente arrasada.
Cualquiera podría imaginarse cómo me sentía en este momento, pues no era más que un aprendiz de marinero, que tan solo unos días antes se había aterrorizado ante muy poca cosa. Pero si me es posible expresar, al cabo de tanto tiempo, lo que pensaba entonces, diré que estaba diez veces más asustado por haber abandonado mis resoluciones y haber retomado mis antiguas convicciones, que por el peligro de muerte ante el que me encontraba. Todo esto, sumando al terror de la tempestad, me puso en un estado de ánimo, que no podría describir con palabras. Pero aún no había ocurrido lo peor, pues la tempestad se ensañaba con tal furia que los propios marineros admitían que

nunca habían visto una peor. Teníamos un buen barco pero llevábamos demasiado peso y esto lo hacía bambolearse tanto, que los marineros, a cada rato, gritaban que se iría a pique. Esto obraba a mi favor porque no sabía lo que quería decir «irse a pique» hasta que lo pregunté. La tempestad arreciaba tanto que pude ver algo que no se ve muy a menudo: el capitán, el contramaestre y algunos otros más sensatos que los demás, se pusieron a rezar, esperando que, de un momento a otro, el barco se hundiera. A medianoche, y para colmo de nuestras desgracias, uno de los hombres que había bajado a ver la situación, gritó que teníamos una grieta y otro dijo que teníamos cuatro pies de agua en la bodega. Entonces nos llamaron a todos para poner en marcha la bomba. Al oír esta palabra, pensé que me moría y caí de espaldas sobre uno de los costados de mi cama, donde estaba sentado. Sin embargo, los hombres me levantaron y me dijeron que, ya que no había hecho nada antes, que muy bien podía ayudar con la bomba como cualquiera de ellos. Al oír esto, me levanté rápidamente, me dirigí a la bomba y me puse a trabajar con todas las fuerzas de mi corazón. Mientras tanto, el capitán había divisado unos pequeños barcos carboneros que no podían resistir la tormenta anclados y tuvieron que lanzarse al mar abierto. Cuando pasaron cerca de nosotros, ordenó disparar un cañonazo para pedir socorro.

Yo, que no tenía idea de lo que eso significaba, me sorprendí tanto que pensé que el barco se había quebrado o que algo espantoso había ocurrido. En pocas palabras, me sorprendió tanto que me desmayé. En ese momento, cada cual velaba por su propia vida, de modo que nadie se preocupó por mí o por lo que pudiera pasarme. Un hombre se acercó a la bomba y apartándome con el pie, me dejó allí tendido, pensando que había muerto; y pasó un buen rato antes de que recuperara el sentido.

Seguimos trabajando pero el agua no cesaba de entrar en la bodega y era evidente que el barco se hundiría. Aunque la fuerza de la tormenta comenzó a disminuir un poco, no era posible que el barco pudiera llegar a puerto, por lo que el capitán siguió disparando cañonazos en señal de auxilio. Un barco pequeño, que se había soltado justo delante de nosotros, envió un bote para rescatarnos. Con gran dificultad, el bote se aproximó a nosotros pero no podía mantenerse cerca del barco ni nosotros subir a bordo. Por fin, los hombres que iban en el bote comenzaron a remar con todas sus fuerza, arriesgando su vida para salvarnos, y nuestros hombres les lanzaron un cable con una boya por popa. Después de muchas dificultades, pudieron asirlo y así los acercamos hasta la popa y conseguimos subir a bordo. Ni ellos ni nosotros le vimos ningún sentido a tratar de llegar hasta su nave así que acordamos dejarnos llevar por la corriente, limitándonos a enderezar el bote hacia la costa lo más que pudiéramos. Nuestro capitán les prometió que, si el bote se destrozaba al llegar a la orilla, él se haría cargo de indemnizar a su capitán. Así, pues, con la ayuda de los remos y la corriente, nuestro bote fue avanzando hacia el norte, en dirección oblicua a la costa, hasta Winterton Ness.

No había transcurrido mucho más de un cuarto de hora desde que abandonáramos nuestro barco, cuando lo vimos hundirse. Entonces comprendí, por primera vez, lo que significa «irse a pique». Debo reconocer que no pude levantar la vista cuando los marineros me dijeron que se estaba hundiendo. Desde el momento en que me subieron en el bote, porque no puedo decir que yo lo hiciera, sentía que mi corazón estaba como muerto dentro de mí, en parte por el miedo y en parte por el horror de lo que según pensaba aún me aguardaba.

Mientras estábamos así, los hombres seguían remando para acercar el bote a la costa y podíamos ver, cuando subíamos a la cresta de una ola, que había un montón de gente en la orilla, corriendo de un lado a otro para socorrernos cuando llegáramos. Pero nos movíamos muy lentamente y no nos acercamos a la orilla hasta pasado el faro de Winterton, donde la costa hace una entrada hacia el oeste en dirección a Cromer. Allí, la tierra nos protegía del viento y pudimos llegar a la orilla. Con mucha dificultad, desembarcamos a salvo y, después, fuimos andando hasta Yarmouth, donde, como a hombres desafortunados que éramos, nos trataron con gran humanidad; desde los magistrados del pueblo, que nos proveyeron buen alojamiento, hasta los comerciantes y dueños de barcos, que nos dieron suficiente dinero para llegar a Londres o Hull, según lo deseáramos.

Si hubiese tenido la sensatez de regresar a Hull y volver a casa, habría sido feliz y mi padre, como emblema de la parábola de nuestro bendito Redentor, habría matado su ternero más cebado en mi honor, pues pasó mucho tiempo desde que se enteró de que el barco en el que me había escapado se había hundido en la rada de Yarmouth, hasta que supo que no me había ahogado.

Sin embargo, mi cruel destino me empujaba con una obstinación que no cedía ante nada. Aunque muchas veces sentí los llamados de la razón y el buen juicio para que regresara a casa, no tuve la fuerza de voluntad para hacerlo. No sé cómo definir esto, ni me atrevo a decir que se trata de una secreta e inapelable sentencia que nos empuja a obrar como instrumentos de nuestra propia destrucción y abalanzarnos hacia ella con los ojos abiertos, aunque la tengamos de frente. Ciertamente, solo una desgracia semejante, insoslayable por decreto y de la que en modo alguno podía escapar, pudo haberme obligado a seguir adelante, en contra de los serenos razonamientos y avisos de mi conciencia y de las dos advertencias que había recibido en mi primera experiencia.

Mi compañero, que antes me había ayudado a fortalecer mi decisión y que era hijo del capitán, estaba menos decidido que yo. La primera vez que me habló, que no fue hasta pasados tres o cuatro días de nuestro desembarco en

Yarmouth, puesto que en el pueblo nos separaron en distintos alojamientos; como decía, la primera vez que me vio, me pareció notar un cambio en su tono. Con un aspecto melancólico y un movimiento de cabeza me preguntó cómo estaba, le dijo a su padre quién era yo y le explicó que había hecho este viaje a modo de prueba para luego embarcarme en un viaje más largo. Su padre se volvió hacia mí con un gesto de preocupación: -Muchacho -me dijo-, no debes volver a embarcarte nunca más. Debes tomar esto como una señal clara e irrefutable de que no podrás ser marinero.
-Pero señor -le dije-, ¿acaso no pensáis volver al mar?
-Mi caso es diferente -dijo él-, esta es mi vocación y, por lo tanto, mi deber. Más, si tú has hecho este viaje como prueba, habrás visto que el cielo te ha dado muestras suficientes de lo que te espera si insistes. Tal vez esto nos haya pasado por tu culpa, como pasó con Jonás en el barco que lo llevaba a Tarsis. Pero dime, por favor, ¿quién eres y por qué te has embarcado?
Entonces, le relaté parte de mi historia, al final de la cual, estalló en un extraño ataque de cólera y dijo:
-¿Qué habré hecho yo para que semejante infeliz se montara en mi barco? No pondría un pie en el mismo barco que tú otra vez ni por mil libras esterlinas. Esto fue, como pensaba, una explosión de sus emociones, aún alteradas por la sensación de pérdida, que había rebasado los límites de su autoridad hacia mí. Sin embargo, luego habló serenamente conmigo, me exhortó a que regresara junto a mi padre y no volviera a desafiar a la Providencia, ya que podía ver claramente que la mano del cielo había caído sobre mí.
-Y, muchacho dijo-, ten en cuenta lo que te estoy diciendo. Si no regresas, a donde quiera que vayas solo encontrarás desastres y decepciones hasta que se hayan cumplido cabalmente las palabras de tu padre.
Poco después nos separamos sin que yo pudiese contestarle gran cosa y no volví a verlo; hacia dónde fue, no lo sé. Por mi parte, con un poco de dinero en el bolsillo, viajé a Londres por tierra y allí, lo mismo que en el transcurso del viaje, me debatí sobre el rumbo que debía tomar mi vida:
si debía regresar a casa o al mar.
Respecto a volver a casa, la vergüenza me hacía rechazar mis buenos impulsos e inmediatamente pensé que mis vecinos se reirían de mí y que me daría vergüenza presentarme, no solo ante mis padres, sino ante el resto del mundo. En este sentido, y desde entonces, he observado lo incongruentes e irracionales que son los seres humanos, especialmente los jóvenes, frente a la razón que debe guiarlos en estos casos; es decir, que no se avergüenzan de pecar sino de arrepentirse de su pecado; que no se avergüenzan de hacer cosas por las que, legítimamente, serían tomados por tontos, sino de retractarse, por lo que serían tomados por sabios.

En este estado permanecí un tiempo, sin saber qué medidas tomar ni por dónde encaminar mi vida. Aún me sentía renuente a volver a casa y, a medida que demoraba mi decisión, se iba disipando el recuerdo de mis desgracias, lo cual, a su vez, hacía disminuir aún más mis débiles intenciones de regresar a casa. Finalmente, me olvidé de ello y me dispuse a buscar la forma de viajar.

CAPÍTULO II.

Cautiverio y evasión

La nefasta influencia que, en el principio, me había alejado de la casa de mi padre; que me había conducido a seguir la descabellada y absurda idea de hacer fortuna y me había imbuido con tal fuerza dicha presunción que me hizo sordo a todos los sabios consejos, a los ruegos y hasta las órdenes de mi padre; digo, que, esa misma influencia, cualquiera que fuera, me impulsó a realizar la más desafortunada de las empresas. De este modo, me embarqué en un buque rumbo a la costa de África o, como dicen vulgarmente los marineros, emprendí un viaje a Guinea.
Para mi desgracia, en ninguna de estas aventuras me embarqué como marinero. Es verdad que, de ese modo, habría tenido que trabajar un poco más de lo ordinario, pero, al mismo tiempo, habría aprendido los deberes y el oficio de contramaestre y con el tiempo me habría capacitado para ejercer de piloto y oficial, si no de capitán. Sin embargo, como mi destino era siempre elegir lo peor, lo mismo hice en este caso, pues, bien vestido y con dinero en el bolsillo,

subía siempre a bordo como un señor. Nunca realicé ninguna tarea en el barco ni aprendí a hacer nada.

Al poco tiempo de mi llegada a Londres, tuve la fortuna de encontrar muy buena compañía, cosa que no siempre les ocurre a jóvenes tan negligentes y desencaminados como lo era yo entonces, pues el diablo no pierde la oportunidad de tenderles sus trampas muy pronto. Más, no fue esa mi suerte. En primer lugar, conocí al capitán de un barco que había estado en la costa de Guinea y, como había tenido mucho éxito allí, estaba resuelto a volver. Este hombre, escuchó gustosamente mi conversación, que en aquel momento no era nada desagradable, y cuando me oyó decir que tenía la intención de ver el mundo, me dijo que si quería irme con él, no me costaría un centavo; que sería su compañero de mesa y de viaje y que, si quería llevarme alguna cosa conmigo, le sacaría todo el provecho que el comercio proporcionaba y, tal vez, encontraría un poco de estímulo.

Acepté su oferta y entablé una estrecha amistad con este capitán, que era un hombre franco y honesto. Emprendí el viaje con él y me llevé, una pequeña cantidad de mercancía que, gracias a la desinteresada honestidad de mi amigo el capitán, pude acrecentar considerablemente. Llevaba como cuarenta libras de bagatelas y fruslerías que el capitán me había indicado. Reuní las cuarenta libras con la ayuda de los parientes con los que mantenía correspondencia, y quienes, seguramente, convencieron a mi padre, o al menos a mi madre, de que contribuyeran con algo para mi primer viaje.

Esta expedición fue, de todas mis aventuras, la única afortunada. Esto se lo debo a la integridad y honestidad de mi amigo el capitán, de quien también obtuve un conocimiento digno de las matemáticas y de las reglas de navegación, aprendí a llevar una bitácora de viaje y a fijar la posición del barco. En pocas palabras, me transmitió conocimientos imprescindibles para un marinero, que él se deleitaba enseñándome y yo, aprendiendo. Así fue como en este viaje me hice marinero y comerciante, ya que obtuve cinco libras y nueve onzas de oro en polvo a cambio de mis chucherías, que, al llegar a Londres, me produjeron una ganancia de casi trescientas libras esterlinas. Esto me llenó la cabeza de todos los pensamientos ambiciosos que desde entonces me llevaron a la ruina.

Con todo, en este viaje también pasé muchos apuros. Estuve enfermo continuamente, con violentas calenturas, a causa del clima, excesivamente caluroso, pues la mayor parte de nuestro tráfico se llevaba a cabo en la costa, que estaba a quince grados de latitud norte hasta la misma línea del ecuador.

A estas alturas, podía considerarme un experto en el comercio con Guinea. Para mi desgracia, mi amigo murió al poco tiempo de nuestro regreso. No obstante, decidí hacer el mismo viaje otra vez y me embarqué en el mismo navío, con uno que había sido oficial en el primer viaje y ahora había pasado a ser capitán. Este viaje fue el más desdichado que hombre alguno pudiera hacer en su vida, pese a que llevé menos de cien libras esterlinas de mi recién adquirida fortuna, dejando las otras doscientas libras al cuidado de la viuda de mi amigo, que era muy buena conmigo. En este viaje padecí terribles desgracias y esta fue la primera: mientras nuestro barco avanzaba hacia las Islas Canarias, o más bien entre estas islas y la costa africana, fuimos sorprendidos, en la penumbra del alba, por un corsario turco de Salé, que nos persiguió a toda vela. Nosotros también nos apresuramos a desplegar todo el velamen del que disponíamos o el que podían sostener nuestros mástiles, a fin de escapar. Más, viendo que el pirata se nos acercaba y que nos alcanzaría en cuestión de pocas horas, nos pertrechamos para el combate; para esto, nuestro barco contaba con doce cañones, mientras que el del pirata tenía dieciocho. A eso de las tres de la tarde nos alcanzaron, pero por un error de maniobra, se aproximó transversalmente a la borda de nuestro barco, en vez de hacerlo por popa, como era su intención. Nosotros llevamos ocho de nuestros cañones a ese lado y le disparamos una descarga que le hizo virar nuevamente, después de responder a nuestro fuego con la nutrida fusilería de los casi doscientos hombres que llevaba a bordo. No obstante, ninguno de nuestros hombres resultó herido, ya que estaban todos muy bien protegidos. Se prepararon para volver a atacar y nosotros, para defendernos, pero esta vez, por el otro lado, subieron sesenta hombres a la cubierta de nuestro barco e, inmediatamente, se pusieron a cortar y romper los puentes y el aparejo. Les respondimos con fuego de fusilería, picas de abordaje, granadas y otras armas y logramos despejar la cubierta dos veces. Para acortar esta melancólica parte de nuestro relato, diré que, con nuestro barco maltrecho, tres hombres muertos y ocho heridos, tuvimos que rendirnos y fuimos llevados como prisioneros a Salé, un puerto que pertenecía a los moros.

El trato que allí recibí no fue tan terrible como temía al principio, pues, no me llevaron al interior del país a la corte del emperador, como le ocurrió al resto de nuestros hombres. El capitán de los corsarios decidió retenerme como parte de su botín y, puesto que era joven y listo, y podía serle útil para sus negocios, me hizo su esclavo. Ante este inesperado cambio de circunstancias, por el que había pasado de ser un experto comerciante a un miserable esclavo, me sentía profundamente consternado. Entonces, recordé las proféticas palabras de mi padre, cuando me advertía que sería un desgraciado y no hallaría a nadie que pudiera ayudarme. Me parecía que estas palabras no podían haberse cumplido más al pie de la letra y que la mano del cielo había caído sobre mí; me hallaba perdido y sin salvación. Mas, ¡ay!, esto era solo una muestra de las desgracias que me aguardaban, como se verá en lo que sigue de esta historia.

Como mi nuevo patrón, o señor, me había llevado a su casa, tenía la esperanza de que me llevara consigo cuando volviese al mar. Estaba convencido de que, tarde o temprano, su destino sería caer prisionero de la armada española o portuguesa y, de ese modo, yo recobraría mi libertad. Pero muy pronto se desvanecieron mis esperanzas, porque, cuando partió hacia el mar, me dejó en tierra a cargo de su jardincillo y de las tareas domésticas que suelen desempeñar los esclavos, y cuando regresó de su viaje, me ordenó permanecer a bordo del barco para custodiarlo.

En aquel tiempo, no pensaba en otra cosa que en fugarme y en la mejor forma de hacerlo, pero no lograba hallar ningún método que fuera mínimamente viable. No había ningún indicio racional de que pudiera llevar a cabo mis planes, pues, no tenía a nadie a quien comunicárselos ni que estuviera dispuesto a acompañarme. Tampoco tenía amigos entre los esclavos, ni había por allí ningún otro inglés, irlandés o escocés aparte de mí. Así, pues, durante dos años, si bien me complacía con la idea, no tenía ninguna perspectiva alentadora de realizarla.

Al cabo de casi dos años se presentó una extraña circunstancia que reavivó mis intenciones de hacer algo por recobrar mi libertad. Mi amo permanecía en casa por más tiempo de lo habitual y sin alistar la nave (según oí, por falta de dinero). Una o dos veces por semana, si hacía buen tiempo, cogía la pinaza del barco y salía a pescar a la rada. A menudo, nos llevaba a mí y a un joven morisco para que remáramos, pues le agradábamos mucho. Yo di muestras de ser tan diestro en la pesca que, a veces, me mandaba con uno de sus parientes moros y con el joven, el morisco, a fin de que le trajésemos pescado para la comida.

Una vez, mientras íbamos a pescar en una mañana clara y tranquila, se levantó una niebla tan espesa que, aun estando a media legua de la costa, no podíamos divisarla, de manera que nos pusimos a remar sin saber en qué dirección, y así estuvimos remando todo el día y la noche. Cuando amaneció, nos dimos cuenta de que habíamos remado mar adentro en vez de hacia la costa y que estábamos, al menos, a dos leguas de la orilla. No obstante, logramos regresar, no sin mucho esfuerzo y peligro, porque el viento comenzó a soplar con fuerza en la mañana y estábamos débiles por el hambre.

Nuestro amo, prevenido por este desastre, decidió ser más cuidadoso en el futuro. Usaría la chalupa de nuestro barco inglés y no volvería a salir de pesca sin llevar consigo la brújula y algunas provisiones. Entonces, le ordenó al carpintero de su barco, que también era un esclavo inglés, que construyera un pequeño camarote o cabina en medio de la chalupa, como las que tienen las barcazas, con espacio suficiente a popa, para que se pudiese largar la vela mayor y, a proa, para que dos hombres pudiesen manipular las velas. La chalupa navegaba con una vela triangular, que llamábamos lomo de cordero y la bomba estaba asegurada sobre el techo del camarote. Este era bajo y muy cómodo y suficientemente amplio para guarecer a mi amo y a uno o dos de sus esclavos. Tenía una mesa para comer y unos pequeños armarios para guardar algunas botellas de su licor favorito y, sobre todo, su pan, su arroz y su café.

A menudo salíamos a pescar en este bote y, como yo era el pescador más diestro, nunca salía sin mí. Sucedió que un día, para divertirse o pescar, había hecho planes para salir con dos o tres moros que gozaban de cierto prestigio en el lugar y a quienes quería agasajar espléndidamente. Para esto, ordenó que la noche anterior se llevaran a bordo más provisiones que las habituales y me mandó preparar pólvora y municiones para tres escopetas que llevaba a bordo, pues pensaba cazar, además de pescar.
Aparejé todas las cosas como me había indicado y esperé a la mañana siguiente con la chalupa limpia, su insignia y sus gallardetes enarbolados, y todo lo necesario para acomodar a sus huéspedes. De pronto, mi amo subió a bordo solo y me dijo que sus huéspedes habían cancelado el paseo, a causa de un asunto imprevisto, y me ordenó, como de costumbre, salir en la chalupa con el moro y el joven a pescar, ya que sus amigos vendrían a cenar a su casa. Me mandó que, tan pronto hubiese cogido algunos peces, los llevara a su casa; y así me dispuse a hacerlo.
En ese momento, volvieron a mi mente aquellas antiguas esperanzas de libertad, ya que tendría una pequeña embarcación a mi cargo. Así, pues, cuando mi amo se hubo marchado, preparé mis cosas, no para pescar sino para emprender un viaje, aunque no sabía, ni me detuve a pensar, qué dirección debía tomar, convencido de que, cualquier rumbo que me alejara de ese lugar, sería el correcto.
Mi primera artimaña fue buscar un pretexto para convencer al moro de que necesitábamos embarcar provisiones para nosotros porque no podíamos comernos el pan de nuestro amo. Me respondió que era cierto y trajo una gran canasta con galletas o bizcochos de los que ellos confeccionaban y tres tinajas de agua. Yo sabía dónde estaba la caja de licores de mi amo, que, evidentemente, por la marca, había adquirido del botín de algún barco inglés, de modo que la subí a bordo, mientras el moro estaba en la playa, para que pareciera que estaba allí por orden del amo. Me llevé también un bloque de cera que pesaba más de cincuenta libras, un rollo de bramante o cuerda, un hacha, una sierra y un martillo, que me fueron de gran utilidad posteriormente, sobre todo la cera, para hacer velas. Le tendí otra trampa, en la cual cayó con la misma ingenuidad. Su nombre era Ismael pero lo llamaban Muly o Moley.
-Moley -le dije-, las armas de nuestro amo están a bordo del bote, ¿no podrías traer un poco de pólvora y municiones? Tal vez podamos cazar algún alcamar (un ave parecida a nuestros chorlitos). Sé que el patrón guarda las municiones en el barco.
-Sí -me respondió-, traeré algunas.
Apareció con un gran saco de cuero que contenía cerca de una libra y media de pólvora, quizás más, y otro con municiones, que pesaba cinco o seis libras. También trajo algunas balas, y lo subió todo a bordo de la chalupa. Mientras

tanto, yo había encontrado un poco de pólvora en el camarote de mi amo, con la que llené uno de los botellones de la caja, que estaba casi vacío, y eché su contenido en otra botella. De este modo, abastecidos con todo lo necesario, salimos del puerto para pescar. Los del castillo, que estaban a la entrada del puerto, nos conocían y no nos prestaron atención.

A menos de una milla del puerto, recogimos las velas y nos pusimos a pescar. El viento soplaba del norte-noreste, lo cual era contrario a lo que yo deseaba, ya que si hubiera soplado del sur, con toda seguridad nos habría llevado a las costas de España, por lo menos, a la bahía de Cádiz. Mas estaba resuelto a que, soplara hacia donde soplara, me alejaría de ese horrible lugar. El resto, quedaba en manos del destino.

Después de estar un rato pescando y no haber cogido nada, porque cuando tenía algún pez en el anzuelo, no lo sacaba para que el moro no lo viera, le dije: -Aquí no vamos a pescar nada y no vamos a poder complacer a nuestro amo. Será mejor que nos alejemos un poco.

Él, sin sospechar nada, accedió y, como estaba en la proa del barco, desplegó las velas. Yo, que estaba al timón, hice al bote avanzar una legua más y enseguida me puse a fingir que me disponía a pescar. Entonces, entregándole el timón al chico, me acerqué a donde estaba el moro y agachándome como si fuese a recoger algo detrás de él, lo agarré por sorpresa por la entrepierna y lo arrojé al mar por la borda. Inmediatamente subió a la superficie porque flotaba como un corcho. Me llamó, me suplicó que lo dejara subir, me dijo que iría conmigo al fin del mundo y comenzó a nadar hacia el bote con tanta velocidad, que me habría alcanzado en seguida, puesto que soplaba muy poco viento. En ese momento, entré en la cabina y cogiendo una de las armas de caza, le apunté con ella y le dije que no le había hecho daño ni se lo haría si se quedaba tranquilo.

-Pero -le dije-, puedes nadar lo suficientemente bien como para llegar a la orilla. El mar está en calma, así que, intenta llegar a ella y no te haré daño, pero, si te acercas al bote, te meteré un tiro en la cabeza, pues estoy decidido a recuperar mi libertad.

De este modo, se dio la vuelta y nadó hacia la orilla, y no dudo que haya llegado bien, porque era un excelente nadador.

Tal vez me hubiese convenido llevarme al moro y arrojar al niño al agua, pero, la verdad es que no tenía ninguna razón para confiar en él.

Cuando se alejó, me volví al chico, a quien llamaban Xury, y le dije: -Xury, si quieres serme fiel, te haré un gran hombre, pero si no te pasas la mano por la cara -lo cual quiere decir, jurar por Mahoma y la barba de su padre-, tendré que arrojarte también al mar.

El niño me sonrió y me habló con tanta inocencia, que no pude menos que confiar en él. Me juró que me sería fiel y que iría conmigo al fin del mundo.

Mientras estuvimos al alcance de la vista del moro, que seguía nadando, mantuve el bote en dirección al mar abierto, más bien un poco inclinado a barlovento, para que pareciera que me dirigía a la boca del estrecho (como en verdad lo habría hecho cualquier persona que estuviera en su sano juicio), pues, ¿quién podía imaginar que navegábamos hacia el sur, rumbo a una costa bárbara, donde, con toda seguridad, tribus enteras de negros nos rodearían con sus canoas para destruirnos; donde no podríamos tocar tierra ni una sola vez sin ser devorados por las bestias salvajes, o por los hombres salvajes, que eran aún más despiadados que estas?

Pero, tan pronto oscureció, cambié el rumbo y enfilé directamente al sur, ligeramente inclinado hacia el este para no alejarme demasiado de la costa. Con el buen viento que soplaba y el mar en calma, navegamos tan bien que, al día siguiente, a las tres de la tarde, cuando vi tierra por primera vez, no podía estar a menos de ciento cincuenta millas al sur de Salé, mucho más allá de los dominios del emperador de Marruecos, o, quizás, de cualquier otro monarca de aquellos lares, ya que no se divisaba persona alguna.

No obstante, era tal el temor que tenía de los moros y de caer en sus manos, que no me detuve, ni me acerqué a la orilla, ni bajé anclas (pues el viento seguía soplando favorablemente). Decidí seguir navegando en el mismo rumbo durante otros cinco días. Cuando el viento comenzó a soplar del sur, decidí que si alguno de nuestros barcos había salido a buscarnos, a estas alturas se habría dado por vencido. Así, pues, me aventuré a acercarme a la costa y me anclé en la boca de un pequeño río, sin saber cuál era, ni dónde estaba, ni en qué latitud se encontraba, ni en qué país o en qué nación. No podía divisar a nadie, ni deseaba hacerlo, porque lo único que me interesaba era conseguir agua fresca. Llegamos al estuario por la tarde y decidimos llegar a nado a la costa tan pronto oscureciera, para explorar el lugar. Mas, tan pronto oscureció, comenzamos a escuchar un aterrador ruido de ladridos, aullidos, bramidos y rugidos de animales feroces, desconocidos para nosotros. El pobre chico estaba a punto de morirse de miedo y me suplicó que no fuéramos a la orilla hasta que se hiciese de día.

-Bien, Xury -le dije-, entonces no lo haremos,
pero puede que en el día veamos hombres tan peligrosos como esos leones. -Entonces les disparamos escopeta -dijo Xury sonriendo-, hacemos huir.
Xury había aprendido a hablar un inglés entrecortado, conversando con nosotros los esclavos. Sin embargo, me alegraba ver que el chico estuviera tan contento y, para animarlo, le di a beber un pequeño trago (de la caja de botellas de nuestro amo). Después de todo, el consejo de Xury me parecía razonable y lo acepté. Echamos nuestra pequeña ancla y permanecimos tranquilos toda la noche; digo tranquilos porque ninguno de los dos pudo dormir. Al cabo de dos o tres horas, comenzamos a ver que enormes criaturas (pues no sabíamos cómo

llamarlas) de todo tipo, descendían hasta la playa y se metían en el agua, revolcándose y lavándose, por el mero placer de refrescarse, mientras emitían gritos y aullidos como nunca los habíamos escuchado.

Xury estaba aterrorizado y, en verdad, yo también lo estaba, pero nos asustamos mucho más cuando advertimos que una de esas poderosas criaturas nadaba hacia nuestro bote. No podíamos verla pero, por sus resoplidos, parecía una bestia enorme, monstruosa y feroz. Xury decía que era un león y, tal vez lo fuera, mas yo no lo sabía. El pobre chico me pidió a gritos que leváramos el ancla y remáramos mar adentro.

-No -dije-, soltaremos el cable con la boya y nos alejaremos. No podrá seguirnos tan lejos.

No bien había dicho esto, cuando me percaté de que la criatura (o lo que fuese) estaba a dos remos de distancia, lo cual me sorprendió mucho. Entré a toda velocidad en la cabina y cogiendo mi escopeta le disparé, lo que le hizo dar la vuelta inmediatamente y ponerse a nadar hacia la playa. Es imposible describir los horrorosos ruidos, los espeluznantes alaridos y los aullidos que provocamos con el disparo, tanto en la orilla de la playa como tierra adentro, pues creo que esas criaturas nunca antes habían escuchado un sonido igual. Estaba convencido de que no intentaríamos ir a la orilla por la noche y me preguntaba cómo lo haríamos durante el día, pues me parecía que caer en manos de aquellos salvajes era tan terrible como caer en las garras de leones y tigres; al menos a nosotros nos lo parecía.

Sea como fuere, teníamos que ir a la orilla por agua porque no nos quedaba ni una pinta en el bote; el problema era cuándo y dónde hacerlo. Xury decía que, si le permitía ir a la orilla con una de las tinajas, intentaría buscar agua y traérmela al bote. Le pregunté por qué prefería ir él a que fuera yo mientras él se quedaba en el bote, a lo que respondió con tanto afecto, que desde entonces, lo quise para siempre: -Si los salvajes vienen y me comen, tú escapas.

-Entonces, Xury -le dije-, iremos los dos y si vienen los salvajes, los mataremos y, así, no se comerán a ninguno de los dos.

Le di un pedazo de galleta para que comiera y otro trago de la caja de botellas del amo, que mencioné anteriormente. Aproximamos el bote a la orilla hasta donde nos pareció prudente y nadamos hasta la playa, sin otra cosa que nuestros brazos y dos tinajas para el agua.

Yo no quería perder de vista el bote, porque temía que los salvajes vinieran en sus canoas río abajo. El chico, que había visto un terreno bajo como a una milla de la costa, se encaminó hacia allí y, al poco tiempo, regresó corriendo hacia mí. Pensé que lo perseguía algún salvaje, o que se había asustado al ver alguna bestia y corrí hacia él para socorrerle. Mas cuando me acerqué, vi que traía algo colgando de los hombros, un animal que había cazado, parecido a una liebre pero de otro color y con las patas más largas. Esto nos alegró mucho, porque parecía buena carne. Pero lo que en realidad alegró al pobre Xury fue darme la noticia de que había encontrado agua fresca y no había visto ningún salvaje. Poco después, descubrimos que no teníamos que pasar tanto trabajo para buscar agua, porque un poco más arriba del estuario en el que estábamos, había un pequeño torrente del que manaba agua fresca cuando bajaba la marea. Así, pues, llenamos nuestras tinajas, nos dimos un banquete con la liebre que habíamos cazado y nos preparamos para seguir nuestro camino, sin llegar a ver huellas de criaturas humanas en aquella parte de la región.

Como ya había hecho un viaje por estas costas, sabía muy bien que las Islas Canarias y las del Cabo Verde, se hallaban a poca distancia. Mas, como no tenía instrumentos para calcular la latitud en la que estábamos, ni sabía con certeza, o al menos no lo recordaba, en qué latitud estaban las islas, no sabía hacia dónde dirigirme ni cuál sería el mejor momento para hacerlo; de otro modo, me habría sido fácil encontrarlas. No obstante, tenía la esperanza de que, si permanecía cerca de esta costa, hasta llegar a donde traficaban los ingleses, encontraría alguna embarcación en su ruta habitual de comercio, que estuviera dispuesta a ayudarnos.

Según mis cálculos más exactos, el lugar en el que nos encontrábamos debía estar en la región que colindaba con los dominios del emperador de Marruecos y los inhóspitos dominios de los negros, donde solo habitaban las bestias salvajes; una región abandonada por los negros, que se trasladaron al sur por miedo a los moros; y por estos últimos, porque no consideraban que valiera la pena habitarla a causa de su desolación. En resumidas cuentas, unos y otros la habían abandonado por la gran cantidad de tigres, leones, leopardos y demás fieras que allí habitaban. Los moros solo la utilizaban para cazar, actividad que realizaban en grupos de dos o tres mil hombres. Así, pues, en cien millas a lo largo de la costa, no vimos más que un vasto territorio desierto de día, y, de noche, no escuchamos más que aullidos y rugidos de bestias salvajes.

Una o dos veces, durante el día, me pareció ver el Pico de Tenerife, que es el pico más alto de las montañas de Tenerife en las Canarias. Me entraron muchas ganas de aventurarme con la esperanza de llegar allí y, en efecto, lo intenté dos veces, pero el viento contrario y el mar, demasiado alto para mi pequeña embarcación, me hicieron retroceder, por lo que decidí seguir mi primer objetivo y mantenerme cerca de la costa.

Después de abandonar aquel sitio, me vi obligado a volver a tierra varias veces a buscar agua fresca. Una de estas veces, temprano en la mañana, anclamos al pie de un pequeño promontorio, bastante elevado, y allí nos quedamos hasta que la marea, que comenzaba a subir, nos impulsase. Xury, cuyos ojos parecían estar mucho más atentos que los míos, me llamó suavemente y me dijo que retrocediéramos: -Mira allí -me dijo-, monstruo terrible, dormido en la ladera de la colina.

Miré hacia donde apuntaba y, ciertamente, vi un monstruo terrible, pues se trataba de un león inmenso que estaba, echado a la orilla de la playa, bajo la sombra de la parte sobresaliente de la colina, que parecía caer sobre él.

-Xury -le dije-, debes ir a la playa y matarlo.

Me miró aterrorizado y dijo: -¡Matarlo!, me come de una boca.

En verdad quería decir de un bocado. No le dije nada más, sino que le ordené que permaneciese quieto. Tomé el arma de mayor tamaño, que era casi como un mosquete, la cargué con abundante pólvora y dos trozos de plomo y la dejé aparte. Entonces cargué otro fusil con dos balas y luego un tercero, pues teníamos tres armas. Apunté lo mejor que pude con el primer arma para dispararle en la cabeza pero como estaba echado con las patas sobre la nariz, los plomos le dieron en una pata, a la altura de la rodilla, y le partieron el hueso. Intentó ponerse en pie mientras rugía ferozmente, pero, como tenía la pata partida, volvió a caer al suelo. Luego se puso en pie con las otras tres patas y lanzó el rugido más espeluznante que jamás hubiese oído. Me sorprendió no haberle dado en la cabeza, e inmediatamente, tomé el segundo fusil, y, pese a que ya había comenzado a alejarse, le disparé otra vez en la cabeza y tuve el placer de verlo caer, emitiendo apenas un quejido y luchando por vivir.

Entonces Xury recobró el valor y me pidió que le dejara ir a la orilla.

-Está bien, ve -le dije.

El chico saltó al agua, sujetando el arma pequeña en una mano. Se acercó al animal, se puso la culata del fusil cerca de la oreja, le disparó nuevamente en la cabeza y lo remató.

Esto era más bien un juego para nosotros, pero no servía para alimentarnos y lamenté haber gastado tres cargas de pólvora en dispararle a un animal que no nos servía para nada. No obstante, Xury dijo que quería llevarse algo, así que subió a bordo y me pidió que le diera el hacha.

¿Para qué la quieres, Xury? -le pregunté.

-Yo corto cabeza -me contestó.

Pero no pudo hacerlo, de manera que le cortó una pata, que era enorme, y la trajo consigo.

De pronto se me ocurrió que la piel del león podía servirnos de algo y decidí desollarlo si podía. Inmediatamente, nos pusimos a trabajar y Xury demostró ser mucho más diestro que yo en la labor, pues, en realidad, no tenía mucha idea de cómo realizarla. Nos tomó todo el día, pero, por fin, pudimos quitarle la piel y la extendimos sobre la cabina. En dos días se secó al sol y desde entonces, la utilizaba para dormir sobre ella.

CAPÍTULO III.

Naufragio - Isla desierta

Después de esta parada, navegamos hacia el sur durante diez o doce días, consumiendo con parquedad las provisiones, que comenzaban a disminuir rápidamente, y yendo a la orilla solo cuando era necesario para buscar agua fresca. Mi intención era llegar al río Gambia o al Senegal, es decir, a cualquier lugar cerca del Cabo Verde, donde esperaba encontrar algún barco europeo. De lo contrario, no sabía qué rumbo tomar, como no fuese navegar en busca de las islas o morir entre los negros. Sabía que todas las naves que venían de Europa, pasaban por ese cabo, o esas islas, de camino a Guinea, Brasil o las Indias Orientales. En pocas palabras, aposté toda mi fortuna a esa posibilidad, de manera que, encontraba un barco o perecía.

Una vez tomada esta resolución, al cabo de diez días, comencé a advertir que la tierra estaba habitada. En dos o tres lugares, a nuestro paso, vimos gente que nos observaba desde la playa. Nos percatamos de que eran bastante negros y estaban totalmente desnudos. Una vez sentí el impulso de desembarcar y dirigirme a ellos, pero Xury, que era mi mejor consejero, me dijo: -No ir, no ir. No obstante, me dirigí a la playa más cercana para hablar con ellos y vi cómo corrían un buen tramo a lo largo de la playa, a la par que nosotros. Observé que no llevaban armas, con la excepción de uno, que llevaba un palo largo y delgado, que, según Xury era una lanza, que arrojaban desde muy lejos y con muy buena puntería. Mantuve, pues, cierta distancia pero me dirigí a ellos como mejor pude, por medio de señas, sobre todo, para expresarles que buscábamos comida. Con un gesto me dijeron que detuviera el bote y ellos nos traerían algo de carne. Bajé un poco las velas y me quedé a la espera. Dos de ellos corrieron tierra adentro y, en menos de media hora, estaban de vuelta con dos piezas de carne seca y un poco de grano, del que se cultiva en estas tierras.

Aunque no sabíamos qué era ni una cosa ni la otra, las aceptamos gustosamente. El siguiente problema era cómo recoger lo que nos ofrecían, pues yo no me atrevía a acercarme a la orilla y ellos estaban tan aterrados como nosotros. Entonces, se les ocurrió una forma de hacerlo, que resultaba segura para todos. Dejaron los alimentos en la playa y se alejaron, deteniéndose a una gran distancia, hasta que nosotros lo subimos todo a bordo; luego volvieron a acercarse.

Les hicimos señas de agradecimiento porque no teníamos nada que darles a cambio. Sin embargo, en ese mismo instante surgió la oportunidad de agradecerles el favor, porquemientras estaban en la orilla, se acercaron dos animales gigantescos, uno venía persiguiendo al otro (según nos parecía) con gran saña, desde la montaña hasta la playa. No sabíamos si era un macho que perseguía a una hembra ni si estaban en son de juego o pelea. Tampoco sabíamos si esto era algo habitual, pero nos inclinábamos más hacia la idea contraria; en primer lugar, porque estas bestias famélicas suelen aparecer solamente por la noche; en segundo lugar, porque la gente estaba aterrorizada, en especial, las mujeres. El hombre que llevaba la lanza no huyó, aunque el resto sí lo hizo. Los dos animales se dirigieron hacia el agua y, al parecer, no tenían intención de atacar a los negros. Se zambulleron en el agua y comenzaron a nadar como si solo hubiesen ido allí por diversión. Al cabo de un rato, uno de ellos comenzó a acercarse a nuestro bote, más de lo que yo hubiese deseado, pero yo le apunté con el fusil que había cargado a toda prisa, y le dije a Xury que cargara los otros dos. Tan pronto se puso a mi alcance, disparé y le di justo en la cabeza. Se hundió en el acto pero en seguida salió a flote, volvió a hundirse y, nuevamente, salió a flote, como si se estuviese ahogando, lo que, en efecto, hacía. Rápidamente se dirigió a la playa pero, entre la herida mortal que le había propinado y el agua que había tragado, murió antes de llegar a la orilla.

No es posible expresar el asombro de estas pobres criaturas ante el estallido y el disparo de mi arma. Algunos, según parecía, estaban a punto de morirse de miedo y cayeron al suelo como muertos por el terror. Mas cuando vieron que la bestia había muerto y se hundía en el agua, mientras yo les hacía señas para que se acercaran a la playa, se armaron de valor y se dieron a su búsqueda. Fui yo quien la descubrió, por la mancha de la sangre en el agua y, con la ayuda de una cuerda, con la que até el cuerpo y cuyo extremo luego les arrojé, los negros pudieron arrastrarlo hasta la orilla.

Era un leopardo de lo más curioso, que tenía unas manchas admirablemente delicadas. Los negros levantaron las manos con admiración hacia aquello que había utilizado para matarlo.

El otro animal, asustado con el resplandor y el ruido del disparo, nadó hacia la orilla y se metió directamente en las montañas, de donde habían venido, pero, a esa distancia, no podía saber qué era. Me di cuenta en seguida, que los negros querían comerse la carne del animal. Estaba dispuesto a dársela, a modo de favor personal y les hice señas para que la tomaran, ante lo cual, se mostraron muy agradecidos. Inmediatamente, se pusieron a desollarlo y como no tenían cuchillo, utilizaban un trozo de madera muy afilado, con el que le quitaron la piel tanto o más rápidamente que lo que hubiésemos tardado en hacerlo Xury y yo con un cuchillo. Me ofrecieron un poco de carne, que yo rechacé, fingiendo que se la daba toda a ellos, pero les hice señas de que quería la piel, la cual me entregaron gustosamente, y, además, me trajeron muchas más de sus provisiones, que, aun sin saber lo que eran, acepté de buen grado. Entonces, les indiqué por señas que quería un poco de agua y di la vuelta a una de las tinajas para mostrarles que estaba vacía y que quería llenarla. Rápidamente, llamaron a algunos de sus amigos y aparecieron dos mujeres con un gran recipiente de barro, seguramente, cocido al sol. Lo llevaron hasta la playa, del mismo modo que antes lo habían hecho con los alimentos, y yo envié a Xury a la orilla con las tinajas, que trajo de vuelta llenas. Las mujeres, al igual que los hombres, estaban desnudas.

Provisto de raíces, grano y agua, abandoné a mis amistosos negros y seguí navegando unos once días, sin tener que acercarme a la orilla. Entonces vi que, a unas cuatro o cinco leguas de distancia, la tierra se prolongaba mar adentro. Como el mar estaba en calma, recorrimos, bordeando la costa, una gran distancia para llegar a la punta y, cuando nos disponíamos a doblarla, a un par de leguas de la costa, divisé tierra al otro lado. Deduje, con toda probabilidad, que se trataba del Cabo Verde y que aquellas islas que podíamos divisar, eran las Islas del Cabo Verde. Sin embargo, se encontraban a gran distancia y no sabía qué hacer, pues de ser sorprendido por una ráfaga de viento, no podría llegar ni a una ni a otra parte.

Ante esta disyuntiva, me detuve a pensar y bajé al camarote, dejándole el timón a Xury. De pronto, lo sentí gritar:

-¡Capitán, capitán, un barco con vela!

El pobre chico estaba fuera de sí, a causa del miedo, pues pensaba que podía ser uno de los barcos de su amo, que nos estaba buscando, pero yo sabía muy bien que, desde hacía tiempo, estábamos fuera de su alcance. De un salto salí de la cabina y, no solo pude ver el barco, sino también, de dónde era. Se trataba de un barco portugués que, según me parecía, se dirigía a la costa de Guinea en busca de esclavos. Mas, cuando me fijé en el rumbo que llevaba, advertí que se dirigía a otra parte y, al parecer, no se acercaría más a la costa. Entonces me lancé mar adentro, todo lo que pude, decidido, si era posible, a hablar con ellos.

Aunque desplegamos todas las velas, me di cuenta de que no podríamos alcanzarlo y desaparecería antes de que yo pudiera hacerle cualquier señal. Cuando había puesto el bote a toda marcha y comenzaba a desesperar, ellos me vieron a mí, al parecer, con la ayuda de su catalejo. Viendo que se trataba de una barcaza europea, que debía pertenecer a algún barco perdido, bajaron las velas para que yo pudiera alcanzarlos. Esto me alentó y, como llevaba a bordo la bandera de mi amo, la agité en el aire, en señal de socorro y disparé un tiro con el arma. Al ver ambas señales, porque después me dijeron que habían visto la bandera y el humo, aunque no habían escuchado el disparo, detuvieron la nave generosamente y, al cabo de tres horas, pude llegar hasta ellos.

Me preguntaron de dónde era en portugués, español y francés pero yo no entendía ninguna de estas lenguas. Finalmente, un marinero escocés que iba a bordo, me llamó y le contesté. Le dije que era inglés y que me había escapado de los moros, que me habían hecho esclavo en Salé. Entonces me dijeron que subiera a bordo y, muy amablemente, me acogieron con todas mis pertenencias.

Cualquiera podría entender la indecible alegría que sentí al verme liberado de la situación tan miserable y desesperanzada en la que me hallaba. Inmediatamente, le ofrecí al capitán del barco todo lo que tenía, como muestra de agradecimiento por mi rescate. Más él, con mucha delicadeza, me dijo que no tomaría nada de lo mío, sino que todo me sería devuelto cuando llegáramos a Brasil.

-Puesto que -me dijo-, os he salvado la vida del mismo modo que yo habría deseado que me la salvaran a mí, y puede que alguna vez me encuentre en una situación similar. Si os llevo a Brasil, un país tan lejano del vuestro, y os quito vuestras pertenencias, moriréis de hambre y, entonces, os estaré quitando la misma vida que ahora os acabo de salvar. No, no, Seignior Inglese, os llevaré por caridad y vuestras pertenencias os servirán para buscaros el sustento y pagar el viaje de regreso a vuestra patria.

Así como se mostró caritativo en su oferta, fue muy puntual a la hora de llevarla a cabo, pues les ordenó a los marineros que no tocaran ninguna de mis pertenencias. Tomó posesión de todas mis cosas y me entregó un inventario preciso de ellas, en el que incluía hasta mis tres tinajas de barro.

En cuanto a mi bote, que era muy bueno y él se dio cuenta de ello, me dijo que lo compraría para su barco y me preguntó cuánto quería por él. Yo le respondí que había sido tan generoso conmigo, que no podía ponerle precio y lo dejaba completamente a su criterio. Me contestó que me daría una nota firmada por ochenta piezas de a ocho, que me pagaría cuando llegáramos a Brasil y, una vez allí, si alguien me hacía una mejor oferta, él la igualaría. También me ofreció sesenta piezas de a ocho por Xury pero yo no estaba dispuesto a aceptarlas, no porque no quisiera dejárselo al capitán, sino porque no estaba dispuesto a vender la libertad del chico, que me había servido con tanta lealtad a recuperar la mía. Cuando le expliqué mis razones al capitán, le parecieron justas y me propuso lo siguiente: que se comprometía a darle al chico un testimonio por el cual obtendría su libertad en diez años si se convertía al cristianismo. Como Xury dijo que estaba dispuesto a irse con él, se lo cedí al capitán.

Hicimos un estupendo viaje a Brasil y llegamos, al cabo de unos veinte días, a la bahía de Todos los Santos. Una vez más, había escapado de la suerte más miserable y debía pensar qué sería de mi vida.

Nunca he podido olvidar el trato generoso que me dispensó el capitán, que no quiso aceptar nada a cambio de mi viaje y me dio veinte ducados por la piel del leopardo, cuarenta por la del león, me devolvió puntualmente todas mis pertenencias y me compró lo que quise vender, como las botellas, dos de mis armas y el trozo de cera que me había sobrado, pues el resto lo había utilizado para hacer velas. En pocas palabras, vendí mi carga en doscientas veinte piezas de a ocho y, con este acopio, desembarqué en la costa de Brasil.

Al poco tiempo de mi llegada, el capitán me encomendó a un hombre bueno y honesto, como él, que tenía un ingenio (es decir, una plantación y hacienda azucarera). Viví con él un tiempo y así aprendí sobre el método de plantación y fabricación del azúcar. Viendo lo bien que vivían los hacendados y cómo se enriquecían tan rápidamente, decidí que, si conseguía una licencia, me haría hacendado y, mientras tanto, buscaría la forma de que se me enviara el dinero que había dejado en Londres.

Tenía un vecino, un portugués de Lisboa, hijo de ingleses, que se llamaba Wells y se encontraba en una situación similar a la mía. Digo que era mi vecino, ya que su plantación colindaba con la mía y nos llevábamos muy bien. Mis existencias eran tan escasas como las suyas, pues, durante dos años, sembramos casi exclusivamente para subsistir. Con el tiempo, comenzamos a prosperar y aprendimos a administrar mejor nuestras tierras, de manera que, al tercer año, pudimos sembrar un poco de tabaco y preparar una buena extensión de terreno para sembrar azúcar al año siguiente. Ambos necesitábamos ayuda y, entonces, me di cuenta del error que había cometido al separarme de Xury, mi muchacho. Mas, ¡ay!, no me sorprendía haber cometido un error, ya que, en toda mi vida, había acertado en algo. No me quedaba más remedio que seguir adelante, pues me había metido en un negocio que superaba mi ingenio y contrariaba la vida que siempre había deseado, por la que había abandonado la casa de mi padre y hecho caso omiso a todos sus buenos consejos. Más aún, estaba entrando en ese estado intermedio, o el estado más alto del estado inferior, que mi padre me había aconsejado y, si iba a acogerlo, bien podía haberme quedado en casa para hacerlo, sin haber tenido que padecer las miserias del mundo, como lo había hecho. Muchas veces me decía a mí mismo que esto lo podía haber hecho en Inglaterra, entre mis amigos, en lugar de haber venido a hacerlo a cinco mil millas, entre extraños y salvajes, en un lugar desolado y lejano, al que no llegaban noticias de ninguna parte del mundo donde habitase alguien que me conociera.

De este modo, lamentaba la situación en la que me hallaba. No tenía a nadie con quien conversar si no era, de vez en cuando, con mi vecino, ni tenía otra cosa que hacer, salvo trabajos manuales. Solía decir que mi vida transcurría como la del náufrago en una isla desierta, donde no puede contar con nadie más que consigo. Más, con cuánta justicia todos los hombres deberían reflexionar sobre esto: que cuando comparan la condición en la que se encuentran con otras peores, el cielo les puede obligar a hacer el cambio y convencerse, por experiencia, de que fueron más felices en el pasado. Y digo que, con justicia, merecí vivir una vida solitaria en una isla desierta, como la que había imaginado, pues tantas muchas veces la comparé, injustamente, con la vida que llevaba entonces; si hubiera perseverado en ella, con toda seguridad habría logrado hacerme rico y próspero.

En cierto modo, había logrado realizar mis proyectos en la plantación, cuando llegó el momento de la partida de mi querido amigo, el capitán del barco que me

recogió en el mar. Su embarcación había permanecido allí cerca de tres meses en lo que se cargaba y se preparaba para el viaje. Le comenté que había dejado un dinero en Londres y él me dio un consejo sincero y amistoso:
-Seignior Inglese -porque así me llamaba siempre-, si me dais cartas y un poder legal, por escrito, con órdenes para que la persona que tiene su dinero en Londres, se lo envíe a las personas que yo le diga en Lisboa, os compraré las cosas que puedan seros útiles aquí y os las traeré, si Dios lo permite, a mi regreso. Más, como los asuntos humanos están sujetos a los cambios y los desastres, os recomiendo que solo pidáis cien libras esterlinas que, como me decís, es la mitad de vuestro haber y, así solo arriesgaréis esa parte. Si todo llega bien, podréis mandar a pedir el resto, del mismo modo que lo habéis hecho ahora, y, si se pierde, aún tendréis la otra mitad a vuestra disposición.
Este consejo me pareció tan sensato y tan honesto que pensé que lo mejor que podía hacer era seguirlo. Así, pues, preparé las cartas para la señora, a quien le había dejado mi dinero, y un poder legal para el capitán portugués, del que me había hablado mi amigo.
En la carta que le envié a la viuda del capitán inglés, le hice el recuento completo de mis aventuras, la esclavitud y la huida. Le conté sobre la forma en que había conocido al capitán portugués en el mar y sobre su trato compasivo, le expliqué el estado en el que me encontraba, y le di las instrucciones necesarias para llevar a cabo mis encargos. Cuando este honesto capitán llegó a Lisboa, logró que unos mercaderes ingleses que había allí, le hicieran llegar, tanto mi orden escrita como el recuento completo de mi historia, a un mercader de Londres que, a su vez, se la contó con lujo de detalles a la viuda. Ante esto, la viuda envió mi dinero y, además, de su propio bolsillo, un generoso regalo para el capitán portugués, como muestra de agradecimiento por su caridad y su compasión hacia mí.
Con las cien libras esterlinas, el mercader de Londres compró la mercancía inglesa, que el capitán le había indicado por escrito, y se la envió directamente a Lisboa, desde donde el capitán me las trajo a Brasil sanas y salvas. Entre las cosas que me trajo, sin que yo se lo pidiera (pues era demasiado inexperto en el negocio como para pensar en ello), había todo tipo de herramientas, herrajes e instrumentos para trabajar en la plantación, que me fueron de gran utilidad. Cuando llegó el cargamento, pensé que ya había hecho fortuna; tal fue la alegría que me causó recibirlo. Mi buen comisionado, el capitán, había guardado las cinco libras que mi amiga le había dado de regalo para comprar y traerme un sirviente, con una obligación de seis años, y no quiso aceptar nada a cambio, excepto un poco de tabaco de mi propia cosecha.
Pero esto no fue todo. Como los bienes que me había traído eran de manufactura inglesa, es decir, telas, paños y tejidos finos y otras cosas, que resultaban particularmente útiles y valiosas en este país, pude venderlas y

sacarles un gran beneficio. De este modo, podía decir, que había cuadriplicado el valor de mi primer cargamento y había aventajado infinitamente a mi pobre vecino, en lo tocante a la plantación, pues, lo primero que hice, fue comprar un esclavo negro y un sirviente europeo, aparte del que me había traído el capitán. Más me ocurrió lo que suele suceder en estos casos, en los que, la prosperidad mal entendida, puede ser la causa de las peores adversidades. Al año siguiente, proseguí mi plantación con gran éxito y coseché cincuenta rollos de tabaco, más de lo que había previsto que sería necesario entre los vecinos. Como cada uno de estos rollos pesaba más de cien libras y estaban bien curados, decidí guardarlos hasta que la flota de Lisboa regresara y, puesto que me iba haciendo rico y próspero en los negocios, comencé a idear proyectos, que sobrepasaban mi capacidad; el tipo de negocios que, a menudo, llevan a la ruina a los mejores negociantes.

Si hubiera permanecido en el estado en el que me hallaba, habría recibido todas las bendiciones de las que me había hablado mi padre, cuando me recomendaba una vida tranquila y retirada; esas bendiciones que, según me decía, colmaban el estado medio de la vida. Mas, otra suerte me aguardaba, y volvería a ser el agente voluntario de mis propias desgracias, aumentando mi error y redoblando los motivos para reflexionar sobre mi propia vida, cosa que, en mis futuras calamidades, tuve tiempo de hacer. Todas estas desgracias ocurrieron porque me obstiné en seguir mis tontos deseos de vagabundear por el extranjero, contrariando la clara perspectiva que tenía de beneficiarme, con tan solo perseguir simple y llanamente, los objetivos y los medios de ganarme la vida, que la naturaleza y la Providencia insistían en mostrarme y hacerme aceptar como mi deber.

Del mismo modo que antes, cuando me separé de mis padres, no pude conformarme con lo que tenía, ahora también tenía que marcharme y abandonar la posibilidad de hacerme un hombre rico y próspero, con mi nueva plantación, en pos de un deseo descabellado e irracional de aumentar mi fortuna más rápidamente de lo que la naturaleza admitía. Fue así como, por mi culpa, volví a naufragar en el abismo más profundo de la miseria, al que pudiera caer hombre alguno o, fuese capaz de soportar.

Más, prosigamos con los detalles de esta parte de mi historia. Como podéis imaginar, habiendo vivido durante cuatro años en Brasil y habiendo empezado a prosperar en mi plantación, no solo había aprendido la lengua, sino que había trabado conocimiento y amistad con algunos de los demás hacendados, así como con los comerciantes de San Salvador, que era nuestro puerto. En nuestras conversaciones, les había contado de mis dos viajes a la costa de Guinea, del comercio con los negros de allí, y de lo fácil que era adquirir, a cambio de bagatelas, tales como cuentecillas, juguetes, cuchillos, tijeras, hachas, trozos de cristal y cosas por el estilo, no solo polvo de oro, cereales de Guinea y colmillos de elefante, sino también gran cantidad de negros esclavos para trabajar en Brasil.

Siempre escuchaban con mucha atención mis relatos, particularmente, lo concerniente a la compra de negros, que era un negocio que, en aquel tiempo, no se explotaba y, cuando se hacía, era mediante asientos, es decir, permisos que otorgaban los reyes de España o Portugal, a modo de subastas públicas. De este modo, los pocos negros que se traían, resultaban excesivamente caros.

Sucedió que, un día, después de haber estado hablando seriamente de estos asuntos con algunos comerciantes y hacendados conocidos, a la mañana siguiente, tres de ellos vinieron a decirme que habían meditado mucho sobre lo que les había contado la noche anterior y querían hacerme una proposición secreta. Cuando obtuvieron mi complicidad, me dijeron que habían pensado fletar un barco para ir a Guinea, pues, al igual que yo, poseían plantaciones y de nada tenían tanta necesidad como de esclavos. Como ese tráfico era ilegal y no podrían vender públicamente los negros que trajeran, querían hacer tan solo un viaje, para traer secretamente algunos negros y dividirlos entre sus propias plantaciones. En otras palabras, querían saber si estaba dispuesto a embarcarme en dicha nave y hacerme cargo del negocio en la costa de Guinea. A cambio de esto, me ofrecían una participación equitativa en la adquisición de los esclavos, sin costo alguno.

Debo confesar que era una propuesta justa, para alguien que no tuviera que atender una plantación que comenzaba a prosperar y aumentar de valor. Mas, para mí, que ya estaba instalado y bien encaminado; que no tenía más que seguir haciendo las cosas como hasta entonces, por otros tres o cuatro años y hacerme enviar las otras cien libras de Inglaterra que, en ese tiempo y con una pequeña suma adicional, producirían un beneficio de tres o cuatro mil libras esterlinas, que, a su vez, aumentaría; para mí, hacer aquel viaje era el acto más descabellado del que podría acusarse a cualquier hombre que estuviera en mis circunstancias. Pero yo había nacido para ser mi propio destructor, y no pude resistirme a esa oferta más de lo que pude renunciar, en su día, a mis primeros y fatídicos proyectos, cuando hice caso omiso a los consejos de mi padre. En pocas palabras, les dije que iría de todo corazón, si ellos se encargaban de cuidar mi plantación durante mi ausencia y disponer de ella, según mis instrucciones, en caso de que la empresa fracasara. Todos estuvieron de acuerdo, comprometiéndose a cumplir su parte; y procedimos a firmar los contratos y acuerdos formales. Yo redacté un testamento, en el que disponía que, si moría, mi plantación y mis propiedades pasaran a manos de mi heredero universal, el capitán del barco que me había salvado la vida, y que él, a su vez, dispusiera de mis bienes, según estaba escrito en mi testamento: la mitad de las ganancias sería para él y la otra mitad sería enviada por barco a Inglaterra.

En fin, tomé todas las precauciones necesarias para proteger mis bienes y mi plantación. Si hubiese tenido la mitad de esa prudencia para velar por mis intereses personales y juzgar lo que debía o no debía hacer, seguramente no hubiese abandonado una empresa tan prometedora como la mía, ni hubiese renunciado a todas las perspectivas que tenía de progresar, para lanzarme a realizar un viaje por mar, sin contar con los riesgos que conllevaba, ni las posibilidades de que me ocurriera alguna desgracia.

Pero me lancé, obedeciendo los dictados de mi fantasía y no los de la razón. Una vez listos el barco y el cargamento, y todos los demás acuerdos consignados por contrato con mis socios, me embarqué, a mala hora, el primer día de septiembre de 1659, el mismo día en que, ocho años antes, había abandonado la casa de mis padres en Hull, actuando como un rebelde ante su autoridad y como un idiota ante mis propios intereses.

Nuestra embarcación llevaba como ciento veinte toneladas de peso, seis cañones y catorce hombres aparte del capitán, de su mozo y yo. No llevábamos demasiados bienes a bordo, solo las chucherías necesarias para negociar con los negros, tales como cuentecillas, trozos de cristal, caracoles y cacharros viejos, en especial, pequeños catalejos, cuchillos, tijeras, hachas y otras cosas por el estilo.

El mismo día que subí a bordo, zarpamos hacia el norte, siguiendo la costa rumbo a tierras africanas hasta los diez o doce grados de latitud norte, que era la ruta que, al parecer, se seguía en esos días. Nos hizo muy buen tiempo, aunque mucho calor, mientras bordeamos la costa hasta llegar al cabo de San Agustín. A partir de entonces, comenzamos a meternos mar adentro hasta que perdimos de vista la tierra y navegamos, como si nos dirigiéramos a la isla de Fernando de Noronha, rumbo al norte-noreste, dejándola, luego, al este. Siguiendo este rumbo, tardamos casi doce días en cruzar la línea del ecuador y, según nuestra última observación, nos encontrábamos a siete grados veintidós minutos de latitud norte, cuando un violento tornado o huracán, nos dejó totalmente desorientados. Comenzó a soplar de sudeste a noroeste y luego se estacionó al noreste, desde donde nos acometió con tanta furia, que durante doce días no pudimos hacer más que ir a la deriva, para huir de él, y dejarnos llevar a donde el destino y la furia del viento quisieran llevarnos. Durante esos doce días, huelga decir, creía que seríamos tragados por el mar y, a decir verdad, ninguno de los que estaba a bordo, esperaba salir de allí con vida.

En esta angustiosa situación, mientras padecíamos el terror de la tormenta, uno de nuestros hombres murió de calentura y el mozo del capitán y otro de los marineros cayeron al mar por la borda. Hacia el duodécimo día, cuando el tiempo se hubo calmado un poco, el capitán intentó fijar la posición del barco lo mejor que pudo, y se dio cuenta de que estaba a once grados de latitud norte pero a veintidós grados de longitud oeste del cabo de San Agustín. Así, pues, advirtió que nos encontrábamos entre la costa de Guyana, o la parte septentrional de Brasil, más allá del río Amazonas, hacia el río Orinoco, comúnmente llamado el Gran Río. Comenzó a consultarme qué rumbo debíamos seguir, pues el barco había sufrido muchos daños y le estaba entrando agua, y él quería regresar directamente a la costa de Brasil.

Mi opinión era totalmente opuesta a la del capitán. Nos pusimos a estudiar las cartas de la costa americana y llegamos a la conclusión de que no había ninguna tierra habitada, hacia la cual pudiéramos dirigirnos, antes de llegar a la cuenca de las islas del Caribe. Así, pues, decidimos dirigirnos hacia Barbados, manteniéndonos en alta mar, para evitar las corrientes de la bahía o golfo de México. De esta forma, esperábamos llegar a la isla en quince días, ya que no íbamos a ser capaces de navegar hasta la costa de África sin recibir ayuda para la nave y para nosotros mismos.

Con esta intención, cambiamos el rumbo y navegamos en dirección oeste-noroeste para llegar a alguna de las islas inglesas, donde esperábamos encontrar ayuda. Pero nuestro viaje estaba previsto de otro modo. A los doce grados dieciocho minutos de latitud, nos encontramos con una segunda tormenta, que nos llevó hacia el oeste, con la misma intensidad que la anterior, y nos alejó tanto de la ruta comercial humana, que si lográbamos salvarnos de morir en el mar, con toda probabilidad, seríamos devorados en tierras de salvajes y no podríamos regresar a nuestro país.

Nos hallábamos en esta angustiosa situación y el viento aún soplaba con mucha fuerza, cuando uno de nuestros hombres gritó «¡Tierra!». Apenas salíamos de la cabina, deseosos de ver dónde nos encontrábamos, el barco se encalló en un banco de arena y se detuvo tan de golpe, que el mar se lanzó sobre nosotros, y nos abatió con tal fuerza, que pensamos que moriríamos al instante. Ante esto, nos apresuramos a ponernos bajo cubierta para protegernos de la espuma y de los embates del mar.

No es fácil, para alguien que nunca se haya visto en semejante situación, describir o concebir la consternación de los hombres en esas circunstancias. No teníamos idea de dónde nos hallábamos, ni de la tierra a la que habíamos sido arrastrados. No sabíamos si estábamos en una isla o en un continente, ni si estaba habitada o desierta. El viento, aunque había disminuido un poco, soplaba con tanta fuerza, que no podíamos confiar en que el barco resistiría unos minutos más sin desbaratarse, a no ser que, por un milagro del cielo, el viento amainara de pronto. En pocas palabras, nos quedamos mirándonos unos a otros, esperando la muerte en cualquier momento. Todos actuaban como si se prepararan para el otro mundo, pues no parecía que pudiésemos hacer mucho más.

Nuestro único consuelo era que, contrario a lo que esperábamos, el barco aún no se había quebrado, y, según pudo observar el capitán, el viento comenzaba a disminuir.

A pesar de que, al parecer, el viento empezaba a ceder un poco, el barco se había encajado tan profundamente en la arena, que no había forma de desencallarlo. De este modo, nos hallábamos en una situación tan desesperada, que lo único que podíamos hacer era intentar salvar nuestras vidas, como mejor pudiéramos. Antes de que comenzara la tormenta, llevábamos un bote en la popa, que se desfondó cuando dio contra el timón del barco. Poco después se soltó y se hundió, o fue arrastrado por el mar, de modo que no podíamos contar con él. Llevábamos otro bote a bordo pero no nos sentíamos capaces de ponerlo en el agua. En cualquier caso, no había tiempo para discutirlo, pues nos imaginábamos que el barco se iba a desbaratar de un momento a otro y algunos decían que ya empezaba a hacerlo.

En medio de esta angustia, el capitán de nuestro barco echó mano del bote y, con la ayuda de los demás hombres, logró deslizarlo por la borda. Cuando los once que íbamos nos hubimos metido todos dentro, lo soltó y nos encomendó a la misericordia de Dios y de aquel tempestuoso mar. Pese a que la tormenta había disminuido considerablemente, las gigantescas olas rompían tan descomunalmente en la orilla, que bien se podía decir que se trataba de Den wild Zee, que en holandés significa tormenta en el mar.

Nuestra situación se había vuelto desesperada y todos nos dábamos cuenta de que el mar estaba tan crecido, que el bote no podría soportarlo e, inevitablemente, nos ahogaríamos. No teníamos con qué hacer una vela y aunque lo hubiésemos tenido, no habríamos podido hacer nada con ella. Ante esto, comenzamos a remar hacia tierra, con el pesar que llevan los hombres que van hacia el cadalso, pues sabíamos que, cuando el bote llegara a la orilla, se haría mil pedazos con el oleaje.

No obstante, le encomendamos encarecidamente nuestras almas a Dios y, con el viento que nos empujaba hacia la orilla, nos apresuramos a nuestra destrucción con nuestras propias manos, remando tan rápidamente como podíamos hacia ella.

No sabíamos si en la orilla había roca o arena, ni si era escarpada o lisa. Nuestra única esperanza era llegar a una bahía, un golfo, o el estuario de un río, donde, con mucha suerte, pudiéramos entrar con el bote o llegar a la costa de Sotavento, donde el agua estaría más calmada. Pero no parecía que tendríamos esa suerte pues, a medida que nos acercábamos a la orilla, la tierra nos parecía más aterradora aún que el mar.

Después de remar, o más bien, de haber ido a la deriva a lo largo de lo que calculamos sería más o menos una legua y media, una ola descomunal como una montaña nos embistió por popa e inmediatamente comprendimos que aquello había sido el coup de grâce. En pocas palabras, nos acometió con tanta furia, que volcó el bote de una vez, dejándonos a todos desperdigados por el agua, y nos tragó, antes de que pudiésemos decir: «¡Dios mío!».

Nada puede describir la confusión mental que sentí mientras me hundía, pues, aunque nadaba muy bien, no podía librarme de las olas para tomar aire. Una de ellas me llevó, o más bien me arrastró un largo trecho hasta la orilla de la playa. Allí rompió y, cuando comenzó a retroceder, la marea me dejó, medio muerto por el agua que había tragado, en un pedazo de tierra casi seca. Todavía me quedaba un poco de lucidez y de aliento para ponerme en pie y tratar de llegar a la tierra, la cual estaba más cerca de lo que esperaba, antes de que viniera otra ola y me arrastrara nuevamente. Pronto me di cuenta de que no podría evitar que esto sucediera, pues hacia mí venía una ola tan grande como una montaña y tan furiosa como un enemigo contra el que no tenía medios ni fuerzas para luchar. Mi meta era contener el aliento y, si podía, tratar de mantenerme a flote para nadar, aguantando la respiración, hacia la playa. Mi gran preocupación era que la ola, que me arrastraría un buen trecho hacia la orilla, no me llevase mar adentro en su reflujo.

La ola me hundió treinta o cuarenta pies en su masa. Sentía cómo me arrastraba con gran fuerza y velocidad hacia la orilla, pero aguanté el aliento y traté de nadar hacia delante con todas mis fuerzas. Estaba a punto de reventar por falta de aire, cuando sentí que me elevaba y, con mucho alivio comprobé que tenía los brazos y la cabeza en la superficie del agua. Aunque solo pude mantenerme así unos dos minutos, pude reponerme un poco y recobrar el aliento y el valor. Nuevamente me cubrió el agua, esta vez por menos tiempo, así que pude aguantar hasta que la ola rompió en la orilla y comenzó a retroceder. Entonces, me puse a nadar en contra de la corriente hasta que sentí el fondo bajo mis pies. Me quedé quieto unos momentos para recuperar el aliento, mientras la ola se retiraba, y luego eché a correr hacia la orilla con las pocas fuerzas que me quedaban. Pero esto no me libró de la furia del mar que volvió a caer sobre mí y, dos veces más, las olas me levantaron y me arrastraron como antes por el fondo, que era muy plano.

La última de las olas casi me mata, pues el mar me arrastró, como las otras veces, y me llevó, más bien, me estrelló, contra una piedra, con tanta fuerza que me dejó sin sentido e indefenso. Como me golpeé en el costado y en el pecho, me quedé sin aliento y si, en ese momento, hubiese venido otra ola, sin duda me habría ahogado. Mas pude recuperarme un poco, antes de que viniese la siguiente ola y, cuando vi que el agua me iba a cubrir nuevamente, resolví agarrarme con todas mis fuerzas a un pedazo de la roca y contener el aliento hasta que pasara. Como el mar no estaba tan alto como al principio, pues me hallaba más cerca de la orilla, me agarré hasta que pasó la siguiente ola, y eché otra carrera que me acercó tanto a la orilla que la que venía detrás, aunque me

alcanzó, no llegó a arrastrarme. En una última carrera, llegué a tierra firme, donde, para mi satisfacción, trepé por unos riscos que había en la orilla y me senté en la hierba, fuera del alcance del agua y libre de peligro.
Encontrándome a salvo en la orilla, elevé los ojos al cielo y le di gracias a Dios por salvarme la vida en una situación que, minutos antes, parecía totalmente desesperada. Creo que es imposible expresar cabalmente, el éxtasis y la conmoción que siente el alma cuando ha sido salvada, diría yo, de la mismísima tumba. En aquel momento comprendí la costumbre según la cual cuando al malhechor, que tiene la soga al cuello y está a punto de ser ahorcado, se le concede el perdón, se trae junto con la noticia a un cirujano que le practique una sangría, en el preciso instante en que se le comunica la noticia, para evitar que, con la emoción, se le escapen los espíritus del corazón y muera:
Pues las alegrías súbitas, como las penas, al principio desconciertan.
Caminé por la playa con las manos en alto y totalmente absorto en la contemplación de mi salvación, haciendo gestos y movimientos que no puedo describir, pensando en mis compañeros que se habían ahogado; no se salvó ni un alma, salvo yo, pues nunca más volví a verlos, ni hallé rastro de ellos, a excepción de tres de sus sombreros, una gorra y dos zapatos de distinto par. Miré hacia la embarcación encallada, que casi no podía ver por la altura de la marea y la espuma de las olas y, al verla tan lejos, pensé: «¡Señor!, ¿cómo pude llegar a la orilla?» Después de consolarme un poco, con lo poco que tenía para consolarme en mi situación, empecé a mirar a mi alrededor para ver en qué clase de sitio me encontraba y qué debía hacer. Muy pronto, la sensación de alivio se desvaneció y comprendí que me había salvado para mi mal, pues estaba empapado y no tenía ropas para cambiarme, no tenía nada que comer o beber para reponerme, ni tenía alternativa que no fuese morir de hambre o devorado por las bestias salvajes. Peor aún, tampoco tenía ningún arma para cazar o matar algún animal para mi sustento, ni para defenderme de cualquier criatura que quisiera matarme para el suyo. En suma, no tenía nada más que un cuchillo, una pipa y un poco de tabaco en una caja. Estas eran mis únicas provisiones y, al comprobarlo, sentí tal tribulación, que durante un rato no hice otra cosa que correr de un lado a otro como un loco. Al acercarse la noche, empecé a angustiarme por lo que sería de mí si en esa tierra había bestias hambrientas, sabiendo que durante la noche suelen salir en busca de presas.
La única solución que se me ocurrió fue subirme a un árbol frondoso, parecido a un abeto pero con espinas, que se erguía cerca de mí y donde decidí pasar la noche, pensando en el tipo de muerte que me aguardaba al día siguiente, ya que no veía cómo iba a poder sobrevivir allí. Caminé como un octavo de milla, buscando agua fresca para beber y, finalmente, la conseguí, lo cual me causó una inmensa alegría. Después de beber, me eché un poco de tabaco a la boca, para quitarme el hambre y regresé al árbol. Mientras me encaramaba, busqué un lugar

de donde no me cayera si me quedaba dormido. Corté un palo corto, a modo de porra, para defenderme, me subí a mi alojamiento y, de puro agotamiento, me quedé dormido. Esa noche dormí tan cómodamente como, según creo, pocos hubieran podido hacerlo en semejantes condiciones y logré descansar como nunca en mi vida.

CAPÍTULO IV.

Primeras semanas en la isla

Cuando desperté era pleno día, el tiempo estaba claro y, una vez aplacada la tormenta, el mar no estaba tan alto ni embravecido como antes. Sin embargo, lo que me sorprendió más fue descubrir que, al subir la marea, el barco se había desencallado y había ido a parar a la roca que mencioné al principio, contra la que me había golpeado al estrellarme. Estaba a menos de una milla de la orilla donde me encontraba y, como me pareció que estaba bien erguido, me entraron unos fuertes deseos de llegarme hasta él, al menos para rescatar algunas cosas que pudieran servirme.
Cuando bajé de mi alojamiento en el árbol, miré nuevamente a mi alrededor y lo primero que vi fue el bote tendido en la arena, donde el mar y el viento lo habían arrastrado, como a dos millas a la derecha de donde me hallaba. Caminé por la orilla lo que pude para llegar a él, pero me encontré con una cala o una franja de mar, de casi media milla de ancho, que se interponía entre el bote y yo. Decidí entonces regresar a donde estaba, pues mi intención era llegar al barco, donde esperaba encontrar algo para subsistir.

Poco después del mediodía, el mar se había calmado y la marea había bajado tanto, que pude llegar a un cuarto de milla del barco. Entonces, volví a sentirme abatido por la pena, pues me di cuenta de que si hubiésemos permanecido en el barco, nos habríamos salvado todos y yo no me habría visto en una situación tan desgraciada, tan solo y desvalido como me hallaba. Esto me hizo saltar las lágrimas nuevamente, mas, como de nada me servía llorar, decidí llegar hasta el barco si podía. Así, pues, me quité las ropas, porque hacía mucho calor, y me metí al agua. Cuando llegué al barco, me encontré con la dificultad de no saber cómo subir, pues estaba encallado y casi totalmente fuera del agua, y no tenía nada de qué agarrarme. Dos veces le di la vuelta a nado y, en la segunda, advertí un pequeño pedazo de cuerda, que me asombró no haber visto antes, que colgaba de las cadenas de proa. Estaba tan baja que, si bien con mucha dificultad, pude agarrarla y subir por ella al castillo de proa. Allí me di cuenta de que el barco estaba desfondado y tenía mucha agua en la bodega, pero estaba tan encallado en el banco de arena dura, más bien de tierra, que la popa se alzaba por encima del banco y la proa bajaba casi hasta el agua. De ese modo, toda la parte posterior estaba en buen estado y lo que había allí estaba seco porque, podéis estar seguros, lo primero que hice fue inspeccionar qué se había estropeado y qué permanecía en buen estado. Lo primero que vi fue que todas las provisiones del barco estaban secas e intactas y, como estaba en buena disposición para comer, entré en el depósito de pan y me llené los bolsillos de galletas, que fui comiendo, mientras hacía otras cosas, pues no tenía tiempo que perder. También encontré un poco de ron en el camarote principal, del que bebí un buen trago, pues, ciertamente me hacía falta, para afrontar lo que me esperaba. Lo único que necesitaba era un bote para llevarme todas las cosas que, según preveía, iba a necesitar.

Era inútil sentarse sin hacer nada y desear lo que no podía llevarme y esta situación extrema avivó mi ingenio. Teníamos varias vergas, dos o tres palos y uno o dos mástiles de repuesto en el barco. Decidí empezar por ellos y lancé por la borda los que pude, pues eran muy pesados, amarrándolos con una cuerda para que no se los llevara la corriente. Hecho esto, me fui al costado del barco y, tirando de ellos hacia mí, amarré cuatro de ellos por ambos extremos, tan bien como pude, a modo de balsa. Les coloqué encima dos o tres tablas cortas atravesadas y vi que podía caminar fácilmente sobre ellas, aunque no podría llevar demasiado peso, pues eran muy delgadas. Así, pues, puse manos a la obra nuevamente y, con una sierra de carpintero, corté un mástil de repuesto en tres pedazos que los añadí a mi balsa. Pasé muchos trabajos y dificultades, pero la esperanza de conseguir lo que me era necesario, me dio el estímulo para hacer más de lo que habría hecho en otras circunstancias.

La balsa ya era lo suficientemente resistente como para soportar un peso razonable. Lo siguiente era decidir con qué cargarla y cómo proteger del agua lo que pusiera sobre ella, lo cual no me tomó mucho tiempo resolver.
En primer lugar, puse todas las tablas que pude encontrar. Después de reflexionar sobre lo que necesitaba más, agarré tres arcones de marinero, los abrí y vacié, y los bajé hasta mi balsa; el primero lo llené de alimentos, es decir, pan, arroz, tres quesos holandeses, cinco pedazos de carne seca de cabra, de la cual nos habíamos alimentado durante mucho tiempo, y un sobrante de grano europeo, que habíamos reservado para unas aves que traíamos a bordo y que ya se habían matado. Había también algo de cebada y trigo pero, para mi gran decepción, las ratas se lo habían comido o estropeado casi en su totalidad. Encontré varias botellas de alcohol, que pertenecían al capitán, entre las que había un poco de licor y como cinco o seis galones de raque, todo lo cual, coloqué sin más en la balsa, pues no había necesidad de meterlo en los arcones, ni espacio para hacerlo. Mientras hacía esto, noté que la marea comenzaba a subir, aunque el mar estaba en calma y me mortificó ver que mi chaqueta, la camisa y el chaleco que había dejado en la arena, se alejaban flotando; en cuanto a los pantalones, que eran de lino y abiertos en las rodillas, me los había dejado puestos cuando me lancé a nadar hacia el barco y, asimismo, los calcetines. No obstante, esto me obligó a buscar ropa, que encontré en abundancia, aunque solo cogí la que iba a usar inmediatamente, pues había otras cosas que me interesaban más, como, por ejemplo, las herramientas. Después de mucho buscar, encontré el arcón del carpintero que, ciertamente, era un botín de gran utilidad y mucho más valioso, en esas circunstancias, que todo un buque cargado de oro. Lo puse en la balsa, tal y como lo había encontrado, sin perder tiempo en ver lo que contenía, ya que, más o menos, lo sabía.
Luego procuré abastecerme de municiones y armas. Había dos pistolas y dos escopetas de caza muy buenas en el camarote principal. Las cogí inmediatamente, así como algunos cuernos de pólvora, una pequeña bolsa de balas y dos viejas espadas mohosas. Sabía que había tres barriles de pólvora en el barco pero no sabía dónde los había guardado el artillero. Sin embargo, después de mucho buscar, los encontré; dos de ellos estaban secos y en buen estado y el otro estaba húmedo. Llevé los dos primeros a la balsa, junto con las armas, y, viéndome bien abastecido, comencé a pensar cómo llegar a la orilla sin velas, remos ni timón, sabiendo que la menor ráfaga de viento lo echaría todo a perder.
Tenía tres cosas a mi favor: 1. el mar estaba en calma, 2. la marea estaba subiendo y me impulsaría hacia la orilla, 3. el poco viento que soplaba me empujaría hacia tierra.
Así, pues, habiendo encontrado dos o tres

remos rotos que pertenecían al barco, dos serruchos, un hacha y un martillo, aparte de lo que ya había en el arcón, me lancé al mar. La balsa fue muy bien a lo largo de una milla, más o menos, aunque se alejaba un poco del lugar al que yo había llegado a tierra. Esto me hizo suponer que había alguna corriente y, en consecuencia, que me encontraría con un estuario, o un río, que me sirviera de puerto para desembarcar con mi cargamento.

Tal como había imaginado, apareció ante mí una pequeña apertura en la tierra y una fuerte corriente que me impulsaba hacia ella. Traté de controlar la balsa lo mejor que pude para mantenerme en el medio del cauce, pero estuve a punto de sufrir un segundo naufragio, que me habría destrozado el corazón. Como no conocía la costa, uno de los extremos de mi balsa se encalló en un banco y, poco faltó, para que la carga se deslizara hacia ese lado y cayera al agua. Traté con todas mis fuerzas de sostener los arcones con la espalda, a fin de mantenerlos en su sitio, pero no era capaz de desencallar la balsa ni de cambiar de postura. Me mantuve en esa posición durante casi media hora, hasta que la marea subió lo suficiente para nivelar y desencallar la balsa. Entonces la impulsé con el remo hacia el canal y seguí subiendo hasta llegar a la desembocadura de un pequeño río, entre dos orillas, con una buena corriente que impulsaba la balsa hacia la tierra. Miré hacia ambos lados para buscar un lugar adecuado donde desembarcar y evitar que el río me subiera demasiado, pues tenía la esperanza de ver algún barco en el mar y, por esto, quería mantenerme tan cerca de la costa como pudiese.

A lo lejos, advertí una pequeña rada en la orilla derecha del río, hacia la cual, con mucho trabajo y dificultad, dirigí la balsa hasta acercarme tanto que, apoyando el remo en el fondo, podía impulsarme hasta la tierra. Mas, nuevamente, corría el riesgo de que mi cargamento cayera al agua porque la orilla era muy escarpada, es decir, tenía una pendiente muy pronunciada, y no hallaba por dónde desembarcar, sin que uno de los extremos de la balsa, encajándose en la tierra, la desnivelara y pusiera mi cargamento en peligro como antes. Lo único que podía hacer era esperar a que la marea subiera del todo, sujetando la balsa con el remo, a modo de ancla, para mantenerla paralela a una parte plana de la orilla que, según mis cálculos, quedaría cubierta por el agua; y así ocurrió. Tan pronto hubo agua suficiente, pues mi balsa tenía un calado de casi un pie, la impulsé hacia esa parte plana de la orilla y ahí la sujeté, enterrando mis dos remos rotos en el fondo; uno en uno de los extremos de la balsa, y el otro, en el extremo diametralmente opuesto. Así estuve hasta que el agua se retiró y mi balsa, con todo su cargamento, quedaron sanos y salvos en tierra.

Mi siguiente tarea era explorar el lugar y buscar un sitio adecuado para instalarme y almacenar mis bienes, a fin de que estuvieran seguros ante cualquier eventualidad. No sabía aún dónde estaba; ni si era un continente o una isla, si estaba poblado o desierto, ni si había peligro de animales salvajes. Una colina se erguía, alta y empinada, a menos de una milla de donde me hallaba, y parecía elevarse por encima de otras colinas, que formaban una cordillera en dirección al norte. Tomé una de las escopetas de caza, una de las pistolas y un cuerno de pólvora y, armado de esta sazón, me dispuse a llegar hasta la cima de aquella colina, a la que llegué con mucho trabajo y dificultad para descubrir mi penosa suerte; es decir, que me encontraba en una isla rodeada por el mar, sin más tierra a la vista que unas rocas que se hallaban a gran distancia y dos islas, aún más pequeñas, que estaban como a tres leguas hacia el oeste.

Descubrí también que la isla en la que me hallaba era estéril y tenía buenas razones para suponer que estaba deshabitada, excepto por bestias salvajes, de las cuales aún no había visto ninguna. Vi una gran cantidad de aves pero no sabía a qué especie pertenecían ni cuáles serían comestibles, en caso de que pudiera matar alguna. A mi regreso, le disparé a un pájaro enorme que estaba posado sobre un árbol, al lado de un bosque frondoso y no dudo que fuera la primera vez que allí se disparaba un arma desde la creación del mundo, pues, tan pronto como sonó el disparo, de todas partes del bosque se alzaron en vuelo innumerables aves de varios tipos, creando una confusa gritería con sus diversos graznidos; mas, no podía reconocer ninguna especie. En cuanto al pájaro que había matado, tenía el pico y el color de un águila pero sus garras no eran distintas a las de las aves comunes y su carne era una carroña, absolutamente incomestible.

Complacido con este descubrimiento, regresé a mi balsa y me puse a llevar mi cargamento a la orilla, lo cual me tomó el resto del día. Cuando llegó la noche, no sabía qué hacer ni dónde descansar, pues tenía miedo de acostarme en la tierra y que viniera algún animal salvaje a devorarme aunque, según descubrí más tarde, eso era algo por lo que no tenía que preocuparme.

No obstante, me atrincheré como mejor pude, con los arcones y las tablas que había traído a la orilla, e hice una especie de cobertizo para albergarme durante la noche. En cuanto a la comida, no sabía cómo conseguirla; había visto sólo dos o tres animales, parecidos a las liebres, que habían salido del bosque cuando le disparé al pájaro.

Comencé a pensar que aún podía rescatar muchas cosas útiles del barco, en especial, aparejos, velas, y cosas por el estilo, y traerlas a tierra. Así, pues, resolví regresar al barco, si podía. Sabiendo que la primera tormenta que lo azotara, lo rompería en pedazos, decidí dejar de lado todo lo demás, hasta que hubiese rescatado del barco todo lo que pudiera. Entonces llamé a consejo, es decir, en mi propia mente, para decidir si debía volver a utilizar la balsa; mas no me pareció una idea factible. Volvería, como había hecho antes, cuando bajara la marea, y así lo hice, solo que esta vez me desnudé antes de salir del cobertizo y me quedé solamente con una camisa a cuadros, unos pantalones de lino y un par de escarpines.

Subí al barco, del mismo modo que la vez anterior, y preparé una segunda balsa. Mas, como ya tenía experiencia, no la hice tan difícil de manejar, ni la cargué tanto como la primera, sino que me llevé las cosas que me parecieron más útiles. En el camarote del carpintero, encontré dos o tres bolsas llenas de clavos y pasadores, un gran destornillador, una o dos docenas de hachas y, sobre todo, un artefacto muy útil que se llama yunque. Lo amarré todo, junto con otras cosas que pertenecían al artillero, tales como dos o tres arpones de hierro, dos barriles de balas de mosquete, siete mosquetes, otra escopeta para cazar, un poco más de pólvora, una bolsa grande de balas pequeñas y un gran rollo de lámina de plomo. Pero esto último era tan pesado, que no pude levantarlo para sacarlo por la borda.

Aparte de estas cosas, cogí toda la ropa para hombre que pude encontrar, una vela de proa de repuesto, una hamaca y ropa de cama. De este modo, cargué mi segunda balsa y, para mi gran satisfacción, pude llevarlo todo a tierra sano y salvo.

Durante mi ausencia, temía que mis provisiones pudieran ser devoradas en la orilla pero cuando regresé, no encontré huellas de ningún visitante. Solo un animal, que parecía un gato salvaje, estaba sentado sobre uno de los arcones y cuando me acerqué, corrió hasta un lugar no muy distante y allí se quedó quieto. Estaba sentado con mucha compostura y despreocupación y me miraba fijamente a la cara, como si quisiera conocerme. Le apunté con mi pistola pero no entendió lo que hacía pues no dio muestras de preocupación ni tampoco hizo ademán de huir. Entonces le tiré un pedazo de galleta, de las que, por cierto, no tenía demasiadas, pues mis provisiones eran bastante escasas; como decía, le arrojé un pedazo y se acercó, lo olfateó, se lo comió, y se quedó mirando, como agradecido y esperando a que le diera más. Le di a entender cortésmente que no podía darle más y se marchó.

Después de desembarcar mi segundo cargamento, aunque me vi obligado a abrir los barriles de pólvora y trasladarla poco a poco, pues estaba en unos cubos muy grandes, que pesaban demasiado, me di a la tarea de construir una pequeña tienda, con la vela y algunos palos que había cortado para ese propósito. Dentro de la tienda, coloqué todo lo que se podía estropear con la lluvia o el sol y apilé los arcones y barriles vacíos en círculo alrededor de la tienda para defenderla de cualquier ataque repentino de hombre o de animal.

Cuando terminé de hacer esto, bloqueé la puerta de la tienda por dentro con unos tablones y por fuera con un arcón vacío.

Extendí uno de los colchones en el suelo y, con dos pistolas a la altura de mi cabeza y una escopeta al alcance de mi brazo, me metí en cama por primera vez. Dormí tranquilamente toda la noche, pues me sentía pesado y extenuado de haber dormido poco la noche anterior y trajinado arduamente todo el día, sacando las cosas del barco y trayéndolas hasta la orilla.

Tenía el mayor almacén que un solo hombre hubiese podido reunir jamás, pero no me sentía a gusto, pues pensaba que, mientras el barco permaneciera erguido, debía rescatar de él todo lo que pudiera. Así, pues, todos los días, cuando bajaba la marea, me llegaba hasta él y traía una cosa u otra. Particularmente, la tercera vez que fui, me traje todos los aparejos que pude, todos los cabos finos y las sogas que hallé, un trozo de lona, previsto para remendar las velas cuando fuera necesario, y el barril de pólvora que se había mojado. En pocas palabras, me traje todas las velas, desde la primera hasta la última, cortadas en trozos, para transportar tantas como me fuera posible en un solo viaje, puesto que ya no servían como velas sino simplemente como tela. Me sentí más satisfecho aún, cuando, al cabo de cinco o seis viajes, como los que he descrito, convencido de que ya no había en el barco nada más que valiese la pena rescatar, encontré un tonel de pan, tres barriles de ron y licor, una caja de azúcar y un barril de harina. Este hallazgo me sorprendió mucho, pues no esperaba encontrar más provisiones, excepto las que se habían estropeado con el agua. Vacié el tonel de pan, envolví los trozos, uno por uno, con los pedazos de tela que había cortado de las velas y lo llevé todo a tierra sano y salvo.

Al día siguiente hice otro viaje y como ya había saqueado el barco de todo lo que podía transportar, seguí con los cables. Corté los más gruesos en trozos, de un tamaño proporcional a mis fuerzas y, así, llevé dos cables y un cabo a la orilla, junto con todos los herrajes que pude encontrar. Corté, además el palo de trinquete y todo lo que me sirviera para construir una balsa grande, que cargué con todos esos objetos pesados y me, marché. Mas, mi buena suerte comenzaba a abandonarme, pues, la balsa era tan difícil de manejar y estaba tan sobrecargada, que, cuando entré en la pequeña rada en la que había desembarcado las demás provisiones, no pude gobernarla tan fácilmente como la otra y se volcó, arrojándome al agua con todo mi cargamento. A mí no me pasó casi nada, pues estaba cerca de la orilla, pero la mayor parte de mi cargamento cayó al agua, especialmente el hierro, que según había pensado, me sería de gran utilidad. No obstante, cuando bajó la marea, pude rescatar la mayoría de los cables y parte del hierro, haciendo un esfuerzo infinito, pues tenía que sumergirme para sacarlos del agua y esta actividad me causaba mucha fatiga. Después de esto, volví todos los días al barco y fui trayendo todo lo que pude.

Hacía trece días que estaba en tierra y había ido once veces al barco. En este tiempo, traje todo lo que un solo par de manos era capaz de transportar, aunque no dudo que, de haber continuado el buen tiempo, habría traído el barco entero a pedazos. Mientras me preparaba para el duodécimo viaje, me di cuenta de que el viento comenzaba a soplar con más fuerza. No obstante, cuando bajó la marea, volví hasta el barco. Cuando creía haber saqueado tan a fondo el camarote, que ya no hallaría nada más de valor, aún descubrí un casillero con cajones, en uno de los cuales había dos o tres navajas, un par de tijeras grandes y diez o doce tenedores y cuchillos buenos. En otro de los cajones, encontré cerca de treinta y seis libras en monedas europeas y brasileñas y en piezas de a ocho, y un poco de oro y de plata.

Cuando vi el dinero sonreí y exclamé: -¡Oh, droga!, ¿para qué me sirves? No vales nada para mí; ni siquiera el esfuerzo de recogerte del suelo. Cualquiera de estos cuchillos vale más que este montón de dinero. No tengo forma de utilizarte, así que, quédate donde estás y húndete como una criatura cuya vida no vale la pena salvar. Sin embargo, cuando recapacité, lo cogí y lo envolví en un pedazo de lona. Pensaba construir otra balsa pero cuando me dispuse a hacerlo, advertí que el cielo se había cubierto y el viento se había levantado. En un cuarto de hora comenzó a soplar un vendaval desde la tierra y pensé que sería inútil pretender hacer una balsa, si el viento venía de la tierra. Lo mejor que podía hacer era marcharme antes de que subiera la marea pues, de lo contrario, no iba a poder llegar a la orilla. Por lo tanto, me arrojé al agua y crucé a nado el canal que se extendía entre el barco y la arena, con mucha dificultad, en parte, por el peso de las cosas que llevaba conmigo y, en parte, por la violencia del agua, agitada por el viento, que cobraba fuerza tan rápidamente, que, antes de que subiera la marea, se había convertido en tormenta.

No obstante, pude llegar a salvo a mi tienda, donde me puse a resguardo, rodeado de todos mis bienes. El viento sopló con fuerza toda la noche y, en la mañana, cuando salí a mirar, el barco había desaparecido. Al principio sentí cierta turbación pero luego me consolé pensando que no había perdido tiempo ni escatimado esfuerzos para rescatar del barco todo lo que pudiera servirme; en realidad, era muy poco lo que había quedado, que habría podido sacar, si hubiese tenido más tiempo.

Por tanto, dejé de pensar en el barco o en cualquier cosa que hubiese en él, a excepción de aquello que llegase a la orilla, como ocurrió con algunas de sus partes, que no me sirvieron de mucho.

Mi única preocupación era protegerme de los salvajes, si llegaban a aparecer, y de las bestias, si es que había alguna en la isla. Pensé mucho en la mejor forma de hacerlo y, en especial, el tipo de morada que debía construir, ya fuera excavando una cueva en la tierra o levantando una tienda. En poco tiempo decidí que haría ambas y no me parece impropio describir detalladamente cómo las hice.

Me di cuenta en seguida de que el sitio donde me encontraba no era el mejor para instalarme, pues estaba sobre un terreno pantanoso y bajo, muy próximo al mar, que no me parecía adecuado, entre otras cosas, porque no había agua fresca en los alrededores. Así, pues, decidí que me buscaría un lugar más saludable y conveniente.

Procuré que el lugar cumpliera con ciertas condiciones indispensables: en primer lugar, sanidad y agua fresca, como acabo de mencionar; en segundo lugar, resguardo del calor del sol; en tercer lugar, protección contra criaturas hambrientas, fueran hombres o animales; y, en cuarto lugar, vista al mar, a fin de que, si Dios enviaba algún barco, no perdiera la oportunidad de salvarme, pues aún no había renunciado a la esperanza de que esto ocurriera.

Mientras buscaba un sitio propicio, encontré una pequeña planicie en la ladera de una colina. Una de sus caras descendía tan abruptamente sobre la planicie, que parecía el muro de una casa, de modo que nada podría caerme encima desde arriba. En la otra cara, había un hueco que se abría como la entrada o puerta de una cueva, aunque allí no hubiese, en realidad, cueva alguna ni entrada a la roca.

Decidí montar mi tienda en la parte plana de la hierba, justo antes de la cavidad. Esta planicie no tenía más de cien yardas de ancho y casi el doble de largo y se extendía como un prado desde mi puerta, descendiendo irregularmente hasta la orilla del mar. Estaba en el lado noroeste de la colina, de modo que me protegía del calor durante todo el día, hasta que el sol se colocaba al sudoeste, lo cual, en estas tierras, significa que está próximo a ponerse.

Antes de montar mi tienda, tracé un semicírculo delante de la cavidad, de un radio aproximado de diez yardas hasta la roca y un diámetro de veinte yardas de un extremo al otro.

En este semicírculo, enterré dos filas de estacas fuertes, hundiéndolas por un extremo en la tierra hasta que estuvieran firmes como pilares, de manera que, sus puntas afiladas sobresalieran cinco pies y medio desde el suelo. Entre ambas filas no había más de seis pulgadas.

Entonces tomé los trozos de cable que había cortado en el barco y los coloqué, uno sobre otro, dentro del círculo, entre las dos filas de estacas hasta llegar a la punta. Sobre estos, apoyé otros palos, de casi dos pies y medio de altura, a modo de soporte. De este modo, construí una verja tan fuerte, que no habría hombre ni bestia capaz de saltarla o derribarla. Esto me tomó mucho tiempo y esfuerzo, en particular, cortar las estacas en el bosque y clavarlas en la tierra.

Para entrar a este lugar, no hice una puerta, sino una pequeña escalera para pasar por encima de la empalizada. Cuando estaba dentro, la levantaba tras de mí y me quedaba completamente encerrado y a salvo de todo el mundo, por lo que podía dormir tranquilo toda la noche, cosa que, de lo contrario, no habría podido hacer, aunque, según comprobé después, no tenía necesidad de tomar tantas precauciones contra los enemigos a los que tanto temía.

Con mucho trabajo, metí dentro de esta verja o fortaleza todas mis provisiones, municiones y propiedades de las que he hecho mención anteriormente y me hice una gran tienda doble para protegerme de las lluvias, que en determinadas épocas del año son muy fuertes. En otras palabras, hice una tienda más pequeña dentro de una más grande y esta última la cubrí con el alquitrán que había rescatado con las velas.

Ya no dormía en la cama que había rescatado, sino en una hamaca muy buena, que había pertenecido al capitán del barco.

Llevé a la tienda todas mis provisiones y lo que se pudiera estropear con la humedad y, habiendo resguardado todos mis bienes, cerré la entrada, que hasta entonces había dejado al descubierto, y utilicé la escalera para entrar y salir.

Hecho esto, comencé a excavar la roca y a transportar, a través de la tienda, la tierra y las piedras que extraía. Las fui apilando junto a la verja, por la parte de adentro, hasta formar una especie de terraza, que se levantaba como un pie y medio del suelo. De este modo, excavé una cueva, detrás de mi tienda, que me servía de bodega.

Me costó gran esfuerzo y muchos días realizar todas estas tareas. Por tanto, debo retroceder para hacer referencia a algunas cosas que, durante este tiempo, me preocupaban. Ocurrió que, habiendo terminado el proyecto de montar mi tienda y excavar la cueva, se desató una tormenta de lluvia, que caía de una nube espesa y oscura. De pronto se produjo un relámpago al que, como suele ocurrir, sucedió un trueno estrepitoso. No me asustó tanto el resplandor como el pensamiento que surgió en mi mente, tan raudo como el mismo relámpago: «¡Oh, mi pólvora!». El corazón se me apretó cuando pensé que toda mi pólvora podía arruinarse de un soplo, puesto que toda mi defensa y mi posibilidad de sustento dependían de ella. Me inquietaba menos el riesgo personal que corría, pues, en caso de que la pólvora hubiese ardido, jamás habría sabido de dónde provenía el golpe.

Tanto me impresionó este hecho, que dejé a un lado todas mis tareas de construcción y fortificación y me dediqué a hacer bolsas y cajas para separar la pólvora en pequeñas cantidades, con la esperanza de que, si pasaba algo, no se encendiera toda al mismo tiempo, y aislar esas pequeñas cantidades, de manera que el fuego no pudiera propagarse de una bolsa a otra. Terminé esta tarea en casi dos semanas y creo que logré dividir mi pólvora, que en total llegaba a las doscientas cuarenta libras de peso, en no menos de cien bolsas. En cuanto al barril que se había mojado, no me pareció peligroso así que lo coloqué en mi nueva cueva, que en mi fantasía, la llamaba mi cocina, y escondí el resto de la pólvora entre las rocas para que no se mojara, señalando cuidadosamente dónde lo había guardado.

En el lapso que me hallaba realizando estas tareas, salí casi todos los días con mi escopeta, tanto para distraerme, como para ver si podía matar algo para comer y enterarme de lo que producía la tierra. La primera vez que salí, descubrí que en la isla había cabras, lo que me produjo una gran satisfacción, a la que siguió un disgusto, pues eran tan temerosas, sensibles y veloces, que acercarse a ellas era lo más difícil del mundo. Sin embargo, esto no me desanimó, pues sabía que alguna vez lograría matar alguna, lo que ocurrió en poco tiempo, porque, después de aprender un poco sobre sus hábitos, las abordé de la siguiente manera. Había observado que si me veían en los valles, huían despavoridas, aun cuando estuvieran comiendo en las rocas. Mas, si se encontraban pastando en el valle y yo me hallaba en las rocas no advertían mi presencia, por lo que llegué a la conclusión de que, por la posición de sus ojos, miraban hacia abajo y, por lo tanto, no podían ver los objetos que se hallaban por encima de ellas. Así, pues, por consiguiente, utilicé el siguiente método: subía a las rocas para situarme encima de ellas y, desde allí, les disparaba, a menudo, con buena puntería. La primera vez que les disparé a estas criaturas, maté a una hembra que tenía un cabritillo, al que daba de mamar, lo cual me causó mucha pena. Cuando cayó la madre, el pequeño se quedó quieto a su lado hasta que llegué y la levanté, y mientras la llevaba cargada sobre los hombros, me siguió muy de cerca hasta mi aposento. Entonces, puse la presa en el suelo y cogí al pequeño en brazos y lo llevé hasta mi empalizada con la esperanza de criarlo y domesticarlo. Más, como no quería comer, me vi forzado a matarlo y comérmelo. La carne de ambos me dio para alimentarme un buen tiempo, pues comía con moderación y economizaba mis provisiones (especialmente el pan), todo lo que podía.

Una vez instalado, me di cuenta de que sentía la necesidad imperiosa de tener un sitio donde hacer fuego y procurarme combustible. Contaré con lujo de detalles lo que hice para procurármelo y cómo agrandé mi cueva y las demás mejoras que introduje. Pero antes, debo hacer un breve relato acerca de mí y mis pensamientos sobre la vida, que, como bien podrá imaginarse, no eran pocos.

Tenía una idea bastante sombría de mi condición, pues me hallaba náufrago en esta isla, a causa de una violenta tormenta, que nos había sacado completamente de rumbo; es decir, a varios cientos de leguas de las rutas comerciales de la humanidad. Tenía muchas razones para creer que se trataba de una determinación del Cielo y que terminaría mis días en este lugar desolado y solitario.

Lloraba amargamente cuando pensaba en esto y, a veces, me preguntaba a mí mismo por qué la Providencia arruinaba de esta forma a sus criaturas y las hacía tan absolutamente miserables; por qué las abandonaba de forma tan humillante, que resultaba imposible sentirse agradecido por estar vivo en semejantes condiciones.

Pero algo siempre me hacía recapacitar y reprocharme por estos pensamientos. Particularmente, un día, mientras caminaba por la orilla del mar con mi escopeta en la mano y me hallaba absorto reflexionando sobre mi condición, la razón, por así decirlo, me expuso otro argumento: «Pues bien, estás en una situación desoladora, cierto, pero por favor, recuerda dónde están los demás. ¿Acaso

no venían once a bordo del bote? ¿Por qué no se salvaron ellos y moriste tú? ¿Por qué fuiste escogido? ¿Es mejor estar aquí o allá?»
Y entonces apunté con el dedo hacia el mar. Todos los males han de ser juzgados pensando en el bien que traen consigo y en los males mayores que pueden acechar.
Entonces volví a pensar en lo bien provisto que estaba para subsistir y lo que habría sido de mí, si no hubiese ocurrido -había, acaso, una posibilidad entre cien mil- que el barco se encallara donde lo hizo primeramente, y hubiese sido arrastrado tan cerca de la costa, que me diese tiempo de rescatar todo lo que pude de él. ¿Qué habría sido de mí si hubiese tenido que vivir en las condiciones en las que había llegado a tierra, sin las cosas necesarias para vivir o para conseguir el sustento?
-Sobre todo -decía en voz alta, aunque hablando conmigo mismo-, ¿qué habría hecho sin una escopeta, sin municiones, sin herramientas para fabricar nada ni para trabajar, sin ropa, sin cama, ni tienda, ni nada con que cubrirme?
Ahora tenía todas estas cosas en abundancia y me hallaba en buenas condiciones para abastecerme, incluso cuando se me agotaran las municiones. Ahora tenía una perspectiva razonable de subsistir sin pasar necesidades por el resto de mi vida, pues, desde el principio, había previsto el modo de abastecerme, no solo si tenía un accidente, sino en el futuro, cuando se me hubiesen agotado las municiones y hubiese perdido la salud y la fuerza.
Confieso que nunca había contemplado la posibilidad de que mis municiones pudiesen ser destruidas de un golpe; quiero decir, que mi pólvora se encendiera con un rayo, y por eso me quedé tan sorprendido cuando comenzó a tronar y a relampaguear.
Y ahora que voy a entrar en el melancólico relato de una vida silenciosa, como jamás se ha escuchado en el mundo, comenzaré desde el principio y continuaré en orden. Según mis cálculos, estábamos a 30 de septiembre cuando llegué a esta horrible isla por primera vez; el sol, que para nosotros se hallaba en el equinoccio otoñal, estaba casi justo sobre mi cabeza pues, según mis observaciones, me encontraba a nueve grados veintidós minutos de latitud norte respecto al ecuador.
Al cabo de diez o doce días en la isla, me di cuenta de que perdería la noción del tiempo por falta de libros, pluma y tinta y que entonces, se me olvidarían incluso los días que había que trabajar y los que había que guardar descanso. Para evitar esto, clavé en la playa un poste en forma de cruz en el que grabé con letras mayúsculas la siguiente inscripción: «Aquí llegué a tierra el 30 de septiembre de 1659».
Cada día, hacía una incisión con el cuchillo en el costado del poste; cada siete incisiones hacía una que medía el doble que el resto; y el primer día de cada mes,

hacía una marca dos veces más larga que las anteriores. De este modo, llevaba mi calendario, o sea, el cómputo de las semanas, los meses y los años.

Hay que observar que, entre las muchas cosas que rescaté del barco, en los muchos viajes que hice, como he mencionado anteriormente, traje varias de poco valor pero no por eso menos útiles, que he omitido en mi narración; a saber: plumas, tinta y papel de los que había varios paquetes que pertenecían al capitán, el primer oficial y el carpintero; tres o cuatro compases, algunos instrumentos matemáticos, cuadrantes, catalejos, cartas marinas y libros de navegación; todo lo cual había amontonado, por si alguna vez me hacían falta. También encontré tres Biblias muy buenas, que me habían llegado de Inglaterra y había empaquetado con mis cosas, algunos libros en portugués, entre ellos dos o tres libros de oraciones papistas, y otros muchos libros que conservé con gran cuidado. Tampoco debo olvidar que en el barco llevábamos un perro y dos gatos, de cuya eminente historia diré algo en su momento, pues me traje los dos gatos y el perro saltó del barco por su cuenta y nadó hasta la orilla, al día siguiente de mi desembarco con el primer cargamento. A partir de entonces, fue mi fiel servidor durante muchos años. Me traía todo lo que yo quería y me hacía compañía; lo único que faltaba era que me hablara pero eso no lo podía hacer. Como dije, había encontrado plumas, tinta y papel, que administré con suma prudencia y puedo demostrar que mientras duró la tinta, apunté las cosas con exactitud. Mas cuando se me acabó, no pude seguir haciéndolo, pues no conseguí producirla de ningún modo.

Esto me hizo advertir que, a pesar de todo lo que había logrado reunir, necesitaba más cosas, entre ellas tinta y también un pico y una pala para excavar y remover la tierra, agujas, alfileres, hilo y ropa blanca, de la cual aprendí muy pronto a prescindir sin mucha dificultad.

Esta falta de herramientas, hacía más difíciles los trabajos que tenía que realizar, por lo que tardé casi un año en terminar mi pequeña empalizada o habitación protegida. Los postes o estacas, que tenían un peso proporcional a mis fuerzas, me obligaron a pasar mucho tiempo en el bosque cortando y preparando troncos y, sobre todo, transportándolos hasta mi morada. A veces tardaba dos días enteros en cortar y transportar uno solo de esos postes y otro día más en clavarlo en la tierra. Para hacer esto, utilizaba un leño pesado pero después pensé que sería mejor utilizar unas barras puntiagudas de hierro que, después de todo, tampoco me aliviaron el tedio y la fatiga de enterrar los postes. Pero, ¿qué necesidad tenía de preocuparme por la monotonía que me imponía cualquier obligación si tenía todo el tiempo del mundo para realizarla? Tampoco tenía más que hacer cuando terminara, al menos nada que pudiera prever, si no era recorrer la isla en busca de alimento, lo cual hacía casi todos los días.

Comencé a considerar seriamente mi condición y las circunstancias a las que me veía reducido y decidí poner mis asuntos por escrito, no tanto para dejarlos a los que acaso vinieran después de mí, pues era muy poco probable que tuviera descendencia, sino para liberar los pensamientos que a diario me afligían. A medida que mi razón iba dominando mi abatimiento, empecé a consolarme como pude y a anotar lo bueno y lo malo, para poder distinguir mi situación de una peor; y apunté con imparcialidad, como lo harían un deudor y un acreedor, los placeres de que disfrutaba, así como las miserias que padecía, de la siguiente manera:

Malo - Bueno

He sido arrojado a una horrible isla desierta, sin esperanza alguna de salvación. Pero estoy vivo y no me he ahogado como el resto de mis compañeros de viaje.
Al parecer, he sido aislado y separado de todo el mundo para llevar una vida miserable.
Pero también he sido eximido, entre todos los tripulantes del barco, de la muerte; y Él, que tan milagrosamente me salvó de la muerte, me puede liberar de esta condición.
Estoy separado de la humanidad, completamente aislado, desterrado de la sociedad humana.
Pero no estoy muriéndome de hambre ni pereciendo en una tierra estéril, sin sustento.
No tengo ropa para cubrirme.
Pero estoy en un clima cálido donde, si tuviera ropa, apenas podría utilizarla.
No tengo defensa alguna ni medios para resistir un ataque de hombre o bestia.
Pero he sido arrojado a una isla en la que no veo animales feroces que puedan hacerme daño, como los que vi en la costa de África; ¿y si hubiese naufragado allí?
No tengo a nadie con quien hablar o que pueda consolarme.
Pero Dios, envió milagrosamente el barco cerca de la costa para que pudiese rescatar las cosas necesarias para suplir mis carencias y abastecerme con lo que me haga falta por el resto de mi vida.
En conjunto, este era un testimonio indudable de que no podía haber en el mundo una situación más miserable que la mía. Sin embargo, para cada cosa negativa había algo positivo por lo que dar gracias. Y que esta experiencia, obtenida en la condición más desgraciada del mundo, sirva para demostrar que, aun en la desgracia, siempre encontraremos algún consuelo, que colocar en el cómputo del acreedor, cuando hagamos el balance de lo bueno y lo malo.
Habiendo recuperado un poco el ánimo respecto a mi condición y renunciando a mirar hacia el mar en busca de algún barco; digo que, dejando esto a un lado, comencé a ocuparme de mejorar mi forma de vida, tratando de facilitarme las cosas lo mejor que pudiera.
Ya he descrito mi vivienda, que era una tienda bajo la ladera de una colina, rodeada de una robusta empalizada hecha de postes y cables. En verdad, debería

llamarla un muro porque, desde fuera, levanté una suerte de pared contra el césped, de unos dos pies de espesor y, al cabo de un tiempo, creo que como un año y medio, coloqué unas vigas que se apoyaban en la roca y la cubrí con ramas de árboles y cosas por el estilo para protegerme de la lluvia, que en algunas épocas del año era muy violenta.

Ya he relatado cómo llevé todos mis bienes al interior de la empalizada y de la cueva que excavé en la parte posterior. Pero debo añadir que, al principio, todo esto era un confuso amontonamiento de cosas desordenadas, que ocupaban casi todo el espacio y no me dejaban sitio para moverme. Así, pues, me di a la tarea de agrandar mi cueva, excavando más profundamente en la tierra, que era de roca arenosa y cedía fácilmente a mi trabajo. Cuando me sentí a salvo de las bestias de presa, comencé a excavar caminos laterales en la roca; primero hacia la derecha y, luego, nuevamente hacia la derecha, lo cual me permitió contar con un angosto acceso por el que podía entrar y salir de mi empalizada o fortificación.

Esto no solo me proporcionó una entrada y salida, como una suerte de paso por el fondo a la tienda y la bodega, sino un espacio para almacenar mis bienes. Entonces, comencé a dedicarme a fabricar las cosas que consideraba más necesarias, particularmente una silla y una mesa, pues sin estas no podía disfrutar de las pocas comodidades que tenía en el mundo; no podía escribir, comer, ni hacer muchas cosas a gusto sin una mesa.

Así, pues, me puse a trabajar y aquí debo señalar que, puesto que la razón es la sustancia y origen de las matemáticas, todos los hombres pueden hacerse expertos en las artes manuales si utilizan la razón para formular y encuadrar todo y juzgar las cosas racionalmente. Nunca en mi vida había utilizado una herramienta, mas con el tiempo, con trabajo, empeño e ingenio descubrí que no había nada que no pudiera construir, en especial, si tenía herramientas; y hasta llegué a hacer un montón de cosas sin herramientas, algunas de ellas, tan solo con una azuela y un hacha, como, seguramente, nunca se habrían hecho antes; y todo ello con infinito esfuerzo. Por ejemplo, si quería un tablón, no tenía más remedio que cortar un árbol, colocarlo de canto y aplanarlo a golpes con mi hacha por ambos lados, hasta convertirlo en una plancha y, después, pulirlo con mi azuela. Es cierto que con este procedimiento solo podía obtener una tabla de un árbol completo pero no me quedaba otra alternativa que ser paciente.

Tampoco tenía solución para el esfuerzo y el tiempo que me costaba hacer cada plancha o tablón; mas como mi tiempo y mi trabajo valían muy poco, estaban bien empleados de cualquier forma.

Con todo, según expliqué anteriormente, primero me hice una mesa y una silla con las tablas pequeñas que traje del barco en mi balsa. Más tarde, después de fabricar algunas tablas, del modo que he dicho, hice unos estantes largos, de un pie y medio de ancho, que puse, uno encima de otro, a lo largo de toda mi cueva para colocar todas mis herramientas, clavos y hierros; en pocas palabras, para tener cada cosa en su lugar de manera que pudiese acceder a todo fácilmente. Clavé, además, unos ganchos en la pared de la roca para colgar mis armas y todas las cosas que pudiese. Si alguien hubiese visto mi cueva, le habría parecido un almacén general de todas las cosas necesarias en el mundo. Tenía todas mis pertenencias tan a la mano que era un placer ver un surtido tan amplio y ordenado de existencias.

Fue entonces cuando comencé a llevar un diario de lo que hacía cada día porque, al principio, tenía mucha prisa no solo por el trabajo, sino porque estaba bastante confuso, por lo que mi diario habría estado lleno de cosas lúgubres. Por ejemplo, habría dicho: «30 de septiembre. Después de haber llegado a la orilla y haberme librado de morir ahogado, en vez de darle gracias a Dios por salvarme, tras vomitar toda el agua salada que había tragado, hallándome un poco más repuesto, corrí de un lado a otro de la playa, retorciéndome las manos y golpeándome la cabeza y la cara, maldiciendo mi suerte y gritando que estaba perdido hasta que, extenuado y desmayado, tuve que tumbarme en la tierra a descansar y aún no pude dormir por temor a ser devorado.»

Días más tarde, después de haber regresado al barco y rescatado todo lo posible, todavía no podía evitar subir a la cima de la colina, con la esperanza de ver si pasaba algún barco. Imaginaba que, a lo lejos, veía una vela y me contentaba con esa ilusión. Luego, después de mirar fijamente hasta quedarme casi ciego, la perdía de vista y me sentaba a llorar como un niño, aumentando mi desgracia por mi insensatez.

Mas, habiendo superado esto en cierta medida y habiendo instalado mis cosas y mi vivienda; habiendo hecho una silla y una mesa y dispuesto todo tan agradablemente como pude, comencé a llevar mi diario, que transcribiré a continuación (aunque en él se vuelvan a contar todos los detalles que ya he contado), en el cual escribí mientras pude, pues cuando se me acabó la tinta, tuve que abandonarlo.

CAPÍTULO V.

El diario

30 de septiembre de 1659. Yo, pobre y miserable Robinson Crusoe, habiendo naufragado durante una terrible tempestad, llegué más muerto que vivo a esta desdichada isla a la que llamé la Isla de la Desesperación, mientras que el resto de la tripulación del barco murió ahogada.
Pasé el resto del día lamentándome de la triste condición en la que me hallaba, pues no tenía comida, ni casa, ni ropa, ni armas, ni un lugar a donde huir, ni la más mínima esperanza de alivio y no veía otra cosa que la muerte, ya fuera devorado por las bestias, asesinado por los salvajes o asediado por el hambre. Al llegar la noche, dormí sobre un árbol, al que subí por miedo a las criaturas salvajes, y logré dormir profundamente a pesar de que llovió toda la noche.
1 de octubre. Por la mañana vi, para mi sorpresa, que el barco se había desencallado al subir la marea y había sido arrastrado hasta muy cerca de la orilla. Por un lado, esto supuso un consuelo, porque, estando erguido y no desbaratado en mil pedazos, tenía la esperanza de subir a bordo cuando el viento amainara y rescatar los alimentos y las cosas que me hicieran falta; por otro lado, renovó mi pena por la pérdida de mis compañeros, ya que, de habernos quedado a bordo, habríamos salvado el barco o, al menos, no todos habrían perecido ahogados; si los hombres se hubiesen salvado, tal vez habríamos construido, con los restos del barco, un bote que nos pudiese llevar a alguna otra parte del mundo. Pasé gran parte del día perplejo por todo esto, mas, viendo que el barco estaba casi sobre seco, me acerqué todo lo que pude por la arena y luego nadé hasta él. Ese día también llovía aunque no soplaba viento.
Del 1 al 24 de octubre. Pasé todos estos días haciendo viajes para rescatar todo lo que pudiese del barco y llevarlo hasta la orilla en una balsa cuando subiera la marea. Llovió también en estos días aunque con intervalos de buen tiempo; al parecer, era la estación de lluvia.
20 de octubre. Mi balsa volcó con toda la carga porque las cosas que llevaba eran mayormente pesadas, pero como las aguas no eran demasiado profundas, pude recuperarlas cuando bajó la marea.
25 de octubre. Llovió toda la noche y todo el día, con algunas ráfagas de viento. Durante ese lapso, el viento sopló con fuerza y destrozó el barco hasta que no quedó más rastro de él, que algunos restos que aparecieron cuando bajó la marea. Me pasé todo el día cubriendo y protegiendo los bienes que había rescatado para que la lluvia no los estropeara.

26 de octubre. Durante casi todo el día recorrí la costa en busca de un lugar para construir mi vivienda y estaba muy preocupado por ponerme a salvo de un ataque nocturno, ya fuera de animales u hombres. Hacia la noche, encontré un lugar adecuado bajo una roca y tracé un semicírculo para mi campamento, que decidí fortificar con una pared o muro hecho de postes atados con cables por dentro y con matojos por fuera.
Del 26 al 30. Trabajé con gran empeño para transportar todos mis bienes a mi nueva vivienda aunque llovió buena parte del tiempo.
El 31. Por la mañana, salí con mi escopeta a explorar la isla y a buscar alimento. Maté a una cabra y su pequeño me siguió hasta casa y después tuve que matarlo porque no quería comer.
1 de noviembre. Instalé mi tienda al pie de una roca y permanecí en ella por primera vez toda la noche. La hice tan espaciosa como pude con las estacas que había traído para poder colgar mi hamaca.
2 de noviembre. Coloqué mis arcones, las tablas y los pedazos de leña con los que había hecho las balsas a modo de empalizada dentro del lugar que había marcado para mi fortaleza.
3 de noviembre. Salí con mi escopeta y maté dos aves semejantes a patos, que estaban muy buenas. Por la tarde me puse a construir una mesa.
4 de noviembre. Esta mañana organicé mi horario de trabajo, caza, descanso y distracción; es decir, que todas las mañanas salía a cazar durante dos o tres horas, si no llovía, entonces trabajaba hasta las once en punto, luego comía lo que tuviese y desde las doce hasta las dos me echaba una siesta pues a esa hora hacía mucho calor; por la tarde trabajaba otra vez. Dediqué las horas de trabajo de ese día y del siguiente a construir mi mesa, pues aún era un pésimo trabajador, aunque el tiempo y la necesidad hicieron de mí un excelente artesano en poco tiempo, como, pienso, le hubiese ocurrido a cualquiera.
5 de noviembre. Este día salí con mi escopeta y mi perro y cacé un gato salvaje que tenía la piel muy suave aunque su carne era incomestible: siempre desollaba todos los animales que cazaba y conservaba su piel. A la vuelta, por la orilla, vi muchos tipos de aves marinas que no conocía y fui sorprendido y casi asustado por dos o tres focas que, mientras las observaba sin saber qué eran, se echaron al mar y escaparon, por esa vez.
6 de noviembre. Después de mi paseo matutino, volví a trabajar en mi mesa y la terminé aunque no a mi gusto; más no pasó mucho tiempo antes de que aprendiera a arreglarla.
7 de noviembre. El tiempo comenzó a mejorar. Los días 7, 8, 9, 10 y parte del 12 (porque el 11 era domingo), me dediqué exclusivamente a construir una silla y, con mucho esfuerzo, logre darle una forma aceptable aunque no llegó a gustarme nunca y eso que en el proceso, la deshice varias veces.

Nota: pronto descuidé la observancia del domingo porque al no hacer una marca en el poste para indicarlos, olvidé cuándo caía ese día.

13 de noviembre. Este día llovió, lo cual refrescó mucho y enfrió la tierra pero la lluvia vino acompañada de rayos y truenos; esto me hizo temer por mi pólvora. Tan pronto como escampó decidí separar mi provisión de pólvora en tantos pequeños paquetes como fuese posible, a fin de que no corriesen peligro.

14, 15 y 16 de noviembre. Pasé estos tres días haciendo pequeñas cajas y cofres que pudieran contener una o dos libras de pólvora, a lo sumo y, guardando en ellos la pólvora, la almacené en lugares seguros y tan distantes entre sí como pude. Uno de estos tres días maté un gran pájaro que no era comestible y no sabía qué era.

17 de noviembre. Este día comencé a excavar la roca detrás de mi tienda con el fin de ampliar el espacio.

Nota: necesitaba tres cosas para realizar esta tarea, a saber, un pico, una pala y una carretilla o cesto. Detuve el trabajo para pensar en la forma de suplir esta necesidad y hacerme unas herramientas; utilicé las barras de hierro como pico y funcionaron bastante bien aunque eran pesadas; lo siguiente era una pala u horca, que era tan absolutamente imprescindible, que no podía hacer nada sin ella; mas no sabía cómo hacerme una.

18 de noviembre. Al día siguiente, buscando en el bosque, encontré un árbol, o al menos uno muy parecido, de los que en Brasil se conocen como árbol de hierro por la dureza de su madera. De esta madera, con mucho trabajo y casi a costa de romper mi hacha, corté un pedazo y lo traje a casa con igual dificultad pues pesaba muchísimo.

La excesiva dureza de la madera y la falta de medios me obligaron a pasar mucho tiempo en esta labor, pues tuve que trabajar poco a poco hasta darle la forma de pala o azada; el mango era exactamente igual a los de Inglaterra, con la diferencia de que al no estar cubierta de hierro la parte más ancha al final, no habría de durar mucho tiempo; no obstante, servía para el uso que le di; y creo que jamás se había construido una pala de este modo ni había tomado tanto tiempo hacerla.

Aún tenía carencias, pues me hacía falta una canasta o carretilla. No tenía forma de hacer una canasta porque no disponía de ramas que tuvieran la flexibilidad necesaria para hacer mimbre, o al menos no las había encontrado aún. En cuanto a la carretilla, imaginé que podría fabricar todo menos la rueda; no tenía la menor idea de cómo hacerla, ni siquiera empezarla; además, no tenía forma de hacer la barra que atraviesa el eje de la rueda, así que me di por vencido y, para sacar la tierra que extraía de la cueva, hice algo parecido a las bateas que utilizan los albañiles para transportar la argamasa.

Esto no me resultó tan difícil como hacer la pala y, con todo, construir la batea y la pala, aparte del esfuerzo que hice en vano para fabricar una carretilla, me tomó casi cuatro días; digo, sin contar el tiempo invertido en mis paseos matutinos con mi escopeta, cosa que casi nunca dejaba de hacer y casi nunca volvía a casa sin algo para comer.

23 de noviembre. Había suspendido mis demás tareas para fabricar estas herramientas y, cuando las hube terminado, seguí trabajando todos los días, en la medida en que me lo permitían mis fuerzas y el tiempo. Pasé dieciocho días enteros en ampliar y profundizar mi cueva a fin de que pudiese alojar mis pertenencias cómodamente.

Nota: durante todo este tiempo, trabajé para ampliar esta habitación o cueva lo suficiente como para que me sirviera de depósito o almacén, de cocina, comedor y bodega; en cuanto a mi dormitorio, seguí utilizando la tienda salvo cuando, en la temporada de lluvias, llovía tan fuertemente que no podía mantenerme seco, lo que me obligaba a cubrir todo el recinto que estaba dentro de la empalizada con palos largos, a modo de travesaños, inclinados contra la roca, que luego cubría con matojos y anchas hojas de árboles, formando una especie de tejado.

10 de diciembre. Creía terminada mi cueva o cámara cuando, de pronto (parece que la había hecho demasiado grande), comenzó a caer un montón de tierra por uno de los lados; tanta que me asusté, y no sin razón, pues de haber estado debajo no me habría hecho falta un sepulturero. Tuve que trabajar muchísimo para enmendar este desastre porque tenía que sacar toda la tierra que se había desprendido y, lo más importante, apuntalar el techo para asegurarme de que no hubiese más derrumbamientos.

11 de diciembre. Este día me puse a trabajar en consonancia con lo ocurrido y puse dos puntales o estacas contra el techo de la cueva y dos tablas cruzadas sobre cada uno de ellos. Terminé esta tarea al día siguiente y después seguí colocando más puntales y tablas, de manera que en una semana, había asegurado el techo; los pilares, que estaban colocados en hileras, servían para dividir las estancias de mi casa.

17 de diciembre. Desde este día hasta el 20, coloqué estantes y clavos en los pilares para colgar todo lo que se pudiese colgar y entonces empecé a sentir que la casa estaba un poco más organizada.

20 de diciembre. Llevé todas las cosas dentro de la cueva y comencé a amueblar mi casa y a colocar algunas tablas a modo de aparador donde poner mis alimentos pero no tenía demasiadas tablas; también me hice otra mesa.

24 de diciembre. Mucha lluvia todo el día y toda la noche; no salí.

25 de diciembre. Llovió todo el día.

26 de diciembre. No llovió y la tierra estaba mucho más fresca que antes y más agradable.

27 de diciembre. Maté una cabra joven y herí a otra que pude capturar y llevarme a casa atada a una cuerda; una vez en casa, le amarré y entablillé la pata, que estaba rota.

Nota: la cuidé tanto que sobrevivió; se le curó la pata y estaba más fuerte que nunca y de cuidarla tanto tiempo se domesticó y se alimentaba del césped que crecía junto a la entrada y no se escapó. Esta fue la primera vez que contemplé la idea de criar y domesticar algunos animales para tener con qué alimentarme cuando se me acabaran la pólvora y las municiones.

28, 29 y 30 de diciembre. Mucho calor y nada de brisa de manera que no se podía salir, excepto por la noche, a buscar alimento; pasé estos días poniendo en orden mi casa.

1 de enero. Mucho calor aún pero salí con mi escopeta temprano en la mañana y luego por la tarde; el resto del día me quedé tranquilo. Esa noche me adentré en los valles que se encuentran en el centro de la isla y descubrí muchas cabras, pero muy ariscas y huidizas; decidí que iba a tratar de llevarme al perro para cazarlas.

2 de enero. En efecto, al otro día me llevé al perro y le mostré las cabras, pero me equivoqué porque todas se le enfrentaron y él, sabiendo que podía correr peligro, no se quería acercar a ellas.

3 de enero. Comencé a construir mi verja o pared y como aún temía que alguien me atacara, decidí hacerla gruesa y fuerte.

Nota: como ya he descrito esta pared anteriormente, omito deliberadamente en el diario lo que ya he dicho; baste señalar que estuve casi desde el 3 de enero hasta el 14 de abril, trabajando, terminando y perfeccionando esta pared aunque no medía más de veinticuatro yardas de largo. Era un semicírculo que iba desde un punto a otro de la roca y medía unas ocho yardas; la puerta de la cueva estaba en el centro.

Durante todo este tiempo trabajé arduamente a pesar de que muchos días, a veces durante semanas enteras, las lluvias eran un obstáculo; pero creía que no estaría totalmente a salvo mientras no terminara la pared. Resulta casi increíble el indescriptible esfuerzo que suponía hacerlo todo, especialmente traer las vigas del bosque y clavarlas en la tierra puesto que las hice más grandes de lo que debía.

Cuando terminé el muro y lo rematé con la doble muralla de matojos, me convencí de que si alguien se acercaba no se daría cuenta de que allí había una vivienda; e hice muy bien, como se verá más adelante, en una ocasión muy señalada.

Durante este tiempo y cuando las lluvias me lo permitían, iba a cazar todos los días al bosque. Hice varios descubrimientos que me fueron de utilidad, particularmente, descubrí una especie de paloma salvaje que no anidaba en los árboles como las palomas torcaces sino en las cavidades de las rocas como las domésticas y, llevándome algunas crías me dediqué a domesticarlas, mas cuando crecieron, se escaparon todas, seguramente por hambre pues no tenía mucho qué darles de comer.

No obstante, a menudo encontraba sus nidos y me llevaba algunas crías que tenían una carne muy sabrosa.

Mientras me hacía cargo de mis asuntos domésticos, me di cuenta de que necesitaba muchas cosas que al principio me parecían imposibles de fabricar como, en efecto, ocurrió con algunas. Por ejemplo, nunca logré hacer un tonel con argollas. Como ya he dicho, tenía uno o dos barriles pero nunca llegué a fabricar uno, aunque pasé muchas semanas intentándolo. No conseguía colocarle los fondos ni unir las duelas lo suficiente como para que pudiera contener agua; así que me di por vencido.

Lo otro que necesitaba eran velas pues tan pronto oscurecía, generalmente a eso de las siete, me veía obligado a acostarme. Recordaba aquel trozo de cera con el que había hecho unas velas en mi aventura africana pero ahora no tenía nada. Lo único que podía hacer cuando mataba alguna cabra, era conservar el sebo y en un pequeño plato de arcilla que cocí al sol, poner una mecha de estopa y hacerme una lámpara; esta me proporcionaba luz pero no tan clara y constante como la de las velas. En medio de todas mis labores, una vez, registrando mis cosas, encontré una bolsita que contenía grano para alimentar los pollos, no de este viaje sino del anterior, supongo que del barco que vino de Lisboa. De este viaje, el poco grano que quedaba había sido devorado por las ratas y no encontré más que cáscaras y polvo. Como quería utilizar la bolsa para otra cosa, sacudí las cáscaras a un lado de mi fortificación, bajo la roca.

Fue poco antes de las grandes lluvias que acabo de mencionar, cuando me deshice de esto, sin advertir nada y sin recordar que había echado nada allí. Al cabo de un mes o algo así, me percaté de que unos tallos verdes brotaban de la tierra y me imaginé que se trataba de alguna planta que no había visto hasta entonces; mas cuál no sería mi sorpresa y mi asombro cuando, al cabo de un tiempo, vi diez o doce espigas de un perfecto grano verde, del mismo tipo que el europeo, más bien, del inglés.

Resulta imposible describir el asombro y la confusión que sentí en este momento. Hasta entonces, no tenía convicciones religiosas; de hecho, tenía muy pocos conocimientos de religión y pensaba que todo lo que me había sucedido respondía al azar o, como decimos por ahí, a la voluntad de Dios, sin indagar en las intenciones de la Providencia en estas cosas o en su poder para gobernar los asuntos del mundo. Mas cuando vi crecer aquel grano, en un clima que sabía inadecuado para los cereales y, sobre todo, sin saber cómo había llegado hasta allí, me sentí extrañamente sobrecogido y comencé a creer que Dios había hecho que este grano creciera milagrosamente, sin que nadie lo hubiese sembrado, únicamente para mi sustento en ese miserable lugar.

Esto me llegó al corazón y me hizo llorar y regocijarme porque semejante prodigio de la naturaleza se hubiera obrado en mi beneficio; y más asombroso aún fue ver que cerca de la cebada, a todo lo largo de la roca, brotaban desordenadamente otros tallos, que eran de arroz pues lo reconocí por haberlos visto en las costas de África.

No solo pensé que todo esto era obra de la Providencia, que me estaba ayudando, sino que no dudé que encontraría más en otro sitio y recorrí toda la parte de la isla en la que había estado antes, escudriñando todos los rincones y debajo de todas las rocas, en busca de más, pero no pude encontrarlo. Al final, recordé que había sacudido la bolsa de comida para los pollos en ese lugar y el asombro comenzó a disiparse. Debo confesar también que mi piadoso agradecimiento a la Providencia divina disminuyó cuando comprendí que todo aquello no era más que un acontecimiento natural. No obstante, debía estar agradecido por tan extraña e imprevista providencia, como si de un milagro se tratase, pues, en efecto, fue obra de la Providencia que esos diez o doce granos no se hubiesen estropeado (cuando las ratas habían destruido el resto) como si hubiesen caído del cielo. Además, los había tirado precisamente en ese lugar donde, bajo la sombra de una gran roca, pudieron brotar inmediatamente, mientras que si los hubiese tirado en cualquier otro lugar, en esa época del año se habrían quemado o destruido.

Con mucho cuidado recogí las espigas en la estación adecuada, a finales de junio, conservé todo el grano y decidí cosecharlo otra vez con la esperanza de tener, con el tiempo, suficiente grano para hacer pan. Pero pasaron cuatro años antes de que pudiera comer algún grano y, aun así, escasamente, como relataré más tarde, pues perdí la primera cosecha por no esperar el tiempo adecuado y sembrar antes de la estación seca, de manera que el grano no llegó a crecer, al menos no como lo habría hecho si lo hubiese sembrado en el momento propicio.

Además de la cebada, había unos veinte o treinta tallos de arroz, que conservé con igual cuidado para los mismos fines, es decir, para hacer pan o, más bien, comida ya que encontré la forma de cocinarlo sin hornearlo aunque esto también lo hice más adelante. Más volvamos a mi diario. Trabajé arduamente durante estos tres o cuatro meses para levantar mi muro y el 14 de abril lo cerré, no con una puerta sino con una escalera que pasaba por encima del muro para que no se vieran rastros de mi vivienda desde el exterior.

16 de abril. Terminé la escalera de manera que podía subir por ella hasta arriba y bajarla tras de mí hasta el interior. Esto me proveía una protección completa, pues por dentro tenía suficiente espacio pero nada podía entrar desde fuera, a no ser que escalara el muro.

Al día siguiente, después de terminar todo esto, estuve a punto de perder el fruto de todo mi trabajo y mi propia vida de la siguiente manera: el caso fue el siguiente, mientras trabajaba en el interior, detrás de mi tienda y justo en la entrada de mi cueva, algo verdaderamente aterrador me dejó espantado y fue que, de repente, comenzó a desprenderse sobre mi cabeza la tierra del techo de mi cueva y del borde de la roca y dos de los postes que había colocado crujieron tremebundamente. Sentí verdadero pánico porque no tenía idea de qué podía estar ocurriendo, tan solo pensaba que el techo de mi cueva se caía, como lo había hecho antes.

Temiendo quedar sepultado dentro, corrí hacia mi escalera pero como tampoco me sentía seguro haciendo esto, escalé el muro por miedo a que los trozos que se desprendían de la roca me cayeran encima. No bien había pisado tierra firme cuando vi claramente que se trataba de un terrible terremoto porque el suelo sobre el que pisaba se movió tres veces en menos de ocho minutos, con tres sacudidas que habrían derribado el edificio más resistente que se hubiese construido sobre la faz de la tierra. Un gran trozo de la roca más próxima al mar, que se encontraba como a una milla de donde yo estaba, cayó con un estrépito como nunca había escuchado en mi vida. Me di cuenta también de que el mar se agitó violentamente y creo que las sacudidas eran más fuertes debajo del agua que en la tierra.

Como nunca había experimentado algo así, ni había hablado con nadie que lo hubiese hecho, estaba como muerto o pasmado y el movimiento de la tierra me afectaba el estómago como a quien han arrojado al mar. Mas el ruido de la roca al caer, me despertó, por así decirlo, y, sacándome del estupor en el que me encontraba me infundió terror y ya no podía pensar en otra cosa que en la colina que caía sobre mi tienda y sobre todas mis provisiones domésticas, cubriéndolas totalmente, lo cual me sumió en una profunda tristeza.

Después de la tercera sacudida no volví a sentir más y comencé a armarme de valor aunque aún no tenía las fuerzas para trepar por mi muro, pues temía ser sepultado vivo. Así pues, me quedé sentado en el suelo, abatido y desconsolado, sin saber qué hacer. En todo este tiempo, no tuve el menor pensamiento religioso, nada que no fuese la habitual súplica: Señor, ten piedad de mí. Más cuando todo terminó, lo olvidé también.

Mientras estaba sentado de este modo, me percaté de que el cielo se oscurecía y nublaba como si fuera a llover. Al poco tiempo, el viento se fue levantando hasta que, en menos de media hora, comenzó a soplar un huracán espantoso. De repente, el mar se cubrió de espuma, las olas anegaron la playa y algunos árboles cayeron de raíz; tan terrible fue la tormenta; y esto duró casi tres horas hasta que empezó a amainar y, al cabo de dos horas, todo se quedó en calma y comenzó a llover copiosamente.

Todo este tiempo permanecí sentado sobre la tierra, aterrorizado y afligido, hasta que se me ocurrió pensar que los vientos y la lluvia eran las consecuencias del terremoto y, por lo tanto, el terremoto había pasado y podía intentar regresar a mi cueva. Esta idea me reanimó el espíritu y la lluvia terminó de persuadirme; así, pues, fui y me senté en mi tienda pero la lluvia era tan fuerte que mi tienda estaba a punto de desplomarse por lo que tuve que meterme en mi cueva, no sin el temor y la angustia de que me cayera encima.

Esta violenta lluvia me forzó a realizar un nuevo trabajo: abrir un agujero a través de mi nueva fortificación, a modo de sumidero para que las aguas pudieran correr, pues, de lo contrario, habrían inundado la cueva. Después de un rato, y viendo que no había más temblores de tierra, empecé a sentirme más tranquilo y para reanimarme, que mucha falta me hacía, me llegué hasta mi pequeña bodega y me tomé un trago de ron, cosa que hice en ese momento y siempre con mucha prudencia porque sabía que, cuando se terminara, ya no habría más.

Siguió lloviendo toda esa noche y buena parte del día siguiente, por lo que no pude salir; pero como estaba más sosegado, comencé a pensar en lo mejor que podía hacer y llegué a la conclusión de que si la isla estaba sujeta a estos terremotos, no podría vivir en una cueva sino que debía considerar hacerme una pequeña choza en un espacio abierto que pudiera rodear con un muro como el que había construido para protegerme de las bestias salvajes y los hombres. Deduje que si me quedaba donde estaba, con toda seguridad, sería sepultado vivo tarde o temprano.

Con estos pensamientos, decidí sacar mi tienda de donde la había puesto, que era justo debajo del peñasco colgante de la colina, el cual le caería encima si la tierra volvía a temblar. Pasé los dos días siguientes, que eran el 19 y el 20 de abril, calculando dónde y cómo trasladar mi vivienda.

El miedo a quedar enterrado vivo no me dejó volver a dormir tranquilo pero el miedo a dormir fuera, sin ninguna protección, era casi igual. Cuando miraba a mi alrededor y lo veía todo tan ordenado, tan cómodo y tan seguro de cualquier peligro, sentía muy pocas ganas de mudarme. Mientras tanto, pensé que me tomaría mucho tiempo hacer esto y que debía correr el riesgo de quedarme donde estaba hasta que hubiese hecho un campamento seguro para trasladarme. Con esta resolución me tranquilicé por un tiempo y resolví ponerme a trabajar a toda prisa en la construcción de un muro con pilotes y cables, como el que había hecho antes, formando un círculo, dentro del cual montaría mi tienda cuando estuviese terminado; pero por el momento, me quedaría donde estaba hasta que terminase y pudiese mudarme. Esto ocurrió el 21.

22 de abril. A la mañana siguiente comencé a pensar en los medios de ejecutar esta resolución pero tenía pocas herramientas; tenía tres hachas grandes y muchas pequeñas (que eran las que utilizábamos en el tráfico con los indios) pero, de tanto cortar y tallar maderas duras y nudosas, se habían mellado y desafilado y, aunque tenía una piedra de afilar, no podía hacerla girar al mismo tiempo que sujetaba mis herramientas. Esto fue motivo de tanta reflexión como

la que un hombre de estado le habría dedicado a un asunto político muy importante o un juez a deliberar una sentencia de muerte. Finalmente, ideé una rueda con una cuerda, que podía girar con el pie y me dejaría ambas manos libres.

Nota: nunca había visto nada semejante en Inglaterra, al menos, no como para saber cómo se hacía aunque, después, he podido constatar que es algo muy común. Aparte de esto, mi piedra de afilar era muy grande y pesada, por lo que me tomó una semana entera perfeccionar este mecanismo.

28, 29 de abril. Empleé estos dos días completos en afilar mis herramientas y mi mecanismo para girar la piedra funcionó muy bien.

30 de abril. Cuando revisé mi provisión de pan, me di cuenta de que había disminuido considerablemente, por lo que me limité a comer solo una galleta al día, cosa que me provocó mucho pesar.

1 de mayo. Por la mañana, miré hacia la playa y como la marea estaba baja, vi algo en la orilla, más grande de lo común, que parecía un tonel. Cuando me acerqué vi un pequeño barril y dos o tres pedazos del naufragio del barco, que fueron arrastrados hasta allí en el último huracán. Cuando miré hacia el barco, me pareció que sobresalía de la superficie del agua más que antes. Examiné el barril que había llegado y me di cuenta de que era un barril de pólvora pero se había mojado y la pólvora estaba apelmazada y dura como una piedra; no obstante, lo llevé rodando hasta la orilla y me acerqué al barco todo lo que pude por la arena para buscar más.

CAPÍTULO VI.

Enfermo y remordimientos de conciencia

Cuando llegué al barco, encontré que su disposición había cambiado extrañamente. El castillo de proa, que antes estaba enterrado en la arena, se había elevado más de seis pies. La popa, que se había desbaratado y separado del barco por la fuerza del mar poco después de que yo terminara de explorarlo, había sido arrojada hacia un lado y todo el costado donde antes había un buen tramo de agua que no me permitía llegar hasta el barco si no era nadando un cuarto de milla, se había llenado de arena y ahora casi podía llegar andando hasta él cuando la marea estaba baja. Al principio, esto me sorprendió pero pronto llegué a la conclusión de que había sido a causa del terremoto, cuya fuerza había roto el barco más de lo que ya estaba; de modo que, a diario, sus restos llegaban hasta la orilla arrastrados por el viento y las olas.
Esto me distrajo completamente de mi proyecto de mudar mi vivienda y me mantuvo, especialmente ese día, buscando el modo de volver al barco pero

comprendí que no podría hacerlo pues su interior estaba completamente lleno de arena. Sin embargo, como había aprendido a no desesperar por nada, decidí arrancar todos los trozos del barco que pudiera sabiendo que todo lo que consiguiera rescatar de él, me sería útil de un modo u otro.
3 de mayo. Comencé a cortar un pedazo de travesaño que sostenía, según creía, parte de la plataforma o cubierta. Cuando terminé, quité toda la arena que pude de la parte más elevada pero la marea comenzó a subir y tuve que abandonar la tarea.
4 de mayo. Salí a pescar pero no cogí ni un solo pescado que me hubiese atrevido a comer y cuando me aburrí de esta actividad, justo cuando me iba a marchar, pesqué un pequeño delfín. Me había hecho un sedal con un poco de cuerda pero no tenía anzuelos; no obstante, a menudo cogía suficientes peces, tantos como necesitaba, y los secaba al sol para comerlos secos.
5 de mayo. Trabajé en los restos del naufragio, corté en pedazos otro travesaño y rescaté tres planchas de abeto de la cubierta, que até e hice flotar hasta la orilla cuando subió la marea.
6 de mayo. Trabajé en los restos del naufragio, rescaté varios tornillos y otras piezas de hierro, puse mucho ahínco y regresé a casa muy cansado y con la idea de renunciar a la tarea.
7 de mayo. Volví al barco pero sin intenciones de trabajar y descubrí que el casco se había roto por su propio peso y por haberle quitado los soportes, de manera que había varios pedazos sueltos y la bodega estaba tan al descubierto que se podía ver a través de ella, aunque solo fuera agua y arena.
8 de mayo. Fui al barco con una barra de hierro para arrancar la cubierta que ya estaba bastante despejada del agua y la arena; arranqué dos planchas y las llevé hasta la orilla, nuevamente, con la ayuda de la marea. Dejé la barra de hierro en el barco para el día siguiente.
9 de mayo. Fui al barco y me abrí paso en el casco con la barra de hierro. Palpé varios toneles y los aflojé pero no pude romperlos. También palpé el rollo de plomo de Inglaterra y logré moverlo pero pesaba demasiado para sacarlo.
10, 11, 12, 13 y 14 de mayo. Fui todos los días al barco y rescaté muchas piezas de madera y planchas o tablas y doscientas o trescientas libras de hierro.
15 de mayo. Me llevé dos hachas pequeñas para tratar de cortar un pedazo del rollo de plomo, aplicándole el filo de una de ellas y golpeando con la otra pero como estaba a casi un pie y medio de profundidad, no pude atinar a darle ni un solo golpe.
16 de mayo. El viento sopló con fuerza durante la noche y el barco se desbarató aún más con la fuerza del agua, pero me quedé tanto tiempo en el bosque cazando palomas para comer, que la marea me impidió llegar hasta él ese día.
17 de mayo. Vi algunos restos del barco que fueron arrastrados hasta la orilla, a gran distancia, a unas dos millas de donde me hallaba. Resolví ir a investigar de

qué se trataba y descubrí que era una parte de la proa, demasiado pesada para llevármela.

24 de mayo. Hasta esta fecha, trabajé diariamente en el barco y, con gran esfuerzo, logré aflojar tantas cosas con la barra de hierro que cuando subió la marea por primera vez, vinieron flotando hasta la orilla varios toneles y dos de los arcones de marino; pero el viento soplaba de la costa y no llegó nada más ese día, excepto unos pedazos de madera y un barril que contenía un poco de cerdo del Brasil, pero el agua y la arena lo habían estropeado.

Proseguí sin tregua con esta tarea hasta el día 15 de junio, con la excepción del tiempo que dedicaba a buscar alimento, que era, como he dicho, cuando subía la marea, a fin de haber terminado para cuando bajara. Para esta fecha había reunido suficientes maderas, tablones y hierros para construir un buen bote, si hubiera sabido cómo. También logré reunir, por partes y en varios viajes, hasta cien libras en láminas de plomo.

16 de junio. Al bajar a la playa, encontré una gran tortuga. Era la primera que veía, lo cual se debía a mi mala suerte y no a un defecto del lugar ni a la escasez de estos animales, ya que si me hubiera encontrado en la otra parte de la isla, habría visto cientos de ellas todos los días, como descubrí posteriormente; pero, tal vez, me habrían salido demasiado caras.

17 de junio. Me dediqué a cocinar la tortuga y encontré dentro de ella tres veintenas de huevos y, en aquel momento, su carne me parecía la más sabrosa y gustosa que había probado en mi vida, pues no había comido más que cabras y aves desde mi llegada a este horrible lugar.

18 de junio. Llovió todo el día y no salí. Me dio la impresión de que la lluvia estaba fría y me sentía un poco resfriado, cosa muy rara en aquellas latitudes.

19 de junio. Estuve muy enfermo y tiritando como si hiciese mucho frío.

20 de junio. No pude descansar en toda la noche, fuertes dolores de cabeza y fiebre.

21 de junio. Estuve muy enfermo y asustado de muerte ante mi triste condición de estar enfermo y sin ayuda. Recé a Dios, por primera vez desde la tormenta de Hull, pero no sabía lo que decía ni por qué. Mis pensamientos eran confusos.

22 de junio. Un poco mejor pero con un gran temor a la enfermedad.

23 de junio. Muy mal otra vez, escalofríos y luego un terrible dolor de cabeza.

24 de junio. Mucho mejor.

25 de junio. Fiebre muy alta; el acceso duró siete horas, ataques de frío y calor seguidos de sudores y mareos.

26 de junio. Mejor. Como no tenía nada que comer, tomé mi escopeta pero me hallé demasiado débil. No obstante, maté una cabra hembra y con mucha dificultad la traje a casa. Asé un poco y comí. Me habría encantado hervirla y hacer un poco de caldo pero no tenía olla.

27 de junio. Me dio tanta fiebre que me quedé todo el día en cama y no pude comer ni beber nada. Estaba a punto de morir de sed pero me sentía tan débil, que no podía tenerme en pie o buscar agua para beber. Recé a Dios nuevamente pero deliraba y cuando no lo hacía, era tan ignorante que no sabía qué decirle. Tan solo lloraba diciendo: «Señor, mírame, ten piedad de mí, ten misericordia de mí.» Creo que no hice más por dos o tres horas hasta que comenzó a bajar la fiebre. Me quedé dormido y no desperté hasta altas horas de la noche. Cuando lo hice me sentía mejor pero débil y extremadamente sediento. No obstante, como no tenía agua en toda mi habitación, me vi obligado a esperar hasta la mañana y volví a dormirme. En esta segunda ocasión tuve una terrible pesadilla. Soñé que estaba sentado en el suelo en la parte exterior de mi muro, en el mismo sitio en el que me había sentado cuando se desató la tormenta después del terremoto, y vi a un hombre que descendía a la tierra desde una gran nube negra envuelto en una brillante llama de fuego y luz. Todo él brillaba tanto como una llama por lo que no podía mirar hacia donde estaba; su aspecto era tan inexpresablemente espantoso que resulta imposible describirlo con palabras. Cuando puso los pies sobre la tierra, me pareció que esta temblaba, como lo había hecho en el terremoto y que el aire se llenaba de rayos de fuego.
No bien tocó la tierra, comenzó a caminar hacia mí con una gran lanza o arma en la mano y la intención de matarme. Cuando llegó a un promontorio de tierra, que estaba a cierta distancia de mí me habló o escuché una voz tan terrible que es imposible describir el terror que me causó. Lo único que puedo decir que entendí fue esto: «En vista de que ninguna de estas cosas ha suscitado tu arrepentimiento, ahora morirás». Al decir esto, me pareció que levantaba la lanza para matarme.
Nadie que lea este relato puede esperar que yo sea capaz de describir el espanto de mi alma ante esta terrible visión; quiero decir que, aunque solo era un sueño, era un sueño horroroso. Tampoco es posible describir mejor la impresión que quedó en mi espíritu al despertar y comprender que se trataba de un sueño.
No tenía, ¡ay de mí!, ningún conocimiento religioso; lo que había aprendido gracias a las buenas enseñanzas de mi padre, se había desvanecido en ocho años de ininterrumpidos desarreglos propios de la gente de mar y de haberme relacionado solo con gente tan incrédula y profana como yo. No recuerdo haber tenido, en todo ese tiempo, ni un solo pensamiento que me elevara a Dios o que me hiciera mirar hacia adentro y reflexionar sobre mi conducta; solo una cierta estupidez espiritual, que no deseaba el bien ni tenía conciencia del mal, se había apoderado totalmente de mí y me había convertido en la criatura más dura, insensible y perversa entre todos los marinos, que no sentía temor de Dios en el peligro, ni le estaba agradecido en la salvación.
Esto se entenderá mejor cuando cuente la parte pasada de mi historia y agregue que, a pesar de todas las desgracias que me habían ocurrido hasta ese día, no se

me había ocurrido pensar que eran a consecuencia de la intervención divina, o que se trataba de un castigo por mis pecados, por la rebeldía contra mi padre, por mis pecados actuales que eran muy grandes o, bien, un castigo por el curso general de mi depravada vida. Cuando me hallaba en aquella desesperada expedición en las desiertas costas de África, no pensé ni por un instante en lo que podía ser de mí, ni deseé que Dios me indicara a dónde dirigirme, ni me protegiera del peligro que me rodeaba y de las criaturas voraces y salvajes crueles. Simplemente, no pensaba en Dios ni en la Providencia y me comportaba como una mera bestia enajenada de los principios de la naturaleza y los dictados del sentido común; a veces, ni siquiera como eso.

Cuando fui liberado y rescatado por el capitán portugués, y bien tratado, con justicia, honradez y caridad, no tuve ni un solo pensamiento de gratitud.

Cuando, nuevamente, naufragué y me vi perdido y en peligro de morir ahogado en esta isla, no sentí el menor remordimiento ni lo vi como un castigo justo; tan solo me repetía una y otra vez que era un perro desgraciado, nacido para ser siempre miserable.

Es cierto que cuando llegué a esta orilla por primera vez y me di cuenta de que toda la tripulación había perecido ahogada mientras que yo me había salvado, me sobrecogió una especie de éxtasis o conmoción del alma que, si la gracia de Dios me hubiese asistido, se habría convertido en sincero agradecimiento. Mas esto terminó donde comenzó, en un mero ramalazo de felicidad, o, podría decir, una mera sensación de alegría por estar vivo, sin reflexionar en lo más mínimo acerca de la bondad de la mano que me había salvado y me había escogido cuando el resto había sido aniquilado; sin preguntarme por qué la Providencia había sido tan misericordiosa conmigo. Más bien, experimenté el mismo tipo de júbilo que sienten los marineros cuando llegan a salvo a la orilla después de un naufragio, júbilo que ahogan por completo en un jarro de ponche y olvidan apenas ha concluido; y todo el resto de mi vida transcurría así.

Incluso, después, cuando me hice consciente de mi situación, de cómo había llegado a este horrible lugar, lejos de cualquier contacto humano, sin esperanza de alivio ni perspectiva de redención, tan pronto como vi que tenía posibilidad de sobrevivir y que no me moriría de hambre, olvidé todas mis aflicciones y comencé a sentirme tranquilo, me dediqué a las tareas propias de mi supervivencia y abastecimiento y me hallé muy lejos de considerar mi condición como un juicio del Cielo o como obra de la mano de Dios.

La germinación del maíz, a la que hice referencia en mi diario, al principio me afectó un poco y luego comenzó a afectarme seriamente por tanto tiempo, que creí ver algo milagroso en ello. Pero tan pronto como desapareció esa idea, se desvaneció la impresión que me había causado, como lo he señalado anteriormente.

Ocurrió lo mismo con el terremoto, aunque nada podía ser más terrible en la naturaleza ni revelar más claramente el poder invisible que gobierna sobre este tipo de cosas. Apenas pasó el temor inicial, también cesó la impresión que me había causado. No tenía más conciencia de Dios o de su juicio, ni de que mis desgracias fueran obra de su mano, que si hubiera estado en la situación más próspera del mundo.

Pero ahora que estaba enfermo y las miserias de la muerte desfilaban lentamente ante mis ojos, cuando mis fuerzas sucumbían bajo el peso de una fuerte debilidad y estaba extenuado por la fiebre, mi conciencia, durante tanto tiempo dormida, comenzó a despertar y yo empecé a reprocharme mi vida pasada, pues, evidentemente, mi perversidad había provocado que la justicia de Dios cayera tan violentamente sobre mí y me castigara tan vengativamente.

Estos pensamientos me atormentaron durante el segundo y el tercer día de mi enfermedad, y en el furor de la fiebre y las terribles recriminaciones de mi conciencia, musité unas palabras que parecían una plegaria a Dios, aunque no sé si el origen de la oración era la necesidad o la esperanza. Más bien era el llamado del miedo y la angustia pues mis pensamientos confusos, mis convicciones fuertes y el horror de morir en tan miserable situación me abrumaron la cabeza. En este desasosiego, no sé lo que pude haber dicho pero era una suerte de exclamación, algo así como: «¡Señor!, ¿qué clase de miserable criatura soy? Si me enfermo, moriré de seguro por falta de ayuda. ¡Señor!, ¿qué será de mí?» Entonces comencé a llorar y no pude decir más.

En este intervalo, recordé los buenos consejos de mi padre y su predicción, que mencioné al principio de esta historia: que si daba ese paso insensato, Dios me negaría su bendición y luego tendría tiempo para pensar en las consecuencias de haber desatendido sus consejos, cuando nadie pudiese ayudarme. «Ahora -decía en voz alta-, se han cumplido las palabras de mi querido padre: la justicia de Dios ha caído sobre mí y no tengo a nadie que pueda ayudarme o escucharme. Hice caso omiso a la voz de la Providencia, que tuvo la misericordia de ponerme en una situación en la vida en la que hubiera vivido feliz y tranquilamente; mas no fui capaz de verlo, ni de aprender de mis padres, la dicha que esto suponía. Los dejé lamentándose por mi insensatez y ahora era yo el que se lamentaba de las consecuencias; rechacé su apoyo y sus consejos, que me habrían ayudado a abrirme camino en el mundo y me habrían facilitado las cosas y ahora tenía que luchar contra una adversidad demasiado grande, hasta para la misma naturaleza, sin compañía, sin ayuda, sin consuelo y sin consejos.» Entonces grité: «Señor, ayúdame porque estoy desesperado.»

Esta fue la primera oración, si puede llamarse de ese modo, que había hecho en muchos años.

Más vuelvo a mi diario.

28 de junio. Un poco más aliviado por el sueño y ya sin fiebre, me levanté. Como el miedo y el terror de mis sueños había sido muy grande y pensaba que la fiebre volvería al día siguiente, tenía que buscarme algo que me refrescara y me fortaleciera cuando volviera a sentirme enfermo. Lo primero que hice fue llenar una gran botella cuadrada de agua y colocarla encima de mi mesa, junto a la cama y, para templarla, le eché como la cuarta parte de una pinta de ron y lo mezclé bien. Entonces asé un trozo de carne de cabra sobre los carbones pero apenas comí. Caminé un poco pero me sentía muy débil, triste y acongojado por mi desgraciada condición y temía que el malestar volviese al día siguiente. Por la noche me hice la cena con tres huevos de tortuga que asé en las ascuas y me los comí, como quien dice, en el cascarón. Esta fue la primera vez en mi vida, según recuerdo, que le pedí a Dios la bendición por mis alimentos.

Después de comer, traté de caminar pero estaba tan débil que apenas podía cargar la escopeta (porque nunca salía sin ella) así que solo anduve un poco y me senté en la tierra, mirando hacia el mar que tenía delante de mí y que estaba tranquilo y en calma. Mientras estaba allí, pensé en cosas como éstas: ¿Qué son esta tierra y este mar que tanto he contemplado? ¿De dónde vienen? ¿Y qué soy yo y todas las demás criaturas, salvajes y domésticas, humanas y bestiales? ¿Dónde estamos?

De seguro todos hemos sido creados por una fuerza secreta, que también hizo la tierra, el mar, el aire y el cielo; ¿quién es?

Luego inferí, naturalmente, que era Dios quien lo había hecho todo. Pues bien, pensé, si Dios ha hecho todas estas cosas, es Él quien las guía y quien gobierna sobre ellas y sobre todo lo que les sucede; ya que la fuerza que pudo crear todas las cosas ha de tener, ciertamente, el poder de guiarlas y dirigirlas.

Si esto es así, nada puede ocurrir en el gran circuito de su obra sin su conocimiento o consentimiento.

Y si nada puede ocurrir sin que Él lo sepa, entonces Él ha de saber que estoy aquí y que me hallo en esta terrible situación; y si nada ocurre sin que Él lo ordene, entonces Él debe haber ordenado que esto me ocurriera.

No imaginé nada que contradijera estas conclusiones y, por lo tanto, tuve la certeza de que Dios había mandado que me pasara todo esto y que había caído en este miserable estado por orden suya, ya que Él tenía todo el poder, no solo sobre mí sino sobre todo lo que sucedía en el mundo. Entonces pensé: ¿Por qué Dios me ha hecho esto? ¿Qué he hecho para ser tratado de esta forma?

Mi conciencia me refrenó ante esta pregunta como si fuese una blasfemia y me pareció que me hablaba de la siguiente manera: «¡Infeliz!, ¿preguntas qué has hecho? Mira hacia atrás, hacia el terrible despilfarro que has hecho con tu vida y pregúntate qué no has hecho; pregúntate ¿por qué no has sido destruido mucho antes? ¿Por qué no te ahogaste en las radas de Yarmouth? ¿Por qué no te mataron en la pelea cuando el barco fue capturado por el corsario de Salé? ¿Por qué no fuiste devorado por las bestias salvajes en la costa de África? ¿Por qué no te ahogaste aquí cuando toda la tripulación pereció, excepto tú? ¿Y aún preguntas "¿qué he hecho?".»

Estas reflexiones me dejaron estupefacto, como atónito, y no sabía qué decir para responderme. Me levanté pensativo y triste y regresé a mi refugio y subí por mi muralla, como si fuera a irme a la cama pero mi espíritu estaba tristemente perturbado y no tenía sueño, así que me senté en mi silla y encendí mi lámpara, porque empezaba a oscurecer. Como temía que volviera el malestar, se me ocurrió que los brasileños no toman otra medicina que su tabaco para casi todas sus dolencias y que, en uno de mis arcones, tenía un trozo de un rollo de tabaco que estaba bastante curado y otro poco que aún estaba verde y menos curado.

Fui como guiado por el Cielo, porque en ese arcón encontré la cura para mi alma y mi cuerpo. Abrí el arcón y encontré lo que estaba buscando, es decir, el tabaco y, como los libros que había rescatado estaban también allí, saqué una de las Biblias, que mencioné anteriormente y que, hasta entonces, no había tenido ni el tiempo ni la inclinación de mirar y la llevé a la mesa junto con el tabaco. No sabía qué hacer con el tabaco para curarme ni si servía o no para ello pero hice varios experimentos con él, convencido de que funcionaría de un modo u otro. Primero me metí un pedazo de una hoja en la boca y la mastiqué, lo cual me provocó una especie de aturdimiento pues el tabaco estaba verde y fuerte y no estaba habituado a utilizarlo. Luego tomé otro poco y lo maceré en un poco de ron durante una o dos horas para tomarme una dosis cuando me acostara. Por último, quemé un poco en un brasero e inhalé el humo tanto tiempo como este y el calor me lo permitieron, hasta que me sentí sofocado.

Mientras realizaba estas operaciones, tomé la Biblia y comencé a leer pero el tabaco me tenía tan mareado que no pude proseguir, al menos por esta vez. Había abierto el libro al azar y las primeras palabras que hallé fueron estas: Invócame en el día de tu aflicción y yo te salvaré y tú me glorificarás.

Estas palabras me parecieron muy adecuadas para mi caso y me causaron cierta impresión cuando las leí, mas no tanto como lo hicieron posteriormente, porque la palabra salvado no me decía nada; me parecía algo tan remoto, tan imposible según mi forma de ver las cosas que comencé a decir, como los hijos de Israel cuando les ofrecieron carne para comer: ¿Puede Dios servir una mesa en el desierto?.

Y así comencé a decir: «¿Puede Dios sacarme de este lugar?» Y como no habría de tener ninguna esperanza en muchos años, varias veces me hice esta pregunta. No obstante, estas palabras causaron una gran impresión en mí y las medité con frecuencia. Se hacía tarde y el tabaco, como he dicho, me había aturdido tanto que sentí deseos de dormir, de modo que dejé mi lámpara encendida en la cueva, por si necesitaba algo durante la noche, y me metí en la cama. Pero, antes de acostarme, hice algo que no había hecho en toda mi vida: me arrodillé y le rogué a Dios que cumpliera su promesa y me salvara si yo acudía a él en el día de mi aflicción. Una vez concluida mi torpe e imperfecta plegaria, bebí el ron en el que había macerado el tabaco, que estaba tan fuerte y tan cargado, que casi no podía tragarlo y acto seguido, me metí en la cama. Sentí que se me subía a la cabeza violentamente pero me quedé profundamente dormido y me desperté, a juzgar por el sol, a eso de las tres de la tarde del día siguiente. Sin embargo, aún creo que dormí todo ese día y toda esa noche, hasta casi las tres de la tarde del otro día pues, de lo contrario, no entiendo cómo pude perder un día en el cómputo de los días de la semana, cosa que comprendí unos años más tarde; pues si había cometido el error de trazar la misma línea dos veces, entonces debí perder más de un día. Lo cierto es que, según mis cálculos, perdí un día y nunca supe cómo.

En cualquier caso, al despertar me encontré mucho mejor y con el ánimo dispuesto y alegre. Al levantarme, me sentía más fuerte que el día anterior y tenía mejor el estómago pues estaba hambriento; en pocas palabras, no tuve fiebre al día siguiente y fui mejorando paulatinamente.

Esto ocurrió el día 29.

El 30 fue un buen día y salí con la escopeta aunque no me alejé demasiado. Maté un par de aves marinas, que parecían gansos, y las traje a casa pero no tenía muchas ganas de comerlas así que solo comí unos cuantos huevos de tortuga, que estaban muy buenos. Esa noche, renové el tratamiento al que le atribuí mi mejoría del día anterior, es decir, el tabaco macerado en ron, solo que no tomé tanta cantidad como la primera vez, ni mastiqué ninguna hoja, ni inhalé el humo. No obstante, al día siguiente, que era el primero de julio, no me sentí tan bien como esperaba y tuve algunos amagos de escalofríos, aunque no demasiado graves.

2 de julio. Repetí el tratamiento de las tres formas y me las administré como la primera vez. Tomé el doble del brebaje.

3 de julio. La fiebre pasó definitivamente aunque no recuperé todas mis fuerzas en varias semanas. Mientras reunía energías, pensé mucho en la frase te salvaré y la imposibilidad de mi salvación me impedía cultivar esperanza alguna. Pero, mientras me desanimaba con estos pensamientos, se me ocurrió que pensaba tanto en la liberación de mi mayor aflicción que no estaba viendo el favor que había recibido y comencé a hacerme las siguientes preguntas: ¿No he sido liberado, además, milagrosamente, de la enfermedad y de la situación más desesperada que puede haber y que tanto me asustaba? ¿Me he dado cuenta de esto? ¿He pagado mi parte? Dios me ha salvado pero yo no lo he glorificado, es decir, no me siento en deuda ni agradecido por esta salvación.

¿Cómo puedo esperar una salvación mayor? Esto me conmovió el corazón e inmediatamente me arrodillé y le di gracias a Dios en voz alta por haberme salvado de la enfermedad.

4 de julio. Por la mañana cogí la Biblia y, comenzando por el Nuevo Testamento, me apliqué seriamente a su lectura. Me impuse leerla un rato todas las mañanas y todas las noches, sin obligarme a cubrir un número de capítulos específico sino obedeciendo al interés que me despertara la lectura. Al poco tiempo de observar esta práctica, sentí que mi corazón estaba más profunda y sinceramente contrito por la perversidad de mi vida pasada. Reviví la impresión que me había causado el sueño y las palabras ninguna de estas cosas ha suscitado tu arrepentimiento resonaban fuertemente en mis pensamientos. Estaba rogándole fervorosamente a Dios que me concediera el arrepentimiento cuando, providencialmente, ese mismo día, mientras leía las escrituras me topé con las siguientes palabras:

Él es exaltado como Príncipe y Salvador para dar el arrepentimiento y el perdón. Solté el libro y elevando mi corazón y mis manos, en una especie de éxtasis, exclamando: «¡Jesús, hijo de David, Jesús, tú que eres glorificado como Príncipe y Salvador, concédeme el arrepentimiento y el perdón!»

Podría decir que era la primera vez en mi vida que rezaba en el verdadero sentido de la palabra, pues lo hacía con plena conciencia de mi situación y con una esperanza, como la que se describe en las escrituras, fundada en el aliento de la palabra de Dios. Desde este momento, puedo decir que comencé a confiar en que Dios me escucharía.

Ahora empezaba a comprender las palabras mencionadas anteriormente, "Invócame y te liberaré", en un sentido diferente al que lo había hecho antes, porque entonces no tenía la menor idea de nada que pudiese llamarse salvación, si no era de la condición de cautiverio en la que me encontraba; pues, si bien estaba libre en este lugar, la isla era una verdadera prisión para mí, en el peor sentido. Mas ahora había aprendido a ver las cosas de otro modo. Ahora miraba hacia mi pasado con tanto horror y mis pecados me parecían tan terribles, que mi alma no le pedía a Dios otra cosa que no fuera la liberación del peso de la culpa que me quitaba el sosiego. En cuanto a mi vida solitaria, ya no me parecía nada; ya no rogaba a Dios que me liberara de ella, ni siquiera pensaba en ello, pues no era tan importante como esto. Y añado lo siguiente para sugerir a quien lo lea que cuando se llega a entender el verdadero sentido de las cosas, el perdón por los pecados es una bendición mayor que la liberación de las aflicciones. Pero dejo esto y regreso a mi diario.

Ahora mi vida, si bien no menos miserable que antes, comenzaba a ser más llevadera y puesto que mis pensamientos estaban orientados, por la oración y la constante lectura de las escrituras, hacia cosas más elevadas, tenía una gran paz interior que no había conocido. Además, a medida que iba recuperando la salud y las fuerzas, me propuse procurarme todo lo que necesitaba y darle a mi vida la mayor regularidad posible.

Desde el 4 al 14 de julio, me dediqué, principalmente, a caminar con mi escopeta en mano, poco a poco, como un hombre que está juntando fuerzas después de la enfermedad, pues es difícil imaginar lo débil que me encontraba. El tratamiento que había utilizado era totalmente nuevo y, tal vez nunca haya servido para curar a nadie de la calentura, ni puedo recomendarlo para que sea puesto en práctica, pero, aunque sirvió para quitarme la fiebre, también me debilitó, pues durante un tiempo seguí padeciendo de frecuentes convulsiones en los nervios y las extremidades.

También aprendí que salir durante la estación de lluvias era de lo más pernicioso para mi salud, en especial, cuando las lluvias venían acompañadas de tempestades y huracanes. Como las lluvias de la estación seca siempre venían acompañadas de esas tormentas, eran más peligrosas que las que caían en septiembre y octubre.

CAPÍTULO VII.

Experiencia agrícola

Hacía más de diez meses que habitaba en esta desdichada isla y parecía que cualquier posibilidad de salvación de esta condición me hubiera sido totalmente negada. Además, estaba convencido de que ningún ser humano había puesto un pie en este lugar. Ya me había asegurado perfectamente la habitación y ahora tenía grandes deseos de explorar la isla más a fondo para ver qué cosas podía encontrar que aún no conocía.
El 15 de julio comencé la inspección minuciosa de la isla. Primero me dirigí hacia el río al que, como he dicho, llegué con mis balsas. Descubrí, después de andar río arriba casi dos millas, que la corriente no aumentaba y que no se trataba más que de una pequeña quebrada, muy fresca y muy buena; mas, por estar en la estación seca, apenas tenía agua en algunas partes, al menos, no la suficiente como para que se formara una corriente perceptible.
A orillas de esta quebrada encontré muchas sabanas o praderas placenteras, llanas, lisas y cubiertas de hierba. En la parte más elevada, próxima a las tierras altas, que el agua, al parecer, nunca inundaba, encontré gran cantidad de tabaco

verde que crecía en tallos fuertes y robustos. Había muchas otras plantas que no conocía y que, tal vez, tenían propiedades que no era capaz de descubrir. Busqué raíz de yuca, con la que los indios de esta región hacen su pan, pero no encontré ninguna. Vi enormes plantas de áloe pero no sabía lo que eran y varias cañas de azúcar que crecían silvestres e imperfectas a falta de cultivo. Me contenté con estos descubrimientos por esta vez y regresé pensando cómo hacer para conocer las virtudes y bondades de los frutos o plantas que fuera descubriendo pero no llegué a ninguna conclusión, pues, fue tan poco lo que observé cuando estaba en Brasil, que era escaso lo que sabía de las plantas silvestres, al menos muy poco que me sirviera en este momento.

Al día siguiente, el 16, subí por el mismo camino y, después de haber avanzado un poco más que el día anterior, descubrí que el río y la pradera terminaban y comenzaba un bosque. Aquí encontré diferentes frutas, en especial una gran cantidad de melones en el suelo y de uvas en los árboles. Las viñas se habían extendido sobre los árboles y los racimos de uvas estaban en su punto de maduración y sabor. Este sorprendente descubrimiento me llenó de alegría pero la experiencia me advirtió que las comiera con moderación pues, según recordaba, cuando estuve en Berbería, muchos de los ingleses que estaban allí como esclavos, murieron a causa de las uvas, que les provocaron fiebre y disentería. No obstante, descubrí que si las curaba y secaba al sol y las conservaba como se suelen conservar las uvas secas o pasas, serían, como en efecto ocurrió, un alimento agradable y sano cuando no hubiera uvas.

Pasé allí toda la tarde y no regresé a mi habitación. Esta fue, dicho sea de paso, la primera noche que pasé fuera de casa. Al anochecer tomé mi antigua precaución y me subí a un árbol donde dormí bien y, a la mañana siguiente, proseguí mi exploración. Caminé casi cuatro millas hacia el norte, según pude juzgar por la longitud del valle, con una cadena de montañas por el sur y otra por el norte.

Al final de esta caminata, llegué a un claro donde el terreno parecía descender hacia el oeste y donde había un pequeño manantial de agua dulce que brotaba de la ladera de una colina cercana hacia el este. La tierra parecía tan fresca, verde y floreciente y todo tenía un aspecto tan primaveral que semejaba un jardín cultivado.

Descendí un trecho por el costado de ese delicioso valle, observándolo con una especie de secreto placer, aunque mezclado con otras reflexiones dolorosas, al pensar que todo aquello era mío, que era el rey y señor irrevocable de todo este lugar, sobre el que tenía pleno derecho de posesión; y que si hubiera podido transmitirlo, sería un bien hereditario tan sólido como el de cualquier señor de Inglaterra. Vi muchos árboles de cacao, naranjos, limoneros y cidros, todos silvestres y con poca o ninguna fruta, al menos en ese momento. Sin embargo, recogí unas limas que, no sólo estaban sabrosas sino que eran muy saludables. Más tarde mezclé su zumo con agua y obtuve una bebida muy sana y refrescante.

Me di cuenta de que tenía mucho que transportar a casa, así que decidí separar una provisión de uvas, limas y limones para disponer de ellos durante la estación húmeda, que como sabía, se aproximaba.

Con este propósito, hice un gran montón de uvas en un sitio y luego uno más pequeño en otro y, finalmente, uno mayor de limas y limones en otra parte. Entonces cogí un poco de cada montón y me encaminé a casa con la resolución de volver de nuevo pero con una bolsa, saco o algo similar para llevarme el resto.

Al cabo de tres días de viaje regresé a casa, que así debo llamar a mi tienda y a mi cueva.

Pero antes de llegar, las uvas se habían echado a perder, pues, como estaban tan maduras y jugosas, se magullaron por su propio peso y no servían para nada. Las limas estaban en buen estado pero solo pude transportar unas pocas.

Al día siguiente, el 19, regresé con dos sacos pequeños que me había hecho para traer a casa mi cosecha pero al llegar al montón de uvas, que estaban tan apetitosas y maduras cuando las recogí, me quedé sorprendido de encontrarlas desparramadas, deshechas y tiradas por aquí y por allá, muchas de ellas mordidas o devoradas. Deduje que algún animal salvaje había hecho esto pero no sabía cuál. Sin embargo, cuando descubrí que no podía amontonarlas ni llevarlas en un saco porque de una forma se destruirían y de la otra se aplastarían por su propio peso, tomé otra decisión: colgué de las ramas de los árboles una gran cantidad de racimos de uvas para que se curaran y secaran al sol y me llevé tantas limas y limones como pude.

Cuando regresé a casa de este viaje, pensé con gran placer en la fecundidad de aquel valle y su placentera situación, protegido de las tormentas, cercano al río y al bosque y llegué a la conclusión de que había establecido mi morada en la peor parte de la isla. En consecuencia, empecé a considerar la idea de mudar mi habitación y buscar un lugar, tan seguro como el que tenía, situado, preferiblemente, en aquella parte fértil y placentera de la isla.

Esta idea me rondó la cabeza por mucho tiempo pues sentía una gran atracción por ese lugar, cuyo encanto me tentaba. Pero cuando lo pensé más detenidamente, me di cuenta de que ahora estaba cerca del mar, donde al menos había una posibilidad de que me ocurriera algo favorable y que el mismo destino cruel que me había llevado hasta aquí, trajera a otros náufragos desgraciados. Aunque era poco probable que algo así ocurriera, recluirme entre las montañas o en los bosques del centro de la isla, era asegurarme el cautiverio y hacer que un hecho poco probable se volviera imposible. Por lo tanto, decidí que no me mudaría bajo ningún concepto.

No obstante, estaba tan enamorado de ese lugar que pasé allí gran parte del resto del mes de julio y, a pesar de haber decidido que no me mudaría, me construí una especie de emparrado que rodeé, a cierta distancia, con una fuerte verja de dos filas de estacas, tan altas como me fue posible, bien enterradas y rellenas de maleza. Allí dormía seguro dos o tres noches seguidas, pasando por encima de la valla con una escalera, como antes, y ahora me figuraba que tenía una casa en el campo y otra en la costa. En estas labores estuve hasta principios del mes de agosto.

Acababa de terminar mi valla y comenzaba a disfrutar de la labor realizada, cuando vinieron las lluvias y me forzaron a quedarme en mi primera vivienda, pues aunque me había hecho una tienda como la otra, con un pedazo de vela bien extendido, no tenía la protección de la montaña en caso de tormenta, ni una cueva, donde podía refugiarme si llovía excesivamente.

A principios de agosto, como he mencionado, había terminado mi emparrado y comenzaba a sentirme a gusto. El tercer día de agosto, vi que las uvas que había colgado estaban perfectamente secas y, de hecho, eran excelentes pasas, así que empecé a descolgarlas. Esto fue una verdadera fortuna pues las lluvias que cayeron las habrían estropeado y, de ese modo, habría perdido lo mejor de mi alimento invernal, ya que tenía más de doscientos racimos. Apenas las hube descolgado y transportado a casa, comenzó a llover y desde ese día, que era el 14 de agosto, hasta mediados de octubre, llovió casi todos los días, a veces, con tanta fuerza que no podía salir de mi cueva durante varios días.

En este tiempo tuve la sorpresa de ver aumentada mi familia. Estaba preocupado por la desaparición de una de mis gatas que, supuse, se había escapado o había muerto, pues no volví a saber de ella, cuando, para mi asombro, regresó a casa a finales de agosto con tres gatitos. Esto me pareció muy extraño pues, aunque había matado un gato salvaje con mi escopeta, creía que eran de una especie muy distinta a nuestros gatos europeos. Sin embargo, los gatitos eran iguales a los gatos domésticos, mas como los dos que yo tenía eran hembras, todo el asunto me pareció muy raro. Más tarde, de estos tres gatos salió una auténtica plaga de gatos, por lo que me vi forzado a matarlos como si fueran sabandijas o alimañas y a llevarlos tan lejos de casa como me fuera posible.

Desde el 14 de agosto hasta el 26 llovió incesantemente, de modo que no pude salir pero, esta vez, me cuidé muy bien de la humedad. Durante este encierro, mis víveres comenzaron a mermar por lo que tuve que salir dos veces. La primera vez, maté una cabra y la segunda, que fue el 26, encontré una gran tortuga, lo cual fue una auténtica fiesta. De este modo regularicé mis comidas: comía un racimo de uvas en el desayuno, un trozo de carne de cabra o tortuga asada en el almuerzo, pues, para mi desgracia no tenía vasijas para hervirla o guisarla, y dos o tres huevos de tortuga para la cena.

Durante esta reclusión a causa de la lluvia, trabajaba dos o tres horas diarias en la ampliación de mi cueva. Gradualmente, la fui profundizando en una dirección hasta llegar al exterior, donde hice una puerta por la que pudiera entrar y salir. Sin embargo, no me sentía cómodo estando tan al descubierto ya que antes estaba perfectamente encerrado, mientras que ahora me hallaba expuesto a cualquier ataque; aunque, en realidad, no había visto ninguna criatura viviente que pudiese atemorizarme puesto que los animales más grandes que había en la isla eran las cabras.

30 de septiembre. Este día se celebraba el desgraciado aniversario de mi llegada. Conté las marcas de mi poste y constaté que llevaba trescientos sesenta y cinco días en la isla. Guardé una solemne abstinencia todo el día, que dediqué a hacer ejercicios religiosos. Me postré humildemente y confesé a Dios todos mis pecados, reconociendo su justicia y rogándole que tuviera misericordia de mí en el nombre de Jesucristo. No probé ningún alimento durante doce horas, hasta que se puso el sol. Entonces comí una galleta y un racimo de uvas y me acosté, terminando el día como lo había comenzado.

Hasta ese momento no había celebrado los domingos ya que, al principio, carecía de sentimientos religiosos. Al cabo de un tiempo, había dejado de hacer una marca más larga los domingos para diferenciar las semanas, de manera que no sabía en qué día vivía. Pero ahora, después de haber contado los días, como he dicho, y de haber comprobado que había pasado un año, lo dividí en semanas, señalando cada siete días el domingo. Al final, me di cuenta de que había perdido uno o dos días en mis cómputos. Poco tiempo después, mi tinta comenzó a escasear, así que me limité a usarla con mucho cuidado y no escribía sino los acontecimientos más importantes de mi vida, abandonando el recuento diario de otras menudencias.

Comencé a observar los cambios de estación y aprendí a prever el paso de la estación seca a la húmeda, a fin de abastecerme adecuadamente. Más tuve que pagar muy cara mi experiencia pues lo que voy a relatar, fue uno de los acontecimientos más desalentadores que me ocurrieron en toda la vida. Anteriormente, he dicho que guardé algunas de las espigas de cebada y de arroz, que tan milagrosamente habían brotado. Tenía como treinta espigas de arroz y veinte de cebada y pensé que, pasadas las lluvias, era el mejor momento para sembrarlas pues el sol estaba más hacia el sur respecto de mí.

Preparé un trozo de tierra lo mejor que pude con mi pala de madera, lo dividí en dos partes y sembré las semillas pero, mientras lo hacía, se me ocurrió que no debía sembrarlas todas la primera vez ya que no sabía cuál era el mejor momento para hacerlo. De este modo, sembré dos terceras partes de las semillas y guardé un puñado de cada una. Más tarde, me alegré de haberlo hecho así pues ni uno solo de los granos que sembré produjo nada, puesto que se aproximaba la estación seca, y no volvió a llover después de la siembra. Por tanto la tierra no tenía humedad para que las semillas germinaran y, no lo hicieron hasta que volvieron las lluvias; entonces germinaron como si estuviesen recién sembradas.

Cuando me di cuenta de que las semillas no germinaban, pude intuir fácilmente que era a causa de la sequía, de modo que busqué un terreno más húmedo para hacer otro experimento. Aré un trozo de tierra cerca de mi emparrado y sembré el resto de las semillas en febrero, un poco antes del equinoccio de primavera. Las lluvias de marzo y abril las hicieron brotar perfectamente y dieron una buena cosecha, mas, como no me atreví a sembrar toda la que había guardado, tan solo obtuve una pequeña cosecha, que no ascendía a más de un celemín de cada grano.

Este experimento me hizo experto en la materia y ahora sabía, exactamente, cuál era la estación propicia para sembrar y, además, que podía sembrar y cosechar dos veces al año.

Mientras crecía el grano hice un pequeño descubrimiento que luego me rindió gran provecho. Tan pronto como cesaron las lluvias y el tiempo mejoró, lo cual ocurrió hacia el mes de noviembre, fui a mi emparrado del campo, al cual no iba desde hacía varios meses, y encontré todo tal y como lo había dejado. El cerco o doble empalizada que había construido estaba completo y fuerte y de algunos troncos habían brotado ramas largas, como las de un sauce llorón, al año siguiente de la poda, pero no sabía de qué árbol había cortado las estacas. Sorprendido y complacido de ver aquellos retoños, los podé para que crecieran tan uniformemente como fuese posible y resulta casi increíble que en tres años crecieran tan maravillosamente, de forma que, si la empalizada formaba un círculo de casi veinticinco yardas de diámetro, los árboles -que así podía llamarlos- la cubrieron completamente, dando suficiente sombra como para refugiarme durante toda la estación seca.

Decidí entonces cortar otras estacas para hacer una empalizada como esta alrededor de mi muro, me refiero al de mi primera vivienda, y así lo hice. Coloqué los árboles o troncos en doble fila, a unas ocho yardas de mi primer muro y crecieron en poco tiempo, formando, al principio, un buen techado para mi morada y, luego, una buena defensa, como se verá en su momento.

Entonces observé que las estaciones del año se podían dividir, no en invierno y verano como en Europa, sino en estaciones secas y estaciones de lluvia de la siguiente manera:

Mediados de febrero, marzo

Estación de lluvia, con el sol muy cerca del equinoccio.

Mediados de abril, mayo, junio, julio y mediados de agosto.

Estación seca, con el sol hacia el norte del ecuador.

Mediados de agosto, Septiembre y mediados de octubre

Estación de lluvia, con el sol regresando al equinoccio.

Mediados de octubre, noviembre, diciembre, enero y mediados de febreroEstación seca, con el sol hacia el sur del ecuador.
La estación de lluvia era algunas veces más larga y otras más corta, según soplara el viento, pero esta era la observación general que había hecho. Después de haber experimentado las consecuencias nefastas de salir bajo la lluvia, me cuidé de abastecerme con antelación de provisiones, para no verme obligado a salir y poder permanecer en el interior tanto como fuese posible durante los meses de lluvia. Esta vez encontré una ocupación (muy adecuada para la estación) pues me faltaban muchas cosas que solo podía hacer con esfuerzo y dedicación constantes. En particular, traté muchas veces de hacer un cesto pero todos los tallos que encontraba para este propósito eran demasiado quebradizos y no pude lograrlo. Por suerte, cuando era niño, solía deleitarme observando a los cesteros del pueblo de mi padre mientras tejían sus artículos de mimbre. Como es común entre los niños, observaba con mucha atención el modo en que realizaban estos objetos y estaba siempre dispuesto a ayudar. Algunas veces les echaba una mano y así aprendí perfectamente el método de esta labor, para la cual tan solo necesitaba materiales. Pensé entonces que los vástagos de aquel árbol del que había cortado las estacas que retoñaron podrían ser tan resistentes como el cetrino, el mimbre o el sauce de Inglaterra y decidí probarlo. Al día siguiente, fui a mi casa de campo, como solía llamarla, y cuando corté unas ramas, me parecieron tan adecuadas para mis fines como podía desear. Entonces, regresé otra vez, equipado con una azuela para cortar una mayor cantidad de ellas, lo cual resultó muy fácil dada la abundancia de estos árboles. Luego las dejé secar dentro de mi cerco o empalizada y cuando estuvieron listas para utilizarse, las llevé a la cueva donde, en la siguiente estación de lluvias, me dediqué a hacer muchos cestos para llevar tierra o transportar o colocar cosas, según fuera necesario; y aunque no estaban elegantemente rematadas, servían perfectamente para mis propósitos. Desde entonces, tuve cuidado de que nunca me faltaran y cuando algunas comenzaban a estropearse, hacía otras nuevas. En especial, hice canastas fuertes y profundas con el fin de utilizarlas, en lugar de sacos, para guardar el grano, si es que llegaba a cosechar una buena cantidad.
Habiendo superado esta dificultad, lo cual me tomó mucho tiempo, me dediqué a estudiar la posibilidad de satisfacer dos necesidades. No tenía recipientes para poner líquido, con la excepción de dos barriles que contenían ron y algunas botellas para agua, licores y otras bebidas. No tenía siquiera un cacharro para hervir nada, salvo una especie de puchero que había rescatado del barco y que era demasiado grande para el uso que quería darle, es decir, hacer caldo y cocer algún trozo de carne. Lo otro que necesitaba era una pipa para fumar pero era imposible hacer una, aunque, sin embargo, también encontré una forma.

Llevaba todo el verano o estación de sequía plantando la segunda fila de estacas y tejiendo canastas cuando surgió otro asunto que me ocupó más tiempo del que jamás hubiera imaginado.

CAPÍTULO VIII.

Examina su posición

Ya he dicho que tenía pensado recorrer toda la isla y que había pasado el río y llegado hasta el lugar en el que tenía construido mi emparrado, desde donde podía ver el mar al otro lado de la isla. Ahora quería llegar hasta la orilla de aquel lado, de manera que cogí mi escopeta, un hacha, mi perro, una cantidad de pólvora y municiones, mayor que la habitual, dos galletas y un gran puñado de pasas que metí en un saco y emprendí el viaje. Cuando crucé el valle donde estaba el emparrado, divisé el mar hacia el oeste y como el día estaba muy claro, pude ver una franja de tierra, que no podía decir con certeza si era una isla o un continente. La tierra, que estaba bastante elevada, se extendía un largo trecho del sudoeste hacia el oeste y, según mis cálculos, estaba a no menos de quince o veinte leguas de distancia.

No sabía qué parte del mundo era aquella, tan solo que debía ser parte de América y, en base a todas mis observaciones, debía estar cerca de los dominios españoles. Tal vez estaba habitada por salvajes y si hubiese naufragado allí, me habría encontrado en peor situación que en la que estaba. Me resigné, pues, a los deseos de la Providencia, en cuya beneficiosa intervención ahora creía. Esto calmó mi espíritu y dejé de afligirme por el vano deseo de estar allí.

Además, después de reflexionar sobre el asunto, concluí que si esta tierra estaba en la costa española, con certeza, tarde o temprano, vería un buque pasar en cualquier dirección. Si esto no ocurría, entonces me hallaba en la costa salvaje entre las tierras españolas y el Brasil, donde habitan los peores salvajes, caníbales y antropófagos, que asesinan y devoran cualquier cuerpo humano que caiga en sus manos.

Con estos pensamientos seguí caminando tranquilamente y descubrí el otro lado de la isla donde me encontraba más a gusto que en el mío. La sabana o campiña era dulce y estaba adornada con flores, hierba y hermosas arboledas. Vi gran cantidad de cotorras y me dieron ganas de capturar una para domesticarla y enseñarla a hablar; y así lo hice. Con mucho esfuerzo, capturé una cría que derribé con un palo y, después de curarla, la llevé a casa, mas no fue, hasta al cabo de unos años, que logré enseñarla a hablar y, finalmente, a decir mi nombre con familiaridad. Más tarde se produjo un pequeño incidente cuyo relato será divertido.

Me lo estaba pasando muy bien en este viaje. En las tierras bajas encontré liebres, o al menos eso me parecieron, y zorras, que no se parecían a ninguna de las que había conocido hasta entonces, ni me parecían comestibles, aunque maté algunas. No tenía por qué arriesgarme pues tenía suficiente comida y muy buena, a saber: cabras, palomas y tortugas. Si a esto le sumaba mis pasas, podía asegurar que ni en el mercado Leadenhall se hubiese podido servir una mesa más rica que la mía; y aunque mi estado era lamentable, tenía motivos para estar agradecido por no faltarme los alimentos, pues más bien los tenía en abundancia y hasta algunas exquisiteces.

Nunca avanzaba más de dos millas en este viaje pero daba tantas vueltas en busca de hallazgos que llegaba agotado al sitio donde decidía pasar la noche. Entonces, subía a un árbol o me tendía en el suelo rodeado por un cerco de estacas, de manera que ninguna criatura salvaje pudiese acercarse a mí sin despertarme.

Tan pronto llegué a la orilla del mar, me sorprendió ver que me había instalado en la peor parte de la isla porque aquí la playa estaba llena de tortugas mientras que, en el otro lado, solo había encontrado tres en un año y medio. También había gran cantidad de aves de varios tipos, algunas de las cuales había visto y otras no, pero ignoraba sus nombres, excepto el de aquellas que llamaban pingüinos.

Hubiera podido cazar tantas como quisiera pero ahorraba mucho la pólvora y las municiones. Había pensado matar una cabra para alimentarme mejor pero, aunque aquí había más cabras que al otro lado de la isla, resultaba más difícil acercarse a ellas porque el terreno era llano y podían verme con más rapidez que en la colina.

Debo confesar que este lado de la isla era mucho más agradable que el mío pero no tenía ninguna intención de mudarme pues ya estaba instalado en mi morada y me había acostumbrado tanto a ella que durante todo el tiempo que pasé aquí, tenía la impresión de estar de viaje, lejos de casa. Sin embargo, caminé unas doce millas a lo largo de la orilla hacia el este y, clavando un gran poste, a modo de indicador, decidí regresar a casa. En la próxima expedición, me dirigiría hacia el otro lado de la isla, hacia el este de mi casa, hasta llegar al poste.

Al regreso, tomé un camino distinto al que había hecho, creyendo que podría abarcar fácilmente gran parte de la isla con la vista y, así, encontrar mi vivienda pero me equivoqué. Al cabo de unas dos o tres millas, me hallé en un gran valle rodeado de tantas colinas que, a su vez, estaban tan cubiertas de árboles, que no podía saber hacia dónde me dirigía si no era por el sol, y ni siquiera esto, si no sabía con exactitud su posición en ese momento del día.

Para colmo de males, durante tres o cuatro días, el valle se cubrió de una neblina que me impedía ver el sol, por lo que anduve desorientado e incómodo hasta que, finalmente, me vi obligado a regresar a la playa, buscar el poste y regresar por el mismo camino que había venido. Así, en jornadas fáciles, regresé a casa, agobiado por el excesivo calor y por el peso de la escopeta, las municiones, el hacha y las demás cosas que llevaba.

En este viaje, mi perro sorprendió a un cabrito y lo apresó. Yo tuve que correr en su auxilio para salvarlo del perro y pensé llevármelo a casa pues a, menudo, había tenido la idea de si sería posible atrapar uno o dos para criar un rebaño de cabras domésticas de las que abastecerme cuando se me hubieran acabado la pólvora y las municiones.

Le hice un collar al pequeño animal y con un cordón que había hecho y que siempre llevaba conmigo, lo conduje, no sin alguna dificultad, hasta mi emparrado, donde lo encerré y lo dejé pues estaba impaciente por llegar a casa después de un mes de viaje.

No puedo expresar la satisfacción que me produjo regresar a mi vieja madriguera y tumbarme en mi hamaca. Este corto viaje, sin un sitio estable donde descansar, me había resultado tan desagradable, que mi propia casa, como solía llamarla, me parecía un asentamiento perfecto, donde todo estaba tan cómodamente dispuesto, que decidí no volver a alejarme por tanto tiempo de ella mientras permaneciera en la isla.

Pasé una semana entera descansando y agasajándome después de mi largo viaje, durante el cual dediqué mucho tiempo a la difícil tarea de hacerle una jaula a mi Poll, que comenzaba a domesticarse y a sentirse a gusto conmigo. Entonces pensé en el pobre cabrito que había dejado encerrado en el emparrado y decidí ir a buscarlo para traerlo a casa o darle algún alimento. Fui y lo encontré donde lo había dejado pues no tenía por donde salir pero estaba muerto de hambre. Corté tantas hojas y ramas como pude encontrar y se las di. Después de alimentarlo, lo até como lo había hecho antes pero esta vez estaba tan manso por el hambre, que casi no tenía que haberlo hecho, pues me seguía como un perro. Según iba alimentándolo, el animal se volvió tan cariñoso, amable y tierno que se convirtió en una de mis mascotas y ya nunca me abandonó.

Había llegado la estación lluviosa del equinoccio de otoño. Guardé el 30 de septiembre con la misma solemnidad que el año anterior, pues era el segundo aniversario de mi llegada a la isla y no tenía más perspectivas de ser rescatado que el primer día. Dediqué todo el día a dar gracias humildemente por los muchos bienes que me habían sido prodigados, sin los cuales, esta vida solitaria habría sido mucho más miserable. Le di gracias a Dios con humildad y fervor por haberme permitido descubrir que, tal vez, podía sentirme más feliz en esta situación solitaria que gozando de la libertad en la sociedad y rodeado de mundanales placeres. Le agradecí que hubiese compensado las deficiencias de mi soledad y mi necesidad de compañía humana con su presencia y la comunicación de su gracia que me asistía, me reconfortaba y me alentaba a confiar en su providencia aquí en la tierra y aguardar por su eterna presencia después de la muerte.

Ahora empezaba a darme cuenta de cuánto más feliz era esta vida, con todas sus miserias, que la existencia sórdida, maldita y abominable que había llevado en el pasado. Habían cambiado mis penas y mis alegrías, mis deseos se habían alterado, mis afectos tenían otro sentido, mis deleites eran completamente distintos de cómo eran a mi llegada a esta isla y durante los últimos dos años. Antes, cuando salía a cazar o a explorar la isla, la angustia que me provocaba mi situación me atacaba súbitamente y cuando pensaba en los bosques, las montañas y el desierto en el que me hallaba, me sentía desfallecer. Me veía como un prisionero encerrado tras los infinitos barrotes y cerrojos del mar, en un páramo deshabitado y sin posibilidad de salvación. En los momentos de mayor cordura, estos pensamientos me asaltaban de golpe, como una tormenta, y me hacían retorcerme las manos y llorar como un niño. A veces, me sorprendían en medio del trabajo y me obligaban a sentarme a suspirar, cabizbajo, durante una o dos horas, lo cual era mucho peor, pues si hubiese podido irrumpir en llanto o expresarme en palabras, habría podido desahogarme y aliviar mi dolor.

Pero ahora pensaba en cosas nuevas. Diariamente, leía la palabra de Dios y aplicaba todo su consuelo a mi situación. Una mañana que me sentía muy triste, abrí la Biblia y encontré estas palabras: "Nunca jamás te dejaré ni te abandonaré". Inmediatamente pensé que estaban dirigidas a mí pues, ¿cómo si no, me habían sido reveladas justo en el momento en el que me lamentaba de mi condición como quien ha sido abandonado por Dios y por los hombres? «Pues bien -dije-, si Dios no me va a abandonar, ¿qué puede ocurrirme o qué importancia puede tener el que todo el mundo me haya abandonado, cuando pienso que la pérdida sería mucho mayor si tuviese el mundo entero a mi disposición y perdiese el favor y la bendición de Dios?»

Desde este momento, comencé a convencerme de que, posiblemente, era más feliz en esta situación de soledad y abandono que en cualquier otro estado en el mundo. Con estos pensamientos le di gracias a Dios por haberme traído a este lugar.

No sé qué ocurrió pero algo me turbó y me impidió pronunciar las palabras de agradecimiento. «¿Cómo puedes ser tan hipócrita -me dije en voz alta- y fingirte agradecido por una situación de la cual, a pesar de tus esfuerzos por resignarte a ella, deseas liberarte con todas las fuerzas de tu corazón?» Aquí me detuve y, aunque no pude darle gracias a Dios por hallarme allí, le agradecí sinceramente que me hubiese abierto los ojos, si bien mediante sufrimientos, para ver mi vida anterior y para lamentarme y arrepentirme de ella. Nunca abrí ni cerré la Biblia sin darle gracias a Dios por hacer que mi amigo en Inglaterra, sin que yo le dijese nada, la hubiese empaquetado con mis cosas y por ayudarme a rescatarla del naufragio.

De este modo y con esta disposición de ánimo, comencé mi tercer año. Si bien no he querido incomodar al lector con el relato minucioso de los trabajos que realicé durante este año, como lo hice con el año anterior, en general, puedo observar que casi nunca estaba ocioso sino que había dividido mi tiempo, según lo requerían mis tareas cotidianas. En primer lugar, debía cumplir mis deberes con Dios y leer las escrituras, cosa que hacía tres veces al día. En segundo lugar, tenía que salir con mi escopeta en busca de alimentos, lo cual me tomaba cerca de tres horas todas las mañanas. En tercer lugar, tenía que preparar, curar, conservar y cocinar lo que había matado o atrapado para mi sustento. Esto me tomaba una buena parte del día. Además, debe considerarse que al mediodía, cuando el sol estaba en el cenit, hacía un calor tan violento que era imposible salir, por lo que solo me quedaban cuatro horas de trabajo por la tarde, excepto cuando invertía los horarios de mis labores y trabajaba por las mañanas y salía con la escopeta por la tarde.

Al poco tiempo que tenía para trabajar, he de agregar la extrema laboriosidad de las obras y las muchas horas que, por falta de herramientas, ayuda o destreza, me tomaba cualquier tarea que emprendiese. Por ejemplo, me tomó cuarenta y dos días enteros hacer una tabla que me sirviera de anaquel para mi cueva, mientras que dos aserradores, con sus herramientas y su serrucho, habrían cortado seis tablas del mismo árbol en medio día.

Mi situación era la siguiente: el árbol que debía cortar tenía que ser grande, pues necesitaba que la tabla fuese ancha. Me tomaba tres días cortar el árbol y dos más quitarle las ramas y reducirlo al tronco. A fuerza de hachazos, iba afinándolo por ambos lados hasta hacerlo lo suficientemente ligero como para moverlo. Entonces le daba la vuelta y aplanaba y alisaba uno de sus lados de un extremo a otro, como una tabla. Luego le daba la vuelta otra vez y cortaba el otro lado hasta obtener una plancha como de tres pulgadas de espesor y lisa por ambos lados. Cualquiera podría juzgar el esfuerzo que debía hacer con mis manos para realizar este trabajo pero con paciencia y empeño conseguí hacer esta y muchas otras cosas. Recalco esto, en particular, tan solo para explicar por qué me tomaba tanto tiempo realizar una tarea tan pequeña; en otras palabras, que lo que se podía realizar en poco tiempo, con ayuda y las herramientas adecuadas, sin estas se convertía en un trabajo ímprobo que requería muchísimo tiempo. No obstante, con paciencia y empeño, pude sobrepasar muchos obstáculos, de hecho, todos los que se me presentaron en diversas circunstancias, como se verá a continuación.

Estaba en los meses de noviembre y diciembre, a la espera de mi cosecha de cebada y arroz, y la tierra que había arado y cultivado no era muy grande pues, como he observado, no tenía más de un celemín de cada grano ya que había perdido una cosecha entera en la estación seca. Esta vez, la cosecha prometía ser buena pero de pronto advertí que estaba a punto de perderla nuevamente a causa de enemigos de diversa índole, a los cuales me resultaba muy difícil combatir. En primer lugar, las cabras y lo que yo llamo liebres salvajes, habiendo probado esa hierba tan dulce, permanecían allí día y noche, comiéndola tan de raíz que era imposible que brotara una espiga.

Para esto no vi otra solución que levantar un cerco, que construí con mucho empeño, pues no tenía demasiado tiempo. No obstante, como la tierra arada no era muy extensa, conforme a la cosecha, logré cercarla totalmente en tres semanas. Maté algunos de los animales durante el día y puse a mi perro en guardia durante la noche, amarrado a un palo donde se quedaba vigilando y ladrando toda la noche. De este modo, los enemigos abandonaron el lugar en poco tiempo y el grano creció fuerte y saludable y comenzó a madurar rápidamente.

Así como estos animales trataron de arruinar mi grano cuando aún era hierba, los pájaros estuvieron a punto de hacerlo cuando brotaron las espigas. Un día fui al sembrado para ver cómo prosperaba y lo hallé rodeado de aves de no sé cuántos tipos, que parecían aguardar a que me marchase. Inmediatamente, las espanté con la escopeta (que siempre llevaba conmigo). No bien había disparado, cuando se elevó una pequeña nube de pájaros que no había visto porque estaban ocultos entre las espigas.

Esto me inquietó mucho pues preveía que en pocos días se habrían comido mis esperanzas, dejándome sin alimento, y sin posibilidades de volver a sembrar nunca. No sabía qué hacer. Sin embargo, estaba decidido a no perder mi grano, si era posible, aunque tuviera que vigilarlo día y noche. En primer lugar, recorrí el sembrado para ver los daños que habían hecho las aves y encontré que habían echado a perder gran parte de los granos pero, como las espigas estaban aún verdes, la pérdida no fue tan grande, pues el resto prometía una buena cosecha si lograba salvarlo.

Me detuve a cargar mi escopeta y pude ver a los ladrones posados en los árboles que estaban a mi alrededor, como esperando a que me marchara, lo que en efecto ocurrió pues, apenas me alejé de su vista, bajaron al sembrado, uno a uno, nuevamente. Esto me enfadó tanto que no tuve paciencia para esperar a que llegara el resto, sabiendo que cada grano que se comían en ese momento representaba una gran pérdida para mí en el futuro. Por lo tanto, arrimándome al cerco, disparé y maté a tres de ellos. Era justo lo que quería pues los recogí y los traté como a los ladrones famosos en Inglaterra, es decir, los colgué de unas cadenas para asustar a los demás. Es imposible imaginar el efecto que tuvo esto pues, al poco tiempo, abandonaron aquella parte de la isla y no volví a verlos por allí mientras estuvo mi espantapájaros. Esto me alegró mucho, como puede suponerse, y hacia finales de diciembre recogí mi grano en la segunda cosecha del año.

Por desgracia, no tenía una hoz o guadaña para cortarlo y lo único que podía hacer era fabricar una lo mejor que pudiese con las espadas o machetes que había rescatado del barco. No obstante, como mi primera cosecha era pequeña, no tuve demasiadas dificultades para segarla. En pocas palabras, lo hice a mi modo, pues solo corté las espigas, las transporté en una de las grandes canastas que había tejido y las desgrané con mis propias manos. Al final del proceso, observé que el grano cosechado era, según mis cálculos, aunque no tenía forma de comprobarlo, casi treinta y dos veces más que el que había sembrado.

Me sentí muy entusiasmado pues preveía que, con el tiempo, Dios me proporcionaría pan. Sin embargo, nuevamente me hallaba en apuros pues no sabía moler el grano para transformarlo en harina, ni limpiarlo, ni cernirlo, ni, en definitiva, hacer pan. Todo esto, sumado a mi deseo de disponer de una buena cantidad para almacenar y otra para sembrar, decidí no probar ni un grano de esta cosecha con el fin de sembrarlo en la siguiente estación.

Mientras tanto, emplearía todo mi ingenio y mi tiempo de trabajo en averiguar el modo de hacer harina y pan.

Podría decir en verdad que había trabajado para conseguirme el pan, lo cual es bastante sorprendente y me parece que pocas personas se han detenido a pensar en la enorme cantidad de pequeñas cosas que hay que hacer para producir, preparar, elaborar y terminar un solo pan.

Como me hallaba reducido a un simple estado natural, sufría desalientos diariamente y cada vez me volvía más sensible a ellos, incluso desde que había obtenido el primer puñado de semillas que, como ya he dicho, apareció inesperadamente y para mi gran asombro.

En primer lugar, no tenía un arado para remover la tierra, ni una azada o pala para labrarla. Resolví este problema haciendo una pala de madera, a la cual ya he hecho referencia, pero no era la más adecuada para la función que quería darle y, aunque me había tomado varios días fabricarla, al no estar reforzada con hierro se desgastó rápidamente y me entorpeció el trabajo, haciéndolo más difícil.

No obstante, aguantaba esto y me conformaba con hacer el trabajo pacientemente y tolerar sus imperfecciones. Cuando terminé de sembrar el grano, me hacía falta un rastrillo y no me quedó más remedio que utilizar una rama gruesa con la cual conseguí arañar la tierra, más que rastrillarla.

Mientras crecía el grano, observé todo lo que necesitaba hacer: cercarlo, protegerlo, segarlo o cosecharlo, secarlo, transportarlo a casa, trillarlo, limpiarlo y guardarlo. Necesitaba también un molino para convertirlo en harina, un tamiz para cernirla, sal y levadura para hacer el pan y un horno para cocerlo. Sin embargo, como se verá, logré arreglármelas sin ninguna de estas cosas y el grano me proporcionó un inestimable placer y provecho. Todo lo que he mencionado anteriormente, hacía el trabajo más tedioso y difícil pero no había mucho que hacer al respecto, como tampoco respecto al tiempo que perdía pues, según lo había dividido, utilizaba sólo una parte del día para realizar estas labores. Como había decidido no usar el grano para pan hasta que tuviera una cantidad mayor, empleé todo mi tiempo y mi ingenio durante los seis meses siguientes en hacer los utensilios adecuados para ejecutar todas las operaciones relacionadas al procesamiento del grano, cuando lo tuviera.

CAPÍTULO IX.

Un barco

Primeramente, tenía que preparar un terreno mayor ya que ahora tenía suficientes semillas para sembrar un acre de tierra. Antes de hacer esto, dediqué por lo menos una semana a fabricar una azada, que resultó deplorable y pesada y requería un esfuerzo doble trabajar con ella. No obstante, obvié esto y sembré mi semilla en dos grandes extensiones de tierra llana, situadas tan cerca de casa como fue posible y las cerqué con una fuerte empalizada, cuyas estacas corté de los árboles que había utilizado anteriormente. Sabía que en un año tendría un seto de plantas vivas que no requeriría mucho mantenimiento. Esta tarea era lo suficientemente complicada como para que me tomara casi tres meses finalizarla, ya que buena parte de este tiempo coincidió con la estación de lluvia, durante la cual, no pude salir.
Sin poder salir, esto es, mientras llovía, me ocupaba de los siguientes asuntos. Siempre que trabajaba, me entretenía hablándole al loro y enseñándole a hablar, de modo que pronto aprendió su propio nombre y a decirlo fuertemente: Poll, que fue la primera palabra que se pronunció en la isla por boca que no fuera la mía. Pero, esta no era mi labor principal, sino, más bien, un pasatiempo que me divertía mientras ocupaba mis manos en otras tareas, como la siguiente. Había

estudiado durante mucho tiempo la forma de hacer unas vasijas de barro, que tanto necesitaba, pero aún no sabía cómo. Mas, teniendo en cuenta que el clima era caluroso, no dudaba que, si podía encontrar un buen barro, podría fabricar algún cacharro que, secado al sol, fuera losuficientemente fuerte para manejarlo y conservar en su interior cualquier cosa que quisiera preservar de la humedad. Como necesitaba algunos cacharros de este tipo para el grano y la harina, que era lo que me preocupaba en ese momento, decidí hacerlos tan grandes como pudiera, a fin de que sirvieran exclusivamente como tarros para conservar lo que guardara en ellos.

Tal vez el lector se apiade de mí, o, por el contrario, se ría de mi torpeza al hacer la pasta y los objetos tan deformes que realicé con ella, que se hundían hacia adentro o hacia fuera porque el barro era demasiado blando para resistir su propio peso.

Algunos se quebraban al ser expuestos precipitadamente al excesivo calor del sol, otros se rompían en pedazos cuando los movía, tanto cuando estaban secos como cuando aún estaban húmedos. En pocas palabras, después de un arduo esfuerzo por conseguir el barro, de extraerlo, amasarlo, transportarlo y moldearlo, en dos meses no pude hacer más que dos cosas grandes y feas, que no me atrevería a llamar tarros.

No obstante, cuando el sol los secó hasta dejarlos muy duros, los levanté con mucho cuidado y los coloqué en dos grandes cestos de mimbre, que había tejido, expresamente, para ellos, a fin de que no se rompieran. Entre cada cacharro y su correspondiente cesto había un poco de espacio, que rellené con paja de arroz y cebada. Pensé que, conservándolos secos, podrían servir para guardar el grano y, tal vez la harina, cuando lo hubiese molido.

Aunque cometí muchos errores en mi proyecto de hacer cacharros grandes, pude hacer, con éxito, otros más pequeños, como vasijas, platos llanos, jarras y ollitas, que el calor del sol secaba y volvía extrañamente duros.

Nada de esto, sin embargo, satisfacía mi necesidad principal que era obtener una vasija en la que pudiera echar líquido y fuese resistente al fuego. Al cabo de cierto tiempo, un día, habiendo hecho un gran fuego para asar carne, en el momento de retirar los carbones, encontré un trozo de un cacharro de barro, quemado y duro como una piedra y rojo como una teja. Esto me sorprendió gratamente y me dije que, ciertamente, si podían cocerse en trozos también podrían hacerlo enteros.

Este hecho me llevó a estudiar cómo disponer el fuego para cocer algunos cacharros de barro. No tenía idea de cómo fabricar un horno como los que usan los alfareros, ni de esmaltar los cacharros con plomo, aunque tenía algo de plomo para hacerlo. Apilé tres ollas grandes y dos cacharros, unos encima de los otros, y dispuse las brasas a su alrededor, dejando un montón de ascuas debajo. Alimenté el fuego con leña, que coloqué en la parte de afuera y sobre la pila, hasta que los cacharros se pusieron al rojo vivo sin llegar a romperse. Cuando estuvieron claramente rojos, los dejé en la lumbre durante cinco o seis horas, hasta que me di cuenta de que uno de ellos no se quebraba pero sí se derretía, porque la arena que había mezclado con el barro se fundía por la violencia del calor, y se habría convertido en vidrio de haberlo dejado allí. Disminuí gradualmente el fuego hasta que el rojo de los cacharros se volvió más tenue y me quedé observándolos toda la noche para que el fuego no se apagara demasiado aprisa. A la mañana siguiente, tenía tres buenas ollitas, si bien no muy hermosas, y dos vasijas, tan resistentes como podría desearse, una de las cuales estaba perfectamente esmaltada por la fundición de la arena.

No tengo que decir que después de este experimento, no volví a necesitar ningún cacharro de barro que no pudiera hacerme. Mas debo decir que en cuanto a la forma, no se diferenciaban mucho unos de otros, como es de suponerse, ya que los hacía del mismo modo que los niños hacen sus tortas de arcilla o que las mujeres, que nunca han aprendido a hacer masa, hornean sus pasteles.

Jamás hubo alegría tan grande por algo tan insignificante, como la que sentí cuando vi que había hecho un cacharro de arcilla resistente al fuego. Apenas tuve paciencia para esperar a que se enfriara y volví a colocarlo en el fuego, esta vez, lleno de agua, para hervir un trozo de carne, lo que logré admirablemente. Luego, con un poco de cabra, me hice un caldo muy sabroso y solo me habría hecho falta un poco de avena y algunos otros ingredientes para que quedara tan sabroso como lo hubiera deseado.

Mi siguiente preocupación era procurarme un mortero de piedra para moler o triturar el grano ya que, tan solo con un par de manos, no podía pensar en hacer un molino. Me encontraba muy poco preparado para satisfacer esta necesidad pues, si había un oficio en el mundo para el cual no estaba cualificado era para el de picapedrero. Por otra parte, tampoco contaba con las herramientas necesarias para hacerlo. Pasé más de un día buscando una piedra lo suficientemente grande como para ahuecarla y que sirviera de mortero, mas no pude encontrar ninguna, excepto las que había en la roca pero no tenía forma de extraer ni cortarle ningún pedazo. Tampoco las rocas de la isla eran lo suficientemente duras pues todas tenían una consistencia arenosa y se desmoronaban fácilmente, de manera que no habrían soportado los golpes de un mazo, ni habrían molido el grano sin llenarlo de arena. Después de perder mucho tiempo buscando una piedra adecuada, renuncié a este propósito y decidí buscar un buen bloque de madera sólida, lo que resultó mucho más sencillo. Cogí uno tan grande como mis fuerzas me permitieron levantar y lo redondeé por fuera con el hacha. Luego le hice una cavidad con fuego, del mismo modo que los indios del Brasil construyen sus canoas. Después hice una mano de almirez, de una madera que llaman palo de hierro y guardé todos estos utensilios hasta mi próxima cosecha,

al cabo de la cual, me proponía moler el grano, o más bien, machacarlo hasta convertirlo en harina para hacer pan.
La segunda dificultad con que me topé fue la de hacer un tamiz o cedazo para cernir la harina y separarla del salvado y de la cáscara, sin lo cual no habría tenido posibilidad alguna de hacer pan. Esta era una labor tan difícil que no me hallaba con valor ni para pensar en la forma de realizarla pues no tenía nada que me sirviera para ello; es decir, una lona o tejido con una trama lo suficientemente fina como para permitir el cernido de la harina. Durante muchos meses estuve paralizado, sin saber exactamente qué hacer. No me quedaba más lienzo que algunos harapos; tenía pelos de cabra pero no sabía cómo hilarlos o tejerlos y, aunque lo hubiese sabido, no tenía instrumentos para hacerlo.
Finalmente, recordé que entre la ropa de los marineros que había rescatado del naufragio, había algunas bufandas de muselina y, con algunos pedazos hice tres tamices pequeños pero adecuados para la tarea. Los utilicé durante muchos años y, en su momento, contaré lo que hice después con ellos.
Lo próximo que tenía que considerar era cómo hacer el pan, una vez tuviera el grano pues, para empezar, no tenía levadura, mas como este era un problema que no tenía solución, dejé de preocuparme por ello. Sin embargo, me afligía no tener un horno. Con el tiempo, ideé la forma de hacerlo, de la siguiente manera: Hice algunas vasijas de barro muy anchas pero poco profundas, es decir, de unos dos pies de diámetro y no más de nueve pulgadas de profundidad. Las quemé en el fuego, como había hecho con las otras y luego, cuando quería hornear pan, hacía un gran fuego sobre el hogar, que había cubierto con unas losetas cuadradas que yo mismo hice y cocí aunque no puedo decir que fuesen perfectamente cuadradas.
Cuando la leña formaba un buen montón de ascuas, llenaba el hogar con ellas y las dejaba ahí hasta que el hogar se calentaba bien. Luego retiraba las ascuas, colocaba mi hogaza o mis hogazas y las cubría con la vasija de barro, que rodeaba de carbones para mantener y avivar el fuego según fuera necesario. De este modo, como en el mejor horno del mundo, horneaba mis hogazas de cebada y, en poco tiempo, me convertí en un auténtico maestro pastelero pues confeccionaba diversas tortas de arroz y budines, aunque no llegué a hacer tartas ya que no tenía con qué rellenarlas, si no era con carne de ave o de cabra.
No es de extrañar que todas estas labores me tomaran casi todo el tercer año en la isla pues, debe notarse que aparte de ellas, tenía que ocuparme de mi nueva cosecha y de la labranza. Sembraba el grano en el momento adecuado, lo transportaba a casa lo mejor que podía y colocaba las espigas en grandes canastas hasta que llegaba el momento de desgranarlo, pues no tenía trillo ni lugar donde trillar.

Ahora que mi provisión de grano aumentaba, quería agrandar los graneros. Necesitaba un lugar para almacenarlo porque la cosecha había sido tan abundante que tenía veinte fanegas de cebada y otras tantas, o más, de arroz. Decidí entonces usarlos ampliamente puesto que hacía tiempo que se me había acabado el pan. También decidí ver cuánto necesitaba para un año y, así, sembrar solo una vez.

En total, descubrí que cuarenta fanegas de cebada y arroz eran más de lo que podía consumir en un año y por tanto, decidí sembrar al año siguiente la misma cantidad que en el anterior, con la esperanza de que me bastase para hacer pan y otros alimentos.

Mientras hacía todo esto, a menudo mis pensamientos volaban hacia la tierra que había visto desde el otro lado de la isla y, secretamente, deseaba estar allí, imaginando que podría divisar el continente y que, al ser una tierra poblada, encontraría los medios para salir adelante y, finalmente, escapar.

Sin embargo, no tenía en cuenta los riesgos de aquella situación, como, por ejemplo, el de caer en manos de los salvajes, que consideraba más peligrosos que los leones y los tigres de África, y que, si me atrapaban, casi con toda seguridad, me asesinarían y, tal vez me devorarían. Había oído decir que los habitantes de la costa del Caribe eran caníbales, o devoradores de hombres y sabía, por la latitud, que no debía estar lejos de esas tierras. Mas, suponiendo que no fuesen caníbales, podían matarme, como a muchos europeos que cayeron en sus manos, incluso a grupos de diez o veinte; y con más razón a mí que era uno solo y apenas podía defenderme. Nada de esto, que debía considerar muy seriamente, como después lo hice, me preocupaba al principio pues tan solo pensaba en llegar a la otra orilla.

Deseaba tener a mi chico Xury y la chalupa con su vela de lomo de cordero, con la cual había navegado más de mil millas por la costa de África; mas de nada me servía desearlo. Entonces pensé que podía inspeccionar el bote de la nave que, como he dicho anteriormente, fue arrojado hasta la playa por la tormenta que nos hizo naufragar. Estaba casi en el mismo lugar pero las olas y el viento le habían dado la vuelta contra un arrecife de arena dura y ahora no tenía agua alrededor.

Si hubiese tenido ayuda, habría podido repararlo y echarlo al agua y me habría servido perfectamente para regresar a Brasil sin dificultades. Más debía reconocer que me iba a resultar tan difícil darle la vuelta como mudar la isla de un lado a otro. No obstante, fui al bosque a cortar unos troncos largos que me sirvieran de palanca y rollo y los trasladé hasta el bote, decidido a hacer lo que pudiese y convencido de que si lograba darle la vuelta, podría repararlo y convertirlo en un excelente bote con el que podría lanzarme al mar tranquilamente.

No escatimé en esfuerzos en esta inútil labor, en la que empleé cerca de tres semanas, hasta que, por fin, me convencí de que no podría levantarlo con mis pocas fuerzas y decidí excavar la arena por debajo para socavarlo y hacerlo caer, utilizando trozos de madera para dirigirle la caída.

Mas cuando hube terminado de hacer esto, advertí, nuevamente, que no podía darle la vuelta, ni meterme debajo ni, mucho menos, empujarlo hacia el agua. De este modo, me vi obligado a desistir de la idea y, aunque así lo hice, mis deseos de aventurarme hacia el continente aumentaban a medida que disminuían mis probabilidades de lograrlo.

Más tarde, comencé a reflexionar sobre la posibilidad de construir una canoa o piragua, como las que hacían los nativos de aquellas latitudes, incluso sin herramientas ni ayuda, con un gran tronco de árbol. Esto no solo me pareció posible sino sencillo y me alegré mucho con la idea de hacerlo y de tener más recursos que los indios o los negros. Más no consideré las dificultades que acarreaba dicha tarea, que eran mayores que las que podían encontrar los indios, como por ejemplo, la necesidad de ayuda para echarla al agua cuando estuviese terminada. Este obstáculo me parecía mucho más difícil de superar que la falta de herramientas, por parte de los indios pues ¿de qué me serviría cortar un gran árbol en el bosque, lo cual podía hacer sin demasiada dificultad, si, después de modelar y alisar la parte exterior para darle la forma de un bote y de cortar y quemar la parte interior para ahuecarla, debía dejarlo justo donde lo había encontrado por ser incapaz de arrastrarlo hasta el agua?

Se podría pensar que, mientras construía la canoa, no había considerado, ni por un momento, esta situación pues debí haber pensado antes en la forma de llevarla hasta el agua pero estaba tan enfrascado en la idea de navegar, que ni una vez me detuve a pensar cómo lo haría. Naturalmente, me iba a resultar mucho más fácil llevarla cuarenta y cinco millas por mar, que arrastrarla por tierra las cuarenta y cinco brazas que la separaban de él.

Me empeñé en construir esta canoa como el más estúpido de los hombres, como si hubiese perdido totalmente la razón. Me agradaba el proyecto y no me preocupaba en lo más mínimo si no era capaz de realizarlo.

No es que la idea de botar la canoa no me asaltara con frecuencia sino que respondía a mis preguntas con la siguiente insensatez: «Primero ocupémonos de hacerla que, con toda seguridad, encontraré la forma de transportarla cuando esté terminada.»

Esta era una forma de proceder descabellada pero mi fantasiosa obstinación prevaleció y puse manos a la obra. Corté un cedro tan grande, que dudo mucho que Salomón dispusiera de uno igual para construir el templo de Jerusalén. Medía cinco pies y diez pulgadas de diámetro en la parte baja y a los veintidós pies de altura medía cuatro pies y once pulgadas; luego se iba haciendo más delgado hasta el nacimiento de las ramas. Me costó un trabajo infinito cortar el árbol. Estuve veinte días talando y cortando la base y catorce más cercenando las ramas, los brotes y el tupido follaje con el hacha. Después, me tomó un mes darle la forma del casco de un bote que pudiese mantenerse derecho sobre el agua. Me tomó casi tres meses excavar su interior hasta que pareciese un bote de verdad. Hice esto sin fuego, utilizando, únicamente, un mazo y un cincel y, después de mucho esfuerzo, logré hacer una hermosa piragua, lo suficientemente grande como para llevar veintiséis hombre y, por tanto, a mí con mi cargamento.

Cuando terminé la tarea, estaba encantado. El bote era mucho más grande que cualquier canoa o piragua, hecha de un solo árbol, que hubiese visto en mi vida. Muchos golpes de hacha me habían costado y no faltaba más que llevarla hasta el agua y, si lo hubiese conseguido, habría emprendido el viaje más absurdo e irrealizable que jamás se hubiese hecho.

Todos mis intentos de llevarla al mar fracasaron, a pesar de mis grandísimos esfuerzos. La canoa estaba a unas cien yardas del agua y el primer inconveniente era una colina que se elevaba hacia el río. Para resolver este problema, decidí cavar el terreno con el fin de hacer un declive. Comencé a hacerlo y me costó un trabajo inmenso más ¿quién se queja de fatigas si tiene la salvación ante sus ojos? No obstante, cuando terminé esta tarea y vencí esta dificultad, estaba igual que antes porque, como con el bote, me resultaba imposible mover la canoa. Entonces medí la longitud del terreno y decidí hacer una especie de dique o canal para llevar el agua hasta la piragua ya que no podía llevar esta al agua. Cuando comencé a hacerlo y calculé el ancho y la profundidad de la excavación que debía realizar, me di cuenta de que, sin otro recurso que mis dos brazos, me tomaría unos diez o doce años terminar esta labor puesto que, la orilla estaba elevada y, por lo tanto, tendría que cavar una zanja de, por lo menos, veinte pies de profundidad en la parte más alta. Al final también tuve que renunciar a esta idea, con mucho pesar.

Esto me causó una gran aflicción y me hizo comprender, aunque demasiado tarde, la estupidez de iniciar un trabajo sin calcular los costos ni juzgar la capacidad para realizarlo.

Ocupado en estas tareas, concluyó mi cuarto año de estancia en la isla y celebré el aniversario con la misma devoción y tranquilidad que los anteriores, pues, gracias al constante estudio de la palabra de Dios y al auxilio de su gracia divina, había adquirido una nueva sabiduría, distinta a mis conocimientos anteriores. Veía las cosas de otro modo y el mundo me parecía algo remoto, con lo que no tenía nada que ver y de lo que no esperaba ni deseaba absolutamente nada. En pocas palabras, no tenía nada en común con él, ni lo tendría nunca, de modo que lo veía como se debía ver después de la muerte; como un lugar donde había vivido pero al que había abandonado. Muy bien podía decir, como Abraham al rico avariento: Entre tú y yo media un profundo abismo.

En primer lugar, me hallaba lejos de los vicios del mundo. No sentía la concupiscencia de la carne, la concupiscencia de los ojos, ni la soberbia de la vida. Nada tenía que envidiar, puesto que poseía todo aquello de lo que podía disfrutar y era el señor de toda la isla. Podía, si eso me complacía, llamarme rey o emperador de todo lo que poseía. No tenía rivales ni adversarios ni a nadie con quien disputarme la soberanía o el poder. Podía cosechar suficiente grano para cargar muchos navíos pero no me hacía falta, de modo que sembraba solo el que necesitaba para mi sustento. Tenía tortugas en abundancia pero no las cogía sino de cuando en cuando, según mis necesidades. Tenía suficiente leña para construir toda una flota de barcos y luego llenar sus bodegas con el vino o las pasas que podía obtener de mi viñedo.

Solo me parecía valioso aquello que podía utilizar. Comía solo lo que necesitaba y el resto, ¿de qué me servía? Si cazaba más de lo que podía comer, tenía que dárselo al perro o dejar que se lo comieran las sabandijas. Si sembraba más grano del que podía consumir, se echaba a perder. Los árboles que cortaba se pudrían sobre la tierra ya que no podía utilizarlos de otro modo que no fuera como lumbre para cocinar mi comida.

En pocas palabras, después de una justa reflexión, comprendí que la naturaleza y la experiencia me habían enseñado que todas las cosas buenas de este mundo lo son en la medida en que podemos hacer uso de ellas o regalárselas a alguien y que disfrutamos solo de aquello que podemos utilizar; el resto no nos sirve para nada. El avaro más miserable y codicioso de este mundo se habría curado del vicio de la avaricia si hubiese estado en mi lugar, pues poseía infinitamente más de lo que podía disponer. No deseaba nada, excepto algunas cosas que no podía tener y que, en realidad, eran insignificancias, aunque me habrían sido de gran utilidad. Como he dicho anteriormente, tenía un poco de dinero, oro y plata, que sumaban unas treinta y seis libras esterlinas y, ¡ay de mí!, ahí yacía esa inútil y desagradable materia, con la que no podía hacer absolutamente nada. A veces pensaba que habría dado parte de ella a cambio de unas buenas pipas para fumar tabaco o de un molino de mano para moler el grano. Más aún, lo habría dado todo a cambio de seis peniques de semillas de nabos y zanahorias de Inglaterra o de un puñado de guisantes y habas y un frasco de tinta. En mi situación, no podía sacar ningún provecho de ese dinero y allí estaba, dentro de un cajón, cubriéndose de moho con la humedad de la cueva durante la estación de lluvias; y si hubiera tenido el cajón lleno de diamantes, tampoco habrían tenido ningún valor, porque no tenía uso que darles.

Ahora mi vida era mucho más tranquila que al principio y me sentía mucho mejor, física y espiritualmente. A menudo, cuando me sentaba a comer, me sentía agradecido y admirado por la divina Providencia que me había puesto una mesa en medio del desierto. Aprendí a ver el lado bueno de mi situación y a ignorar el malo y a valorar más lo que podía disfrutar que lo que me hacía falta.

Esta actitud me proporcionó un secreto bienestar, que no puedo explicar. Pongo esto aquí, pensando en las personas inconformes, que no son capaces de disfrutar felizmente lo que Dios les ha dado porque ambicionan precisamente aquello que les ha sido negado y me parece que toda nuestra infelicidad, por lo que no tenemos, proviene de nuestra falta de agradecimiento por lo que tenemos.

Otra reflexión muy provechosa para mí y, sin duda, para cualquiera que caiga en una desgracia como la mía, era la siguiente: comparar mi situación presente con la que imaginé al principio, o bien, con la que, seguramente, habría sido, si la buena Providencia de Dios no hubiese dispuesto milagrosamente que el barco se acercase a la orilla y que yo, no solo pudiese alcanzarlo, sino rescatar todo lo que logré llevar hasta la playa, para mi salvación y mi bienestar, pues, si las cosas hubieran ocurrido de otro modo, no habría tenido herramientas con que trabajar, armas para defenderme, ni pólvora ni municiones para conseguir mi alimento.

Pasé horas, más bien, días enteros, imaginando, con lujo de detalles, lo que habría tenido que hacer si no hubiese podido rescatar nada del barco. No habría podido alimentarme más que con pescado y tortugas y más aún, si no los hubiera descubierto a tiempo, me habría muerto de hambre y, en caso de haber podido subsistir, habría vivido como un salvaje. Si por casualidad hubiera matado una cabra o un ave, mediante alguna estratagema, no habría podido abrirla, ni desollarla, ni sacarle las vísceras, ni trocearla sino que me habría visto obligado a roerla con los dientes y desgarrarla con las uñas como las bestias. Estas reflexiones me hicieron consciente de lo bondadosa que había sido la Providencia conmigo, por lo que me sentí muy agradecido por mi presente condición, a pesar de todos sus problemas y contratiempos.

Aquí debo recomendar a aquellos que tienden a quejarse de sus miserias y se preguntan: «¿hay alguna pena como la mía?», que consideren cuánto peor están otras personas, o cuánto peor podrían estar ellos mismos si a la Providencia le hubiese parecido justo.

Había otra reflexión que me reconfortaba y me devolvía las esperanzas. Comparaba mi situación actual con la que merecía y que, con toda razón, debía esperar de la Providencia. Había vivido una vida vergonzosa, totalmente desprovista de cualquier conocimiento o temor de Dios. Mis padres me habían educado bien; ambos me habían inculcado, desde temprana edad, el respeto religioso hacia Dios, el sentido del deber y de aquello que la naturaleza y mi condición en la vida exigían de mí. Pero ¡ay de mí! muy pronto caí en la vida de marinero, que, de todas las existencias, es la menos temerosa de Dios, aunque, a menudo, padezca las consecuencias de su cólera. Digo que, habiéndome iniciado muy pronto en la vida de marinero y en la compañía de gentes de mar, el poco sentido de la religión que había cultivado hasta entonces, desapareció ante las burlas de mis compañeros y ante un endurecido desprecio por el peligro y las visiones de la muerte, a las que llegué a acostumbrarme por no tener con quien conversar, que fuese distinto de mí, u oír alguna palabra buena o, al menos, amable.

Tan vacío estaba de cualquier bondad, o del más mínimo sentido de ella que ni siquiera en las agraciadas ocasiones en las que me había visto salvado, como cuando escapé de Salé, cuando el capitán portugués me rescató, cuando me establecí felizmente en Brasil, cuando recibí el cargamento de Inglaterra y otras por el estilo, pronuncié ni pensé una palabra de agradecimiento a Dios; ni siquiera en el colmo de mi desventura le dirigí una plegaria a Dios diciendo: «Señor, ten piedad de mí.» No, jamás pronunciaba el nombre de Dios a no ser que fuera para jurar o blasfemar.

Como ya he dicho, pasé muchos meses en medio de terribles reflexiones sobre mi maldita e indigna vida pasada. Mas cuando miraba a mi alrededor y contemplaba los dones especiales que había recibido desde mi llegada a esta isla y el modo tan generoso en que Dios me había tratado, pues no me había castigado con la severidad que merecía sino, más bien, había sido pródigo en proveerme tanto como podía necesitar, tenía la esperanza de que mi arrepentimiento hubiese sido aceptado y que Dios me tuviera reservada alguna misericordia.

Con estos pensamientos me resigné a acatar la voluntad de Dios en las circunstancias en las que me hallaba y hasta le di sinceras gracias por ello, considerando que aún estaba vivo y que no debía quejarme, pues no había recibido siquiera el justo castigo por mis pecados y gozaba de tantos privilegios como nunca hubiese podido esperar en un sitio como este. Por tanto, no debía volver a lamentarme de mi condición, sino regocijarme por ella y dar gracias a Dios por el pan de cada día, que, de no ser por un milagro, no podría haber disfrutado. Debía recordar que podía alimentarme por obra de un milagro casi tan grande como el de los cuervos que alimentaron a Elías. Además, difícilmente hubiese podido elegir otro sitio con más ventajas que aquel lugar desierto donde había sido arrojado; uno donde, si bien no tenía compañía, lo cual era el motivo de mi mayor desventura, tampoco había bestias feroces, lobos furiosos, tigres que amenazaran mi vida, plantas venenosas que me hicieran daño en caso de que las ingiriera, ni salvajes que pudieran asesinarme y devorarme.

En pocas palabras, si por un lado mi vida era desventurada, por otro estaba llena de gracia y lo único que necesitaba para hacerla más confortable era confiar en la bondad y la misericordia de Dios para conmigo y hallar en ello mi consuelo. Cuando logré hacer esto, dejé de sentirme triste y pude seguir adelante.

Llevaba tanto tiempo en este lugar que muchas de las cosas que había traído a tierra se habían agotado o deteriorado. Como ya he dicho, la tinta se me había terminado casi totalmente y solo quedaba un poco que fui mezclando con agua hasta que se volvió tan clara que apenas dejaba marcas en el papel. Mientras duró, la utilicé para anotar los días del mes en los que me sucedía algo fuera de lo corriente. Recuerdo que al principio, había notado una extraña coincidencia entre las fechas de algunos acontecimientos y, de haber sido supersticioso y creer que había días de buena y mala suerte, habría tenido suficientes motivos para reflexionar sobre lo curioso de algunas circunstancias.

En primer lugar, observé que el día en que partí de Hull, abandonando a mis padres y a mis amigos con el fin de aventurarme en el mar, era el mismo día en que, más tarde, fui capturado y hecho esclavo por el corsario de Salé.

El día en que me salvé del naufragio del barco en la rada de Yarmouth, fue el mismo día, al año siguiente, en que pude escapar de Salé en la chalupa.

El día de mi nacimiento, el 30 de septiembre, fue el mismo día, al cabo de veintiséis años que me salvé milagrosamente del naufragio y llegué a las costas de esta isla; de modo que mi vida pecaminosa y mi vida solitaria empezaron el mismo día.

Después de la tinta, se me agotó el pan, es decir, la galleta que había rescatado del barco y que consumía con suma frugalidad, permitiéndome comer solo una por día, durante un año. Aun así, pasé casi un año sin pan hasta que pude producir mi propia harina, por lo que estaba enormemente agradecido ya que, como he dicho, su obtención fue casi milagrosa.

Mis ropas también comenzaron a deteriorarse notablemente. Hacía tiempo que no tenía lino, con la excepción de algunas camisas a cuadros que había encontrado en los arcones de los marineros y guardado con mucho cuidado porque, a menudo, eran lo único que podía tolerar; y fue una gran suerte que hubiese encontrado casi tres docenas de ellas entre la ropa de los marineros en el barco. También tenía varias capas gruesas de las que usaban los marineros pero eran demasiado pesadas. En verdad, el clima era tan caluroso que no tenía necesidad de usar ropa, mas no era capaz de andar totalmente desnudo. No, aunque me hubiese sentido tentado a hacerlo, lo cual no ocurrió pues no podía siquiera imaginarme algo así, a pesar de que estaba solo.

La razón por la cual no podía andar completamente desnudo era que aguantaba el calor del sol bastante mejor cuando estaba vestido que cuando no lo estaba. A menudo el sol me producía ampollas en la piel, mas, cuando llevaba camisa, el aire pasaba a través del tejido y me sentía mucho más fresco que cuando no la llevaba. Tampoco podía salir sin gorra o sombrero pues los rayos del sol, que en esas latitudes golpean con gran violencia, me habrían provocado una terrible jaqueca, a fuerza de caer directamente sobre mi cabeza.

Ante esta situación, decidí ordenar los pocos harapos que tenía y a los que llamaba ropa. Había gastado todos los chalecos y ahora debía intentar hacer algunas chaquetas con las capas y los demás materiales que tenía. Empecé pues a hacer trabajos de sastrería, más bien estropicios, pues los resultados fueron lastimosos. No obstante, logré hacer dos o tres chalecos, con la esperanza de que me durasen mucho tiempo. La labor que realicé con los pantalones o calzones, fue igualmente desastrosa, hasta más adelante.

He mencionado que guardaba las pieles de los animales que mataba, me refiero a los cuadrúpedos, y las colgaba al sol, extendiéndolas con la ayuda de palos. Algunas estaban tan secas y duras que apenas servían para nada pero otras me resultaron muy útiles. Lo primero que confeccioné con ellas fue una gran gorra para cubrirme la cabeza, con la parte de la piel hacia fuera para evitar que se filtrase el agua. Me quedó tan bien que luego me confeccioné una vestimenta completa, es decir, una casaca y unos calzones abiertos en las rodillas, ambos muy amplios, para que resultaran más frescos. Debo reconocer que estaban pésimamente hechos pues si era un mal carpintero, era aún peor sastre. No obstante, les di muy buen uso y, cuando estaba fuera, si por casualidad llovía, la piel de la casaca y del sombrero me mantenían perfectamente seco. Posteriormente, empleé mucho tiempo y esfuerzo en fabricarme una sombrilla, que mucha falta me hacía. Había visto cómo se confeccionaban en Brasil, donde eran de gran utilidad a causa del excesivo calor y me parecía que el calor que debía soportar aquí era tanto o más fuerte que el de allá, pues me encontraba más cerca del equinoccio. Además, aquí tenía que salir constantemente, por lo que una sombrilla me resultaba de gran utilidad para protegerme, tanto del sol como de la lluvia. Emprendí esta tarea con muchas dificultades y pasó bastante tiempo antes de que pudiera hacer algo que se le pareciese pues, cuando creía haber encontrado la forma de confeccionarla, eché a perder dos o tres veces antes de hacer la que tenía prevista. Por fin fabriqué una que cumplía cabalmente ambos propósitos. Lo más difícil fue lograr que pudiera cerrarse. Había logrado que permaneciera abierta pero, si no lograba cerrarla, habría tenido que llevarla siempre sobre la cabeza, lo cual no era demasiado práctico. Finalmente, como he dicho, hice una lo suficientemente adecuada para mis propósitos y la cubrí de piel, con la parte peluda hacia arriba, a fin de que, como si fuera un tejado, me protegiese del sol tan eficazmente, que me permitiera salir, incluso en el calor más sofocante, tan a gusto como si hiciese fresco. Cuando no tuviera necesidad de usarla, podía cerrarla y llevarla bajo el brazo. Vivía, de este modo, cómodamente; mi espíritu estaba tranquilo y enteramente conforme con la voluntad de Dios y los designios de la Providencia. Por lo tanto, mi vida era mucho más placentera que la vida en sociedad, pues, cuando me lamentaba de no tener con quien conversar, me preguntaba si no era mejor conversar con mis pensamientos y, si puede decirse, con Dios, mediante la oración, que disfrutar de los mayores deleites que podía ofrecer la sociedad.

CAPÍTULO X.

Cabras domésticas

No puedo decir que, durante cinco años no me ocurriera nada extraordinario pero, lo cierto es que mi vida seguía el mismo curso, en el mismo lugar de siempre. Aparte de mi cultivo anual de cebada y arroz, del que siempre guardaba suficiente para un año, y de mis salidas diarias con la escopeta, tenía una ocupación importante: construir mi canoa, la cual, finalmente, pude acabar. Luego cavé un canal de unos seis pies de ancho por cuatro de profundidad que me permitió llevarla hasta el río, a lo largo de casi media milla. La primera canoa era demasiado grande, ya que la había construido sin pensar de antemano cómo llevarla hasta el agua y, como nunca pude hacerlo, la tuve que dejar donde estaba, a modo de recordatorio que me enseñase a ser más precavido en el futuro. De hecho, la siguiente vez, aunque no pude encontrar un árbol adecuado que estuviera a menos de media milla del agua, como ya he dicho, me pareció que mi proyecto era viable y decidí no abandonarlo. Pese a que invertí dos años en él, nunca trabajé de mala gana, sino con la esperanza de tener, finalmente, un bote para lanzarme al mar.

Sin embargo, cuando terminé de construir mi pequeña piragua, advertí que su tamaño no era el adecuado para los objetivos que me había fijado al emprender la fabricación de la primera; es decir, aventurarme hacia la tierra firme que estaba a unas cuarenta millas de la isla. Pero al ver la piragua tan pequeña, desistí de mi propósito inicial y no volví a pensar en él. Decidí usarla para hacer un recorrido por la isla, pues, aunque solo había visto parte del otro lado por tierra, como he dicho anteriormente, los descubrimientos que había hecho en ese corto viaje me despertaron fuertes deseos de ver el resto de la costa. Ahora que tenía un bote, no pensaba en otra cosa que navegar alrededor de la isla. Con este fin, y tratando de hacer las cosas con el mejor tino posible, le puse un pequeño mástil a mi bote e hice una vela con los restos de las velas del barco, que tenía guardadas en gran cantidad. Ajustados el mástil y la vela, hice un ensayo con la piragua y descubrí que navegaba muy bien. Entonces le hice unos pequeños armarios o cajones a cada extremo para colocar mis provisiones y municiones y evitar que se mojaran con la lluvia o las salpicaduras del mar. Luego hice una larga hendidura en el interior de la piragua para colocar la escopeta y le puse una tapa para asegurarla contra la humedad.

Aseguré la sombrilla a popa para que me protegiera del sol como si fuera un toldo. De este modo, salía a navegar de vez en cuando, sin llegar nunca a internarme demasiado en el mar ni alejarme del río. Finalmente, ansioso por ver la periferia de mi pequeño reino, decidí emprender el viaje y pertreché mi embarcación para hacerlo. Embarqué dos docenas de panes (que más bien debería llamar bizcochos) de cebada, una vasija de barro llena de arroz seco, que era un alimento que solía consumir en gran cantidad, una pequeña botella de ron, media cabra, pólvora y municiones para cazar y dos grandes capas, de las que, como he dicho, rescaté de los arcones de los marineros. Una la utilizaba a modo de colchón y la otra de manta.

El sexto día de noviembre del sexto año de mi reinado, o, si preferís, mi cautiverio, emprendí el viaje, que resultó más largo de lo que había calculado pues, aunque la isla era bastante pequeña, en la costa oriental tenía un arrecife rocoso que se extendía más de dos leguas mar adentro y, después de este, había un banco de arena seca que se prolongaba otra media legua más, de manera que me vi obligado a internarme en el mar para poder torcer esa punta.

Cuando vi el arrecife y el banco de arena por primera vez, estuve a punto de abandonar la empresa y volver a tierra porque no sabía cuánto tendría que adentrarme en el mar y, sobre todo, porque no tenía idea de cómo regresar. Así pues, eché el ancla que había hecho con un trozo de arpón roto que había rescatado del barco.

Una vez asegurada mi piragua, tomé mi escopeta y me encaminé a la orilla. Escalé una colina desde la que, aparentemente, se podía dominar esa parte y, desde allí, pude observar toda su extensión. Entonces decidí aventurarme. Mientras observaba el mar desde la colina, vi una corriente muy fuerte, de hecho, bastante violenta, que corría en dirección este y que llegaba casi hasta la punta. Me llamó la atención porque advertía cierto peligro de ser arrastrado mar adentro por ella y no poder regresar a la isla. Indudablemente, así habría ocurrido, si no hubiese subido a la colina, porque una corriente similar dominaba el otro extremo de la isla, solo que a mayor distancia. También pude ver un fuerte remolino en la orilla, de modo que si lograba evadir la corriente, me habría topado inmediatamente con él.

Me quedé en este lugar dos días porque el viento soplaba del este-sudeste, es decir, en dirección opuesta a la corriente, con bastante fuerza y levantaba un gran oleaje en aquel punto. Por lo tanto, no era seguro acercarse ni alejarse demasiado de la costa, a causa de la corriente.

Al tercer día por la mañana, el mar estaba tranquilo, pues el viento se había calmado durante la noche y decidí aventurarme. Quiero que esto sirva de advertencia a los pilotos temerarios e ignorantes, pues, no bien me había alejado de la costa un poco más que el largo de mi piragua, cuando me encontré en aguas profundas y en medio de una corriente tan rápida y fuerte como las aspas de un molino. Pese a todos mis esfuerzos, apenas podía mantenerme en sus márgenes y me alejaba cada vez más del remolino, que estaba a mi izquierda. No soplaba viento que pudiese ayudarme y todos los esfuerzos que hacía por remar resultaban inútiles. Comencé a darme por vencido pues, como había corrientes a ambos lados de la isla, sabía que a pocas leguas, se encontrarían y yo me vería irremisiblemente perdido. Tampoco veía cómo evitarlo y no me quedaba otra alternativa que perecer, no a causa del mar, que estaba muy calmado, sino de hambre. Había encontrado una tortuga en la orilla, tan grande que casi no podía levantarla, y la había echado en el bote. Tenía una gran jarra de agua fresca, es decir, uno de mis cacharros de barro pero esto era todo con lo que contaba para lanzarme al vasto océano, donde, sin duda, no encontraría orilla, ni tierra firme, ni isla en, al menos, mil leguas.

Ahora comprendía cuán fácilmente, la Providencia divina podía convertir una situación miserable en una peor. Ahora recordaba mi desolada isla como el lugar más agradable de la tierra y la única dicha a la que aspiraba mi corazón era poder regresar allí. Extendía las manos hacia ella y exclamaba: «¡Oh, feliz desierto! ¿No volveré a verte nunca más? ¡Oh, miserable criatura! ¿A dónde voy?» Entonces me reprochaba mi ingratitud al lamentarme por mi soledad y pensaba que hubiera dado cualquier cosa por estar otra vez en la orilla. Nunca sabemos ponderar el verdadero estado de nuestra situación hasta que vemos cómo puede empeorar, ni sabemos valorar aquello que tenemos hasta que lo perdemos. Es difícil imaginar la consternación en la que me hallaba sumido, al verme arrastrado lejos de mi amada isla (pues así la sentía ahora) hacia el ancho mar, a dos leguas de ella y con pocas esperanzas de volver.

No obstante, me esforcé, hasta quedar exhausto, por mantener el rumbo de mi bote hacia el norte, es decir, hacia la margen de la corriente donde estaba el remolino. Cerca del mediodía me pareció sentir en el rostro una leve brisa que soplaba desde el sur-sudeste. Esto me alentó un poco, especialmente, cuando al cabo de media hora, la brisa se transformó en un pequeño ventarrón. A estas alturas, me encontraba a una distancia alarmante de la isla y, de haberse producido neblina, otro habría sido mi destino, pues no llevaba brújula a bordo y no habría sabido en qué dirección avanzar para alcanzar la isla, si acaso la perdía de vista. Mas el tiempo se mantenía claro y me dispuse a levantar el mástil y extender la vela, siempre tratando de mantenerme enfilando hacia el norte para evitar la corriente.

Apenas terminé de poner el mástil y la vela, el bote comenzó a deslizarse más de prisa. Advertí, por la transparencia del agua, que acababa de producirse un cambio en la corriente, porque cuando esta estaba fuerte, el agua era turbia y ahora, que estaba más clara, me parecía que su fuerza había disminuido. A media legua hacia el este, el mar rompía sobre unas rocas que dividían la corriente en dos brazos. Mientras el brazo principal fluía hacia el sur, dejando los escollos al noreste, el otro regresaba, después de romper en las rocas, y formaba una fuerte corriente que se dirigía hacia el noroeste.

Aquellos que hayan recibido un perdón al pie del cadalso, que hayan sido liberados de los asesinos en el último momento, o que se hayan visto en peligros tan extremos como estos, podrán adivinar mi alegría cuando pude dirigir mi piragua hacia esta corriente y desplegar mis velas al viento, que me impulsaba hacia delante, con una fuerte marea por debajo.

Esta corriente me llevó cerca de una legua en dirección a la isla pero cerca de dos leguas más hacia el norte que la primera que me arrastró a la deriva, de modo que, cuando me acerqué a la isla, estaba frente a la costa septentrional, es decir, en la ribera opuesta a aquella de donde había salido.

Cuando había recorrido un poco más de una legua con la ayuda de esta corriente, advertí que se estaba agotando y ya no me servía de mucho. No obstante, descubrí que entre las dos corrientes, es decir, la que estaba al sur, que me había alejado de la isla, y la que estaba al norte, que estaba a una legua del otro lado, el agua estaba en calma y no me impulsaba en ninguna dirección. Mas gracias a una brisa, que me resultaba favorable, seguí avanzando hacia la costa, aunque no tan de prisa como antes.

Hacia las cuatro de la tarde, cuando estaba casi a una legua de la isla, divisé las rocas que causaron este desastre, que se extendían, como he dicho antes, hacia el sur. Evidentemente, habían formado otro remolino hacia el norte, que, según podía observar, era muy fuerte pero no estaba en mi rumbo, que era hacia el oeste. No obstante, con la ayuda del viento, crucé esta corriente hacia el noroeste, en dirección oblicua, y en una hora me hallaba a una milla de la costa. Allí, el agua estaba en calma y muy pronto llegué a la orilla.

Cuando puse los pies en tierra, caí de rodillas y di gracias a Dios por haberme salvado y decidí abandonar todas mis ideas de escapar. Me repuse con los alimentos que había traído y acerqué el bote hasta la playa, lo coloqué en una pequeña cala que descubrí bajo unos árboles y me eché a dormir porque estaba agotado a causa de los esfuerzos y fatigas del viaje.

Ahora no sabía con certeza qué dirección tomar para volver a casa con el bote. Había corrido tantos riesgos y conocía tan bien la situación, que no estaba dispuesto a regresar por la ruta por la que había venido. Tampoco sabía qué podía encontrar en la otra orilla (es decir, en la occidental), ni tenía intenciones de volver a aventurarme. Por tanto, a la mañana siguiente, resolví recorrer la costa en dirección oeste y ver si encontraba algún río donde pudiera dejar a salvo la piragua para disponer de ella si la necesitaba. Al cabo de tres millas, más o menos, mientras avanzaba por la costa, llegué a una excelente bahía o ensenada, que medía cerca de una milla y que se iba estrechando hasta la desembocadura de un riachuelo. Esta ensenada sirvió de puerto a mi piragua, y pude dejarla como si fuese un pequeño atracadero construido especialmente para ella. Me adentré en la bahía y, después de asegurar mi piragua, me encaminé hacia la costa para explorar y ver dónde me hallaba.

Pronto descubrí que no había avanzado mucho más allá del lugar donde había estado la vez que había hecho la expedición a pie, de modo que solo saqué del bote la escopeta y la sombrilla, pues hacía mucho calor, y emprendí la marcha. El camino resultaba muy agradable, después de un viaje como el que había hecho. Por la tarde, llegué a mi viejo emparrado y lo encontré todo como lo había dejado, ya que siempre lo dejaba todo en orden, pues lo consideraba mi casa de campo.

Atravesé la verja y me recosté a la sombra a descansar mis cansados huesos, pues estaba extenuado, y me dormí enseguida. Mas, juzgad vosotros, que leéis mi historia, la sorpresa que me llevé cuando una voz me despertó diciendo: «Robinson, Robinson, Robinson Crusoe, pobre Robinson Crusoe. ¿Dónde estás, Robinson Crusoe? ¿Dónde estás? ¿Dónde has estado?»

Al principio, estaba tan profundamente dormido, por el cansancio de haber remado o bogado, como suele decirse, durante la primera parte del día y por la caminata de la tarde, que no llegué a despertarme del todo, sino que me quedé entre dormido y despierto y pensé que estaba soñando que alguien me hablaba. Como la voz siguió llamándome: «Robinson Crusoe, Robinson Crusoe», me desperté, muy asustado al principio, y me puse en pie con una gran consternación. Pero tan pronto abrí los ojos, vi a mi Poll, apoyado en el borde del cercado y supe, inmediatamente, que era él quien me llamaba porque ese era el tono lastimero en el que solía hablarle y enseñarle a hablar. Lo había aprendido a la perfección y, posándose en mi dedo, me acercaba el pico a la cara repitiendo: «Pobre Robinson Crusoe. ¿Dónde estás? ¿Dónde has estado? ¿Cómo has llegado hasta aquí?», y otras cosas por el estilo que yo le había enseñado.

No obstante, aunque sabía que había sido el loro y que no podía ser nadie más, pasó un buen rato hasta que me repuse del susto. En primer lugar, me asombraba que hubiese podido llegar hasta allí y, luego, que se quedara en ese sitio y no en otro. Mas como ya sabía que no podía ser otro que mi fiel Poll, me tranquilicé y, extendiendo la mano, lo llamé por su nombre, Poll, y la amistosa criatura, se me acercó, se apoyó en mi pulgar y, como de costumbre, acercó el pico a mi rostro y continuó hablando conmigo: «Pobre Robinson Crusoe. ¿Cómo has llegado hasta aquí? ¿Dónde has estado?», como si se hubiese alegrado de verme nuevamente. Así, me lo traje a casa conmigo.

Estaba saturado de los reveses del mar, lo suficiente para meditar durante varios días sobre los peligros a los que me había expuesto. Me habría gustado traer mi bote de vuelta, de este lado de la isla pero no sabía cómo hacerlo. Sabía que no volvería a aventurarme por la costa oriental, en la que ya había estado, pues el corazón se me apretaba y se me helaba la sangre al pensarlo. No sabía lo que podía encontrar en la otra costa pero, si la corriente tenía la misma fuerza que en la costa oriental, correría el mismo riesgo de ser arrastrado por el agua y alejado de la isla. Con estas razones, me resigné a la idea de no tener ningún bote, aunque hubiese sido el producto de muchos meses de trabajo, no solo para construirlo sino para echarlo al mar.

Habiendo controlado mis impulsos, podrán imaginarse que viví un año en un estado de paz y sosiego. Mis pensamientos se ajustaban perfectamente a mi situación, me sentía plenamente satisfecho con las disposiciones de la Providencia y estaba convencido de que vivía una existencia feliz, si no consideraba la falta de compañía.

En este tiempo, perfeccioné mis destrezas manuales, a las que me aplicaba según mis necesidades y creo que llegué a convertirme en un buen carpintero, en especial, si se tenía en cuenta que disponía de muy pocas herramientas. Aparte de esto, llegué a dominar el arte de la alfarería y logré trabajar con un torno, lo que me pareció infinitamente más fácil y mejor, porque podía redondear y darles forma a los objetos que al principio eran ofensivos a la vista. Más, creo que nunca me sentí tan orgulloso de una obra, ni tan feliz por haberla realizado, que cuando descubrí el modo de hacer una pipa. A pesar de que, una vez terminada, era una pieza fea y tosca, hecha de barro rojo, como mis otros cacharros, era fuerte y sólida y pasaba bien el humo, lo que me proporcionó una gran satisfacción porque estaba acostumbrado a fumar. A bordo del barco había varias pipas pero, al principio, no les hice caso porque no sabía que encontraría tabaco en la isla pero, más tarde, cuando regresé por ellas, no pude encontrar ninguna.

También hice grandes adelantos en la cestería. Tejí muchos cestos, que, aunque no eran muy elegantes, estaban tan bien hechos como mi imaginación me lo había permitido y, además, eran prácticos y útiles para ordenar y transportar algunas cosas. Por ejemplo, si mataba una cabra, podía colgarla de un árbol, desollarla, cortarla en trozos y traerla a casa en uno de los cestos. Lo mismo hacía con las tortugas: las cortaba, les sacaba los huevos y separaba uno o dos pedazos de carne, que eran suficientes para mí, y traía todo a casa, dejando atrás el resto. Los cestos grandes y profundos me servían para guardar el grano, que siempre desgranaba apenas estaba seco.

Comencé a darme cuenta de que la pólvora disminuía considerablemente y esto era algo que me resultaba imposible producir. Me puse a pensar muy seriamente en lo que haría cuando se acabara, es decir, en cómo iba a matar las cabras. Como ya he dicho, en mi tercer año de permanencia en la isla, capturé una pequeña cabra y la domestiqué con la esperanza de encontrar un macho, pero no lo conseguí. Esta cabra creció, no tuve corazón para matarla y, finalmente, murió de vieja.

Pero estaba en el undécimo año de mi residencia y, como he dicho, las municiones comenzaban a escasear, de modo que me dediqué a estudiar algún medio para atrapar o capturar viva alguna cabra, preferiblemente una hembra con cría.

Con este fin, tejí algunas redes y creo que más de una cayó en ellas. Pero mis lazos no eran fuertes, porque no tenía alambre, y siempre los encontraba rotos y con el cebo comido.

Finalmente, decidí hacer trampas. Cavé varios fosos en la tierra, en sitios donde, según había observado, solían pastar las cabras y, sobre ellos, coloqué un entramado, que yo mismo hice, con bastante peso encima. Algunas veces, dejaba espigas de cebada y arroz sin colocar la trampa, y podía observar, por las huellas de sus patas, que las cabras se las habían comido. Finalmente, una noche coloqué tres trampas y, a la mañana siguiente, las encontré intactas, aunque el cebo había sido devorado, lo cual me desalentó mucho. No obstante, alteré mi trampa y, para no incomodaros con los detalles, diré que, a la mañana siguiente, encontré un macho cabrío en una de ellas y tres cabritos, un macho y dos hembras, en otra.

No sabía qué hacer con el macho cabrío porque era muy arisco y no me atrevía a descender al foso para capturarlo, como era mi intención. Habría podido matarlo pero esto no era lo que quería, ni resolvía mi problema; así que lo solté y salió huyendo despavorido. En aquel momento, no sabía algo que aprendí más tarde: que el hambre puede amansar incluso a un león. Si lo hubiese dejado en la trampa tres o cuatro días sin alimento y le hubiese llevado un poco de agua, primeramente, y, luego, un poco de grano, se habría vuelto tan manso como los pequeños, ya que las cabras son animales muy sagaces y dóciles, si se tratan adecuadamente.

No obstante, lo dejé ir, porque no se me ocurrió nada mejor en el momento. Entonces fui donde los más pequeños, los cogí, uno a uno, los amarré a todos juntos con un cordel y los traje a casa sin ninguna dificultad.

Pasó un tiempo antes de que comenzaran a comer pero los tenté con un poco de grano dulce y comenzaron a domesticarse. Ahora me daba cuenta de que el único medio que tenía de abastecerme de carne de cabra cuando se me acabara la pólvora, era domesticarlas y criarlas. De este modo, las tendría alrededor de mi casa como si fuesen un rebaño de ovejas. Luego pensé que debía separar las cabras domésticas de las salvajes, pues, de lo contrario, se volverían salvajes cuando crecieran. Para lograr esto, tenía que cercar una extensión de tierra con una valla o empalizada, a fin de evitar que salieran las que estuvieran dentro y que entraran las que estuvieran fuera.

La empresa era demasiado ambiciosa para un solo par de manos. Sin embargo, como sabía que era absolutamente imprescindible, empecé por buscar un terreno adecuado donde hubiera hierba para que se alimentaran, agua para beber y sombra para protegerlas del sol.

Los que saben hacer este tipo de cercados, pensarán que tuve poco ingenio al elegir una pradera o sabana (como las llamamos los ingleses en las colonias occidentales), que tenía muchos árboles en un extremo y dos o tres pequeñas corrientes de agua. Como he dicho, se reirán cuando les diga que, cuando comencé, tenía previsto hacer un cercado de, al menos, dos millas. Mi estupidez no era tan solo ignorar las dimensiones, ya que, seguramente, habría tenido suficiente tiempo para cercar un recinto de casi diez millas, sino pasar por alto que, en semejante extensión de terreno, las cabras habrían seguido siendo tan salvajes como si se encontraran libres por toda la isla y que, si tenía que perseguirlas en un espacio tan grande, no podría atraparlas nunca.

Había construido casi cincuenta yardas de cerca cuando se me ocurrió esto. Interrumpí las labores de inmediato y, para empezar, decidí cercar un terreno de unas ciento cincuenta yardas de largo por cien de ancho. Allí podía mantener, por un tiempo razonable, a los animales que capturara y, a medida que fuera aumentando el rebaño, ampliaría mi cercado.

Esto era actuar con prudencia y reanudé mis labores con nuevos bríos. Me tomó casi tres meses hacer el primer cercado. Durante este tiempo, mantuve a los cabritos en la mejor parte del terreno y los hacía comer tan cerca de mí como fuera posible para que se acostumbraran a mi presencia. A menudo les llevaba algunas espigas de cebada o un puñado de arroz para que comieran de mi mano. De este modo, cuando terminé la valla y los solté, me seguían de un lado a otro, balando para que les diera un puñado de grano.

Esto solucionaba mi problema y, al cabo de un año y medio, tenía un rebaño de doce cabras, con crías y todo. En dos años más, tenía cuarenta y tres, sin contar las que había matado para comer. Posteriormente, cerqué otros cinco predios e hice pequeños corrales donde las conducía cuando tenía que coger alguna, con puertas que comunicaban un predio con otro.

Pero esto no es todo, pues ya no solo tenía carne de cabra para comer a mi antojo sino también leche, algo que ni se me había ocurrido al principio y que, cuando lo descubrí, me proporcionó una agradable sorpresa. Ahora tenía mi lechería y, a veces, sacaba uno o dos galones de leche diarios. Y como la naturaleza, que proporciona alimentos a todas sus criaturas, también les muestra cómo hacer uso de ellos, yo, que jamás había ordeñado una vaca, y mucho menos una cabra, ni había visto hacer mantequilla ni queso, aprendí a hacer ambas cosas rápida y eficazmente, después de varios intentos y fracasos, y ya nunca volvieron a faltarme.

¡Cuán misericordioso puede ser nuestro Creador con sus criaturas, aun cuando parece que están al borde de la muerte y la destrucción! ¡Hasta qué punto puede dulcificar las circunstancias más amargas y darnos motivos para alabarlo, incluso desde celdas y calabozos! ¡Qué mesa había servido para mí en medio del desierto, donde al principio tan solo pensaba que iba a morir de hambre!

CAPÍTULO XI.

Hallazgo de huellas humanas en la arena

Incluso los más estoicos se habrían reído de verme sentado a la mesa, junto a mi pequeña familia, como el príncipe y señor de toda la isla. Tenía absoluto control sobre las vidas de mis súbditos; podía ahorcarlos, aprisionarlos, darles y quitarles la libertad, sin que hubiera un solo rebelde entre ellos.

Del mismo modo que un rey come absolutamente solo y asistido por sus sirvientes, Poll, como si fuese mi favorito, era el único que podía dirigirme la palabra. Mi perro, que ya estaba viejo y maltrecho y que no había encontrado ninguna de su especie para multiplicarse, se sentaba siempre a mi derecha. Los dos gatos se situaban a ambos lados de la mesa, esperando que, de vez en cuando, les diera algo de comer, como muestra de favor especial.

Estos no eran los dos gatos que había traído a tierra en el principio. Aquellos habían muerto y yo los había enterrado, con mis propias manos, cerca de mi casa. Uno de ellos se había multiplicado con un animal, cuya especie no conocía, y yo conservaba estos dos, a los que había domesticado, mientras los otros andaban sueltos por los bosques. Con el tiempo, comenzaron a ocasionarme problemas, pues, a menudo se metían en mi casa y la saqueaban. Finalmente, me vi obligado a dispararles y, después de matar a muchos, me dejaron en paz. De este modo, vivía en la abundancia y bien acompañado, por lo que no podía lamentarme de que me faltase nada, como no fuese la compañía de otros hombres, que, poco después, tendría en demasía.

Estaba impaciente, como he observado, por usar mi piragua, aunque no estaba dispuesto a correr más riesgos. A veces me sentaba a pensar en la forma de traerla por la costa y, otras, me resignaba a la idea de no tenerla a mano. Sentía una extraña inquietud por ir a esa parte de la isla donde, como he dicho, en mi última expedición trepé una colina para ver el aspecto de la orilla y la dirección de las corrientes, a fin de decidir qué iba a hacer. La tentación aumentaba por días y, por fin, decidí hacer una travesía por tierra a lo largo de la costa; y así lo hice. En Inglaterra, cualquiera que se hubiese topado con alguien como yo, se habría asustado o reído a carcajadas. Como a menudo me observaba a mí mismo, no podía dejar de sonreír ante la idea de pasear por Yorkshire con un equipaje y una indumentaria como los que llevaba. Por favor, tomad nota de mi aspecto.

Llevaba un gran sombrero sin forma, hecho de piel de cabra con un colgajo en la parte de atrás, que servía para protegerme la nuca de los rayos del sol o de la lluvia, ya que no hay nada más nocivo en estos climas como la lluvia que se cuela entre la ropa.

Llevaba una casaca corta de piel de cabra, con faldones que me llegaban a mitad de los muslos y un par de calzones abiertos en las rodillas. Estos estaban hechos con la piel de un viejo macho cabrío, cuyo pelo me colgaba a cada lado del pantalón hasta las pantorrillas. No tenía calcetines ni zapatos pero me había fabricado un par de cosas que no sé cómo llamar, algo así como unas botas, que me cubrían las piernas y se abrochaban a los lados como polainas, pero tan extravagantes como el resto de mi indumentaria.

Llevaba un grueso cinturón de cuero de cabra desecado, cuyos extremos, a falta de hebilla, ataba con dos correas del mismo material. A un lado del cinturón, y a modo de puñal, llevaba una pequeña sierra y, al otro, un hacha. Llevaba, cruzado por el hombro izquierdo, otro cinturón más delgado, que se abrochaba del mismo modo y del que colgaban dos sacos, también de cuero de cabra; en uno de ellos cargaba la pólvora y en el otro las municiones. A la espalda llevaba un cesto, al hombro una escopeta y sobre la cabeza, una enorme y espantosa sombrilla de piel de cabra que, con todo, era lo que más falta me hacía, después de mi escopeta. El color de mi piel no era exactamente el de los mulatos, como podría esperarse en un hombre que no se cuidaba demasiado y que vivía a nueve o diez grados de la línea del ecuador. Una vez me dejé crecer la barba casi una cuarta pero como tenía suficientes tijeras y navajas, la corté muy corta, excepto la que crecía sobre los labios que me arreglé a modo de bigotes mahometanos como los que usaban los turcos de Salé, pues, contrario a los moros, que no los utilizaban, los turcos los llevaban así. De estos mostachos o bigotes diré que eran lo suficientemente largos para colgar de ellos un sombrero de dimensiones tan monstruosas que en Inglaterra se consideraría espantoso. Dicho sea de paso, como no había nadie que pudiese verme en estas condiciones, mi aspecto me importaba muy poco y, por lo tanto, no hablaré más de él. De esta guisa, emprendí mi nuevo viaje, que duró cinco o seis días. En primer lugar, anduve por la costa hasta el lugar donde había anclado el bote la primera vez para subir a las rocas.

Como ahora no tenía que cuidar del bote, hice el trayecto por tierra y escogí un camino más corto para llegar a la misma colina desde la que había observado la punta de arrecifes por la que tuve que doblar con la piragua. Me sorprendió ver que el mar estaba totalmente en calma, sin agitaciones, movimientos ni corrientes, fuera de las habituales.

Me costaba mucho trabajo comprender esto así que decidí pasar un tiempo observando para ver si había sido ocasionado por los cambios de la marea. No tardé en darme cuenta de que el cambio lo producía el reflujo que partía del oeste y se unía con la corriente de algún río cuando desembocaba en el mar. Según la dirección del viento, norte u oeste, la corriente fluía hacia la costa o se alejaba de ella. Me quedé en los alrededores hasta la noche y volví a subir a la colina. El reflujo se había vuelto a formar y pude ver claramente la corriente, como al principio, solo que esta vez llegaba más lejos, casi a media legua de la orilla. En mi caso, estaba más cerca de la costa y, por tanto, me arrastró junto con mi canoa, cosa que no habría pasado en otro momento.

Este descubrimiento me convenció de que no tenía más que observar el flujo y el reflujo de la marea para saber cuándo podía traer mi piragua de vuelta. Más cuando decidí poner en práctica este plan, sentía tanto terror al recordar los peligros que había sufrido, que no podía pensar en ello sin sobresaltos. Por tanto, tomé otra resolución que me pareció más segura, aunque, también, más laboriosa, que consistía en construir o hacer otra piragua o canoa para, así, tener una a cada lado de la isla.

Podéis comprender que ahora tenía, por así decirlo, dos fincas en la isla. Una de ellas era mi pequeña fortificación o tienda, rodeada por la muralla al pie de la roca, con la cueva detrás y, a estas alturas, con dos nuevas cámaras que se comunicaban entre sí. En la más seca y espaciosa de las cámaras, había una puerta que daba al exterior de la muralla o verja, o sea, hacia fuera del muro que se unía a la roca. Allí tenía dos grandes cacharros de barro, que ya he descrito con lujo de detalles, y catorce o quince cestos de gran tamaño, con capacidad para almacenar cinco o seis fanegas de grano cada uno. En ellos guardaba mis provisiones, en especial el grano, que desgranaba con mis manos o que conservaba en las espigas, cortadas al ras del tallo.

Los troncos y estacas con los que había construido la muralla, se prendieron a la tierra y se convirtieron en enormes árboles, que se extendieron tanto que nadie podía imaginarse que detrás de ellos había una vivienda.
Cerca de mi morada, pero un poco más hacia el centro de la isla y sobre un terreno más elevado, estaba el sembradío de grano, que cultivaba y cosechaba a su debido tiempo. Si tenía necesidad de más grano podía extenderlo hacia los terrenos contiguos que eran igualmente adecuados para el cultivo.
Aparte de esta, tenía mi casa de campo, donde también poseía una finca aceptable. Allí tenía mi emparrado, como solía llamarlo, que conservaba siempre en buen estado; es decir, mantenía el seto que lo circundaba perfectamente podado, dejando siempre la escalera por dentro. Cuidaba los árboles que, al principio, no eran más que estacas que luego crecieron hasta formar un seto sólido y firme. Los cortaba de modo que siguieran creciendo y formaran un follaje fuerte y tupido, que diera una sombra agradable, como, en efecto, ocurrió, conforme a mis deseos. En medio de este espacio, tenía mi tienda siempre puesta: un trozo de tela extendida sobre estacas que nunca tuve que reparar o renovar. Debajo de la tienda había hecho un lecho o cama con las pieles de los animales que mataba y otros materiales suaves. Tenía, además, una manta que había pertenecido a una de las camas del barco y una gran capa con la que me cubría. Cada vez que podía ausentarme de mi residencia principal, venía a pasar un tiempo en mi casa de campo.
Junto a esta casa, tenía los corrales para el ganado, es decir, mis cabras. Como había tenido que hacer esfuerzos inconcebibles para cercarlos, cuidaba con infinito celo que la valla se mantuviese entera, evitando que las cabras la rompiesen. Tanto estuve en esto que, después de mucho trabajo, logré cubrir la parte exterior con pequeñas estacas, tan próximas unas a otras, que más que una valla, formaban una empalizada, pues apenas quedaba espacio para pasar una mano a través de ella. Más tarde, durante la siguiente estación de lluvias, las estacas brotaron y crecieron hasta formar un cerco tan fuerte como una pared, o quizás más.
Todo esto da testimonio de que nunca estaba ocioso y que no escatimaba en esfuerzos para hacer todo lo que consideraba necesario para mi bienestar. Me parecía que tener un rebaño de animales domésticos era disponer de una reserva viviente de carne, leche, mantequilla y queso, que no se agotaría mientras viviese allí, así pasaran cuarenta años. La posibilidad de conservar esa reserva dependía exclusivamente de que fuera capaz de perfeccionar los corrales para mantener los animales unidos, cosa que logré con tanto éxito que cuando las estacas comenzaron a crecer, como las había plantado tan cerca unas de otras, me vi obligado a arrancar algunas de ellas.
En este lugar también crecían mis uvas, de las que dependía, principalmente, mi provisión de pasas para el invierno y las preservaba con gran cuidado, pues eran

el mejor y más agradable bocado de mi dieta. En verdad no solo eran agradables sino ricas, nutritivas y deliciosas en extremo.

Como el emparrado quedaba a mitad de camino entre mi otra morada y el lugar en el que había dejado la piragua, normalmente dormía allí cuando hacía el recorrido entre uno y otro punto, pues a menudo iba a la piragua y conservaba todas sus cosas en orden. A veces iba solo por divertirme, pues no estaba dispuesto a hacer más viajes peligrosos ni alejarme más de uno o dos tiros de piedra de la orilla; tal era mi temor de volver a ser arrastrado sin darme cuenta por la corriente o el viento o sufrir cualquier otro accidente. Pero ahora comienza una nueva etapa de mi vida.

Un día, a eso del mediodía, cuando me dirigía a mi piragua, me sorprendió enormemente descubrir las huellas de un pie desnudo, perfectamente marcadas sobre la arena. Me detuve estupefacto, como abatido por un rayo o como si hubiese visto un fantasma. Escuche y miré a mi alrededor pero no percibí nada. Subí a un montículo para poder observar, recorrí con la vista toda la playa, a lo largo y a lo ancho, pero no hallé nada más. Volví a ellas para ver si había más y para confirmar que todo esto no fuera producto de mi imaginación pero no era así. Allí estaba muy clara la huella de un pie, con sus dedos, su talón y todas sus partes. No sabía, ni podía imaginar, cómo había llegado hasta allí.

Después de darle mil vueltas en la cabeza, como un hombre completamente confundido y fuera de sí, regresé a mi fortificación, sin sentir, como se dice por ahí, la tierra bajo mis pies, aterrado hasta mis límites, mirando hacia atrás cada dos o tres pasos, imaginando que cada árbol o arbusto, que cada bulto en la distancia podía ser un hombre. No es posible describir las diversas formas que mi mente trastornada atribuía a todo lo que veía; cuántas ideas descabelladas se me ocurrieron y cuántos pensamientos extraños me pasaron por la cabeza en el camino.

Cuando llegué a mi castillo, pues creo que así lo llamé desde entonces, me refugié en él como alguien a quien persiguen. No puedo recordar si entré por la escalera o por la puerta de la roca, ni pude hacerlo a la mañana siguiente, pues jamás hubo liebre o zorra asustada que huyese a ocultarse en su madriguera con mayor terror que el mío en ese momento.

No dormí en toda la noche. Mientras más lejos estaba de la causa de mi miedo, más crecían mis aprensiones, contrario a lo que suele ocurrir en estos casos y, sobre todo, a la conducta habitual de los animales atemorizados. Pero estaba tan aturdido por los terrores que imaginaba, que no tenía más que pensamientos funestos, aunque en aquel momento me encontrara fuera de peligro. A veces, pensaba que podía ser el demonio y razonaba de la siguiente manera: ¿Quién si no puede llegar hasta aquí asumiendo una forma humana? ¿Dónde estaba el barco que los había traído? ¿Acaso había huellas de otros pies? ¿Cómo es posible que un hombre haya llegado hasta aquí? Mas, luego me preguntaba, igualmente confundido, por qué Satanás asumiría una forma humana en un lugar como este, sin otro fin que dejar una huella y sin tener la certeza de que yo la vería. Pensaba que el demonio debía tener muchos otros medios para aterrorizarme, más convincentes que una huella en la arena, pues viviendo al otro lado de la isla, no podía ser tan ingenuo como para dejar la huella en un lugar en el que había una entre diez mil posibilidades de que la descubriera, más aún, cuando tan solo una ráfaga de viento habría sido suficiente para que el mar la hubiese borrado completamente. Nada de esto concordaba con las nociones que solemos tener de las sutilezas del demonio, ni tenía sentido en sí mismo. Estas y muchas otras razones me convencieron de abandonar mi temor a que se tratara del demonio y pensé que acaso se tratara de algo más peligroso aún, por ejemplo, salvajes de la tierra firme que rondaban por el mar en sus canoas y que impulsados por la corriente o el viento, habían llegado a la isla, habían estado en la playa y luego se habían marchado, tan poco dispuestos a quedarse en esta isla desierta como yo a tenerlos cerca.

Mientras estas ideas daban vueltas en mi cabeza, me sentí muy agradecido por no haberme encontrado allí en ese momento y porque no hubiesen visto mi piragua, lo cual, les habría advertido de la presencia de habitantes en la isla y, acaso, les habría incitado a buscarme. Entonces me asaltaron terribles pensamientos y temí que hubiesen descubierto mi piragua y que, por eso, supieran que la isla estaba habitada. Si esto era así, sin duda, vendrían muchos de ellos a devorarme y, si no lograban encontrarme, descubrirían mi refugio, destruirían todo mi grano, se llevarían todo mi rebaño de cabras domésticas y yo moriría de hambre y necesidad.

El temor borró toda mi esperanza religiosa. Toda mi antigua confianza en Dios, fundada en las maravillosas pruebas de su bondad, se desvanecía ahora, como si Él, que me había alimentado milagrosamente, no pudiese salvar, con su poder, los bienes que su bondad me había conferido. Me reproché mi comodidad, por no haber sembrado más grano que el necesario para un año, como si estuviese exento de cualquier accidente que destruyera la cosecha, y consideré tan merecido este reproche, que decidí, en lo sucesivo, proveerme de antemano con grano para dos o tres años, a fin de no correr el riesgo de morir por falta de pan, si algo ocurría.

¡Qué misteriosos son los caminos por los que obra la Providencia en la vida de un hombre! ¡Qué secretos y contradictorios impulsos mueven nuestros afectos, conforme a las circunstancias en las que nos hallamos! Hoy amamos lo que mañana odiaremos. Hoy buscamos lo que mañana rehuiremos. Hoy deseamos lo que mañana nos asustará e, incluso, nos hará temblar de miedo. En este momento, yo era un testimonio viviente de esa verdad pues, siendo un hombre cuya mayor aflicción era haber sido erradicado de toda compañía humana, que estaba rodeado únicamente por el infinito océano, separado de la sociedad y condenado a una vida silenciosa; yo, que era un hombre a quien el cielo había considerado indigno de vivir entre sus semejantes o de figurar entre las criaturas del Señor; un hombre a quien el solo hecho de ver a uno de su especie le habría parecido como regresar a la vida después de la muerte o la mayor bendición que el cielo pudiera prodigarle, después del don supremo de la salvación eterna; digo que, ahora temblaba ante el temor de ver a un hombre y estaba dispuesto a meterme bajo la tierra, ante la sombra o la silenciosa aparición de un hombre en esta isla.

Estas vicisitudes de la vida humana, que después me provocaron curiosas reflexiones, una vez me hube repuesto de la sorpresa inicial, me llevaron a considerar que esto era lo que la infinitamente sabia y bondadosa Providencia divina había deparado para mí. Como no podía prever los fines que perseguía su divina sabiduría, no debía disputar sus decretos, puesto que Él era mi Creador y tenía el derecho irrevocable de hacer conmigo según su voluntad. Yo era una criatura que lo había ofendido y, por lo tanto, podía condenarme al castigo que le pareciera adecuado y a mí me correspondía someterme a su cólera porque había pecado contra Él.

Pensé que si Dios, que era justo y omnipotente, había considerado correcto castigarme y afligirme, también podía salvarme y, si esto no le parecía justo, mi deber era acatar completamente su voluntad.

Por otro lado, también era mi deber tener fe en Él, rezarle y esperar con calma los dictados y órdenes de su Providencia cada día.

Estos pensamientos me ocuparon muchas horas, mejor dicho, muchos días, incluso, podría decir que semanas y meses, y no puedo omitir uno de los efectos de estas reflexiones: Una mañana, muy temprano, estaba en la cama, con el alma oprimida por la preocupación de los salvajes, lo que me abatía profundamente y, de pronto recordé estas palabras de las escrituras: Invócame en el día de tu aflicción que yo te salvaré y tú me glorificarás.

Entonces, me levanté alegremente de la cama, con el corazón lleno de confianza y la convicción de que le rezaría fervorosamente a Dios por mi salvación. Cuando terminé de rezar, cogí la Biblia y, al abrirla, tropecé con las siguientes palabras: "Aguarda al Señor y ten valor y Él fortalecerá tu corazón; aguarda, he dicho, al Señor". No es posible expresar hasta qué punto me reconfortaron estas palabras.

Agradecido, dejé el libro y no volví a sentirme triste; al menos, por esta vez.

En medio de estas meditaciones, miedos y reflexiones, un día se me ocurrió que todo esto podía ser, simplemente, una fantasía creada por mi imaginación y que aquella huella bien podía ser mía, dejada en alguna de las ocasiones que fui a la piragua. Esta idea me reanimó y comencé a persuadirme de que todo era una ilusión, que no era otra cosa que la huella de mi propio pie. ¿Acaso no había podido tomar ese camino para ir o para regresar de la piragua? Por otra parte, reconocía que no podía recordar la ruta que había escogido y comprendí, que si esta huella era mía, había hecho el papel de los tontos que se esfuerzan por contar historias de espectros y aparecidos y terminan asustándose más que los demás.

Entonces me armé de valor y comencé a asomarme fuera de mi refugio. Hacía tres días y tres noches que no salía de mi castillo y comencé a sentir la necesidad de alimentarme, pues dentro solo tenía agua y algunas galletas de cebada. Además, debía ordeñar mis cabras, lo cual era mi entretenimiento nocturno, ya que las pobres estarían sufriendo fuertes dolores y molestias, como, en efecto, ocurrió, pues a algunas se les secó la leche.

Fortalecido por la convicción de que la huella era la de mis propios pies, pues he de decir que tenía miedo hasta de mi sombra, me arriesgué a ir a mi casa de campo para ordeñar mi rebaño. Si alguien hubiese podido ver el miedo con el que avanzaba, mirando constantemente hacia atrás, a punto de soltar el cesto y echar a huir para salvarme, me habría tomado por un hombre acosado por la mala conciencia o que, recientemente, hubiera sufrido un susto terrible, lo cual, en efecto, era cierto.

No obstante, al cabo de tres días de salir sin encontrar nada, comencé a sentir más valor y a pensar que, en realidad, todo había sido producto de mi imaginación. Mas no logré convencerme totalmente hasta que fui nuevamente a la playa para medir la huella y ver si había alguna evidencia de que se trataba de la huella de mi propio pie. Cuando llegué al sitio, comprobé, en primer lugar, que cuando me alejé de la piragua, no pude haber pasado por allí ni por los alrededores. En segundo lugar, al medir la huella me di cuenta de que era mucho mayor que la de mi pie. Estos dos hallazgos me llenaron la cabeza de nuevas fantasías y me inquietaron sobremanera. Un escalofrío me recorrió todo el cuerpo, como si tuviera fiebre, y regresé a casa con la idea de que, no uno, sino varios hombres, habían desembarcado en aquellas costas. En pocas palabras, la isla estaba habitada y podía ser tomado por sorpresa. Mas no sabía qué medidas tomar para mi seguridad.

¡Oh, qué absurdas resoluciones adoptan los hombres cuando son poseídos por el miedo, que les impide utilizar la razón para su alivio! Lo primero que pensé fue destruir todos los corrales y devolver mis rebaños a los bosques, para que el enemigo no los encontrase y dejara de venir a la isla con este propósito. A continuación, excavaría mis dos campos de cereal con el fin de que no encontraran el grano, y se les quitaran las ganas de volver. Luego demolería el emparrado y la tienda para que no hallaran vestigios de mi morada y se sintieran inclinados a buscar más allá, para encontrar a sus habitantes.

Este fue el tema de mis reflexiones durante la noche que pasé en casa después de mi regreso, cuando las aprensiones que se habían apoderado de mi mente y los humos de mi cerebro estaban aún frescos. El miedo al peligro es diez mil veces peor que el peligro mismo y el peso de la ansiedad es mayor que el del mal que la provoca. Mas, lo peor de todo aquello era que estaba tan inquieto que no era capaz de encontrar alivio en la resignación, como antes lo hacía y como me creía capaz de hacer. Me parecía a Saúl, que no solo se quejaba de la persecución de los filisteos, sino de que Dios le hubiese abandonado. No tomaba las medidas necesarias para recomponer mi espíritu, gritando a Dios mi desventura y confiando en su Providencia, como lo había hecho antes para mi alivio y salvación. De haberlo hecho, al menos me habría sentido más reconfortado ante esta nueva eventualidad y quizás la habría asumido con mayor resolución.

Esta confusión de pensamientos me mantuvo despierto toda la noche pero por la mañana me quedé dormido. La fatiga de mi alma y el agotamiento de mi espíritu me procuraron un sueño profundo y el despertar más tranquilo que había tenido en mucho tiempo. Ahora comenzaba a pensar con serenidad y, después de mucho debatirme, concluí que esta isla, tan agradable, fértil y próxima a la tierra firme, no estaba abandonada del todo, como hasta entonces había creído. Si bien no tenía habitantes fijos, a veces podían llegar hasta ella algunos botes, ya fuera intencionadamente o por casualidad, impulsados por los vientos contrarios.

Habiendo vivido quince años en este lugar, y no habiendo encontrado aún el menor rastro o vestigio humano, lo más probable era que, si alguna vez llegaban hasta aquí, se marchasen tan pronto les fuese posible, pues, por lo visto, no les había parecido conveniente establecerse allí hasta ahora.

El mayor peligro que podía imaginar era el de un posible desembarco accidental de gentes de tierra firme, que, según parecía, estaban en la isla en contra de su voluntad, de modo que se alejarían rápidamente de ella tan pronto pudiesen y tan solo pasarían una noche en la playa para emprender el viaje de regreso con la ayuda de la marea y la luz del día. En este caso, lo único que debía hacer era conseguir un refugio seguro, por si veía a alguien desembarcar en ese lugar. Ahora comenzaba a arrepentirme de haber ampliado mi cueva y hacer una puerta hacia el exterior, que se abriera más allá de donde la muralla de mi fortificación se unía a la roca. Después de una reflexión madura y concienzuda, decidí construir una segunda fortificación en forma de semicírculo, a cierta distancia de la muralla en el mismo lugar donde, hacía doce años, había plantado una doble hilera de árboles, de la cual ya he hecho mención. Había plantado estos árboles tan próximos unos a otros, que si agregaba unas cuantas estacas entre ellos, formaría una muralla mucho más gruesa y resistente que la que tenía. De este modo, ahora tenía una doble muralla pues había reforzado la interior con pedazos de madera, cables viejos y todo lo que me pareció conveniente para ello y le había dejado siete perforaciones lo suficientemente grandes como para que pudiese pasar un brazo a través de ellas. En la parte inferior, mi muro llegó a tener un espesor de diez pies, gracias a la tierra que continuamente extraía de

la cueva y que amontonaba y apisonaba al pie del mismo. A través de las siete perforaciones coloqué los mosquetes, de los cuales había rescatado siete del naufragio, los dispuse como si fuesen cañones y los ajusté a una armazón que los sostenía, de manera que en dos minutos podía disparar toda mi artillería.
Me tomó varios meses extenuantes terminar esta muralla y no me sentí seguro hasta haberlo conseguido.
Hecho esto, por la parte exterior de la muralla y a lo largo de una gran extensión de tierra, planté una infinidad de palos o estacas de un árbol parecido al sauce, que, según había comprobado, crecía muy rápidamente. Creo que planté cerca de veinte mil, dejando entre ellas y la muralla espacio suficiente para ver al enemigo sin que pudiese ocultarse entre ellas, si intentaba acercarse a mi muralla.
Al cabo de dos años tuve un espeso bosquecillo y, en cinco o seis, tenía un auténtico bosque frente a mi morada, que crecía tan desmedidamente fuerte y tupido, que resultaba verdaderamente inexpugnable. No había hombre ni criatura viviente que pudiese imaginar que detrás de aquello había algo, mucho menos una morada. Como no había dejado camino para entrar, utilizaba dos escaleras. Con la primera pasaba a un lugar donde la roca era más baja y podía colocar la segunda escalera. Cuando retiraba ambas, era imposible que un hombre viniera detrás de mí sin hacerse daño y, en caso de que pudiese entrar, se hallaría aún fuera de mi muralla exterior.
De este modo, tomé todas las medidas que la humana prudencia pudiera recomendar para mi propia conservación. Más adelante se verá que no fueron del todo inútiles, aunque en aquel momento no obedecieran más que a mi propio temor.

CAPÍTULO XII.

Un retiro en la cueva

Mientras realizaba estas tareas, no abandonaba mis otros asuntos. Me ocupaba, sobre todo, de mi pequeño rebaño de cabras, que no solo era mi reserva de alimentos para lo que pudiese ocurrir, sino que me servían para abastecerme sin necesidad de gastar pólvora y municiones y me ahorraban la fatiga de salir a cazar. Por lo tanto, no quería perder estas ventajas y verme obligado a tener que criarlas nuevamente.
Después de considerarlo durante mucho tiempo, encontré dos formas de protegerlas. La primera era hallar un lugar apropiado para cavar una cueva subterránea y llevarlas allí todas las noches. La otra era cercar dos o tres predios tan distantes unos de otros y tan ocultos como fuese posible, en los cuales pudiese encerrar una media docena de cabras jóvenes. Si algún desastre le ocurría al rebaño, podría criarlas nuevamente en poco tiempo y sin demasiado esfuerzo. Esta última opción, aunque requeriría mucho tiempo y trabajo, me parecía la más razonable.
Consecuentemente con mi plan, pasé un tiempo buscando los parajes más retirados de la isla hasta que hallé uno que lo estaba tanto como hubiese podido desear. Era un pequeño predio húmedo, en medio del espeso monte donde, como ya he dicho, estuve a punto de perderme cuando intentaba regresar a casa desde la parte oriental de la isla. Allí encontré una extensión de tierra de casi tres acres, tan rodeada de bosques que casi era un corral natural o, al menos, no parecía exigir tanto trabajo hacer uno, si lo comparaba con otros terrenos que me habría costado un gran esfuerzo cercar.
Inmediatamente me puse a trabajar y, en menos de un mes, lo había cercado totalmente. Aseguré allí mi ganado o rebaño, como queráis, que ya no era tan salvaje como se podría suponer al principio. Sin demora alguna, llevé diez cabras jóvenes y dos machos cabríos.
 Mientras tanto, seguía perfeccionando el cerco hasta que resultó tan seguro como el otro y, si bien me tomó bastante más tiempo, fue porque me permití trabajar con mucha más calma.
La causa de todo este trabajo era, únicamente, la huella que había visto y que me provocó grandes aprensiones. Hasta entonces, no había visto acercarse a la isla a ningún ser humano pero desde hacía dos años vivía con esa preocupación que le había quitado tranquilidad a mi existencia, como bien puede imaginar cualquiera que sepa lo que significa vivir acechado constantemente por el temor a los hombres. Además, debo confesar con dolor, la turbación de mi espíritu había afectado notablemente mis pensamientos religiosos y el terror de caer en manos

de salvajes y caníbales me oprimía de tal modo, que rara vez me encontraba en disposición de dirigirme a mi Creador. No tenía la calma ni la resignación que solía tener sino que rezaba bajo los efectos de un gran abatimiento y de una dolorosa opresión, temiendo y esperando, cada noche, ser asesinado y devorado antes del amanecer. Debo decir, por mi experiencia, que la paz interior, el agradecimiento, el amor y el afecto son estados de ánimo mucho más adecuados para rezar que el temor y la confusión.

Un hombre que está bajo la amenaza de una desgracia inminente, no es más capaz de cumplir sus deberes hacia Dios que uno que yace enfermo en su lecho, ya que esas aflicciones afectan al espíritu como otras afectan al cuerpo y la falta de serenidad debe constituir una incapacidad tan grave como la del cuerpo, y hasta mayor. Rezar es un acto espiritual y no corporal.

Pero prosigamos. Una vez aseguré parte de mi pequeño rebaño, recorrí casi toda la isla en busca de otro sitio apartado que sirviera para hacer un nuevo refugio. Un día, avanzando hacia la costa occidental de la isla, a la que nunca había ido todavía, mientras miraba el mar, me pareció ver un barco a gran distancia. Había rescatado uno o dos catalejos de los arcones de los marineros pero no los traía conmigo y el barco estaba tan distante que apenas podía distinguirlo, a pesar de que lo miré fijamente hasta que mis ojos no pudieron resistirlo. No sabría decir si era o no un barco. Solo sé que resolví no volver a salir sin mi catalejo en el bolsillo.

Cuando bajé la colina hasta el extremo de la isla en el que no había estado nunca, tenía la certeza de que haber visto la huella de una pisada de hombre no era tan extraño como me lo había imaginado. Lo providencial era que hubiese ido a parar al lado de la isla que no frecuentaban los salvajes. Hubiese sido fácil imaginar que, frecuentemente, cuando las canoas que provenían de tierra firme se internaban demasiado en el mar, venían a esa parte de la isla para descansar. Igualmente, como a menudo luchaban en las canoas, los vencedores traían a sus prisioneros a esta orilla donde, conforme a sus pavorosas costumbres, los mataban y se los comían, como veremos más adelante.

Cuando descendí de la colina a la playa y estaba, como he dicho, en el extremo sudoeste de la isla, me llevé una sorpresa que me dejó absolutamente confundido y perplejo. Me resulta imposible explicar el horror que sentí cuando vi, sobre la orilla, un despliegue de calaveras, manos, pies y demás huesos de cuerpos humanos y, en particular, los restos de un lugar donde habían hecho una fogata, en una especie de ruedo, donde acaso aquellos innobles salvajes se sentaron a consumir su festín humano, con los cuerpos de sus semejantes. Estaba tan estupefacto ante este descubrimiento que, durante mucho tiempo no pensé en el peligro que me acechaba.

Todos mis temores quedaron sepultados bajo la impresión que me causó el horror de ver semejante grado de infernal e inhumana brutalidad y tal

degeneración de la naturaleza humana. A menudo había oído hablar de ello pero hasta entonces no lo había visto nunca tan de cerca. En pocas palabras, aparté la mirada de ese horrible espectáculo y comencé a sentir un malestar en el estómago. Estaba a punto de desmayarme cuando la naturaleza se ocupó de descargar el malestar de mi estómago y vomité con inusitada violencia, lo cual me alivió un poco. Más no pude permanecer en ese lugar ni un momento más, así que volví a subir la colina a toda velocidad y regresé a casa.
Cuando me había alejado un poco de aquella parte de la isla, me detuve un rato, como sorprendido. Luego me repuse y, con todo el dolor de mi alma, con los ojos llenos de lágrimas y la vista elevada al cielo, le di gracias a Dios por haberme hecho nacer en una parte del mundo ajena a seres abominables como aquellos y por haberme otorgado tantos privilegios, aun en una situación que yo había considerado miserable. En efecto, tenía más motivos de agradecimiento que de queja y, sobre todo, debía darle gracias a Dios porque aun en esta desventurada situación me había reconfortado con su conocimiento y con la esperanza de su bendición, que era una felicidad que compensaba con creces, toda la miseria que había sufrido o podía sufrir.
Con este agradecimiento regresé a mi castillo y, a partir de ese momento, comencé a sentirme mucho más tranquilo respecto a mi seguridad, pues comprendí que aquellas miserables criaturas no venían a la isla en busca de algo y, tal vez, tampoco deseaban ni esperaban encontrar nada. Seguramente, habían estado en la parte tupida del bosque y no habían encontrado nada que satisficiera sus necesidades. Llevaba dieciocho años viviendo allí sin tropezarme ni una vez con rastros de seres humanos y, por lo tanto, podía pasar dieciocho años más, tan oculto como lo había estado hasta ahora, si no me exponía a ellos. Era poco probable que algo así sucediese, puesto que lo único que tenía que hacer era mantenerme totalmente escondido como siempre lo había hecho y, a menos que encontrase otras criaturas mejores que los caníbales, no me dejaría ver. Sin embargo, sentía tal aborrecimiento por esos malditos salvajes que he mencionado y de su despreciable e inhumana costumbre de devorar a sus semejantes, que me quedé pensativo y triste y no me alejé de los predios de mi circuito en dos años. Cuando digo mi circuito, me refiero a mis tres fincas, es decir, mi castillo, mi casa de campo, a la que llamaba mi emparrado, y mi corral en el bosque. No seguí buscando otro recinto para las cabras, pues la aversión que sentía hacia aquellas diabólicas criaturas era tal, que me daba tanto miedo verlas a ellas como al demonio en persona. Tampoco volví a visitar mi piragua en todo ese tiempo, sino que preferí hacerme otra, ya que no podía ni pensar en hacer un nuevo intento de traerla a este lado de la isla, pues si me topaba con aquellos seres en el mar y caía en sus manos, sabría muy bien a qué atenerme. Pero el tiempo y la satisfacción de saber que no corría ningún riesgo de ser descubierto por esa gente, comenzó a disipar mi inquietud y seguí viviendo con

la misma calma que hasta entonces, solo que ahora era más precavido y estaba más alerta a lo que ocurría a mi alrededor, no fuera que pudiesen verme. También era más prudente al disparar mi escopeta por si había alguno en la isla que pudiese oírme. Era una gran suerte disponer de un rebaño de cabras domésticas, pues no tenía que cazarlas ni dispararles en el bosque. Si alguna vez capturé una cabra después de aquel día, fue con trampas y lazos, como lo había hecho anteriormente y, en dos años, no disparé el arma ni una sola vez, aunque nunca salía sin ella. Más aún, como tenía tres pistolas que había rescatado del barco, siempre llevaba, por lo menos, dos de ellas, aseguradas a mi cinturón de cuero de cabra. También limpié uno de los machetes que tenía y me hice otro cinturón para llevarlo. De este modo, cuando salía, tenía el aspecto más extraño que se pueda imaginar, si se añade a la descripción que hice anteriormente de mi indumentaria, las dos pistolas y el machete de hoja ancha que llevaba colgando, sin vaina, de un costado de mi cinturón. Como he dicho, durante un tiempo, recuperé la calma y la tranquilidad aunque no dejé de tomar precauciones. Todo esto me demostraba, cada vez con más claridad, que no me encontraba en una situación tan deplorable como otros; más bien, estaba mucho mejor de lo que podía estar si Dios así lo hubiese decidido. Esto me hizo pensar que si los hombres compararan su situación con la de otros que están en peores circunstancias y no con los que están mejor, se sentirían agradecidos y no se quejarían de sus desgracias.

Como en la situación en la que me hallaba, en realidad no había demasiadas cosas que echara de menos, pensé que los temores que había padecido a causa de aquellos salvajes y mi preocupación por salvar mi vida, habían disminuido mi ingenio y me habían hecho abandonar el proyecto de hacer malta con la cebada para, luego, tratar de hacer cerveza. Esto era, en verdad, un capricho y, a menudo, me reprochaba mi ingenuidad, pues me daba cuenta de que para hacer cerveza necesitaba muchas cosas que no podía procurarme. No disponía de barriles para conservarla, que, como ya he dicho, nunca logré fabricar, a pesar de que pasé muchos días, más bien, semanas y meses intentándolo sin ningún éxito. Tampoco tenía lúpulo ni levadura para que fermentase, ni una marmita u otro recipiente para hervirla. No obstante, creo sinceramente que de no haber sido porque el miedo y el terror hacia los salvajes me interrumpieron, me habría empeñado en hacerla y, tal vez, lo habría logrado, pues raras veces renunciaba a una idea una vez que había reflexionado lo suficiente como para ejecutarla. Pero ahora ocupaba mi ingenio en otros asuntos. No podía dejar de pensar cómo exterminar algunos de esos monstruos en uno de sus crueles y sanguinarios festines, y de ser posible, salvar a la víctima que se dispusieran a matar. Haría falta un libro mucho más voluminoso que este para ilustrar todos los métodos que ideé para destruir a esas criaturas, o, por lo menos, para asustarlas y evitar que volviesen otra vez. Más todos eran inservibles porque requerían de mi presencia y ¿qué podía hacer un solo hombre contra ellos, que quizás serían veinte o treinta, armados de lanzas, arcos y flechas con las que tenían tan buena puntería como yo con mi escopeta?

A veces, pensaba en cavar un pozo en el lugar donde encendían su fuego y colocar cinco o seis libras de pólvora que arderían apenas lo prendieran, haciendo volar todo lo que estuviese en los alrededores. Pero, en primer lugar, no estaba dispuesto a gastar tanta pólvora en esto, más aún, cuando mis suministros se reducían a un solo barril. En segundo lugar, no podía estar seguro de que la explosión se produjera en el momento preciso y, por último, tal vez lo único que conseguiría sería chamuscarlos un poco y asustarlos, lo cual no habría sido suficiente para que abandonaran la isla definitivamente. Por lo tanto, descarté esta idea y decidí emboscarme en un lugar adecuado con tres escopetas de doble carga y, cuando estuviesen en medio de su sangrienta ceremonia, abrir fuego contra ellos, asegurándome de matar o herir, al menos, a dos o tres con cada disparo y, luego, caer sobre ellos con mis tres pistolas y mi machete. No dudaba que así los exterminaría a todos aunque fuesen veinte. Me sentí complacido con esta fantasía durante unas semanas y estaba tan obsesionado con ella que, a menudo, soñaba que la llevaba a cabo y estaba a punto de hacerlos volar por los aires.

Llegué tan lejos en mi ficción, que pasé varios días buscando lugares convenientes para emboscarme, con el propósito de observarlos. Volví tantas veces al lugar del festín que llegó a volverse familiar. Allí me invadía un fuerte deseo de venganza y me imaginaba que derrotaba a veinte o treinta de ellos con mi espada en un sangriento combate. Más, el horror que me inspiraba el lugar y los rastros de esos miserables bárbaros, me aplacaban el rencor.

Por fin, encontré un lugar conveniente en la ladera de la colina donde podía esperar a salvo la llegada de sus piraguas y ocultarme en la espesura de los árboles antes de que se acercaran a la playa. En uno de los árboles había un hueco lo suficientemente grande para esconderme por completo. Allí, podría sentarme a observar sus sanguinarios actos y dispararles a la cabeza cuando estuvieran más próximos unos de otros y fuese casi imposible que errara el tiro o que no pudiese herir a tres o cuatro del primer disparo.

Opté por ese lugar y preparé dos mosquetes y la escopeta de caza para ejecutar mi plan.

Cargué los dos mosquetes con dos lingotes de cinco balas de calibre de pistola y la escopeta con un puñado de las municiones de mayor calibre. También cargué cada una de mis pistolas con cuatro balas y, de este modo, bien provisto de municiones para una segunda y tercera descarga, me preparé para la expedición. Una vez hecho el esquema de mi proyecto y habiéndolo ejecutado mentalmente, todas las mañanas subía la colina que estaba a unas tres millas o más de mi castillo, como solía llamarlo, a fin de ver si descubría sus piraguas en el mar o aproximándose a la isla. Pero, al cabo de dos o tres meses de vigilancia constante y, no habiendo descubierto nada en la costa ni en toda la extensión de mar que podían abarcar mis ojos y mi catalejo, me cansé de esta ardua labor. Durante el tiempo que realizaba mi paseo diario hasta la colina, mi proyecto mantuvo todo su vigor y me encontraba siempre dispuesto a ejecutar la monstruosa matanza de los veinte o treinta salvajes indefensos, por un delito sobre el que no había reflexionado más allá del horror inicial que me causó esa perversa costumbre de la gente de aquella región, a quienes, al parecer, la Providencia había desprovisto de mejor consejo que sus vicios y sus abominables pasiones. Tal vez, desde hacía siglos, esta gente gozaba de la libertad de practicar sus horribles actos y perpetuar sus terribles costumbres como seres completamente abandonados por Dios y movidos por una infernal depravación. Sin embargo, como he dicho, cuando me empezaba a cansar de las infructuosas expediciones matutinas, que realizaba en vano desde hacía tanto tiempo, comencé a cambiar de opinión y a considerar más fría y serenamente la empresa que había decidido llevar a cabo. Me preguntaba qué autoridad o vocación tenía yo para pretender ser juez o verdugo de estos hombres como si fuesen criminales, cuando el cielo había considerado dejarlos impunes durante tanto tiempo para que fuesen ellos mismos los que ejecutaran su juicio. A menudo me debatía de este modo: ¿cómo podía saber el juicio de Dios en este caso particular? Ciertamente, esta gente no comete ningún delito al hacer esto porque no les remuerde la conciencia. No lo consideran una ofensa ni lo hacen en desafío de la justicia divina, como nosotros cuando cometemos algún pecado. Para ellos, matar a un prisionero de guerra no es un crimen como para nosotros tampoco lo es matar un buey; y para ellos, comer carne humana les es tan lícito como para nosotros comer cordero.

Luego de reflexionar un poco sobre esto, llegué a la conclusión de que me había equivocado y que estas personas no eran criminales en el sentido en que los había condenado en mis pensamientos; no más asesinos que los cristianos que, a menudo, dan muerte a los prisioneros que toman en las batallas, o que, con mucha frecuencia, matan a tropas enteras de hombres, sin darles cuartel, aunque hubieran depuesto sus armas y se hubieran rendido. Después pensé que, aunque el trato que se dieran entre sí fuese brutal e inhumano, a mí no me habían hecho ningún daño. Si me atacaban o si me parecía necesario para mi propia defensa, lucharía contra ellos pero como no estaba bajo su poder y ellos, en realidad, no sabían de mi existencia y, por lo tanto, no tenían planes respecto a mí, no era justo que los atacara. Algo así justificaría la conducta de los españoles y todas las atrocidades que hicieron en América, donde destruyeron a millones de personas inocentes, a pesar de que fueran bárbaros e idólatras y tuvieran la costumbre de realizar rituales salvajes y sangrientos, como el sacrificio de seres humanos a sus dioses.

Por esta razón, todas las naciones cristianas de Europa, incluso los españoles, se refieren a este exterminio como una verdadera masacre, una sangrienta y depravada crueldad, injustificable ante los ojos de Dios y de los hombres. De este modo, el nombre español se ha vuelto odioso y terrible para todas las personas que tienen un poco de humanidad o compasión cristiana, como si el reino español se hubiese destacado por haber producido una raza de hombres sin piedad, que es el sentimiento que refleja un espíritu generoso.

Estas consideraciones me detuvieron en seco y comencé, poco a poco, a abandonar mi proyecto y a pensar que me había equivocado en mi resolución de atacar a los salvajes pues no debía entrometerme en sus asuntos a menos que me atacaran, lo cual, debía evitar si era posible. Mas, si me descubrían y atacaban, sabía lo que tenía que hacer. Por otra parte, me decía a mí mismo que este proyecto sería un obstáculo para mi salvación y me llevaría a la ruina y la perdición si no tenía la absoluta certeza de matar, no solo a los que se encontrasen en la playa, sino a todos los que pudiesen aparecer después, ya que, si alguno de ellos escapaba para contar lo ocurrido a su gente, miles de ellos vendrían a vengar la muerte de sus compañeros y yo no habría hecho más que provocar mi propia destrucción, lo cual era un riesgo que no corría en este momento.

En resumen, llegué a la conclusión de que, ni por principios ni por sistema, debía meterme en este asunto. Mi única preocupación debía ser mantenerme fuera de su vista a toda costa y no dejar el menor rastro que les hiciese sospechar que había otros seres vivientes, es decir, humanos, en la isla. La religión me dio la prudencia y quedé convencido de que hacer planes sangrientos para destruir criaturas inocentes, respecto a mí, por supuesto, era faltar a todos mis deberes. En cuanto a sus crímenes, ellos eran culpables entre sí y yo nada tenía que ver con eso. Eran delitos nacionales y yo debía dejar que Dios los juzgara, ya que es Él quien gobierna todas las naciones y sabe qué castigos imponerles a estas para subsanar sus ofensas. Es Él quien debe decidir, como mejor le parezca, llevar a juicio público a quienes le han ofendido públicamente.

De pronto, todo esto me parecía tan claro que me sentí muy satisfecho de no haber cometido una acción que habría sido tan pecaminosa como un crimen premeditado.

Me arrodillé y di gracias a Dios, humildemente, por haberme librado del pecado de sangre y le imploré que me concediera la protección de su Providencia para no caer en manos de los bárbaros, ni tener que poner las mías sobre ellos, a menos que el cielo me lo indicara claramente, en defensa de mi propia vida.

Después de esto, pasé casi un año sintiéndome de ese modo. Deseaba tan poco encontrarme con aquellos miserables, que, en todo ese tiempo no subí ni una sola vez la colina para ver si había alguno de ellos a la vista, o si habían venido a la playa, a fin de no verme tentado a reanudar mis proyectos contra ellos, ni tener la ocasión de asaltarlos. Me limité a buscar la piragua que estaba al otro lado de la isla para llevarla a la costa oriental. Allí la dejé, en una pequeña ensenada que encontré bajo unas rocas muy altas, donde sabía que los salvajes no se atreverían a ir, al menos, no en sus piraguas, a causa de la corriente. Junto con mi piragua, llevé todas las cosas que había dejado allí, aunque no me hacían falta para hacer el viaje: un mástil, una vela y aquella cosa que parecía un ancla pero que, en verdad, no podía llamarse ni ancla ni arpón, si bien fue lo mejor que pude hacer. Lo transporté todo con el propósito de que nada pudiese provocar la más mínima sospecha de que podía haber alguna embarcación o morada humana en la isla.

Aparte de esto, como he dicho, me mantuve más recluido que nunca, sin salir de mi celda, salvo para realizar mis tareas habituales, es decir, ordeñar las cabras y cuidar el pequeño rebaño del bosque, que, como estaba al otro lado de la isla, se hallaba fuera de peligro. Ciertamente, los salvajes que a veces merodeaban por esta isla, jamás venían con el propósito de encontrar nada en ella y, por lo tanto, nunca se alejaban de la costa. No dudo que estuvieran varias veces en ella, tanto antes como después de mis temores y precauciones, por lo que no podía dejar de pensar con horror en cuál habría sido mi suerte si me hubiese encontrado con ellos cuando andaba desnudo, desarmado y sin otra protección que una escopeta, casi siempre cargada con pocas municiones, mientras exploraba todos los rincones de la isla. Menuda sorpresa me habría llevado si, en lugar de la huella de una pisada, me hubiese topado con quince o veinte salvajes, dispuestos a perseguirme, sin posibilidad de escapar de ellos a causa de la velocidad de su carrera.

A menudo, estos pensamientos me oprimían el alma y me afligían tanto que tardaba mucho en recuperarme. Me preguntaba qué habría hecho, pues no me consideraba capaz de haber puesto resistencia, ni siquiera de haber tenido la lucidez de hacer lo que tenía que hacer; mucho menos lo que ahora, después de mucha preparación y meditación, podía hacer. Cuando pensaba seriamente en esto, me sumía en un profundo estado de melancolía que, a veces, duraba mucho tiempo. No obstante, terminaba dando gracias a la Providencia por haberme salvado de tantos peligros invisibles y por haberme protegido de tantas desgracias, de las que no habría podido escapar porque no tenía la menor sospecha de su existencia o de la posibilidad de que ocurriesen.

Esto me hizo considerar algo que, con frecuencia, había pensado antes, cuando empezaba a ver las generosas disposiciones del cielo frente a los peligros a los que nos exponemos en la vida: cuántas veces somos salvados sin darnos cuenta; cuántas veces dudamos o, por así decirlo, titubeamos acerca del camino que debemos seguir y una voz interna nos muestra un camino cuando nosotros pensábamos tomar otro; cuántas veces nuestro sentido común, nuestra tendencia natural o nuestros intereses personales nos invitan a escoger un camino y, sin embargo, un impulso interior, cuyo origen ignoramos, nos empuja a elegir otro y luego advertimos que si hubiésemos seguido el que pensábamos o imaginábamos, nos habríamos visto perdidos y arruinados. Estas y muchas otras reflexiones similares me llevaron a regirme por una norma: obedecer la llamada interior o la inspiración secreta de hacer algo o de seguir algún camino cada vez que la sintiera, aunque no tuviera razón alguna para hacerlo, salvo la sensación o la presión de ese presentimiento sobre mi espíritu. Podría dar muchos ejemplos del buen resultado de esta conducta a lo largo de mi vida, en especial, al final de mi permanencia en esta desgraciada isla; aparte de las muchas ocasiones en las que me habría dado cuenta de la situación si la hubiese visto con los mismos ojos con los que veo ahora. Mas nunca es tarde para aprender y no puedo sino aconsejar a todos los hombres prudentes, que hayan vivido experiencias tan extraordinarias como la mía, incluso menos extraordinarias, que no subestimen las insinuaciones secretas de la Providencia y hagan caso a esa inteligencia invisible, que no debo ni puedo tratar de explicar, pero que, sin duda, constituye una prueba irrefutable de la existencia del espíritu y de la comunicación secreta entre los espíritus encarnados y los inmateriales. Durante el resto de mi solitaria residencia en este sombrío lugar, tuve ocasión de presenciar asombrosas pruebas de esto.

Pienso que al lector no le parecerá extraño que confiese que todas estas ansiedades, los peligros constantes y las preocupaciones que me acechaban en este momento, pusieron fin a mi ingenio y a todos los esfuerzos destinados a mi futuro bienestar. Ahora debía velar por mi seguridad más que por mi sustento. No me atrevía a clavar un clavo ni a cortar un trozo de leña por temor a hacer ruido; mucho menos, disparar un arma, por el mismo motivo y, sobre todo, me inquietaba hacer fuego, temiendo que el humo, visible a gran distancia, me traicionase. Por esta razón, trasladé la parte de mis actividades que requerían fuego, como la fabricación de cacharros, pipas y otros objetos, a mi nueva morada del bosque, donde, al cabo de un tiempo, encontré, para mi indecible consuelo, una gran caverna natural en la que ningún salvaje habría osado entrar, aunque se encontrara en su entrada, ni nadie que no se encontrara como yo, buscando un refugio seguro.

La entrada de la cueva estaba al pie de una gran roca, donde, por mera casualidad (diría esto si no tuviese abundantes razones para atribuir todas estas cosas a la Providencia), me encontraba cortando unas gruesas ramas de árboles para hacer carbón. Pero antes de proseguir, debo explicar la razón por la que hacía este carbón y que era la siguiente:

Como ya he dicho, tenía mucho miedo de hacer fuego cerca de mi casa. Sin embargo, no podía vivir sin hornear mi pan y sin cocinar mi carne y otros alimentos. Así, pues, quemaba la madera en el bosque, como había visto que se hacía en Inglaterra, la cubría con tierra hasta que se carbonizaba. Luego apagaba el fuego y llevaba a casa el carbón, que utilizaba para todos los menesteres que requerían fuego, sin el riesgo del humo.

Pero esto es solo incidental. Mientras estaba cortando madera, advertí una especie de cavidad detrás de una rama muy gruesa de un arbusto y sentí curiosidad por mirar en el interior. Cuando llegué a la entrada, no sin mucha dificultad, vi que era muy amplia, es decir, que cabía de pie y, tal vez, con otra persona. Pero debo confesar que salí con más prisa de la que había entrado, pues al mirar al fondo, que estaba totalmente oscuro, divisé dos grandes ojos brillantes. No sabía si eran de diablo o de hombre pero parpadeaban como dos estrellas con la tenue luz que se filtraba por la entrada de la cueva No obstante, después de una breve pausa, me repuse y comencé a decirme que era un tonto, que si había vivido veinte años solo en una isla no podía tener miedo del diablo y que en esa cueva no había nada más aterrador que yo mismo. En seguida recobré el valor, hice una gran tea y volví a entrar con ella en la mano. No había dado tres pasos cuando volví a asustarme como antes, pues oí un fuerte suspiro, como el lamento de un hombre, seguido por un ruido entrecortado que parecía un balbuceo y, luego, por otro suspiro fuerte.

Retrocedí y estaba tan sorprendido que un sudor frío me recorrió todo el cuerpo y si hubiese tenido un sombrero, no habría podido responder por él, pues mis cabellos erizados lo hubieran elevado por el aire. Pero saqué valor de donde pude y me reanimé un poco con la idea de que el poder y la presencia de Dios estaban en todas partes y me protegerían. Volví a dar unos pasos y, gracias a la luz de la tea, que sostenía un poco más arriba de mi cabeza, descubrí, tumbado en la tierra, un monstruoso y viejo macho cabrío, que parecía a punto de morir de pura vejez.

Le agité un poco para ver si lograba sacarlo de ahí y el animal intentó, en vano, ponerse en pie. Entonces pensé que podía quedarse donde estaba pues, del mismo modo que me había asustado a mí, podía asustar a los salvajes que se atrevieran a entrar en la cueva mientras le quedara algo de vida.

Repuesto de mi sorpresa, comencé a mirar a mi alrededor y me di cuenta de que la cueva era bastante pequeña, es decir, que medía unos doce pies pero no tenía una forma regular, ni redonda ni cuadrada, ya que las únicas manos que habían trabajado en ella eran las de la naturaleza. También observé que en uno de los costados había una apertura que se prolongaba hacia adentro pero era tan baja que me obligaba a entrar arrastrándome. Tampoco sabía a dónde llevaba y como no tenía velas, no seguí explorando. Decidí que, al día siguiente, regresaría con velas y una yesca que había hecho en la empuñadura de un mosquete con un poco de pólvora.

Al otro día, volví con seis grandes velas hechas por mí, pues ahora hacía muy buenas velas con el sebo de las cabras, y, andando a gatas, avancé por la cavidad unas diez yardas, lo cual, dicho sea de paso, era una aventura bastante arriesgada, si se considera que no sabía hasta dónde llegaba aquel pasadizo ni lo que podría encontrar más adelante. Cuando llegué al final de este, advertí que el techo se elevaba casi veinte pies, y puedo asegurar que en toda la isla se podía presenciar un espectáculo más maravilloso que la bóveda y los costados de esta cueva o caverna. En las paredes se reflejaba la luz de mis dos velas multiplicada por cien mil. Me imaginaba que en la roca había diamantes u otras piedras preciosas, pero no lo sabía con certeza.

Aunque estaba totalmente a oscuras, la gruta era el lugar más delicioso que podría imaginarse. El suelo estaba seco y bien nivelado; lo cubría una fina capa de gravilla suelta y fina. No había animales venenosos o nauseabundos ni humedad en las paredes o el techo. La única dificultad estaba en la entrada, la cual, me parecía ventajosa, ya que me proporcionaba el refugio que necesitaba. Este descubrimiento me llenó de júbilo y decidí transportar allí, sin demora, algunas de las cosas que más me preocupaban, en especial, la pólvora y todas las armas que tenía de reserva, a saber: dos de las tres escopetas de caza y tres de los ocho mosquetes que tenía. Dejé los otros cinco en mi castillo, montados como si fueran cañones en el muro exterior, y podía disponer de ellas, igualmente, si hacía alguna expedición.

Para transportar las municiones, tuve que abrir el barril de pólvora húmeda que había rescatado del mar. Me di cuenta de que el agua había penetrado por todos los costados unas tres o cuatro pulgadas y que la pólvora, al secarse y endurecerse, había formado una corteza que protegía el interior como la cáscara de una fruta. De este modo, tenía unas sesenta libras de pólvora buena en el centro del barril, lo que me sorprendió muy gratamente. La llevé toda a la gruta, salvo dos o tres libras que conservé en el castillo por temor a cualquier contingencia. Llevé, además, todo el plomo que tenía reservado para hacer balas.

Me sentía como uno de esos antiguos gigantes que, según se dice, vivían en cavernas y cuevas en las rocas, a las que nadie podía llegar, pues, mientras me hallaba en ese refugio, me convencí de que ningún salvaje podría encontrarme y, si lo hacía, jamás se atrevería a atacarme en ese lugar. El viejo macho cabrío, que estaba moribundo cuando lo encontré, murió al día siguiente en la entrada de la cueva y me pareció más fácil cavar un hoyo para echarlo en él y cubrirlo con tierra, que arrastrarlo hasta afuera; así que lo enterré para evitar el mal olor.

CAPÍTULO XIII.

Naufragio de un buque español

Llevaba veintitrés años en la isla y estaba tan familiarizado con ella y con mi estilo de vida que, si hubiese tenido la certeza de que los salvajes no vendrían a perturbarme, me habría resignado a capitular y pasar allí el resto de mi vida, hasta el día en que me echara a morir, como el viejo macho cabrío, en la gruta. También había encontrado algunos pequeños entretenimientos y diversiones que hacían transcurrir el tiempo más rápida y plácidamente que antes. En primer lugar, como ya he dicho, le había enseñado a hablar a mi Poll y lo hacía con tanta familiaridad, tan clara y articuladamente, que me proporcionaba una gran satisfacción. Convivió cerca de veintiséis años conmigo y no sé cuántos más vivió, pues, según se creía en el Brasil, vivían casi cien años. Acaso el pobre Poll aún siga vivo y llamando al pobre Robinson Crusoe. Espero que ningún inglés tenga la mala suerte de ir allí y de escucharlo porque, con seguridad, creerá que se trata del demonio. Mi perro me brindó una agradable y cariñosa compañía durante casi dieciséis años y murió de puro viejo. En cuanto a los gatos, se multiplicaron, como he dicho, hasta el punto que tuve que matar a muchos de ellos para evitar que me devorasen a mí junto con todas mis provisiones. Finalmente, después que murieron los dos que me había traído, los demás, a fuerza de perseguirlos constantemente y privarlos de alimento, huyeron a los bosques y se volvieron salvajes. Solo dos o tres favoritos, cuyas crías ahogaba apenas nacían, formaron parte de mi familia. También conservaba siempre dos o tres cabras domésticas, que aprendieron a comer de mi mano, y dos loros más que hablaban bastante bien y me llamaban Robinson Crusoe. Mas ninguno como el primero, aunque, a decir verdad, nunca me preocupé por ellos como por aquel. Tenía, además, algunas aves marítimas, cuyo nombre desconozco, a las que capturé en la playa y les corté las alas. Como las pequeñas estacas que había plantado delante del castillo crecieron hasta formar un espeso follaje, estas aves vivían y se reproducían en las copas de los árboles bajos, lo cual me resultaba muy agradable. De este modo, como he dicho, empecé a sentirme muy complacido con mi vida, con la única excepción del temor por los salvajes. Pero estaba previsto que las cosas fuesen de otro modo y, tal vez, no sea inútil para todos los que lean mi historia, hacer esta justa observación: Cuántas veces, en el curso de nuestras vidas, ocurre que el mal que procuramos evitar, y que nos parece terrible cuando nos enfrentamos a él, resulta el verdadero camino de nuestra salvación, el único a través del cual podemos librarnos de nuestras desgracias. Podría dar muchos ejemplos de esta situación, a lo largo de mi inenarrable existencia, pero ninguno tan notable como lo que me ocurrió en los últimos años de mi solitaria residencia en esta isla.

Corría el mes de diciembre de mi vigesimotercer año en este lugar y, como ya he dicho estábamos en pleno solsticio austral, pues no podría llamarlo invierno. Esta época era muy importante para mi cosecha, que requería de mi constante presencia en el campo. Una mañana, muy temprano, casi antes de la salida del sol, advertí con sorpresa el resplandor de un fuego en la playa, a unas dos millas de donde me hallaba, y en dirección al extremo de la isla donde, como ya he observado, habían estado los salvajes; mas no en el lado opuesto de la isla, sino en el mío.

El espectáculo me aterrorizó y me quedé cerca de mi arboleda, por temor a ser sorprendido. Aun así, no me sentía tranquilo, pues, si en sus incursiones por la isla, los salvajes descubrían mi cereal, sembrado o segado, o cualquiera de mis obras y mejoras deducirían inmediatamente que la isla estaba habitada y no descansarían hasta encontrarme. Terriblemente angustiado, regresé directamente a mi castillo, recogí la escalera e intenté darle un aspecto tan natural y agreste como pude.

Entonces, me atrincheré y me preparé para la defensa. Cargué toda mi artillería, como solía llamarla, es decir, los mosquetes colocados en la nueva fortificación y todas las pistolas, y decidí defenderme hasta el último suspiro, no sin antes encomendarme fervorosamente a la divina protección y rogarle a Dios que me librase de caer en manos de los bárbaros. Permanecí en esa posición más de dos horas pero, más tarde, comencé a sentirme impaciente por saber lo que ocurría fuera, ya que no tenía espías que me lo informaran.

Aguardé un poco más, pensando qué debía hacer en esta situación, mas no pude resistir por más tiempo en la ignorancia; así que apoyé la escalera en el costado de la roca para subir hasta donde se formaba una suerte de plataforma. Luego la retiré y volví a colocarla hasta que llegué a la cima de la colina. Allí me acosté boca abajo sobre la tierra y cogí el catalejo que había llevado con toda intención para observar el sitio. Descubrí a unos cinco salvajes desnudos, sentados alrededor de una pequeña fogata, no para calentarse, pues no tenían necesidad de ello, ya que el clima era extremadamente caluroso, sino, como supuse, para preparar alguno de sus horribles festines de carne humana, que habían traído consigo, no sé si viva o muerta.

Habían llegado en dos canoas que estaban varadas en la orilla y, como la marea estaba baja, me pareció que aguardaban a que subiera para marcharse. No es fácil imaginar la inquietud que me provocó este espectáculo y, muy especialmente, que estuvieran en mi lado de la isla y tan próximos a mí. Mas cuando pensé que siempre debían venir cuando bajara la marea, comencé a tranquilizarme y contentarme pensando que podría salir sin peligro cuando la marea estuviese alta, a no ser que hubiesen llegado antes a la orilla. Con esta idea, salí a realizar las tareas propias de la cosecha con cierta tranquilidad. Sucedió tal y como lo había previsto, pues, apenas la corriente se puso hacia el oeste, los vi meterse en sus canoas y alejarse con la ayuda de sus remos. Debo observar que, antes de partir, estuvieron cerca de una hora bailando, pues podía discernir claramente sus gestos y movimientos con mi catalejo. Pude apreciar, mediante una minuciosa observación, que estaban completamente desnudos, sin el menor vestigio de vestimenta sobre sus cuerpos pero no pude distinguir si eran hombres o mujeres.

Tan pronto como se embarcaron y partieron, salí con mis dos escopetas al hombro, dos pistolas en la cintura y mi gran sable sin vaina, colgado a un costado. Subí a la colina, donde los había visto por primera vez, tan velozmente como pude. Tardé aproximadamente dos horas en llegar (pues el peso de las armas me impedía correr más rápidamente). Allí me di cuenta de que había otras tres canoas de los salvajes y, al mirar a lo lejos, los vi a todos juntos en el mar navegando rumbo al continente.

Cuando descendí a la playa, pude observar el terrible espectáculo de su sangriento festín: la sangre, los huesos y los trozos de carne humana, felizmente comida y devorada por aquellos miserables. Estaba tan indignado ante lo que veían mis ojos, que comencé a premeditar la forma de destruir a los próximos que volviera a ver por allí, sin importarme quiénes ni cuántos fueran.

Me pareció evidente que sus visitas a la isla no eran muy frecuentes, pues transcurrieron más de quince meses antes de que regresaran; es decir, que durante todo ese tiempo, no volví a encontrar huellas ni señales de ellos, ya que, en la época de lluvias, no podían salir de sus moradas, o, al menos, alejarse tanto. Sin embargo, durante todo este tiempo viví inquieto a causa del constante miedo a ser tomado por sorpresa, por lo que puedo decir que temer al mal es mucho peor que padecerlo, en especial, cuando es imposible liberarse de ese temor.

Durante todo este tiempo, me sentía invadido por un sentimiento criminal y pasaba muchas horas, que pude haber empleado en mejores asuntos, imaginando cómo cercarlos y atacarlos la próxima vez que los viera, en especial, si venían en dos grupos como la vez anterior. No se me ocurrió en aquel momento, que si mataba a uno de los grupos, formado por diez o doce salvajes, según mis cálculos, al día siguiente, o a la semana o el mes siguiente, debía matar otro y así, ad infinitum, hasta convertirme en un asesino de la misma calaña que estos caníbales, si no peor.

Pasaba los días en medio de una gran perplejidad e inquietud, esperando caer, de un momento a otro, en manos de estas despiadadas criaturas. Si alguna vez me aventuraba a salir, lo hacía mirando con el mayor cuidado a mí alrededor y tomando todas las precauciones imaginables. Ahora me daba cuenta, para mi consuelo, de cuán acertada había sido mi decisión de tener un rebaño o manada de cabras domésticas, pues no me atrevía a disparar mi escopeta, sobre todo, en el lado de la isla donde solían venir los salvajes, por miedo a alertarlos. Si bien es posible que hubiesen huido la primera vez, con seguridad, habrían vuelto al cabo de algunos días con dos o tres centenares de canoas y yo sabría muy bien qué esperar. Sin embargo, transcurrieron un año y tres meses antes de que volvieran los salvajes, como contaré más adelante. Es muy probable que hubiesen venido dos o tres veces pero no se quedaron, o, al menos, yo no los escuché. Más, en el mes de mayo de mi vigesimocuarto año, según mis cálculos, tuve un encuentro con ellos.

Durante los quince o dieciséis meses que he mencionado, me sentí muy perturbado. Dormía inquieto, tenía sueños horribles y, a menudo, despertaba sobresaltado. Durante el día, me oprimían las preocupaciones y, por la noche, soñaba que mataba a los salvajes y buscaba justificaciones para ello. Pero dejemos esto por un momento. Fue a mediados de mayo, me parece que el día 16 según lo indicaba mi pobre calendario de madera, pues seguía registrando los días en el poste; digo que sería el 16 de mayo, cuando se desató una violenta tormenta con muchos truenos y relámpagos. La noche siguiente fue espantosa y no sé por qué, pero estaba leyendo la Biblia y haciendo graves reflexiones sobre mi situación, cuando me sorprendió lo que me pareció un cañonazo en el mar. Esta era una sorpresa muy distinta de todas las que había experimentado hasta entonces, pues me hizo pensar en otras cosas. Me levanté tan rápidamente como pudiera imaginarse y, en un momento, apoyé la escalera contra la roca y subí a la plataforma. Retiré la escalera nuevamente y subí hasta la cima de la colina, en el momento en que un resplandor de fuego me anunció un segundo cañonazo, que en efecto, llegó hasta mis oídos casi medio minuto después. Por el sonido, supe que provenía de aquella parte del mar donde la corriente había arrojado mi bote.

Inmediatamente pensé que debía tratarse de un barco en peligro y que alguna otra embarcación le acompañaba, pues disparaba los cañones en señal de alarma para pedir socorro. En ese momento, presentí que si podía auxiliarlos, tal vez, ellos también me auxiliarían a mí, de modo que junté toda la madera seca que encontré a mano, hice una gran pila con ella y le prendí fuego en la cima de la colina. Como la madera estaba seca, prendió rápidamente y, aunque el viento soplaba con mucha intensidad, ardió lo suficiente como para que, si aquello era un barco, con toda certeza pudiera verla. En efecto, así ocurrió, pues, apenas ardió la llama, escuché otro cañonazo y, después, varios más, todos procedentes del mismo punto. Alimenté el fuego toda la noche hasta el amanecer y, cuando se hizo de día, y el aire se despejó, divisé algo en el mar, a gran distancia, al este de la isla, mas no podía precisar, ni siquiera con la ayuda del catalejo, si se trataba de una vela o del casco de un navío.

Durante todo el día miré con frecuencia en aquella dirección y pronto advertí que el objeto estaba inmóvil, así que deduje que era un barco anclado, pero como me hallaba ansioso por saberlo con certeza, como puede suponerse, cogí la escopeta y corrí hacia el extremo sur de la isla, hasta las rocas a las que había sido arrastrado por la corriente. Cuando llegué hasta allí, puesto que el día estaba completamente despejado, pude ver claramente y para mi mayor desconsuelo, el naufragio de un barco, arrojado durante la noche contra las rocas sumergidas que había hallado en mi excursión con la piragua. Estas rocas, resistiendo a la violencia de la corriente, formaban una especie de contracorriente o remolino, que me había librado de la situación más desesperada de toda mi vida. Lo que constituye la salvación de un hombre, es la ruina de otro, pues, al parecer, estos hombres, quienes quiera que fueran, al no tener conocimiento de aquellas rocas, totalmente ocultas por el agua, habían sido empujados contra ellas durante toda la noche por un fuerte viento del este y del este-noreste. Si la tripulación hubiese visto la isla, lo cual dudo mucho, habría intentado usar un bote para llegar a tierra. Mas los cañonazos que dispararon en señal de auxilio, en especial, cuando vieron mi fogata, tal como imagino, me llenaron la cabeza de pensamientos. Primero pensaba que, al ver mi fuego, se habían lanzado en el bote para llegar a la orilla pero, tal vez, la fuerte marea los había hecho zozobrar. En otras ocasiones imaginaba que habían perdido el bote desde el principio, como suele pasar cuando las olas azotan la nave, lo que obliga a los hombres a destrozarlo y arrojarlo al mar. Otras veces, imaginaba que los acompañaba otro navío, o navíos, que, alertados por las señales de auxilio, los habían socorrido y rescatado. Por momentos, pensaba que todos habían embarcado en el bote y habían sido arrastrados por la misma corriente que me había arrastrado a mí, hacia el vasto océano, donde no encontrarían más que agonía y muerte; o, tal vez, agobiados por el hambre, a estas alturas se estarían comiendo unos a otros.

Pero como todo aquello no eran más que conjeturas, en la situación que me hallaba no podía hacer otra cosa que lamentar la desgracia de aquellos pobres hombres y apiadarme de ellos, lo cual, me hacía sentir cada vez más agradecido a Dios, por la felicidad y la abundancia que me había prodigado en mi desolada situación y por haber permitido que, de dos tripulaciones que habían naufragado en aquellas costas, yo fuese el único superviviente. Comprendí, nuevamente, que es muy raro que la Providencia divina nos arroje en una situación tan deplorable o en una miseria tan grande como para que no encontremos algún motivo de gratitud o reconozcamos que hay otros en peores circunstancias que las nuestras.

Aquella había sido, sin duda, la suerte de estos hombres y no tenía razones para suponer que alguno de ellos se hubiese salvado. No podía esperar ni desear que no hubiesen muerto todos, a no ser que hubiesen sido rescatados por otra embarcación, lo cual era muy poco probable, pues no veía ninguna señal o rastro de que algo así hubiese sucedido.

No puedo hallar las palabras precisas para expresar la extraña melancolía y los ardientes deseos que este naufragio suscitó en mi espíritu y que me hacían exclamar: «¡Oh, sí al menos uno o dos, es más, solo un ser se hubiese salvado de este naufragio, o hubiese podido llegar hasta aquí, para que yo pudiese tener un compañero, un semejante con quien poder hablar y conversar!» En todo el transcurso de mi vida solitaria, nunca había deseado tanto la compañía humana, ni había sentido una pena tan profunda por no tenerla.

Tenemos unos resortes secretos en el corazón que, movidos por algún objeto, presente o ausente, que se muestra ante nuestra imaginación, impulsan nuestra alma con tanta fuerza hacia ese objeto que su ausencia se vuelve insoportable. Tal era mi ferviente deseo de que tan solo un hombre se hubiese salvado: «¡Oh, si tan solo uno se hubiese salvado!», repetía una y mil veces: «¡Oh, si tan solo uno se hubiese salvado!» Estaba tan trastornado por este deseo, que cuando decía esas palabras, entrelazaba las manos y apretaba tanto los dedos, que si hubiese tenido algo frágil entre ellas, lo habría roto involuntariamente; y apretaba los dientes con tanta fuerza, que a veces no podía separarlos.

Dejemos que los naturalistas expliquen estas cosas, su razón y su forma de ser. Lo único que puedo hacer yo, es describir un hecho que me sorprendió cuando tuvo lugar, y cuya procedencia ignoro del todo. Seguramente, se debió al efecto de mis ardientes deseos y la fuerza de mis pensamientos, de imaginar el consuelo que me habría proporcionado conversar con un cristiano como yo. Pero no estaba previsto de ese modo. Su destino, el mío o el de todos, lo impedía, pues hasta mi último año de permanencia en esta isla, ignoré si alguien se había salvado de aquel naufragio. Solo alcancé a ver, para mi desdicha, el cuerpo de un joven marinero que llegó al extremo de la isla más próximo al lugar del naufragio. Solo llevaba puestos una casaca marinera, un par de calzones de paño abiertos en las rodillas y una camisa de lienzo azul, pero nada que me permitiese adivinar de qué nación provenía. En sus bolsillos no había más que dos piezas de a ocho y una pipa. Esta última, para mí, valía diez veces más que el dinero.

El mar se había calmado y estaba empeñado en aventurarme a llegar al barco en la piragua. Tenía la certeza de que encontraría cosas de utilidad a bordo pero no era eso lo que me impulsaba, sino la esperanza de encontrar algún ser a quien pudiese salvarle la vida, y con ello, reconfortar la mía en sumo grado. Me aferré de tal modo a esta idea, que no encontraba reposo ni de día ni de noche y solo pensaba en llegar hasta la nave en mi bote. Me encomendé a la Providencia de Dios, sabiendo que el impulso era tan fuerte que no podía resistirme a él, que debía provenir de algún invisible designio y que me arrepentiría si no lo hacía.

Dominado por esta impresión, corrí hacia mi castillo a prepararme para el viaje. Cogí una buena porción de pan, una gran vasija de agua fresca, una brújula para orientarme, una botella de ron, pues aún tenía bastante en la reserva, y un cesto lleno de pasas. Cargado con todo lo necesario para el viaje, me dirigí hacia la piragua, le vacié el agua, deposité en ella el cargamento y la eché al mar. Luego regresé a casa para recoger el segundo cargamento, que consistía en un gran saco de arroz, la sombrilla, que me colocaría sobre la cabeza para que me protegiera del sol, otra vasija llena de agua, casi dos docenas de panes o tortas de cebada, una botella de leche de cabra y un queso. Llevé todo esto a la piragua, no sin mucho esfuerzo y sudor, y, rogándole a Dios que guiara mi viaje, me puse a remar en dirección noreste a lo largo de la costa hasta llegar al extremo de la isla. Ahora tenía que decidir si me aventuraba a lanzarme al océano. Observé las rápidas corrientes que pasaban a ambos lados de la isla y me parecieron tan terribles, por el recuerdo del peligro en que me había encontrado, que comencé a perder valor, pues me daba cuenta de que si caía en una de ellas, sería arrastrado mar adentro y perdería de vista la isla. Si esto ocurría, como mi piragua era muy pequeña, la menor ráfaga de viento me perdería irremediablemente.

Esta idea me angustió tanto que comencé a darme por vencido. Conduje mi bote a una pequeña ensenada en la orilla, salí y me senté en un pequeño promontorio de tierra, muy pensativo y ansioso, debatiéndome entre el miedo y el deseo de realizar la expedición. Mientras pensaba, observé que la marea comenzaba a subir, lo que, por unas cuantas horas, me impediría volver a salir al mar. Entonces, pensé que debía subir a la parte más elevada que pudiese encontrar para observar los movimientos de las corrientes cuando subiera la marea y, de este modo, poder juzgar si había alguna que me trajese rápidamente de vuelta a la isla, en caso de que otra me alejara de ella. No bien hube pensado esto, me fijé en una pequeña colina que dominaba ambos lados, desde donde podía ver claramente la dirección de las corrientes y el rumbo que debía seguir para regresar. Allí pude observar que la corriente de bajamar partía del extremo sur de la isla mientras que la de pleamar regresaba por el norte, de modo que, no tenía más que dirigirme hacia la punta septentrional de la isla para regresar sin dificultad.

Animado con esta observación, decidí partir a la mañana siguiente con la primera marea. Pasé toda la noche en la canoa, cubierto con el gran capote que mencioné anteriormente y me lancé al mar. Primero navegué un corto trecho rumbo al norte, hasta que me sentí arrastrado por la corriente que iba hacia el este. Esta me impulsó con bastante fuerza, pero no tanta como lo había hecho anteriormente la corriente del sur, lo que me permitió seguir gobernando el bote. Remando enérgicamente, me acerqué a toda velocidad al barco y, en menos de dos horas, llegué hasta él.

Era un espectáculo desolador; el barco, de construcción española, estaba encallado entre dos rocas. La popa y uno de sus costados habían sido destrozados por el mar y, como el castillo de proa se había estrellado contra las rocas, el palo mayor y el trinquete se habían quebrado, aunque el bauprés seguía intacto, así como la proa. Cuando me acerqué, apareció un perro, que, al verme, comenzó a aullar y a gemir. Apenas lo llamé, saltó al mar para venir hasta mí y lo llevé al bote. Estaba muerto de hambre y sed. Le di un pedazo de pan y se lo comió como si fuese un lobo famélico que hubiese pasado quince días sin alimento en la nieve. Después le di un poco de agua y, si lo hubiese dejado, el pobre animal habría bebido hasta reventar.

Luego subí a bordo y lo primero que divisé fueron dos hombres ahogados en la cocina, sobre el castillo de proa, que estaban abrazados. Deduje que, posiblemente, al desatarse la tormenta, el barco se había encallado y los embates del mar debieron ser tan fuertes y tan constantes, que aquellos pobres hombres, no pudieron resistir y se habían ahogado como si estuviesen bajo el agua. Aparte del perro, no había otro ser viviente en el barco y todo su cargamento, según pude comprobar, se estropeó con el agua. Había algunos toneles de licor en el fondo de la bodega, que pude ver cuando el agua se retiró, mas no sabía si contenían vino o brandy; amén de que eran demasiado grandes para transportarlos. Vi varios cofres, que, sin duda, pertenecían a los marineros y los llevé al bote sin examinar su contenido.

Si en lugar de la popa tan solo se hubiese destrozado la proa, estoy seguro de que mi viaje habría sido más fructífero, pues por el contenido de esos dos cofres, podía imaginar con razón, que el barco llevaba muchas riquezas a bordo. Supongo, por el rumbo que llevaba, que partió de Buenos Aires o del Río de la Plata en la América meridional, más allá de Brasil, en dirección a La Habana, en el golfo de México y, de allí, seguramente a España. Sin duda, transportaba un gran tesoro, si bien bastante inútil para todos en este momento. Qué pudo haber sido del resto de la tripulación, tampoco lo sabía.

Aparte de los cofres, encontré un pequeño barril lleno de licor, de unos veinte galones, que llevé hasta mi bote con gran dificultad. Había numerosos mosquetes en una cabina y un gran cuerno que contenía unas cuatro libras de pólvora. Como los mosquetes no me servían, los dejé, pero me llevé el cuerno de pólvora, así como una pala y unas tenazas que me hacían mucha falta, dos pequeñas vasijas de bronce, una chocolatera de cobre y una parrilla. Con este cargamento y el perro, me puse en marcha cuando la corriente comenzó a fluir hacia la isla. Esa misma tarde, casi una hora antes del anochecer, llegué a tierra extenuado.

Aquella noche dormí en el bote y, al amanecer, decidí llevar lo que había rescatado a mi nueva cueva y no al castillo. Después de refrescarme, llevé todo mi cargamento a la playa y comencé a examinarlo. El tonel de licor contenía una especie de ron, distinto al que teníamos en Brasil, es decir, bastante malo. Más cuando abrí los cofres, hallé muchas cosas de gran utilidad, como, por ejemplo, una caja de botellas extraordinarias, llenas de cordiales exquisitos. Las botellas eran de tres pintas y tenían la tapa recubierta de plata. Encontré dos botes de dulces deliciosos, tan bien cerrados, que el agua salada no los había estropeado, pero había otros dos, que sí se habían estropeado. Encontré algunas camisas muy buenas, casi media docena de pañuelos de lino blanco y corbatas de colores; los primeros me venían muy bien para secarme el sudor de la cara en los días de calor. Aparte de esto, al llegar al fondo del cofre, encontré tres grandes sacos llenos de piezas de a ocho, que sumaban unas mil cien piezas en total. En uno de ellos, envueltos en papel, había seis doblones de oro y algunos lingotes de oro que, en total, podían pesar cerca de una libra.

En el otro cofre encontré algunas cosas de poco valor. Por su contenido, el cofre debía pertenecer al artillero, aunque no encontré pólvora, con la excepción de unas dos libras de pólvora escarchada, guardada en tres pequeños frascos y, seguramente, destinada a usarse para la caza. En resumidas cuentas, conseguí muy pocas cosas de utilidad en el viaje, pues, el dinero no me servía de nada; era como el polvo bajo mis pies, y lo habría cambiado todo por tres o cuatro pares de zapatos ingleses y calcetines, que desde hacía mucho tiempo necesitaba. Tenía dos pares de zapatos, que les había quitado a los dos hombres ahogados que hallé en el barco, y luego encontré otros dos pares en uno de los cofres, los cuales me venían muy bien, aunque no eran como nuestros zapatos ingleses, ni por su comodidad ni su resistencia; más bien, eran lo que solemos llamar escarpines. En este cofre también encontré cincuenta piezas de a ocho en reales, pero no encontré oro, por lo cual, supuse que debía pertenecer a un hombre más pobre que el dueño del primero, que, seguramente, sería un oficial.

No obstante, llevé el dinero a mi casa en la cueva y lo guardé, como lo había hecho con el que había rescatado de nuestro barco. Era una lástima, ya lo he dicho, que no pudiese encontrar el resto del cargamento que venía en el barco, pues estoy seguro de que habría podido cargar mi canoa varias veces con dinero y, si algún día lograba escapar a Inglaterra, lo habría dejado a salvo en la cueva hasta que pudiese regresar a buscarlo.

CAPÍTULO XIV.

Un sueño hecho realidad

Después de haber desembarcado todas mis pertenencias y guardarlas en un lugar seguro, regresé al bote, remé a lo largo de la costa hasta la vieja rada y allí lo dejé. Luego regresé tan rápidamente como pude a mi hogar, donde hallé todo seguro y en orden. Entonces comencé a sentirme más tranquilo y reanudé mis antiguas costumbres y mis labores domésticas. Por un tiempo, logré vivir tranquilamente, si bien estaba más atento que antes y salía mucho menos. Si alguna vez salía libremente, era siempre por la parte oriental de la isla, donde estaba casi seguro de que no llegaban los salvajes y, por tanto, no tenía que tomar demasiadas precauciones, ni andar cargado de tantas armas y municiones, como cuando iba en la otra dirección.

Viví casi dos años más en estas condiciones pero mi desdichada cabeza, que parecía haber sido creada para la desgracia de mi cuerpo, se llenaba de planes y proyectos para escapar de la isla. A veces, pensaba hacer otra expedición al barco naufragado, aunque la razón me decía que no hallaría nada en él que compensara el riesgo del viaje. Otras veces, contemplaba la idea de ir a una u otra parte y creo firmemente que si hubiese contado con la chalupa en la que huí de Salé, me habría aventurado a navegar, sin saber a dónde iba.

He sido, en todas las circunstancias de mi vida, un vivo ejemplo de aquellos que padecen de esta plaga general que ataca a la humanidad, de donde proceden, a mi entender, la mitad de las desgracias que ocurren en el mundo; me refiero a la inconformidad con los designios de Dios y la naturaleza. No quiero hablar de mi estado inicial ni de mi resistencia a los excelentes consejos de mi padre, lo cual considero como mi pecado original; ni de los errores similares que cometí y que me llevaron a esta miserable situación. Si la misma Providencia que me había destinado a establecerme felizmente en Brasil como hacendado, hubiese puesto límites a mis deseos; si me hubiese conformado con avanzar poco a poco, a estas alturas (me refiero al tiempo que llevo viviendo en esta isla) sería uno de los hacendados más prósperos de Brasil, pues, a juzgar por los progresos que hice en el poco tiempo que viví allí, y los que habría hecho de no haberme marchado, seguramente tendría unos cien mil moidores. ¿Por qué tenía que abandonar una fortuna establecida y una buena plantación, en pleno crecimiento y desarrollo, para embarcarme rumbo a Guinea en busca de negros, cuando con paciencia y tiempo hubiese acrecentado mi fortuna, de tal modo que hubiese podido comprarlos a los que se ocupan del tráfico de negros desde mi propia casa? Incluso, si hubiese tenido que pagar algo más por ellos, la diferencia en el precio, no valía el riesgo tan desmedido.

Pero estas cosas suelen pasarles a los jóvenes y la reflexión sobre ellas, es, normalmente, ejercicio de la edad avanzada o de una experiencia que se paga demasiado cara. Yo me hallaba en esta etapa y, sin embargo, el error se había arraigado tan profundamente en mi naturaleza, que no era capaz de contentarme con mi situación, sino que me dedicaba continuamente a pensar en los medios y posibilidades de huir de este lugar. Para poder relatar el resto de mi historia, con mayor placer del lector, no sería inadecuado hacer un recuento de los primeros planes de mi alocada huida y las directrices que seguí para ejecutarlo.

Me hallaba en mi castillo, y después del último viaje al barco naufragado, había dejado mi embarcación a salvo bajo el agua, como de costumbre, y mi situación había vuelto a ser la de antes. Mi fortuna había crecido pero no era más rico por ello, pues me valía lo que a los indios del Perú antes de la llegada de los españoles.

Una de esas noches lluviosas de marzo, en el vigesimocuarto año de vida solitaria, me encontraba despierto en mi lecho o hamaca.

Disfrutaba de buena salud, pues no me dolía nada, ni me hallaba indispuesto o febril, ni más intranquilo que de costumbre. No obstante, no podía conciliar el sueño y no pegué ojo en toda la noche por lo que voy a narrar a continuación. Sería tan imposible como inútil relatar la cantidad de pensamientos que giraban en mi cabeza esa noche. Repasé toda la historia de mi vida en miniatura o en resumen, como podría decirse, antes y después de mi llegada a la isla.

Al pensar en lo que me había ocurrido desde mi llegada a las costas de esta isla, comparaba la tranquilidad con la que transcurrían mis asuntos durante los primeros años con el estado de ansiedad, miedo y cuidado en el que vivía desde que descubrí la huella de una pisada en la arena. No se trataba de creer que los salvajes no hubiesen frecuentado la isla antes de este descubrimiento; incluso, que no hubiesen venido cientos de ellos hasta la costa, pero como en aquel momento no lo sabía, no sentía ningún temor. Mi satisfacción era total, aunque estuviese expuesto al mismo peligro y me sentía tan feliz de ignorarlo como si, en realidad, no estuviera amenazado por él. En esta situación, mis reflexiones eran fructíferas, en particular, la siguiente: que la Providencia había sido infinitamente buena al imponerles límites a la visión y la inteligencia de los hombres, que aunque caminen en medio de tantos miles de peligros, cuyo conocimiento turbaría su espíritu y abatiría su alma, conservan la calma y la serenidad por el desconocimiento de las cosas que ocurren a su alrededor y los peligros que les acechan.

Después de reflexionar un poco sobre estos asuntos, comencé a considerar seriamente los peligros a los que había estado expuesto durante tantos años en esta isla, la cual había recorrido con toda la seguridad y la tranquilidad del mundo, sin saber que, tal vez, la cumbre de una colina, un árbol gigantesco o la simple caída de la noche, se habían interpuesto entre mí y la peor de las muertes, es decir, caer en manos de los caníbales y salvajes, que me habrían perseguido como a una cabra o una tortuga, pensando que, al matarme y devorarme, no cometían un crimen mayor que el que yo realizaba al comerme una paloma o un chorlito. Estaría calumniándome a mí mismo si no digo que me sentía sinceramente agradecido a mi divino Salvador, a cuya singular protección, confieso humildemente, debía mi salvación, pues sin ella, habría caído inevitablemente en las despiadadas manos de los salvajes.

Luego de estas consideraciones, comencé a reflexionar sobre la naturaleza de aquellas miserables criaturas, me refiero a los salvajes, y a preguntarme cómo era posible que el sabio Gobernador de todas las cosas, hubiese abandonado a algunas de sus criaturas a semejante inhumanidad, más aún, a algo peor que la brutalidad misma, como es devorar a los de su propia especie. No obstante, como esto no eran más que especulaciones (y, en aquel momento, completamente vanas) me puse a pensar en qué parte del mundo vivían estos miserables, a qué distancia se hallaba la tierra de la que provenían, por qué se aventuraban tan lejos de sus moradas, qué clase de embarcaciones utilizaban y por qué no podía ir hacia donde estaban ellos del mismo modo que ellos venían hasta donde estaba yo.

Nunca me detuve a pensar qué sería de mí cuando llegara allí, cuál sería mi suerte si caía en manos de los salvajes, ni cómo podría escapar si me capturaban. Tampoco pensaba en cómo podría alcanzar la costa sin que me vieran, lo que habría sido mi perdición, ni qué hacer, si lograba no caer en sus manos, para procurarme el sustento, ni mucho menos, el rumbo que debía tomar. Ni uno solo de estos pensamientos cruzó por mi mente, dominada por la idea de llegar al continente en mi piragua. Mi situación me parecía la más miserable del mundo y no podía imaginarme nada peor que la muerte. Pensaba que podría llegar al continente, donde, tal vez, hallaría consuelo, o navegar a lo largo de la costa, como lo había hecho en África, hasta llegar a algún lugar habitado, donde pudiese ser rescatado. Después de todo, tal vez encontraría un barco cristiano que me recogiese y, en el peor de los casos, moriría, lo cual pondría punto final a todas mis desgracias. Es preciso advertir que todos estos pensamientos provenían de mi turbación y mi impaciencia, exacerbadas por el recuerdo de los trabajos y las decepciones que padecí a bordo del barco naufragado, donde estuve tan cerca de hallar lo que tanto deseaba: alguien con quien hablar, que me explicara dónde estaba y los medios posibles de liberarme. Por eso digo que todos estos pensamientos me tenían completamente trastornado. Mi calma y mi resignación a los designios de la Providencia, así como mi sumisión a la voluntad del cielo, parecían haberse interrumpido y no hallaba forma de distraer mis pensamientos del proyecto del viaje al continente, que me obsesionaba de tal modo que me resultaba imposible resistirlo.

Durante más de dos horas este deseo me invadió con tanta fuerza que me bullía la sangre y me alteraba el pulso como si el mero fervor de mis pensamientos me hubiese provocado fiebre. Entonces la naturaleza, como agotada y extenuada por mi obsesión, me arrojó en un profundo sueño. Podría pensarse que soñé con todo esto, mas no fue así. Soñé que salía de mi castillo una mañana, como de costumbre, y veía dos canoas en la costa, de las cuales desembarcaban once salvajes que llevaban consigo a otro de ellos, a quien iban a matar para, después, comérselo. De pronto, el salvaje al que iban a sacrificar, daba un salto y huía para salvarse. Me pareció ver en mi sueño que corría hacia la espesa arboleda frente a mi fortificación para ocultarse y, advirtiendo que estaba solo y que los otros no lo buscarían en esa dirección, me presentaba ante él y le sonreía. Entonces se arrodillaba ante mis pies, como pidiendo ayuda y yo le mostraba la escalera y le hacía subir, le llevaba a la cueva y se convertía en mi servidor. Tan pronto tuve a este hombre conmigo, me dije: «Ahora sí puedo aventurarme hacia el continente, pues este compañero me servirá de piloto, me dirá qué debo hacer, dónde buscar provisiones, dónde no debo ir si no quiero ser devorado, hacia qué lugares debo aventurarme y cuáles debo evitar.» En esto desperté y me sentí invadido por la indescriptible sensación de felicidad que me había causado la perspectiva de mi libertad pero al volver en mí y descubrir que no era más que un sueño, me sentí igualmente invadido por la tristeza y el desencanto.
No obstante, llegué a la conclusión de que la única forma de llevar a cabo un intento de huida era con la ayuda de, algún salvaje y, de ser posible, alguno de los prisioneros que los salvajes traían para darles muerte y devorarlos. Más aún quedaba otra dificultad qué superar: era imposible ejecutar mi plan sin tener que atacar antes a toda una caravana de salvajes, lo cual suponía un acto desesperado, que podía fracasar. Por otra parte, dudaba mucho de la legitimidad de semejante acto y mi corazón se agitaba ante la idea de derramar tanta sangre, aunque fuera para salvarme. No tengo que repetir los argumentos contra este plan que se me ocurrían, pues son los mismos que he mencionado anteriormente; solo que ahora tenía otros motivos, a saber, que aquellos hombres constituían una amenaza para mi vida y me comerían si tuviesen la oportunidad; que lo único que hacía era protegerme de semejante muerte; que actuaba en defensa propia como si en verdad estuviesen atacándome; y cosas por el estilo. Pero, a pesar de que, como he dicho, tenía todos estos argumentos a mi favor, la idea de derramar sangre humana para salvarme me resultaba tan terrible que no lograba reconciliarme con ella en modo alguno. Finalmente, después de una prolongada incertidumbre, pues todos estos argumentos se agitaron durante mucho tiempo en mi cabeza, mi vehemente deseo de liberación prevaleció sobre todo lo demás y decidí que, si era posible, echaría mano de alguno de aquellos salvajes a toda costa. Ahora tenía que pensar en la forma de hacerlo y esto era lo más difícil. Mas, como no se me

ocurrió nada, decidí ponerme en guardia y acecharlos cuando desembarcasen, dejando el resto a lo que aconteciese y haciendo lo que las circunstancias requirieran.

Con esta resolución, me dediqué a observar la costa tantas veces como pude, lo cual llegó a causarme una profunda fatiga. Casi todos los días, durante un año y medio, me dirigía a la costa occidental de la isla para observar la llegada de sus canoas pero no aparecieron. Esto me desalentó mucho y comencé a sentir una gran inquietud, aunque en este caso no podía decir, como en ocasiones anteriores, que mi deseo hubiese disminuido en lo más mínimo. Más aún, cuanto más tardaban en llegar, más crecía mi ansiedad. En pocas palabras, mi preocupación inicial de no ser visto por estos salvajes y de evitar que me descubrieran era menor que mi actual deseo de caer sobre ellos.

Aparte de esto, imaginaba que capturaba a uno, mejor, a dos o tres salvajes y los convertía en mis esclavos, dispuestos a hacer todo lo que les indicara y desprovistos de todos los medios para hacerme daño. Durante mucho tiempo abrigué esta idea pero todas mis fantasías se redujeron a nada, ya que nunca se presentó la ocasión de realizarlas. De repente, una mañana, muy temprano, divisé, para mi sorpresa, al menos cinco canoas en la playa en mi lado de la isla. La gente que viajaba en ellas había desembarcado y estaba fuera del alcance de mi vista. Su número deshizo todos mis cálculos, pues solían venir cuatro o cinco, a veces más, en cada canoa y no tenía idea de lo que debía hacer para atacar yo solo a veinte o treinta hombres. Me quedé, pues, en mi castillo, perplejo y abatido. No obstante, adoptando la misma actitud que antes, me preparé, tal y como lo había previsto, para responder a un ataque y para afrontar cualquier eventualidad que se presentara. Al cabo de una larga espera, atento a cualquier ruido que pudiesen hacer, me impacienté y, poniendo mis armas al pie de la escalera, trepé a lo alto de la colina en dos etapas, como siempre, y me aposté de forma que no pudieran verme bajo ningún concepto. Allí observé, con la ayuda de mi catalejo, que no eran menos de treinta hombres, que habían encendido una fogata y que estaban preparando su comida; mas no tenía idea del tipo de alimento que era ni del modo en que lo estaban cocinando. No obstante los vi danzar alrededor del fuego, como era su costumbre, haciendo no sé cuántas figuras y movimientos salvajes.

Mientras los observaba con el catalejo, vi que sacaban a dos infelices de los botes, donde los habían retenido hasta el momento del sacrificio. Observé que uno de ellos caía al suelo, abatido por un bastón o pala de madera, conforme a sus costumbres, e, inmediatamente, otros dos o tres se pusieron a despedazarlo para cocinarlo. Mientras tanto, la otra víctima permanecía a la espera de su turno. En ese mismo instante, aquel pobre infeliz, inspirado por la naturaleza y por la esperanza de salvarse, viéndose aún con cierta libertad, comenzó a correr por la arena a una gran velocidad, en dirección a mi parte de la isla, es decir, hacia donde estaba mi morada.

Sentí un miedo de muerte (debo reconocerlo) cuando lo vi correr hacia mí, especialmente, porque sabía que sería perseguido por los demás. Esperaba que mi sueño se cumpliera y que, en efecto, se refugiase en mi cueva. Más no podía esperar que los otros no lo siguieran hasta allí. No obstante, permanecí en mi puesto y recobré el aliento cuando advertí que solo lo perseguían tres hombres y que él les llevaba una gran ventaja. Sin duda lograría escapar si sostenía su carrera por espacio de media hora. Entre ellos y mi morada se hallaba aquel río que mencioné varias veces en la primera parte de mi historia, cuando describía el desembarco del cargamento que había rescatado del naufragio.

Evidentemente, el pobre infeliz tendría que cruzarlo a nado, pues, de lo contrario, lo capturarían allí. Al llegar al río, el salvaje se zambulló y ganó la ribera opuesta en unas treinta brazadas, a pesar de que la marea estaba alta. Luego volvió a echar a correr a una velocidad extraordinaria. Cuando los otros tres llegaron al río, pude observar que solo dos de ellos sabían nadar. El tercero no podía hacerlo, por lo que se detuvo en la orilla, miró hacia el otro lado y no prosiguió. En seguida, se dio la vuelta y regresó lentamente, para mayor suerte del que huía.

Observé que los otros dos nadadores tardaban el doble de tiempo que su prisionero había empleado en hacer dicha travesía. Entonces me convencí de que la ocasión era favorable para adquirir un criado, quizá un compañero y un amigo, y que evidentemente la Providencia me había asignado para salvar la vida de aquella criatura. En esta persuasión, bajé precipitadamente del peñasco para coger las escopetas, que había dejado, como ya he dicho, al pie de la escalera, y volviendo a subir con la misma ligereza, me encaminé hacia el mar.

Como lo hice por el camino más corto, me interpuse entre los perseguidores y el perseguido, llamando a éste para que se detuviese. Se volvió a mirarme, y quizá me tuvo al principio tanto miedo como a sus enemigos, pero yo le hice señal con la mano que se acercase a mí, y marchando con precaución hacia los otros, me lancé bruscamente sobre el que estaba más cerca, y lo derribé de un culetazo. No me atreví a hacer fuego, por miedo a que los salvajes fuesen advertidos por la detonación a pesar de que a aquella distancia no era fácil oír, y no pudiendo notar el humo, hubieran ignorado de qué provenía. El segundo viendo caer a su compañero, se detuvo de repente como espantado. Dirigíme rápidamente hacia él; mas, al aproximarme, vi que tenía un arco y una flecha que apuntaba contra mí; me vi pues, obligado a defenderme, y habiéndole apuntado, disparé, y lo dejé tendido sin vida.

El pobre fugitivo, cuando vio caer a sus dos enemigos, los creyó muertos; pero estaba tan asustado con el fuego y el ruido que produjo el disparo, que quedó

inmóvil, sin atreverse a avanzar ni a retroceder, aunque parecía tener más deseos de huir que de acercarse a mí.
Le llamé nuevamente y le indiqué que se aproximara, lo que comprendió fácilmente. Dio entonces algunos pasos, después se paró, avanzó un poco más, volvió a detenerse, y le vi temblar como si se creyese mi prisionero y estuviese seguro de morir lo mismo que sus dos enemigos. Le llamé por tercera vez, e hice todas las manifestaciones que pude inventar para animarle. Finalmente, se acercó poco a poco, arrodillándose a cada diez o doce pasos para demostrarme su reconocimiento por haberle salvado la vida. Me sonreí tan cariñosamente como me fue posible, invitándole siempre a que se aproximase. Por último, al llegar ya cerca de mí, se echó de nuevo a mis plantas, besó la tierra y cogió uno de mis pies que puso sobre su cabeza; esto era como un juramento de hacerse para siempre mi esclavo. Lo levanté, acariciándole mucho, a fin de tranquilizarlo.
Mi tarea no había terminado, pues pronto vi que el salvaje que yo creía muerto de un culatazo no estaba más que aturdido. Se lo señalé con el dedo al salvaje, haciéndole notar que no estaba muerto. Entonces me dijo algunas palabras que no pude comprender, pero que me parecieron tanto más dulces, cuanto que era el primer sonido de voz humana que, a excepción de la mía, había sonado en mis oídos desde hacía veinticinco años; mas no era el momento oportuno para hacer estas reflexiones: el salvaje había vuelto ya en sí y recobrado las fuerzas necesarias para sentarse, y advertí que el mío, pues lo consideraba como tal, empezaba a amedrentarse: sin embargo, desde el momento en que me vio apuntar a aquel desgraciado con mi segunda escopeta, me dio a entender que le diese el sable que pendía desnudo de mi costado. No bien se lo hube entregado, cuando corrió derecho a su enemigo, y de un solo tajo le cortó la cabeza con tanta perfección, como hubiera podido hacerlo el más diestro verdugo de Alemania. Esto me pareció muy sorprendente por parte de un hombre que no debía haber visto jamás en toda su vida otros sables que los de madera, con la cual fabrican sus armas, es tan dura y el corte es tan agudo, que pueden, de un golpe, corta una cabeza o un brazo. Después de este hecho de armas volvió riendo a carcajadas en señal de triunfo, y con mil gestos, cuyo significado ignoraba, puso a mis pies el sable, juntamente con la cabeza del salvaje.
Lo que más le sorprendía era que yo hubiese podido matar al otro indio desde lejos y, señalándolo, me hizo señas para que le permitiese ir a verlo. Le dije que accedía lo mejor que pude. Cuando se le acercó, se quedó como estupefacto, le dio la vuelta hacia un lado y otro y observó la herida de la bala, que le había hecho un agujero en el pecho, del que no manaba mucha sangre (debía hacerlo por dentro, pues el hombre estaba bien muerto). Tomó el arco y las flechas y volvió. Me dispuse a partir y le invité a seguirme, explicándole por señas que podrían venir más salvajes.

A esto me respondió, mediante señas, que los enterraría en la arena para que los demás no pudiesen verlos. Le respondí, también por señas, que lo hiciera y se puso a trabajar. En un momento había hecho un hoyo con sus manos en la arena, lo suficientemente grande como para enterrar al primero. Lo arrastró y lo cubrió con arena y se dispuso a hacer lo mismo con el segundo. Creo que no tardó más de un cuarto de hora en enterrar a ambos. Entonces, lo llamé y lo conduje, no al castillo, sino a la cueva, que estaba en la parte más lejana de la isla. No quería que esa parte de mi sueño no se cumpliera, es decir, la parte en la que lo refugiaba en mi cueva.

Allí le ofrecí un pan y un puñado de pasas para que comiera y un poco de agua, de la cual tenía mucha necesidad a causa de la carrera. Una vez repuesto, le hice señas para que se acostara a dormir, indicándole un lugar donde había colocado un montón de paja de arroz, cubierto con una manta, que yo mismo utilizaba con frecuencia para descansar. El pobre salvaje se acostó y se quedó dormido. Era un joven hermoso, perfectamente formado, con las piernas rectas y fuertes, no demasiado largas. Era alto, de buena figura y tendría unos veintiséis años. Su semblante era agradable, no parecía hosco ni feroz; su rostro era viril, aunque tenía la expresión suave y dulce de los europeos, en especial, cuando sonreía. Su cabello era largo y negro, no crespo como la lana; su frente era alta y despejada y los ojos le brillaban con vivacidad. Su piel no era negra sino muy tostada, carente de ese tono amarillento de los brasileños, los nativos de Virginia y otros aborígenes americanos; podría decirse que, más bien, era de una aceitunado muy agradable, aunque difícil de describir. Su cara era redonda y clara; su nariz, pequeña pero no chata como la de los negros; y tenía una hermosa boca de labios finos y dientes fuertes, bien alineados y blancos como el marfil. Después de dormitar durante media hora, se despertó y salió de la cueva a buscarme. Yo me hallaba ordeñando mis cabras, que estaban en el cercado contiguo y, cuando me vio, se acercó corriendo y se dejó caer en el suelo, haciendo toda clase de gestos de humilde agradecimiento. Luego colocó su cabeza sobre el suelo, a mis pies, y colocó uno de ellos sobre su cabeza, como lo había hecho antes. Acto seguido, comenzó a hacer todas las señales imaginables de sumisión y servidumbre, para hacerme entender que estaba dispuesto a obedecerme mientras viviese. Comprendí mucho de lo que quería decirme y le di a entender que estaba muy contento con él. Entonces, comencé a hablarle y a enseñarle a que él también lo hiciera conmigo. En primer lugar, le hice saber que su nombre sería Viernes, que era el día en que le había salvado la vida. También le enseñé a decir amo, y le hice saber que ese sería mi nombre. Le enseñé a decir sí y no, y a comprender el significado de estas palabras. Luego le di un poco de leche en un cacharro de barro, le mostré cómo bebía y mojaba mi pan. Le di un trozo de pan para que hiciera lo mismo e, inmediatamente lo hizo, dándome muestras de que le gustaba mucho.

Pasé con él toda la noche y, tan pronto amaneció, le invité a seguirme y le hice saber que le daría algunas vestimentas, ante lo cual, se mostró encantado pues estaba completamente desnudo. Cuando pasamos por el lugar donde estaban enterrados los dos hombres, me mostró las marcas que había hecho en el lugar exacto donde se hallaban. Me hizo señas de que nos los comiéramos, ante lo que me mostré muy enfadado, expresando el horror que me causaba semejante idea y haciendo como si vomitara. Le indiqué con la mano que me siguiera, lo cual, hizo inmediatamente y con gran sumisión. Entonces lo llevé hasta la cima de la colina, para ver si sus enemigos se habían marchado y, sacando mi catalejo, divisé claramente el lugar donde habían estado, mas no vi rastro de ellos ni de sus canoas. Era evidente que habían partido, abandonando a sus compañeros sin buscarlos.

Sin embargo, no me quedé satisfecho con este descubrimiento. Con más valor y, por consiguiente, con mayor curiosidad, llevé a Viernes conmigo, le puse el sable en la mano, le coloqué en la espalda el arco y las flechas, con los que, según descubrí, era muy diestro. Hice que me llevara una de las escopetas y yo me encargué de llevar otras dos. Nos encaminamos hacia el lugar donde habían estado aquellas criaturas, pues deseaba saber más de ellos, y cuando llegamos, la sangre se me heló en las venas y el corazón se me paralizó ante el horror del espectáculo. Era algo realmente pavoroso, al menos, para mí, porque a Viernes no le afectó en absoluto. El lugar estaba totalmente cubierto de huesos humanos, la tierra estaba teñida de sangre y había por doquier grandes trozos de carne devorados a medias, chamuscados y mutilados; en pocas palabras, los restos de un festín triunfal que se había celebrado allí, después de la victoria sobre sus enemigos. Vi tres cráneos, cinco manos y los huesos de tres o cuatro piernas y pies, y gran cantidad de partes de cuerpos. Viernes me dio a entender, por medio de señas, que habían traído cuatro prisioneros para la ceremonia; que tres de ellos habían sido devorados; que él, dijo señalándose a sí mismo, era el cuarto; que había habido una gran batalla entre ellos y un rey vecino, uno de cuyos súbditos, al parecer, era él; y que habían capturado muchos prisioneros, que fueron conducidos a diferentes lugares por los vencedores de la batalla para ser devorados como lo habían hecho allí con aquellos pobres infelices.

Le indiqué a Viernes que juntara los cráneos, los huesos, la carne y los demás restos; que lo apilara todo bien y le prendiese fuego hasta que se convirtiera en cenizas. Me di cuenta de que a viernes le apetecía mucho aquella carne, pues era un caníbal por naturaleza, pero le mostré tal horror ante ello, incluso ante la sola idea de que pudiera hacerlo, que se abstuvo, sabiendo, según le había hecho comprender, que lo mataría si se atrevía.

Cuando terminó de hacer esto, volvimos a nuestro castillo y me puse a trabajar para mi siervo Viernes. En primer lugar, le di un par de calzones de lienzo de los que había rescatado del naufragio en el cofre del pobre artillero, que ya he mencionado. Con un poco de arreglo, le sentaron bien. Entonces, le confeccioné, lo mejor que pude, una casaca de cuero de cabra, pues me había convertido en un sastre medianamente diestro, y le di una gorra de piel de liebre, muy cómoda y bastante elegante. De este modo, logré vestirlo adecuadamente y él se mostró muy contento de verse casi tan bien vestido como su amo. Ciertamente, al principio se movía con torpeza dentro de estas ropas, pues los calzones le resultaban incómodos y las mangas de la chaqueta le molestaban en los hombros y debajo de los brazos. Mas, con el tiempo, y después de aflojarle un poco donde decía que le hacían daño, se acostumbró a ellas perfectamente. Al día siguiente de llegar con él a mi madriguera, comencé a pensar dónde debía alojarlo, de modo que fuese cómodo para él y conveniente para mí. Le hice una pequeña tienda en el espacio que había entre mis dos fortificaciones, fuera de la primera y dentro de la segunda. Como allí había una puerta o apertura hacia mi cueva, hice un buen marco y una puerta de tablas, que coloqué en el pasillo, un poco más adentro de la entrada, de modo que se pudiese abrir desde el interior. Por la noche, la atrancaba y retiraba las dos escaleras para que Viernes no pudiese pasar al interior de mi primera muralla sin hacer algún ruido que me alertase. Esta muralla tenía ahora un gran techo hecho de vigas, que cubría toda mi tienda. Estaba apoyado en la roca, atravesado por unas ramas entrelazadas, que hacían las veces de listones, y recubierto de una gruesa capa de paja de arroz, que era tan fuerte como las cañas. En la apertura o hueco que había dejado para entrar o salir con la escalera, coloqué una especie de puerta-trampa, que, en caso de un ataque del exterior, no se habría abierto sino que habría caído con gran estrépito. En cuanto a las armas, las guardaba conmigo todas las noches.

En realidad, todas estas precauciones eran innecesarias, pues jamás hombre alguno tuvo servidor más fiel, cariñoso y sincero que Viernes. Absolutamente carente de pasiones, obstinaciones y proyectos, era totalmente sumiso y afable y me quería como un niño a su padre. Me atrevo a decir que hubiese sacrificado su vida para salvarme en cualquier circunstancia y me dio tantas pruebas de ello, que logró convencerme de que no tenía razón para dudar ni protegerme de él. Esto me dio la oportunidad de reconocer con asombro que si Dios, en su providencia y gobierno de toda su creación, había decidido privar a tantas criaturas del buen uso que podían hacer de sus facultades y su espíritu, no obstante, les había dotado de las mismas capacidades, la misma razón, los mismos afectos, la misma bondad y lealtad, las mismas pasiones y resentimientos hacia el mal, la misma gratitud, sinceridad, fidelidad y demás facultades de hacer y recibir el bien que a nosotros. Y, si a Él le complacía darles la oportunidad de ejercerlos, estaban tan dispuestos como nosotros, incluso más que nosotros mismos, a utilizarlos correctamente. A veces, sentía una gran melancolía al pensar en el uso tan mediocre que hacemos de nuestras facultades, aun cuando nuestro entendimiento está iluminado por la gran llama de la instrucción, el espíritu de Dios y el conocimiento de su palabra. Me preguntaba por qué Dios se había complacido en ocultar este conocimiento salvador a tantos millones de seres que, a juzgar por este salvaje, habrían hecho mucho mejor uso de él que nosotros.

De ahí que, a veces, me metiera demasiado en la soberanía de la Providencia, como si acusara a su justicia de una disposición tan arbitraria, que solo a algunos les permite ver la luz y luego espera de todos, igual sentido del deber. Entonces, me detuve a pensar un poco mejor las cosas y llegué a las siguientes conclusiones: 1) que no sabíamos según qué luz ni ley serían condenadas estas criaturas, puesto que Dios, en su infinita santidad y justicia, no podía condenarlas por vivir ajenos a su presencia, sino por pecar contra aquella luz que, como dicen las Escrituras, es ley para todos y, por aquellos preceptos que nuestra conciencia considera justos, aunque no podamos reconocer sus fundamentos; 2) que todos somos como la arcilla en manos del alfarero y ninguna vasija podía preguntarle: «¿por qué me has hecho así?».

Más volvamos a mi nuevo compañero. Estaba encantado con él y me dedicaba a enseñarle todo aquello que podía hacerle más útil, diestro y provechoso; en especial, a hablarme y a que me entendiera cuando yo lo hacía. Fue el mejor discípulo que se pueda imaginar. Era jovial y aplicado y se alegraba mucho cuando podía entenderme o lograba que yo le entendiese, por lo que me resultaba muy placentero hablar con él. Comenzaba a sentirme feliz y solía decirme que si no fuese por el peligro de los salvajes, no me importaría quedarme allí toda la vida.

CAPÍTULO XV.

La educación de Viernes

Habían transcurrido tres o cuatro días desde nuestro regreso al castillo, cuando pensé que, para apartar a Viernes de sus espantosos hábitos alimenticios y hacerle desistir de su apetito caníbal, debía hacerle probar otra carne. Con este propósito, una mañana lo llevé al bosque para matar un cabrito del rebaño y llevarlo a casa para cocinarlo. En el camino encontré una cabra echada a la sombra con dos crías a su alrededor. Detuve a Viernes y le dije:
-Detente y quédate quieto.
Le hice señas para que no se moviera, saqué rápidamente mi escopeta y, de un disparo, mate a una de las crías. El pobre salvaje, que ya me había visto matar a uno de sus enemigos desde lejos y no podía imaginar cómo lo había hecho, quedó tan sorprendido y se puso a temblar de tal modo, que pensé que se iba a desmayar. No miró al cabrito al que le había disparado, ni se dio cuenta de que lo había matado sino que abrió su chaqueta para ver si no estaba herido, por lo que pude comprender que pensaba que estaba decidido a matarlo. Entonces, se arrodilló junto a mí y, abrazándome por las rodillas, dijo muchas cosas que no pude entender, aunque podía imaginar perfectamente que me suplicaba que no lo matase.

Pronto encontré una forma de convencerlo de que no le haría daño. Le tomé de la mano para que se pusiese en pie y le sonreí, enseñándole el cabrito que había matado y dándole a entender que fuese a buscarlo. Así lo hizo y, mientras buscaba admirado la forma en que había sido muerto el animal, vi un gran pájaro parecido a un halcón, que estaba posado en un árbol, al alcance de un tiro. Volví a cargar la escopeta, y para que Viernes comprendiera un poco lo que iba a hacer, lo llamé nuevamente y le mostré el pájaro, que, en realidad era una cotorra, aunque al principio me hubiese parecido un halcón. Entonces, señalé al pájaro y luego a mi escopeta y a la tierra que estaba debajo del pájaro para que viera dónde lo haría caer. Le hice entender que dispararía y mataría al pájaro. Consecuentemente, disparé y le hice mirar. Inmediatamente, vio caer al pájaro y se quedó espantado otra vez, a pesar de todo lo que le había explicado. Me di cuenta de que estaba asombrado porque no me había visto meter nada dentro de la escopeta y pensaría que aquello debía tener una fuente misteriosa de muerte y destrucción, capaz de matar hombres, bestias, pájaros y cualquier cosa, cercana o lejana. Esto le provocó un asombro tal, que tuvo que transcurrir mucho tiempo antes de que se le pasara y, creo que si se lo hubiese permitido nos habría adorado a mí y a mi escopeta. A esta, no se atrevió siquiera a tocarla pero le hablaba como si pudiese responderle. Más tarde me explicó que le había pedido que no lo matara. Después de que se le pasara un poco el susto, le indiqué que fuese a buscar el pájaro que había matado y así lo hizo, pero tardó en volver porque el pájaro, que no estaba muerto del todo, se había arrastrado a una gran distancia del lugar donde había caído. Finalmente, lo encontró, lo recogió y me lo trajo. Como había percibido su ignorancia respecto a la escopeta, aproveché la oportunidad para volver a cargarla sin que me viera y, de este modo, tenerla lista para una próxima ocasión; mas no se presentó ninguna. Así, pues, llevamos el cabrito a casa y esa misma noche lo desollé y lo troceé lo mejor que pude. Puse a hervir o a cocer algunos trozos en un puchero, que tenía para este propósito, e hice un buen caldo. Después de probarla, le di un poco de carne a mi siervo, a quien pareció gustarle mucho. Lo único que le extrañó fue ver que yo le echaba sal y me hizo una señal para decirme que la sal no era buena. Se puso un poco en la boca, fingió que le provocaba náuseas y comenzó a escupir y a enjuagarse la boca con agua fresca. Por mi parte, me metí un poco de carne sin sal en la boca y fingí escupirla tan rápidamente como antes lo había hecho él con la sal. Mas, fue en vano, porque nunca quiso poner sal en la carne ni en el caldo; al menos, durante mucho tiempo y, aun después, tan solo en muy pequeñas cantidades.

Habiéndole dado de comer carne hervida y caldo, decidí que, al día siguiente, lo agasajaría con un trozo del cabrito asado. Lo preparé del mismo modo que lo había visto hacer a mucha gente en Inglaterra. Colgué el cabrito de una cuerda junto al fuego, clavé dos estacas, una a cada lado del fuego, y, apoyada entre ambas, coloqué una tercera estaca, alrededor de la cual até la cuerda para que la carne diera vueltas constantemente. Esta técnica sorprendió mucho a Viernes y cuando probó la carne, me explicó de tantas formas lo mucho que le había gustado, que no pude menos que entenderlo. Finalmente, me manifestó que no volvería a comer carne humana, lo cual me alegró mucho.

Al día siguiente le enseñé a moler el grano del modo en que solía hacerlo y que ya he explicado anteriormente. Rápidamente aprendió a hacerlo tan bien como yo, en especial, cuando comprendió su propósito, que era preparar pan, pues en seguida le mostré cómo lo hacía y también cómo lo horneaba. En poco tiempo, Viernes aprendió a realizar todas las tareas tan bien como yo.

Comencé a considerar que, siendo dos bocas que alimentar en vez de una, debía procurar más tierra para el cultivo y plantar más cantidad de grano que de costumbre. Delimité un terreno más grande y comencé a cercarlo del mismo modo en que lo había hecho antes. Viernes no solo trabajó con mucha disposición y empeño sino también con mucho entusiasmo. Le expliqué que lo hacíamos con el propósito de sembrar grano para hacer pan, porque ahora él vivía conmigo y necesitábamos más. Se mostró muy sensible a esto y me dio a entender que pensaba que, a causa de él, yo tenía mucho más trabajo y, por lo tanto, trabajaría arduamente si le decía lo que debía hacer.

Este fue el año más agradable de todos los que pasé en este lugar. Viernes comenzó a hablar bastante bien y a entender los nombres de casi todas las cosas que le pedía y de los lugares a donde le ordenaba ir y llegó a ser capaz de conversar conmigo. De este modo, en poco tiempo, recuperé mi lengua, que durante mucho tiempo no tuve oportunidad de usar, me refiero al lenguaje. Aparte del placer que me provocaba hablar con él, sentía una particular simpatía por el chico. Su honestidad no fingida se mostraba más claramente cada día y llegué a sentir un verdadero cariño hacia él. Por su parte, creo que me quería más que a nada en el mundo.

Un día, quise saber si sentía alguna inclinación por volver a su tierra y, como le había enseñado a hablar tan bien el inglés, que podía responder a casi cualquier pregunta, le interrogué si la nación a la que pertenecía había vencido alguna vez en alguna batalla. Con una sonrisa, me contestó: -Sí, sí, siempre luchan los mejores -lo cual quería decir que siempre vencían.

Entonces, comenzamos a dialogar de la siguiente manera:

-Ustedes siempre son los mejores -le dije-, entonces, ¿cómo es que caíste prisionero, Viernes?

Viernes: Mi nación venció mucho.

Amo: ¿Venció? Si tu nación venció, ¿cómo caíste prisionero?

Viernes: Ellos más muchos que mi nación en el lugar que yo estoy; ellos toman uno, dos, tres y yo; mi nación venció a ellos en el otro lugar donde yo no estaba; allá mi nación toman uno, dos, muchos miles.

Amo: Entonces, ¿por qué tu bando no os rescató de vuestros enemigos?
Viernes: Ellos tomaron uno, dos, tres y yo en la canoa. Mi nación no tener canoa esta vez.
Amo: Pues bien, Viernes, ¿qué hace tu nación con los hombres que toma prisioneros? ¿Se los lleva y se los come como ellos?
Viernes: Sí, mi nación también come hombres, come todo.
Amo: ¿Dónde los lleva?
Viernes: A otro sitio que piensan.
Amo: ¿Vienen aquí?
Viernes: Sí vienen aquí y a otro lugar.
Amo: ¿Has estado aquí con ellos?
Viernes: Sí, he estado (y señala el extremo noroeste de la isla, que, al parecer, era su lado).
Así comprendí que mi siervo Viernes había estado antes entre los salvajes que solían venir a la costa, al extremo más remoto de la isla, para celebrar festines caníbales como el que lo había traído hasta aquí. Algún tiempo después, cuando hallé el valor de llevarlo a ese lado, el mismo que ya he mencionado, lo reconoció y me dijo que había estado allí una vez que se habían comido a veinte hombres, dos mujeres y un niño. No sabía decir veinte en inglés, de manera que colocó veinte piedras en fila y las señaló para que yo las contara.
He contado esto a modo de introducción para lo que sigue, pues, después de esta conversación, le pregunté a qué distancia estaba nuestra isla de sus costas y si alguna vez se perdían las canoas. Me respondió que no había ningún peligro, que jamás se había perdido ninguna canoa y que, adentrándose un poco en el mar, por las mañanas, el viento y la corriente se dirigían siempre hacia la misma dirección y, por las tardes, en dirección opuesta.
Comprendí que esto no era otra cosa que las fluctuaciones de la marea pero, más adelante, supe que se originaban en el gran curso y reflujo del poderoso río Orinoco, en cuya boca o golfo se encontraba nuestra isla.
También comprendí que la tierra que se divisaba hacia el oeste-noroeste era la gran isla de Trinidad, que estaba al norte de la boca del río. Le hice miles de preguntas sobre el país, los habitantes, el mar, las costas y las naciones vecinas. Me contó todo lo que sabía con la mayor franqueza imaginable. Le pregunté los nombres de los diferentes pueblos de su gente pero no pude obtener otro nombre que el de los caribes, por lo cual inferí que me hablaba de las islas del Caribe, que nuestros mapas sitúan en la región de América que va desde la desembocadura del río Orinoco a la Guayana y hasta Santa Marta. Me dijo que, a una gran distancia, detrás de la luna, es decir, donde se pone la luna, que debe ser al oeste de su tierra, habitaban hombres blancos con barbas como yo y señalaba hacia mis grandes bigotes, que mencioné anteriormente. Me dijo que habían matado a muchos hombres, por lo que pude comprender que se refería a

los españoles, cuyas crueldades cometidas en América se habían difundido por todas las naciones y se transmitían de padres a hijos.

Le pregunté si podía decirme cómo llegar hasta donde estaban aquellos hombres blancos desde aquí y me respondió que sí, que podía ir en dos canoas. No pude entender qué quería decir cuando hablaba de dos canoas, hasta que, por fin, con mucha dificultad, comprendí que se refería a un bote tan grande como dos canoas juntas.

Esta parte del discurso de Viernes me alegró mucho y, desde ese momento, concebí la esperanza de poder escapar algún día de este lugar y de que este pobre salvaje fuera el que me ayudara a conseguirlo.

Desde que Viernes estaba conmigo y había empezado a hablarme y a entenderme, quise inculcar en su alma los fundamentos de la religión. Un día le pregunté quién lo había creado y la pobre criatura no me comprendió en absoluto; pensaba que le preguntaba por su padre. Entonces, decidí darle otro giro al asunto y le pregunté quién había hecho el mar, la tierra que pisábamos, las montañas y los bosques. Me contestó que había sido el anciano Benamuckee, que vivía más allá de todo. No pudo decirme nada más acerca de esta gran persona, excepto que era muy viejo, mucho más que el mar, la tierra, la luna y las estrellas. Le pregunté por qué, si este anciano había hecho todas las cosas de la tierra, no era venerado por ellas. Se mostró muy serio e, inocentemente, me respondió:

-Todas las cosas le dicen «¡Oh!»

Le pregunté si las personas que morían en su país iban a alguna parte. Me dijo que sí, que todos iban a Benamuckee. Entonces, le pregunté si los que eran devorados también iban allí. Me dijo que sí.

A partir de esto, comencé a instruirle en el conocimiento del verdadero Dios. Le dije, apuntando hacia el cielo, que el Creador de todas las cosas vivía allí arriba; que Él gobierna el mundo con el mismo poder y la Providencia con que lo había creado; que era omnipotente y podía hacerlo todo, dárnoslo todo y quitárnoslo todo. Así, poco a poco, fui abriendo sus ojos. Escuchaba con mucha atención y se mostró complacido con la idea de que Jesucristo hubiese sido enviado para redimirnos, con nuestra forma de orar a Dios y con que pudiese escucharnos, incluso en el cielo. Un día me dijo que si nuestro Dios podía escucharnos desde más allá del sol, debía ser un dios mayor que Benamuckee, que vivía más cerca y que, sin embargo, no podía escucharlos, a menos que fuesen a hablarle a las grandes montañas donde moraba. Le pregunté si alguna vez había ido allí a hablar con él y me dijo que no, pues los jóvenes nunca iban a hablar con él; los únicos que podían ir eran los viejos, a quienes llamaba Oowocakee, y que son, según me explicó, sus sacerdotes o religiosos. Estos iban a decirle «¡Oh!» (que era su forma de referirse a las plegarias) y regresaban para contarles lo que les había dicho Benamuckee. Entonces, pude darme cuenta de que el sacerdocio, incluso entre los paganos más ciegos e ignorantes, y la política de mantener una religión secreta para que el pueblo venere al clero, no solo se encuentra en la religión romana sino, tal vez, en todas las religiones del mundo, incluso entre los salvajes más bárbaros e irracionales.

Intenté aclarar este fraude a mi siervo Viernes y le dije que la pretensión de sus ancianos de ir a las montañas a decir «¡Oh!» a su dios Benamuckee era una impostura; así como las palabras que supuestamente les atribuían, lo eran aún más; y que si hallaban alguna respuesta o hablaban con alguien en aquel lugar, debía ser con un espíritu maligno. Luego hice una larga disertación acerca del diablo, su origen, su rebelión contra Dios, su odio hacia los hombres, la razón de dicho odio, su afán por hacerse adorar en las regiones más oscuras del mundo en lugar de Dios, o como si lo fuera, y la infinidad de artimañas que utilizaba para inducir a la humanidad a la ruina. Le dije que tenía un acceso secreto a nuestras pasiones y nuestros sentimientos, mediante el cual nos hacía actuar conforme a sus inclinaciones, caer en nuestras propias tentaciones y seguir el camino de nuestra perdición por nuestra propia elección.

Me di cuenta de que no era tan fácil imprimir en su espíritu la correcta noción del demonio como la de la existencia de Dios. La naturaleza apoyaba todos mis argumentos para demostrarle la necesidad de una gran Causa Primera, de un poder supremo, de una providencia secreta y de la equidad y justicia de rendirle homenaje a Él, que todo lo había creado. Mas nada de esto figuraba en la noción de un espíritu maligno, su origen, su existencia, su naturaleza y, sobre todo, su inclinación por hacer el mal y arrastrarnos a hacerlo. Una vez, la pobre criatura me dejó tan perplejo con una pregunta, totalmente inocente e ingenua, que apenas supe qué contestar. Había estado hablándole largamente del poder de Dios, de su omnipotencia, del modo tan espantoso en que castigaba el pecado, del fuego devorador que aguardaba a los agentes de la iniquidad, de cómo nos había creado a todos y de cómo podía destruirnos a nosotros y al mundo entero en un instante. Mientras tanto, Viernes me escuchaba con mucha seriedad. Entonces, le dije que el demonio era el enemigo de Dios en el corazón de los hombres, que usaba toda su maldad y su ingenio para derrotar los buenos designios de la Providencia y arruinar el reino de Jesucristo en la tierra, y otras cosas por el estilo. -Pues bien -dijo Viernes-, tú dices, Dios es tan fuerte grande, ¿no es más fuerte, más poder que el demonio?

-Sí, sí, Viernes -dije yo-, Dios es más fuerte que el demonio, Dios está por encima del demonio y, por lo tanto, rogamos a Dios que lo ponga bajo nuestros pies y nos ayude a resistir a sus tentaciones y extinguir sus dardos ardientes.

-Pero -volvió a decir-, si Dios más fuerte, más poder que el demonio, ¿por qué Dios no mata al demonio para que no haga más mal?

Me quedé muy sorprendido ante su pregunta, ya que, después de todo, aunque yo era un viejo, no era más que un aprendiz de doctor que carecía de las cualificaciones necesarias para hablar de casuística o resolver este tipo de problemas. Al principio, no supe qué decirle, de modo que fingí no haberle escuchado y le pregunté qué había dicho pero él estaba demasiado ansioso por escuchar una respuesta como para olvidar su pregunta, así que la repitió, con las mismas palabras quebradas de antes. Para entonces, ya me había repuesto un poco y dije: -Al final, Dios lo castigará severamente. Está aguardando el día del juicio final, cuando será arrojado a un abismo sin fondo y morará en el fuego eterno.

Viernes no quedó conforme con esta respuesta y, repitiendo mis palabras, me contestó: -Aguardando, final, mí no entiende, ¿por qué no matar al demonio ahora?, ¿por qué no gran antes?

-Podrías preguntarme también -le respondí-, ¿por qué Dios no nos mata a ti y a mí cuando hacemos cosas que le ofenden? Nos protege para que nos arrepintamos y seamos perdonados. Se quedó pensativo un rato.

-Bien, bien -me dijo muy afectuosamente-, muy bien, así tú, yo, demonio, todos malos, todos protegidos, arrepentir, Dios perdona todos.

Nuevamente, me quedé muy sorprendido y esto fue para mí un testimonio de cómo las simples nociones de la naturaleza, si bien dirigen a los seres responsables hacia el conocimiento de Dios y, por consiguiente, al culto u homenaje de ese ser supremo que es Dios, solo una divina revelación puede darnos el conocimiento de Jesucristo y de la redención que obtuvo para nosotros, de un mediador, de un nuevo pacto y de un intercesor ante el trono de Dios. Es decir, solo una revelación del cielo puede imprimir estas nociones en el alma y, por consiguiente, el Evangelio de nuestro señor y salvador Jesucristo, quiero decir, la palabra de Dios, y el espíritu de Dios, prometido a su pueblo para guiarlo y santificarlo, son absolutamente indispensables para instruir las almas de los hombres en el conocimiento salvador de Dios y los medios para obtener la salvación.

Por tanto, interrumpí el diálogo que sostenía con mi siervo y me puse en pie a toda prisa, como si, súbitamente, tuviese que salir. Lo mandé ir muy lejos con cualquier pretexto y le rogué fervientemente a Dios que me hiciera capaz de instruir a este pobre salvaje en el camino de la salvación y guiar su corazón, a fin de que recibiese la luz del conocimiento de Cristo y se reconciliara con Él. Le rogué que me hiciera un instrumento de su palabra para que pudiera convencerlo, abrir sus ojos y salvar su alma. Cuando regresó, le di un largo discurso acerca del tema de la redención del hombre por el Salvador del mundo y de la doctrina del Evangelio, predicada desde el cielo; es decir, del arrepentimiento hacia Dios y de la fe en nuestro bendito Señor Jesucristo. Luego le expliqué, lo mejor que pude, por qué nuestro bendito Redentor no había asumido la naturaleza de los ángeles sino la de los hijos de Abraham y cómo, por esta razón, los ángeles caídos no podían ser redimidos, pues Él había venido a salvar solo a los corderos descarriados de la casa de Israel.

Había, Dios lo sabe, más sinceridad que sabiduría en todos los métodos que adopté para instruir a esta pobre criatura y debo reconocer lo que cualquiera podría comprobar si actuara según el mismo principio: que, al explicarle todas estas cosas, me informaba y me instruía en muchas de ellas que antes ignoraba o que no había considerado en profundidad anteriormente pero que se me ocurrían naturalmente cuando buscaba la forma de informárselas a este pobre salvaje. Ahora indagaba estas cosas con mucho más ahínco que nunca antes en mi vida. Así, pues, aunque no sabía si, en realidad, este pobre desgraciado me estaba haciendo un bien, tenía motivos de sobra para agradecer que hubiese llegado a mi vida.

Mis penas se hicieron más leves, mi morada infinitamente más confortable. Pensaba que en esta vida solitaria a la que estaba confinado, no solo me había hecho volver la mirada al cielo para buscar la mano que me había puesto allí, sino que, ahora, me había convertido en un instrumento de la Providencia para salvar la vida y, sin duda, el alma a un pobre salvaje e instruirlo en el verdadero conocimiento de la religión y la doctrina cristiana y para que conociera a nuestro Señor Jesucristo. Por eso digo que, cuando reflexionaba sobre todas estas cosas, un secreto gozo recorría todo mi espíritu y, con frecuencia, me regocijaba por haber sido llevado a este lugar, que tantas veces me pareció la más terrible de las desgracias que pudiesen haberme ocurrido.

En este estado de agradecimiento pasé el resto del tiempo y las horas que empleaba conversando con Viernes eran tan gratas, que los tres años que vivimos juntos aquí fueron completa y perfectamente felices, si es que existe algo como la felicidad total en un estado sublunar. El salvaje se había convertido en un buen cristiano, incluso mejor que yo, aunque tengo razones para creer, bendito sea Dios por ello, que ambos éramos penitentes, penitentes consolados y reformados. Aquí leíamos la palabra de Dios y su Espíritu nos guiaba como si hubiésemos estado en Inglaterra.

Me dedicada constantemente a la lectura de las Escrituras para explicarle, lo mejor que podía, el significado de lo que leía y él, a su vez, con sus serias preguntas, me convertía, como ya he dicho, en un estudioso de las Escrituras, mucho más aplicado de lo que habría sido si me hubiese dedicado meramente a la lectura privada. Hay algo más que no puedo dejar de observar y que aprendí de esta solitaria experiencia: resulta una infinita e inexpresable bendición que el conocimiento de Dios y de la doctrina de la salvación de Jesucristo estuvieran tan claramente explicados en la palabra de Dios y pudieran recibirse y comprenderse tan fácilmente que, con una simple lectura de las Escrituras, llegara a comprender que debía arrepentirme sinceramente por mis pecados y, confiando en el Salvador, reformarme y obedecer todos los dictados del Señor;

todo esto, sin ningún maestro o instructor, quiero decir, humano. Así pues, esta simple instrucción bastó para iluminar a esta criatura salvaje y convertirla en un cristiano como ninguno que hubiese conocido.

Todas las disputas, controversias, rivalidades y discusiones en torno a la religión, que han tenido lugar en el mundo ya fueran sutilezas doctrinales o proyectos de gobierno eclesiástico, eran totalmente inútiles para nosotros, al igual que lo han sido, por lo que he visto hasta ahora, para el resto del mundo. Nosotros teníamos una guía infalible para llegar al cielo en la palabra de Dios y estábamos iluminados por el Espíritu de Dios, que nos enseñaba e instruía por medio de su palabra, nos llevaba por el camino de la verdad y nos hacía obedientes a sus enseñanzas. En verdad, no sé de qué nos habría valido conocer profundamente esas grandes controversias religiosas, que tanta confusión han creado en el mundo. Pero debo proseguir con la parte histórica de los hechos y contar cada cosa en su lugar.

Una vez que Viernes y yo tuvimos una relación más íntima, que podía entender casi todo lo que le decía y hablar con fluidez, aunque en un inglés entrecortado, le conté mi propia historia, o, al menos, la parte relacionada con mi llegada a la isla, la forma en que había vivido y el tiempo que llevaba allí. Lo inicié en los misterios, pues así lo veía, de la pólvora y las balas y le enseñé a disparar. Le di un cuchillo, lo cual le proporcionó un gran placer, y le hice un cinturón del cual colgaba una vaina, como las que se usan en Inglaterra para colgar los cuchillos de caza pero, en vez de un cuchillo le di una azuela, que era un arma igualmente útil en la mayoría de los casos y, en algunos, incluso más.

Le expliqué cómo era Europa, en especial Inglaterra, de donde provenía; cómo vivíamos, cómo adorábamos a Dios, cómo nos relacionábamos y cómo comerciábamos con nuestros barcos en todo el mundo. Le conté sobre el naufragio del barco en el que viajaba y le mostré, lo mejor que pude, el lugar donde se había encallado aunque ya se había desbaratado y desaparecido.

Le mostré las ruinas del bote que habíamos perdido cuando huimos, el cual no pude mover pese a todos mis esfuerzos en aquel momento, y que ahora se hallaba casi totalmente deshecho. Cuando Viernes vio el bote, se quedó pensativo un buen rato sin decir una palabra. Le pregunté en qué pensaba y, por fin, me dijo: -Yo veo bote igual venir a mi nación.

Al principio no comprendí lo que quería decir pero, finalmente cuando lo hube examinado con más atención, me di cuenta de que se refería a un bote similar a aquél, que había sido arrastrado hasta las costas de su país; en otras palabras, según me explicó, había sido arrastrado por la fuerza de una tormenta. En el momento pensé que algún barco europeo había naufragado en aquellas costas y que su chalupa se habría soltado y habría sido arrastrada hasta la costa. Fui tan tonto que ni siquiera se me ocurrió pensar que los hombres hubiesen podido

escapar del naufragio, ni, mucho menos, informarme de dónde provendrían, así que solo se lo pregunté después que describió el bote.
Viernes lo describió bastante bien, mas no lo llegué a entender completamente hasta que añadió acaloradamente:
-Nosotros salvamos hombres blancos ahogan.
Entonces le pregunté si había algún hombre blanco en el bote.
-Sí -dijo-, el bote lleno hombres blancos.
Le pregunté cuántos había y, contando con los dedos, me dijo que diecisiete.
Entonces le pregunté qué había sido de ellos y me dijo:
-Ellos viven, ellos habitan en mi nación.
Esto me suscitó nuevos pensamientos, pues imaginé que podía ser la tripulación del barco que había naufragado cerca de mi isla, como la llamaba ahora.
Después de que el barco se estrellara contra las rocas, viendo que se hundiría inevitablemente, se habían salvado en el bote y habían llegado a aquella costa habitada por salvajes.
Entonces, le pregunté más minuciosamente, qué había sido de ellos. Me aseguró que vivían allí desde hacía casi cuatro años, que los salvajes no les habían hecho nada y que les habían dado vituallas para su supervivencia. Le pregunté por qué no los habían matado y se los habían comido. Me contestó: -No, ellos hacen hermanos-, es decir, según me pareció entender, una tregua.
Luego añadió: -Ellos no comen hombres sino cuando hace la guerra pelear-, es decir, que no se comían a ningún hombre que no hubiese luchado contra ellos y no fuese prisionero de batalla.
Había transcurrido mucho tiempo después de esto, cuando, estando en la cima de la colina, al lado este de la isla, desde donde, como he dicho, en un día claro, había descubierto la tierra o continente de América, Viernes, aprovechando el buen tiempo, se puso a mirar fijamente hacia la tierra firme y, como por sorpresa, se puso a bailar y a saltar y me llamó, pues me encontraba a cierta distancia.
Le pregunté qué pasaba.
-¡Oh, alegría! -dijo-, ¡oh, contento! ¡Allá ve mi país, allá mi nación!
Pude observar que una extraordinaria expresión de placer se dibujó en su rostro; sus ojos brillaban y en su semblante se descubría una extraña ansiedad, como si hubiese pensado regresar a su país. Esta observación me hizo pensar muchas cosas, que al principio me causaron una inquietud que no había experimentado antes respecto a mi siervo Viernes. Pensé que si Viernes volvía a su país, no solo olvidaría su religión, sino todas sus obligaciones hacia mí y sería capaz de informar a sus compatriotas sobre mí y, tal vez, regresar con cien o doscientos de ellos para hacer un festín conmigo, tan felizmente como lo hacía antes con los enemigos que tomaba prisioneros. Pero cometía un grave error, del que luego me arrepentí, con aquella pobre y honesta criatura. No obstante, a medida

que aumentaban mis recelos, por espacio de casi dos semanas, estuve reservado y circunspecto y me mostré menos amable y familiar con él que de costumbre. En esto también me equivocaba, pues la honrada y agradecida criatura no tenía ni un solo pensamiento que no fuera acorde con los mejores principios, tanto de un cristiano devoto como de un amigo agradecido, y así lo demostró después, para mi absoluta satisfacción.
Mientras duró mi desconfianza, podéis estar seguros de que me pasaba el día espiándolo para ver si descubría en él alguna de las intenciones que le atribuía. Más pude constar que todo lo que decía era tan sincero e inocente, que no podía hallar ningún motivo para alimentar mis sospechas. Finalmente, pese a todas mis inquietudes, logró que volviera a confiar en él plenamente, sin siquiera imaginar el malestar que sentía, lo cual me convenció de que no me engañaba.
Un día, mientras subíamos la misma colina, no pudiendo ver el continente, pues había mucha bruma en el mar, lo llamé y le pregunté: -Viernes, ¿no deseas volver a tu país, a tu nación?
-Sí -me respondió-, está muy contento volver a su país.
-Y, ¿qué harías allí? -le pregunté-. ¿Te convertirías otra vez en un bárbaro, comerías carne humana y vivirías como un caníbal?
Me miró lleno de preocupación y, meneando la cabeza, me respondió: -No, no. Viernes dice vive bien, dice rogar a Dios, dice comer pan de grano, carne de rebaño, leche, no come hombre otra vez.
-Pero, entonces te matarían.
Se mostró muy grave ante esto y luego contestó: -No, ellos no matan mí, ellos aman mucho aprender.
Se refería a que ellos estaban deseosos de aprender y añadió que habían aprendido mucho de los hombres con barba que habían llegado en el bote. Entonces, le pregunté si quería volver con los suyos. Sonrió y me dijo que no podía regresar nadando. Le respondí que haríamos una canoa para él y me dijo que iría si yo le acompañaba.
-Yo iría -le dije-, pero ellos me comerían si voy.
-No, no -dijo-, yo hago no te comen, yo hago te quieren mucho.
Quería decir que les diría cómo yo había dado muerte a sus enemigos y le había salvado la vida para que me quisieran. Luego me dijo, lo mejor que pudo, que habían sido muy generosos con los diecisiete hombres blancos con barba, como solía llamarlos, que habían llegado hasta allí en apuros.
Desde aquel momento, debo confesar, sentí deseos de aventurarme y buscar el modo de reunirme con aquellos hombres barbudos, que debían ser españoles o portugueses. No dudaba que desde el continente y con buena compañía, encontraría un medio para escapar, mucho más viable que desde una isla a cuarenta millas de la costa, solo y sin ayuda. Así, pues, al cabo de unos días, reanudé la conversación con Viernes y le dije que le daría mi bote para regresar

a su nación. Le conduje a mi piragua, que se encontraba al otro lado de la isla y, después de sacarle el agua, puesto que siempre la tenía sumergida, se la mostré y entramos los dos en ella.
Descubrí que era muy diestro en su manejo y que podía hacerla navegar con tanta habilidad y ligereza como yo. Cuando estaba dentro de ella, le pregunté:
-Y bien, Viernes, ¿vamos a tu nación?
Él se quedó estupefacto al oírme, al parecer, porque le parecía demasiado pequeña para ir hasta tan lejos. Le dije que tenía un bote más grande y, al día siguiente, fuimos al lugar donde estaba el primer bote que fabriqué pero no había podido llevar hasta el agua. Dijo que era lo suficientemente grande pero, como no lo había cuidado en veintidós o veintitrés años, el sol lo había astillado y secado y parecía estar algo podrido. Viernes me dijo que un bote como ese sería adecuado y que llevaríamos «mucha suficiente comida, bebida y pan», en su inglés entrecortado.

CAPÍTULO XVI.

Rescate de prisioneros de caníbales

En resumidas cuentas, para entonces, estaba tan obsesionado con la idea de ir con Viernes al continente, que le dije que lo haríamos y construiríamos un bote tan grande como aquél para que él pudiese ir a su casa. No me respondió pero me miró con tristeza. Le pregunté qué le ocurría y me contestó: -¿Por qué tú enfadado con Viernes? ¿Qué hice mí?
Le pregunté qué quería decir, asegurándole que no estaba enfadado con él en absoluto.
-¡No enfadado!, ¡no enfadado! -repitió varias veces-, ¿por qué envía a Viernes a casa a su nación?
-¿Me preguntas por qué, Viernes? ¿Acaso no has dicho que deseabas estar allá?
-Sí, sí -respondió-, desea que los dos está allí, no Viernes allí sin amo.
En otras palabras, no podía pensar en marcharse sin mí.
-¿Yo ir allí, Viernes? -le pregunté-, ¿qué puedo hacer yo allí? Se volvió rápidamente: -Tú hace gran mucho bien -dijo-, tú enseña hombres salvajes es hombres buenos y mansos. Tú dice conoce a Dios, reza a Dios y vive nueva vida. -¡Ay de mí!, Viernes -dije-, no sabes lo que dices, soy un hombre ignorante.
-Sí, sí -contestó-, tú enseña mí bien, tú enseña ellos bien.

-No, Viernes -le respondí-, tú te marcharás sin mí y me dejarás viviendo aquí solo, como antes.
Al escuchar esto, volvió a mirarme con perplejidad y fue corriendo a buscar una de las azuelas que solía llevar consigo. La cogió con presteza y me la entregó.
-¿Qué debo hacer con ella? -le pregunté.
-Tú coge, mata a Viernes -dijo.
-¿Por qué habría de matarte? -volví a preguntarle. Me respondió rápidamente:
-¿Por qué envía lejos Viernes? Toma, mata
Viernes, no manda lejos.
Dijo esto con tanta sinceridad que se le llenaron los ojos de lágrimas. En pocas palabras, descubrí claramente el profundo afecto que sentía hacia mí. Por su firme determinación, le dije en ese momento y, en lo subsiguiente, muchas lo repetí, que nunca lo enviaría lejos de mí, si su deseo era quedarse a mi lado. En resumidas cuentas, en sus palabras hallé un cariño tan grande, que nada podría separarlo de mí, por lo que todo su interés en ir a su tierra, se fundamentaba en un amor ardiente por su gente y en la esperanza de que yo pudiese hacerles algún bien, cosa que yo, conociéndome como me conocía, no podía pensar, pretender ni desear. No obstante, yo sentía aún un fuerte deseo de escapar, que se basaba, como he dicho, en lo que pude inferir de nuestra conversación; es decir, en que allí había diecisiete hombres barbudos. Por lo tanto, sin más demora, Viernes y yo nos pusimos a buscar un árbol lo bastante grande como para hacer una gran canoa o piragua para el viaje. En la isla había suficientes árboles para fabricar una pequeña flota, no de piraguas y canoas, sino de barcos grandes. No obstante, lo más importante era que el árbol estuviese cerca de la playa, a fin de que pudiésemos meter la canoa en el agua, una vez la hubiésemos terminado y, de este modo, no cometer el mismo error que yo había cometido al principio.
Finalmente, Viernes escogió un árbol, ya que conocía mejor que yo el tipo de madera más apropiado para nuestro propósito. Ni aún hoy sería capaz de decir el nombre del árbol que cortamos. Solo sé que se parecía bastante al que nosotros llamamos fustete, o algo entre este y el nicaragua, pues tenía un color y un olor bastante parecidos. Viernes quería quemar el interior del tronco para hacer la cavidad de la canoa pero le demostré que era mejor ahuecarlo con herramientas, lo cual hizo con gran destreza, una vez le hube enseñado a utilizarlas. Al cabo de un mes de ardua labor, la terminamos. Era una canoa muy hermosa, particularmente, porque cortamos y moldeamos el casco con la ayuda de las hachas, que le enseñé a manejar a Viernes, y le dimos la forma de un verdadero bote. Después de hacer esto, no obstante, tardamos casi quince días en desplazarla hasta el agua, pulgada a pulgada, utilizando unos grandes rodillos. Cuando lo logramos, vimos que podía transportar cómodamente a veinte hombres.

Una vez en el agua, me sorprendió ver la destreza y la agilidad con que la manejaba mi siervo Viernes y el modo en que la hacía girar y avanzar, a pesar de sus dimensiones. Le pregunté si creía que podíamos aventurarnos en ella.

-Sí -me dijo-, aventurarnos en ella muy bien aunque sopla gran viento.

No obstante, yo tenía un plan que él no conocía. Consistía en hacer un mástil y una vela y agregarle un ancla y un cable. El mástil fue fácil de obtener, pues elegí un cedro joven y recto, de una especie que abundaba en la isla y que encontré cerca de allí. Le pedí a Viernes que lo cortara y le di instrucciones para que le diera forma y lo adaptase. La vela era mi preocupación principal. Sabía que tenía suficientes velas, más bien, trozos de ellas, pero como hacía veintiséis años que las tenía y no había tomado la precaución de conservarlas, puesto que no me imaginaba que llegaría a usarlas nunca para semejante propósito, no dudaba que estarían todas podridas, como en efecto lo estaban, en su mayoría. No obstante, encontré dos trozos que estaban en bastante buen estado y me puse a trabajar. Con mucha dificultad y con puntadas torcidas (podéis estar seguros) por falta de agujas, hice, por fin, una cosa fea y triangular que se parecía a lo que en Inglaterra llamamos vela de lomo de cordero. Esta iría amarrada a una botavara grande por abajo y a otra más pequeña por arriba, del mismo modo que las chalupas de nuestros barcos. Yo conocía su manejo perfectamente pues la barca en la que me había escapado de Berbería tenía una igual, como he contado en la primera parte.

Me tomó casi dos meses terminar esta última parte del trabajo, es decir, arreglar y ajustar mi mástil y las velas, pues hice, además, un pequeño estay, al que iría amarrada una vela más pequeña que me ayudaría a aprovechar el viento, cuando navegáramos a barlovento. Por último, fijé un timón a la popa para poder dirigir la canoa. Pese a que era un pésimo carpintero, como sabía la utilidad y la necesidad de hacerlo, puse tanto empeño y dedicación en esta tarea que, finalmente, la pude completar con éxito. Mas, si considero la cantidad de intentos fallidos que realicé, creo que me costó tanto trabajo como hacer toda la canoa.

Una vez hecho todo esto, le enseñé a mi siervo Viernes los pormenores de la navegación, pues, aunque sabía remar muy bien, no conocía en absoluto el manejo de las velas ni el timón. Se quedó asombrado cuando vio cómo hacía girar la canoa con la ayuda del timón y cómo rotaba, se hinchaba o se aflojaba la vela según el rumbo que tomáramos; digo que, cuando vio todo esto se quedó estupefacto y atónito. No obstante, con el tiempo, logré que se acostumbrara a estas cosas y llegó a convertirse en un experto marinero, excepto en el uso de la brújula, que nunca llegué hacerle comprender del todo. Por otra parte, como en aquellas tierras no era frecuente que hubiera nubes o niebla, la brújula no era tan necesaria, pues por la noche se podían ver las estrellas y por el día, la costa, excepto en la estación de lluvias, cuando a nadie se le ocurría salir ni por tierra ni por mar.

Había cumplido veintisiete años de cautiverio en esta isla, aunque debería descontar los últimos tres que había compartido con esta criatura ya que, durante mucho tiempo, mi vida había sido muy distinta de la anterior. Celebré el aniversario de mi llegada a este sitio con el mismo agradecimiento a Dios por su bondad pues, si al principio tenía motivos para sentirme agradecido, ahora tenía muchos más. La Providencia me había dado testimonios adicionales de su generosidad hacia mí y estaba esperanzado en ser liberado en poco tiempo, pues tenía la certeza de que mi salvación estaba próxima y que no pasaría otro año en aquel lugar. No obstante, seguí realizando mis labores domésticas y, como de costumbre, cavaba, sembraba, cercaba, recogía y secaba mis uvas y cumplía todos mis deberes como antes.

En este tiempo, llegó la estación de lluvias, lo que me obligaba a permanecer en casa. Guardamos nuestra nueva embarcación en el lugar más seguro que encontramos, es decir, la llevamos hasta el río donde, como he dicho, desembarqué mis balsas. La arrastramos hasta la costa aprovechando la marea alta y mi siervo Viernes excavó un pequeño embalse, lo suficientemente grande para guardarla y lo suficientemente profundo para que se mantuviera a flote. Cuando bajó la marea, hicimos un dique muy fuerte en uno de los extremos para que no le entrara agua. De este modo, estaría sobre seco y protegida de la marea. Para protegerla de la lluvia, colocamos muchas ramas de árboles, con las que hicimos una especie de techo, como el de una casa. Entonces, esperamos a noviembre o diciembre, que era cuando tenía previsto emprender la aventura.

En esto llegó la estación seca y, con el buen tiempo, reanudé mis proyectos. Diariamente me ocupaba de los preparativos para el viaje. Lo primero que hice fue separar una cantidad de provisiones que nos servirían de abastecimiento durante el viaje. Mi intención era abrir el dique en dos semanas y echar al agua nuestra embarcación. Una mañana, mientras me hacía cargo de una de estas tareas, llamé a Viernes para pedirle que fuera a la playa, a fin de buscar una tortuga, cosa que hacíamos generalmente una vez a la semana, tanto por los huevos como por la carne. Al poco tiempo de haberse marchado regresó corriendo y saltó por encima de la muralla exterior, como si sus pies no tocasen la tierra. Antes de que pudiese decirle algo, gritó:

-¡Oh, amo! ¡Oh, amo! ¡Oh, pena! ¡Oh, malo!

-¿Qué ocurre, Viernes? -le pregunté.

-¡Oh, allí, una, dos, tres canoas! ¡Una, dos, tres! Por la forma en que se expresó, pensé que eran seis pero, después de preguntarle, comprendí que solo eran tres.

-Pues bien, Viernes -dije-, no tengas miedo.

Traté de animarlo como pude pero el pobre muchacho estaba terriblemente asustado. Se había empecinado en pensar que habían venido a buscarlo y que lo cortarían en pedazos para comérselo. El pobre chico temblaba tanto que apenas sabía qué hacer o decirle. Le reconforté lo mejor que pude y le dije que yo corría tanto peligro como él, pues a mí también me comerían.
-Pero Viernes -dije-, debemos estar dispuestos a luchar contra ellos. ¿Acaso no puedes luchar, Viernes?
-Yo lucha -dijo-, pero ellos vienen muchos más.
-No te preocupes por eso -le dije nuevamente-, nuestras armas espantarán a los que no podamos matar.
Le pregunté si estaba resuelto a defenderse y a defenderme, a ayudarme y a hacer todo lo que yo le pidiera, y me respondió:
-Yo muero si tú mueres, amo.
Entonces, fui a buscar un buen trago de ron y se lo di. Había administrado tan bien el ron que aún tenía una gran cantidad. Cuando se lo hubo bebido, le dije que trajera las dos escopetas de caza que solíamos llevar con nosotros y las cargué con municiones grandes del tamaño de las de pistola. Luego cogí cuatro mosquetes y cargué cada uno de ellos con dos cartuchos y cinco balas pequeñas. Me colgué el gran sable desnudo al costado y le di a Viernes su hacha.
Una vez preparado, tomé mi catalejo y subí por la ladera de la colina para ver qué podía descubrir. Inmediatamente, observé, gracias a mi catalejo, que había veintiún salvajes, tres prisioneros y tres canoas. Lo único que iban a hacer era celebrar un banquete triunfal con aquellos tres cuerpos humanos (un festín bárbaro, sin duda), que no tenía nada de particular respecto a los que solían hacer.
También pude observar que no habían desembarcado en el mismo lugar del que Viernes se había escapado, sino más cerca de mi río, donde la costa era más baja y había un espeso bosque que llegaba casi hasta el mar. Esto, unido al horror que me causaba la falta de humanidad de estos miserables, me llenó de tanta indignación que regresé a donde estaba Viernes y le dije que estaba resuelto a caer sobre ellos y matarlos a todos. Le pregunté si combatiría a mi lado y él, que se había repuesto del susto por el ron y se encontraba más animado, respondió, como lo había hecho antes, que moriría si yo se lo ordenaba.
En este acceso de valentía, cogí las armas que había cargado antes y las repartí entre los dos. Le di a Viernes una pistola para que la pusiese en su cinturón y tres mosquetes para que los llevase a la espalda. Yo cogí una pistola y los otros tres mosquetes y, armados de este modo, partimos. Puse una pequeña botella de ron en mi bolsillo y le di a Viernes un gran saco de pólvora y balas. Le ordené que se quedara detrás de mí, a poca distancia y que no hiciera ningún movimiento, ni hablara o disparara hasta que yo se lo indicara. De este modo, recorrimos casi una milla hacia la derecha para pasar el río y llegar al bosque, a

fin de estar a tiro de fusil de ellos antes de que nos descubrieran, lo cual era muy sencillo, según pude ver con mi catalejo.

A medida que iba andando, recordé mis antiguos principios y comencé a desistir de mi resolución. No quiero decir con esto que tuviese miedo de su número, pues, como no eran más que unos miserables desnudos y sin armas, yo era, sin duda, superior a ellos, aun si hubiese estado solo. Mas, comencé a pensar que no tenía motivo ni razón, mucho menos necesidad, de teñir mis manos con sangre, atacando a unos hombres que no me habían hecho, ni pretendían hacerme ningún daño. Respecto a mí, eran seres inocentes, cuyas costumbres salvajes obraban en su propio perjuicio y eran la prueba de que Dios los había abandonado, como a otros pueblos de aquella parte del mundo, a su estupidez y barbarie. Él no me había llamado a que fuese juez de sus acciones, mucho menos, verdugo de su justicia. Cuando Él lo juzgase conveniente, tomaría el caso en sus manos y, mediante la venganza nacional, los castigaría por sus crímenes nacionales. Aquello no era de mi incumbencia y, si bien Viernes podía justificar aquella acción como legítima, pues era enemigo declarado de ellos y se hallaba en estado de guerra, en mi caso no se podía decir lo mismo. Estos pensamientos ejercieron tal influencia en mi espíritu, a lo largo del camino, que decidí limitarme a permanecer cerca de ellos para observar su festín bárbaro y actuar según me lo indicara el Señor, sin entrometerme en nada, a menos que reconociera un llamado más fuerte que el que había sentido hasta ahora.

Así resuelto, con toda la precaución y el silencio posibles, y con Viernes pisándome los talones, caminé hasta el límite del bosque más próximo a ellos, de manera que solo nos separaban unos árboles. Entonces, llamé a Viernes en voz muy baja y, mostrándole un árbol enorme, que estaba en una esquina del bosque, le pedí que se acercara hasta él y me informara si desde allí se podía ver claramente lo que hacían. Así lo hizo y, regresó inmediatamente, diciendo que desde allí se podían ver perfectamente; que estaban alrededor de la hoguera comiéndose la carne de uno de los prisioneros y que, amarrado en la arena, a poca distancia, había otro a quien iban a matar enseguida, lo cual me llenó de cólera. Me dijo que no era uno de su nación, sino uno de los hombres con barba, de quienes me había hablado y que habían llegado en un bote a su tierra. Me llené de espanto con la simple mención del hombre blanco con barba. Fui hasta el árbol y, con la ayuda de mi catalejo, pude distinguir claramente a un hombre blanco que yacía sobre la playa, atado de pies y manos con cañas o bejucos. Era europeo y estaba vestido.

Había otro árbol y, un poco más adelante, una pequeña espesura, más próxima a ellos que el lugar en el que me hallaba antes. Me di cuenta de que, si me desplazaba un poco, podría acercarme sin ser descubierto y, desde allí, estaría tan solo a medio tiro de fusil de ellos. Contuve mi cólera, aunque estaba indignado en sumo grado y, retrocediendo como veinte pasos, caminé detrás de unos arbustos, que se extendían todo el camino, hasta que llegué al otro árbol. Entonces, me encontré una pequeña elevación en el terreno, desde la cual podía verlos claramente a una distancia de, más o menos, veinte yardas.

No había tiempo que perder, pues, diecinueve de aquellos miserables salvajes, que estaban sentados en el suelo, apretujados entre sí, habían enviado a otros dos a asesinar al pobre cristiano que, tal vez, traerían por pedazos a la hoguera. Acababan de agacharse para desatarle los pies, cuando me volví hacia Viernes.

-Ahora, Viernes -le dije-, haz lo que te ordene. Viernes asintió.

-Pues, Viernes -le dije-, haz exactamente lo que me veas hacer y no te equivoques en nada. Coloqué uno de los mosquetes y la escopeta sobre la tierra y Viernes hizo lo mismo. Con el otro mosquete, apunté a los salvajes, ordenándole a Viernes que me imitara. Le pregunté si estaba listo y respondió que sí. -Entonces, dispara -le dije y, en ese mismo instante, disparé.

Viernes tenía mucha mejor puntería que yo, pues mató a dos e hirió a otros tres mientras que yo maté a uno y herí a dos. Podéis estar seguros de que los salvajes se quedaron terriblemente consternados y todos los que no estaban heridos se pusieron de pie rápidamente, sin saber hacia dónde mirar ni huir, pues no tenían idea de dónde provenía su destrucción. Viernes me miraba fijamente, tal y como se lo había ordenado, para observar todos mis movimientos. Después de la primera descarga, arrojé inmediatamente el mosquete y cogí la escopeta de caza. Viernes hizo lo mismo. Me vio apuntar y me imitó.

-¿Estás preparado, Viernes? -le pregunté.

-Sí -me respondió.

-Entonces -dije- ¡fuego, en nombre de Dios!, y abrí fuego contra aquellos miserables que estaban espantados. Como nuestras armas estaban cargadas con munición pequeña, tan solo cayeron dos pero había muchos heridos que corrían aullando y gritando como locos, sangrando y gravemente heridos, de los cuales, enseguida cayeron otros tres, pero aún vivos.

-Ahora, Viernes -dije, dejando las escopetas descargadas y cogiendo el mosquete que aún tenía munición-, sígueme.

Así lo hizo y con gran valor. Salí corriendo del bosque, con Viernes pegado a mis talones, y me descubrí. Tan pronto me vieron, grité tan fuertemente como pude y le ordené a Viernes que hiciera lo mismo. Corrí lo más aprisa posible, que por cierto, no era demasiado, a causa del peso de las armas, y me dirigí hacia la pobre víctima, que, como he dicho, yacía en la playa, entre el área del festín y el mar. Los dos carniceros que iban a matarlo habían huido ante la sorpresa de nuestro primer disparo, se internaron en el mar, muertos de miedo y saltaron a sus canoas, seguidos por otros tres. Me volví hacia Viernes y le ordené que se adelantara y les disparara. Me comprendió inmediatamente y, corriendo unas cuarenta yardas para estar más cerca, les disparó. Pensé que los había matado a todos, pues los vi caer de un salto en la canoa, pero después vi que dos de ellos se incorporaron rápidamente. No obstante, había matado a dos y herido a un tercero, que yacía en el fondo del bote como si estuviese muerto.

Mientras mi siervo Viernes les disparaba, cogí mi cuchillo y corté los bejucos que sujetaban a la pobre víctima. Una vez desatado de pies y manos, se levantó. Le pregunté en lengua portuguesa quién era y me respondió en latín: «Cristianus». Estaba tan débil que apenas podía tenerse en pie o hablar. Saqué mi botella del bolsillo y se la di, haciéndole señales de que bebiese. Así lo hizo. Luego, le di un trozo de pan y se lo comió. Entonces, le pregunté de qué país era y me dijo: «Español». Cuando se hubo reanimado, me mostró, con todas las señas que fue capaz de hacer, lo agradecido que estaba porque le hubiese salvado la vida.

—Señor -le dije con el español que pude recordar-, hablaremos luego pero ahora debemos luchar. Si aún tiene fuerzas, coja esta pistola y este sable y luche.

Los tomó muy agradecido y, apenas tuvo las
armas en sus manos, como si le hubiesen investido de nuevo vigor, se abalanzó sobre sus asesinos como una fiera y cortó a dos de ellos en pedazos en un instante. Lo cierto es que, todo esto los había tomado por sorpresa y las pobres criaturas estaban tan aterrorizadas por el ruido de nuestras armas, que caían de puro asombro y miedo; tan incapaces eran de huir como de resistir las balas. Lo mismo les ocurrió a los cinco a los que Viernes les había disparado en la canoa: tres de ellos cayeron por las heridas y los otros dos de miedo.

Mantuve mi arma en la mano, sin disparar, con el propósito de reservar la carga que me quedaba, pues le había entregado mi pistola y mi sable al español. Llamé a Viernes y le pedí que fuera corriendo al árbol desde donde habíamos
disparado al principio y recogiera las armas descargadas que estaban allí, lo cual hizo con gran rapidez. Luego le di mi mosquete, me senté a cargar todas las demás nuevamente y les recomendé que viniesen a buscarlas cuando las necesitaran. Mientras cargaba las armas, se entabló un feroz combate entre el español y uno de los salvajes que le atacó con uno de esos grandes sables de madera, el mismo con el que le habría dado muerte si yo no hubiese intervenido para evitarlo. El español, que era muy valiente y arrojado, aunque un poco débil, llevaba un buen rato peleando con el salvaje y le había hecho dos heridas en la cabeza. Pero el salvaje, que era un joven robusto y vigoroso, lo derribó (pues estaba muy débil) y estaba intentando arrancarle el sable de las manos. Súbitamente, el español soltó el sable y, sacando la pistola de su cinturón, le atravesó el cuerpo de un disparo y lo mató en el acto, antes de que yo pudiese llegar a socorrerle.

Viernes, que ahora andaba por su cuenta, perseguía a los miserables fugitivos, sin más arma que el hacha con la que había matado a aquellos tres, que, como he dicho, estaban heridos y habían caído al principio y, luego, a todos los que pudo atrapar. El español me pidió un arma y le di una escopeta, con la cual persiguió e hirió a dos salvajes. Mas, como no tenían fuerzas para correr, se refugiaron en el bosque. Allí, Viernes los persiguió y mató a uno pero el otro, aunque estaba herido, era muy ágil y logró arrojarse al mar y nadar con todas sus fuerzas hacia los que estaban en la canoa. Estos tres que lograron embarcar, más otro que estaba herido y no sabemos si murió, fueron los únicos, de un total de veintiuno, que escaparon de nuestras manos. La relación es como sigue: 3 muertos por nuestra primera descarga desde el árbol: 2 muertos por la siguiente descarga; 2 muertos por Viernes en la canoa; 2 muertos por él mismo, de los que al comienzo habían sido heridos; 1 muerto por él mismo en el bosque; 3 muertos por el español; 4 muertos que aparecieron aquí y allá, a causa de sus heridas o muertos por Viernes en su persecución.

4 huidos en la barca, entre los cuales había uno herido, si no muerto. 21 en total. Los que estaban en la canoa, tuvieron que remar muy rápidamente para librarse de los disparos y, aunque Viernes les disparó dos o tres veces, al parecer, no pudo herir a ninguno de ellos. Él quería que cogiéramos una de sus canoas y los persiguiéramos e, indudablemente, yo estaba muy preocupado por su huida, pues llevarían las noticias a su gente. Tal vez, regresarían con doscientas o trescientas canoas y, siendo muchos más que nosotros, nos devorarían. Decidí perseguirlos por mar y, corriendo hasta una de sus canoas, salté sobre ella y le ordené a Viernes que me siguiera. Más, cuando ya estaba dentro de la canoa, me sorprendió ver a otro pobre salvaje, amarrado de pies y manos, como el español, en espera del sacrificio y casi muerto de miedo. No sabía lo que estaba ocurriendo pues le era imposible ver por encima del borde de la canoa, por lo fuertemente atado que estaba y, como llevaba mucho tiempo así, estaba medio moribundo.

En seguida corté los bejucos o juncos con los que estaba atado y traté de ayudarlo para que se incorporara, pero no podía ponerse en pie ni hablar. Tan solo emitía un quejido lastimero, creyendo, sin duda, que lo había desatado para matarlo. Cuando Viernes se le acercó, le ordené que le dijera que estaba en libertad. Saqué mi botella y le di un trago al pobre desgraciado, que, viéndose repentinamente liberado, se reanimó y se sentó en la canoa. Cuando Viernes se puso a mirarlo y a hablarle, sucedió algo que habría hecho llorar a cualquiera. De pronto, comenzó a abrazarlo y besarlo, reía, lloraba, gritaba, saltaba a su alrededor, bailaba, cantaba, volvía a llorar, se retorcía las manos, se golpeaba la cabeza y el rostro y volvía a cantar y saltar a su alrededor como un loco. Pasó un largo rato antes de que lograra que me dijese qué ocurría. Cuando se hubo calmado, me dijo que aquel era su padre.

No es fácil explicar la emoción que me provocó ver el éxtasis de amor filial que invadió a este pobre salvaje ante la vista de su padre liberado de la muerte. Tampoco puedo describir las extravagancias que tuvo con él. Entró y salió varias veces de la canoa; cuando entraba, se ponía a su lado, abría su chaqueta y colocaba la cabeza de su padre contra su pecho durante media hora para reanimarlo; luego tomó sus brazos y sus tobillos, que estaban entumecidos por las ataduras y comenzó a frotarlos y calentarlos con sus manos. Cuando me di cuenta de lo que quería lograr, le di un poco de ron de mi botella para que lo friccionara, lo que le hizo mucho bien.

Esta circunstancia puso fin a la idea de perseguir la canoa en la que iban los otros salvajes, que, a estas alturas, estaban casi fuera de nuestra vista y, mejor fue que no lo hiciéramos, pues nos salvamos de un viento que se levantó antes de que pudiesen hacer una cuarta parte de su travesía y continuó soplando fuertemente durante toda la noche. Como el viento soplaba del noroeste, les resultaba adverso, de manera que, con toda probabilidad, la piragua no pudo resistirlo y no llegaron a sus costas.

Más, volvamos a Viernes. Se ocupaba tanto de su padre, que durante un tiempo no me atreví a molestarlos. No obstante, cuando me pareció que podía dejarlo solo un momento, lo llamé y él se aproximó saltando y riendo, en extremo feliz. Le pregunté si le había dado pan a su padre y meneó la cabeza respondiendo: «No; perro feo, me lo como todo yo mismo.» Le di, pues, una torta de pan del pequeño zurrón que llevaba para este propósito y le ofrecí un poco de ron, el cual no quiso siquiera probar para guardárselo a su padre. Llevaba también dos o tres puñados de pasas y le di uno para su padre. Apenas se las hubo llevado, volvió a salir corriendo de la canoa, a tal velocidad que parecía embrujado, pues en verdad era el hombre más ágil que jamás hubiese visto. Podría decirse que corría tan rápidamente que hasta llegué a perderlo de vista por un instante. Le grité y lo llamé pero fue en vano. Al cabo de un cuarto de hora, regresó, un poco más lentamente que a la ida, pues, según pude ver mientras se acercaba, traía algo en las manos.

Cuando llegó hasta donde yo estaba, me di cuenta de que había ido hasta la canoa a por un jarro o vasija para llevarle un poco de agua fresca a su padre. Traía, además, dos galletas y unos panes. Me dio los panes y le llevó las galletas al padre. Como también me sentía muy sediento, tomé un sorbo. El agua reanimó a su padre mucho mejor que todo el ron o licor que yo le había dado, pues se estaba muriendo de sed.

Cuando su padre hubo bebido, llamé a Viernes para saber si quedaba agua. Respondió que sí y le ordené que le llevara un poco al pobre español, que necesitaba tantos cuidados como su padre. También le dije que le llevara uno de los panes que había traído.

El pobre español, que estaba muy débil, reposaba sobre la hierba a la sombra de un árbol. Sus extremidades estaban entumecidas e hinchadas a causa de las fuertes ataduras que le habían hecho. Cuando Viernes se le acercó con el agua, se sentó y bebió. También tomó el pan y comenzó a comerlo. Entonces, me aproximé y le di un puñado de pasas. Me miró con una evidente expresión de gratitud en el rostro pero estaba tan fatigado por el combate que no podía mantenerse en pie. Dos o tres veces intentó incorporarse pero le resultaba imposible, a causa de la inflamación y el dolor en las piernas. Le dije que se quedara tranquilo e indiqué a Viernes que se las untara y friccionara con ron, como había hecho antes con su padre.

Mientras hacía esto, mi pobre y afectuosa criatura, volvía la cabeza cada dos minutos, quizás menos, para ver si su padre seguía en la misma posición en que lo había dejado. De pronto, al no poder verlo, se levantó y, sin decir una palabra, corrió hacia él tan rápidamente que parecía que sus pies no tocaban la tierra. Cuando llegó a la canoa y se dio cuenta de que su padre solo se había recostado para descansar las piernas, regresó inmediatamente hacia donde yo estaba. Entonces, le pedí al español que le permitiera a Viernes ayudarlo a levantarse para conducirlo a la barca y, de ahí, a nuestra morada, donde yo me haría cargo de él. Mas Viernes, que era joven y robusto, cargó sobre sus espaldas al español hasta la canoa, lo colocó con mucha delicadeza en el borde, con los pies por dentro, y lo acomodó al lado de su padre. Después, saltó de la piragua, la metió en el mar y remó a lo largo de toda la costa, mucho más rápidamente de lo que yo podía avanzar caminando, a pesar de que soplaba un viento muy fuerte. Habiéndolos traído a salvo hasta nuestra ensenada, los dejó en la canoa y salió corriendo a buscar la otra. Al pasar junto a mí, le pregunté a dónde iba y me respondió: «Busca más canoa.» Partió como el viento, pues, seguramente, jamás hombre o caballo corrieron como él, y llegó con la segunda canoa hasta la ensenada casi antes que yo, que iba por tierra. Así pues, me condujo hasta la otra orilla y se apresuró a ayudar a nuestros nuevos huéspedes a salir de la canoa. Pero ninguno estaba en condiciones de caminar, por lo que el pobre Viernes no supo qué hacer.

Me puse a pensar en una solución y decidí decirle a Viernes que los ayudase a sentarse en la orilla y que viniese conmigo. Rápidamente, fabriqué una suerte de carretilla para transportarlos entre ambos. Así lo hicimos pero cuando llegamos hasta la parte exterior de nuestra muralla o fortificación, nos hallamos ante una situación más complicada que la anterior, pues era imposible pasarlos por encima y yo no estaba dispuesto a derribarla. Viernes y yo nos pusimos nuevamente a trabajar y, en casi dos horas, construimos una hermosa tienda, cubierta con velas viejas y recubierta con ramas de árboles, en la parte exterior de la muralla, entre esta y el bosquecillo que había plantado. También hicimos dos camas con paja de arroz, encima de las cuales colocamos dos mantas; una para acostarse y otra para cubrirse.

Mi isla estaba ahora poblada y me consideré rico en súbditos. Me hacía gracia verme como si fuese un rey. En primer lugar, toda la tierra era de mi absoluta propiedad, de manera que tenía un derecho indiscutible al dominio. En segundo lugar, mis súbditos eran totalmente sumisos pues yo era su señor y legislador absoluto y todos me debían la vida. De haber sido necesario, todos habrían sacrificado sus vidas por mí. También me llamaba la atención que mis tres súbditos pertenecieran a religiones distintas. Mi siervo Viernes era Protestante, su padre, un caníbal pagano y el español, papista. No obstante, y dicho sea de paso, decreté libertad de conciencia en todos mis dominios.

Tan pronto acomodé a mis débiles prisioneros rescatados y les di cobijo y un lugar para reposar, me puse a pensar cómo conseguirles provisiones. Lo primero que hice fue ordenarle a Viernes que cogiera un cabrito de un año de mi propio rebaño y lo matara. Le corté el cuarto trasero y lo trocé en pequeños pedazos. Viernes los coció y preparó un plato muy sabroso, puedo aseguraros, de carne y caldo, al que le añadió un poco de cebada y arroz. Como cocinaba siempre afuera, para evitar fuegos en mi muralla interior, lo llevé todo a la nueva tienda y allí puse una mesa para mis huéspedes. Me senté a comer con ellos y traté de animarlos lo mejor que pude. Viernes me servía de intérprete con su padre y con el español, que hablaba bastante bien el idioma de los salvajes. Después de comer, o más bien, de cenar, le ordené a Viernes que cogiese una de las canoas y fuese a buscar nuestros mosquetes y demás armas de fuego, que por falta de tiempo, habíamos dejado en el lugar de la batalla. Al día siguiente, le ordené que enterrase a los muertos, que estaban tendidos al sol y, en poco tiempo, comenzarían a oler.

También le ordené que enterrara los horribles restos del festín bárbaro, que eran abundantes, pues yo no tenía valor para hacer aquello, ni siquiera para verlo si pasaba por allí. Siguió mis órdenes al pie de la letra y borró todo rastro de la presencia de los salvajes, de manera que, cuando volví al lugar, apenas tenía una idea de dónde había ocurrido, a excepción del extremo del bosque que lo señalizaba.

Empecé a conversar un poco con mis dos nuevos súbditos. En primer lugar, le pedí a Viernes que le preguntara a su padre qué pensaba sobre los salvajes que habían escapado en la canoa y si creía que volverían con un ejército tan grande que no fuésemos capaces de combatir. Su primera opinión fue que aquellos salvajes no habían podido resistir, en semejante bote, una tormenta como la que había soplado toda la noche de su huida y, seguramente, se habían ahogado o habían sido arrastrados hacia el sur hasta otras costas, donde, tan seguro era que serían devorados, como que se ahogarían si naufragaban. No sabía qué harían si llegaban sanos a la costa pero pensaba que estarían tan asustados por la forma en que habían sido atacados y por el ruido y el fuego, que le dirían a su gente que no los habían matado unos hombres sino el rayo y el trueno; y que los dos seres que habían aparecido, es decir, Viernes y yo, no éramos hombres armados, sino dos espíritus o furias celestiales que habían bajado a destruirlos. Sabía esto porque los escuchó gritar en su lengua que era imposible que un hombre pudiese disparar dardos de fuego o hablar como el trueno y matar a distancia, sin levantar la mano. En esto, el viejo salvaje tenía razón, pues luego supe que jamás intentaron regresar a la isla por miedo a lo que aquellos cuatro hombres (que, en efecto, lograron salvarse del mar) les habían contado: que quien fuera a esa isla encantada, sería destruido por el fuego de los dioses.

En aquel momento ignoraba esto y, por tanto, vivía continuamente inquieto, haciendo guardias, al igual que el resto de mi ejército. Ahora que éramos cuatro, me atrevía a enfrentarme a un centenar de ellos en cualquier momento.

CAPÍTULO XVII.

Visita de amotinados

Sin embargo, al cabo de un tiempo, al ver que no aparecía ninguna canoa, fui perdiendo el miedo a que regresaran y volví a considerar mis viejos propósitos de viajar al continente. El padre de Viernes me aseguró que podía contar con el cordial recibimiento de su gente, si decidía hacerlo.

No obstante, tuve que posponer mis planes, después de una seria conversación con el español, en la que me dijo que los dieciséis españoles y portugueses, que habían naufragado y encontrado refugio en esas costas, vivían allí en paz con los salvajes, aunque no sin temer por sus vidas y padecer necesidades. Le pedí que me relatara su viaje y, entonces, supe que viajaba en un barco español fletado en el Río de la Plata con destino a La Habana, donde debía llevar un cargamento de pieles y plata y regresar con las mercancías europeas que pudiesen obtener. Añadió que a bordo viajaban cinco marineros portugueses, rescatados de otro naufragio y que cinco de los suyos habían muerto cuando se perdió la primera embarcación. Los demás, después de infinitos riesgos y peligros, habían logrado llegar, medio muertos, a aquellas tierras de caníbales, donde temían ser devorados de un momento a otro.

Me dijo que tenían algunas armas pero que no les servían para nada, pues no tenían pólvora ni municiones. El mar había estropeado casi toda la pólvora, con la excepción de una pequeña cantidad, que utilizaron al desembarcar para proveerse de alimentos.

Le pregunté si sabía qué sería de ellos o si habían hecho planes para escapar. Me contestó que lo habían considerado muchas veces pero, como no tenían embarcación, ni medios para fabricarla y tampoco tenían provisiones de ningún tipo, sus concilios terminaban siempre en lágrimas y desesperación.

Le pedí que me dijera cómo recibirían una propuesta de huida por mi parte y si esta sería realizable. Le dije con franqueza que mi mayor preocupación era alguna traición o abusos por su parte si ponía mi vida en sus manos, ya que la gratitud no suele ser una virtud inherente a la naturaleza humana y los hombres suelen velar más por sus propios intereses que por sus obligaciones. Le dije que sería intolerable que, después de salvarles la vida, me llevasen prisionero a la Nueva España, donde cualquier inglés sería ajusticiado, independientemente de las circunstancias o necesidades que le hubiesen llevado hasta allí; y que prefería ser entregado a los salvajes y devorado vivo antes de caer en las garras de sacerdotes despiadados y ser llevado ante la Inquisición. Añadí que, aparte de eso, estaba convencido de que, siendo todos los que éramos, podríamos construir una embarcación con nuestras propias manos, lo suficientemente

grande para llegar a Brasil, a las islas, o a la costa española que estaba al norte. Mas, si en recompensa, puesto que les daría armas, me llevaban por la fuerza a su patria, estarían abusando de mi generosidad y yo me vería peor que antes.
Me contestó con mucha honradez y sinceridad que su situación era tan miserable como la mía y que habían sufrido tanto, que no podrían menos que aborrecer la mera idea de perjudicar a nadie que les ayudara a escapar. Si me parecía bien, él iría con el viejo a hablar con ellos sobre el asunto y regresaría con una respuesta; que obtendría su compromiso solemne de ponerse bajo mis órdenes como capitán y comandante y les haría jurar sobre los Santos Sacramentos y el Evangelio, que serían leales, que iríamos al país cristiano que yo quisiera y a ningún otro; que se someterían total y absolutamente a mis órdenes hasta que hubiésemos desembarcado sanos y salvos en el país que yo quisiera; y que me darían un contrato firmado a estos efectos.
Entonces me dijo que, antes que nada, él, por su parte, me juraba que no se separaría nunca de mí hasta que yo se lo ordenase y que estaría de mi lado, hasta derramar la última gota de sangre, si sus compañeros faltaban a su promesa. Me dijo que todos eran hombres civilizados y honestos, que se hallaban en la peor situación imaginable, sin armas ni ropa, sin otro alimento que el que los salvajes les cedían generosamente y sin esperanzas de regresar a su patria. Si yo los ayudaba, podía estar seguro de que estarían dispuestos a dar la vida por mí. Con estas garantías, decidí enviar al viejo salvaje y al español para tratar con ellos. Mas cuando todo estaba listo para su partida, el español hizo una observación, tan prudente y sincera que no pude menos que aceptarla con agrado. Siguiendo su consejo, decidí postergar medio año el rescate de sus compañeros por la razón que sigue.
Hacía cerca de un mes que vivía con nosotros y, durante todo ese tiempo, yo le había mostrado el modo en que había provisto para mis necesidades, con la ayuda de la Providencia. Sabía perfectamente que mi abastecimiento de arroz y cebada era suficiente para mí, mas no para mi familia, que hora contaba con cuatro miembros. Si venían sus compañeros, que eran catorce, no tendríamos cómo alimentarlos ni, mucho menos, abastecer una embarcación para dirigirnos a las colonias cristianas de América. Por tanto, le parecía recomendable que les permitiera, a él y a los otros dos, cultivar más tierra, con las semillas que yo pudiese darles y que esperáramos a la siguiente cosecha, a fin de tener una reserva de grano para cuando llegaran sus compañeros, pues la necesidad podía ser motivo de discordia o de que sintieran que habían sido liberados de una desgracia para caer en otra peor.
-Usted sabe -me dijo-, que los hijos de Israel al principio se alegraron de su salida de Egipto pero, luego, se rebelaron contra Dios, que los había liberado, cuando les faltó el pan en medio del desierto.

Su razonamiento era tan sensato y su consejo tan bueno, que me sentí muy complacido, tanto por su propuesta como por la lealtad que me demostraba. Así, pues, nos pusimos a trabajar los cuatro, lo mejor que pudimos con las herramientas de madera que teníamos. En menos de un mes, al cabo del cual comenzaba el período de siembra, habíamos labrado y preparado una razonable extensión de terreno. Sembramos veintidós celemines de cebada y dieciséis jarras de arroz, que era todo el grano del que podíamos disponer, después de reservar una cantidad suficiente para nuestro sustento durante los seis meses que debíamos esperar hasta el momento de la cosecha; es decir, los seis meses que transcurrieron desde que apartamos el grano destinado a la siembra, que es el tiempo que se demora en crecer en aquellas tierras.

Siendo una sociedad lo suficientemente numerosa como para no temer a los salvajes, salvo que viniese un gran número de ellos, andábamos libremente por la isla cuando nos apetecía. Nuestros pensamientos estaban ocupados en la idea de nuestra liberación, al menos los míos, pues no podía dejar de pensar en la forma de realizarla. Con este propósito, fui marcando varios árboles que me parecían adecuados para la labor y le ordené a Viernes y a su padre que los cortaran. Al español le encomendé que supervisara y dirigiera estas tareas.

Le mostré el esfuerzo ímprobo que me había costado transformar un enorme árbol en una plancha y les ordené que hicieran lo mismo, hasta que produjeran una docena de tablones de buen roble, de unos dos pies de ancho por treinta y cinco de largo y dos a cuatro pulgadas de espesor. Cualquiera puede imaginar el trabajo que costó hacer todo esto.

Al mismo tiempo, me encargué de aumentar todo lo que pude mi pequeño rebaño de cabras domésticas. Con este propósito, el español y yo nos turnábamos diariamente para ir a cazar con Viernes y, de este modo, conseguimos más de veinte cabritos y los criamos con los demás, pues, cada vez que matábamos una madre, cogíamos a los más pequeños y los añadíamos a nuestro rebaño. En eso llegó la época de secar las uvas y colgamos tantos racimos al sol, que, si hubiésemos estado en Alicante, donde se producen las pasas, habríamos llenado sesenta u ochenta barriles. Estas pasas, junto con nuestro pan, constituían nuestro principal alimento, excelente para la salud, os lo aseguro, porque son en extremo nutritivas.

Había llegado el tiempo de la cosecha y la nuestra resultó buena. No dio el mayor rendimiento que hubiese visto en la isla pero era suficiente para nuestros propósitos. De los veintidós celemines de cebada que sembramos, obtuvimos más de doscientos veinte y, en igual proporción, cosechamos el arroz. Esto era suficiente para nuestra subsistencia hasta la próxima cosecha, incluso con los dieciséis españoles y, si hubiésemos decidido emprender el viaje, habríamos contado con suficientes provisiones para abastecer nuestro navío e ir a cualquier parte del mundo, es decir, a América.

Cuando hubimos recogido y asegurado nuestro grano, nos dispusimos a hacer más cestos en los que guardarlo. El español era muy hábil y diestro en este menester y, a menudo, me recriminaba que no utilizara más este recurso pero a mí no me parecía necesario.

Ahora teníamos suficiente comida para los invitados que esperaba y le dije al español que fuera al continente para ver qué podía hacer por los que estaban allí. Le di órdenes estrictas de no traer a ningún hombre que antes no hubiese jurado por escrito, en su presencia y la del viejo salvaje, que jamás le haría daño ni atacaría a la persona que estaba en la isla y que, tan generosamente, le había rescatado; que la apoyaría y la protegerían de cualquier atentado de este tipo y se sometería totalmente a sus órdenes, donde quiera que fuese. Esto lo pondrían todos por escrito y lo firmarían con su puño y letra, mas nadie se preguntó cómo lo harían, si no disponían de tinta ni plumas.

Con estas instrucciones, el español y el viejo salvaje, el padre de Viernes, zarparon en una de las canoas en las que vinieron, los trajeron, más bien, como prisioneros para ser devorados por los salvajes. Le di a cada uno un mosquete con balas y cerca de ocho cargas de pólvora, encomendándoles que cuidaran muy bien de ellos y no los utilizaran a menos que fuese urgente.

Todos estos preparativos me resultaban muy agradables, pues eran las primeras medidas que tomaba con vistas a mi liberación en veintisiete años y unos días. Les di suficiente pan y pasas para que pudiesen abastecerse durante varios días y abastecer a sus compañeros durante otros ocho días. Y, deseándoles un buen viaje, los vi partir, acordando que, a su regreso, harían una señal para que yo pudiese reconocerlos antes de llegar a la orilla.

Zarparon con una brisa favorable, según mis cálculos, el día de luna llena del mes de octubre. No obstante, he de decir que habiéndola perdido una vez, no llevaba una cuenta exacta de los días, ni había apuntado los años con suficiente precisión como para saberlo a ciencia cierta. Más, cuando verifiqué mis cálculos posteriormente, descubrí que había llevado una cuenta exacta de los años.

No habían pasado más de ocho días de su partida cuando se produjo un incidente extraño e inesperado, que quizás no tenga parangón con nada que hubiese podido ocurrir en esta historia. Una mañana, me hallaba profundamente dormido cuando mi siervo Viernes, vino corriendo y gritó: «Amo, amo, ellos vienen, ellos vienen.»

Salté de la cama y, sin sospechar peligro alguno, tan pronto como me hube vestido, salí por mi bosquecillo que, dicho sea de paso, se había convertido en un espeso bosque. Tal como iba diciendo, ajeno a cualquier peligro, salí sin armas, en contra de mi costumbre. Cuando miré hacia el mar, me quedé sorprendido de ver una embarcación que llevaba una vela de lomo de cordero, como suelen llamarse, a una legua y media de la costa. El viento, que soplaba con bastante fuerza, la empujaba hacia nosotros pero inmediatamente me di

cuenta de que no venía de la costa, sino del extremo más meridional de la isla. Entonces, llamé a Viernes y le dije que se mantuviese escondido, pues esa no era la gente a la que esperábamos y no sabíamos si eran amigos o enemigos.
A continuación, fui a buscar mi catalejo, a fin de ver si los reconocía. Tomé la escalera para subir a la colina, como solía hacerlo cuando desconfiaba de algo, y para poder observar sin riesgo de ser descubierto.
Apenas había subido, pude observar a simple vista que habían echado un ancla y estaban a casi dos leguas de donde me hallaba, hacia el sudoeste, pero a menos de una legua y media de la costa. Pude reconocer claramente que era un buque inglés y su chalupa también lo parecía.
No puedo expresar la confusión que sentí, a pesar de la alegría que me causaba ver un navío que, sin duda, estaría tripulado por compatriotas míos y, por consiguiente, amigos. No obstante, y sin saber por qué, me invadieron ciertas dudas que me aconsejaban que me mantuviera en guardia.
En primer lugar, me pregunté qué podía traer a un navío inglés a esta parte del mundo, que estaba completamente fuera de la ruta de tráfico. Sabía que ninguna tempestad los había arrastrado hasta mis costas y, si eran realmente ingleses, posiblemente venían con malas intenciones, por lo que prefería seguir como estaba a caer en manos de ladrones y asesinos.
Ningún hombre debería despreciar sus presentimientos ni las advertencias secretas de peligro que a veces recibe, aun en momentos en los que parecería imposible que fueran reales. Casi nadie podría negar que estos presentimientos y advertencias nos son dados; tampoco que sean manifestaciones de un mundo invisible y de ciertos espíritus. Así, pues, si su tendencia es a advertirnos del peligro, ¿por qué no suponer que provienen de un agente propicio, ya sea superior o inferior y subordinado -esto no es lo importante-, y que nos son dados para nuestro beneficio?
Esta pregunta confirma plenamente la sensatez de mi razonamiento, pues, si no hubiese sido cauteloso, a causa de esta premonición secreta, independientemente de su procedencia, habría caído inevitablemente en una situación mucho peor que aquella en la que me hallaba, como veréis de inmediato.
No llevaba mucho tiempo en esta posición cuando vi que la chalupa se aproximaba a la orilla, como buscando una ensenada para llegar a tierra más cómodamente. No obstante, como no se acercaron lo suficiente, no pudieron ver la pequeña entrada por la que, al principio, desembarqué con mis balsas. Se limitaron a llevar la chalupa hasta la playa, a casi media milla de donde me encontraba, lo cual resultó muy ventajoso para mí, pues, de otro modo, habrían desembarcado delante de mi puerta y me habrían sacado a golpes de mi castillo y robado todas mis pertenencias.

Cuando llegaron a la orilla, comprobé que eran ingleses, al menos, en su mayoría. Había uno o dos que parecían holandeses pero no estaba seguro. En total, eran once hombres, de los cuales tres iban desarmados y, según pude ver, amarrados. Los primeros cuatro o cinco que descendieron a tierra sacaron a los otros tres de la chalupa; como si fuesen prisioneros. Pude ver que uno de los tres suplicaba apasionadamente con gestos exagerados de dolor y desesperación; los otros dos, elevaban los brazos al cielo de vez en cuando y parecían afligidos pero en menor grado que el primero.
Este espectáculo me dejó totalmente perplejo, pues no comprendía su significado. Viernes me dijo; en el mejor inglés que pudo:
-Oh, amo, ver hombres ingleses comen prisioneros también como salvajes.
¿Por qué, Viernes? -le pregunté-. ¿Por qué piensas que se los van a comer?
-Sí -me contestó-, ellos van a comerlos.
-No, no, Viernes -le dije-, me temo que los van a matar pero puedes estar seguro de que no se los van a comer.
Durante todo este tiempo, no tenía idea de lo que realmente iba a ocurrir pero permanecí temblando de horror ante la escena, esperando a cada momento que mataran a los tres prisioneros. Uno de esos villanos levantó el brazo con una enorme espada o navaja, como suelen llamarlas los marineros, para asestarle un golpe a uno de aquellos pobres hombres y, como esperaba verle caer al suelo en cualquier momento, se me heló la sangre en las venas.
Entonces deseé de todo corazón que el español y el salvaje que había ido con él, hubiesen estado aquí, o que yo hubiese podido acercarme sin ser descubierto y abrir fuego contra ellos para rescatar a los tres hombres, pues no me parecía que estuvieran armados. Pero se me ocurrió otra idea. Después del monstruoso trato que les dieron a los tres hombres, advertí que los insolentes marineros se dispersaron por la isla, como si quisieran reconocer el territorio. Observé que los tres hombres habían quedado en libertad de ir a donde quisieran pero se sentaron en el suelo, afligidos y desesperados. Esto me hizo recordar el momento de mi llegada a la isla. Recordé que había mirado a mi alrededor enloquecidamente y me había sentido perdido; que estaba muerto de miedo y había pasado la noche encima de un árbol por temor a ser devorado por las bestias salvajes.
Así como en aquel momento no sospechaba que, gracias a la Providencia, el barco sería arrastrado cerca de la tierra por la tormenta y la marea, y me proveería tan ricamente durante tanto tiempo, aquellos tres pobres hombres no podían sospechar cuán cierta y próxima era su salvación ni cuán a salvo estaban, justamente cuando más perdidos y desamparados se sentían.
Realmente, es muy poco lo que podemos predecir en este mundo. Por esta razón, debemos confiar alegremente que el Supremo Creador jamás abandona a sus criaturas y que estas, incluso en las peores circunstancias, descubren algo por

que darle gracias; y están más cerca de la salvación de lo que podrían imaginar, pues, a menudo, son conducidas a ella por los mismos medios que, al parecer, las llevaron a la ruina.

Aquella gente llegó a tierra en el momento en que la marea estaba más alta, y en parte, porque estuvieron hablando con los prisioneros y, en parte, porque se fueron a inspeccionar el lugar en el que habían desembarcado, permanecieron negligentemente hasta que la marea bajó y el agua se retiró tanto que la chalupa quedó en seco.

Habían confiado la chalupa a dos hombres, que, como pude advertir, bebieron demasiado brandy y se habían quedado dormidos. Sin embargo, uno de ellos se despertó antes que el otro y, viendo la chalupa tan encallada que no podría sacarla solo de allí, comenzó a llamar a sus compañeros que andaban dando vueltas por los alrededores. Alertados por los gritos, acudieron rápidamente a la chalupa, mas no tuvieron fuerzas para echarla al agua, pues era muy pesada y, en esa parte de la playa, la arena era blanda y fangosa.

En esta situación, hicieron como los auténticos marineros, que son la gente menos previsora del mundo: se dieron por vencidos y reanudaron su paseo por la isla. Entonces, oí que uno de ellos le gritaba a otro: «Olvídalo, Jack, flotará con la próxima marea.» Sus palabras me confirmaron que eran paisanos míos. Durante todo este tiempo, me mantuve muy bien escondido, sin salir de mi castillo ni mi puesto de observación en lo alto de la colina, y me sentí muy contento de pensar en lo bien protegido que estaba. Sabía que la chalupa no podría volver a flotar antes de diez horas y que, para entonces, ya sería de noche, lo que me permitiría observar sus movimientos y escuchar su conversación si es que la tenían.

Mientras tanto, me preparé para el combate, del mismo modo que lo había hecho antes, aunque con más cautela porque sabía que me enfrentaba a un enemigo diferente de los anteriores. Le ordené a Viernes, a quien había convertido en un excelente tirador, que cogiera algunas armas. Por mi parte, cogí dos escopetas de caza y le di tres mosquetes. Mi aspecto era realmente temible. Llevaba puesto mi abrigo de piel de cabra, el gran sombrero, que mencioné anteriormente, la espada desnuda en un costado, dos pistolas en el cinturón y una escopeta en cada hombro.

Como he dicho, no tenía previsto hacer nada hasta que anocheciera pero a eso de las dos de la tarde, que es el momento más caluroso del día, advertí que todos se adentraban en el bosque, al parecer, para tumbarse a dormir. Los tres pobres hombres estaban demasiado angustiados para descansar pero se cobijaron bajo la sombra de un gran árbol, a un cuarto de milla de donde me hallaba y, según imaginaba, fuera de la vista de los demás.

Entonces, decidí descubrirme ante ellos para enterarme un poco de su situación. En seguida me puse en marcha, de la guisa que acabo de describir, con mi siervo

Viernes, que iba a una buena distancia detrás de mí, tan formidablemente armado como yo, pero: sin un aspecto fantasmal como el mío.
Me acerqué a ellos tan disimuladamente como pude y les dije en español: ¿Quiénes sois, caballeros?
Se levantaron ante el ruido pero se quedaron muy sorprendidos ante el grosero aspecto que tenía. Estaban completamente mudos y casi dispuestos a huir, cuando les dije en inglés: -No os sorprendáis por mi aspecto. Tal vez tenéis un amigo más cerca de lo que suponéis.
-Debe ser un enviado del cielo -dijo uno de ellos con gravedad, quitándose el sombrero-, pues nuestra situación es humanamente insalvable.
-Toda ayuda viene del cielo, señor -le dije-. Más ¿querríais indicarle a un extraño la manera de ayudaros? Me parecéis muy desdichados. Os he visto desembarcar y he visto a uno de ellos levantar su sable para mataros.
El pobre hombre temblaba con el rostro bañado en lágrimas y mirándome atónito respondió:
-¿Estoy hablando con un dios o con un hombre? En verdad, ¿sois un hombre o un ángel?
-No temáis por eso, señor, Si Dios hubiese enviado a un ángel para ayudaros, habría venido mejor vestido y armado de otra manera. Os ruego que os tranquilicéis. Soy un hombre inglés y estoy dispuesto a ayudaros. Ya podéis verlo, solo tengo un criado pero tenemos armas y municiones. Mas decidme francamente, ¿podemos serviros? ¿Cuál es vuestra situación?
-Nuestra situación, señor, es demasiado complicada para contárosla cuando nuestros asesinos están tan cerca pero, en pocas palabras, os diré que yo era el comandante de ese barco y mis hombres se amotinaron contra mí. Han estado a punto de matarme y, finalmente, me han traído a este lugar desierto con mis dos hombres, uno es mi segundo de abordo y el otro, un pasajero.
Esperan dejarnos morir en este lugar que creen deshabitado y aún no sabemos, qué pensar.
¿Dónde están esos animales, vuestros enemigos? -le pregunté-, ¿sabéis hacia dónde han ido?
-Están allí, señor -me respondió, señalando un grupo de árboles-. Mi corazón tiembla de miedo de que nos hayan visto y escuchado hablar. Si es así, seguramente, nos matarán.
-¿Tienen armas de fuego? -le pregunté.
-Solo dos mosquetes y uno de ellos está en la chalupa -respondió.
-Pues bien dije-, entonces, yo me encargo del resto. Como están dormidos, será fácil matarlos, aunque, ¿no sería mejor hacerlos prisioneros?
Me dijo que entre ellos había dos locos villanos con quienes no sería prudente tener misericordia alguna pero, tomando ciertas medidas, los demás volverían a

sus deberes. Le pedí que me mostrara quiénes eran. Me dijo que no podía hacerlo a esa distancia pero que obedecería todas mis órdenes.

-Muy bien -le dije-, retirémonos de su vista para evitar que nos oigan, por lo menos hasta que despierten y hayamos decidido qué hacer.

Gustosamente, me siguieron hasta un lugar donde los árboles nos ocultaban.

-Mirad, señor -le dije-, si yo me arriesgo para salvaros a todos, ¿estáis dispuestos a cumplir dos condiciones?

Se anticipó a mis palabras y me dijo que tanto él como su nave, si la recuperábamos, se pondrían incondicionalmente bajo mi mando y mis órdenes. Si no podíamos recuperar la nave, viviría y moriría a mi lado en cualquier parte del mundo donde quisiera llevarlo. Los otros dos hombres dijeron lo mismo.

-Bien -dije-, mis condiciones son dos. En primer lugar: mientras permanezcáis en esta isla, no pretenderéis tener ninguna autoridad. Si os doy armas en algún momento, me las devolveréis cuando yo os las pida, no haréis perjuicio contra mí ni contra ninguna de mis pertenencias y estaréis sometidos a mis órdenes. En segundo lugar: si se puede recuperar el navío, nos llevaréis sin costo a mí y a mi siervo a Inglaterra.

Me dio todas las garantías que la imaginación y la buena fe humanas pudieran imaginar, tanto de cumplir con mis razonables exigencias, como de quedar en deuda conmigo por el resto de su vida.

-Bien -dije-, aquí tenéis tres mosquetes con pólvora y balas. Ahora decidme, ¿qué os parece que debemos hacer?

Me dio todas las muestras de agradecimiento que pudo y se ofreció a seguir todas mis instrucciones. Le dije que, en cualquier caso, era una operación arriesgada pero lo mejor que podíamos hacer era abrir fuego sobre ellos mientras dormían y, si alguno sobrevivía a nuestra primera descarga y se rendía, lo perdonaríamos. Atacaríamos confiando en que la Providencia Divina nos guiaría.

Me contestó con mucha humildad que, de ser
posible, prefería no matar a nadie, pero si aquellos dos villanos incorregibles, que habían sido los autores del motín, lograban escapar, estaríamos perdidos, pues regresarían al barco y traerían al resto de la tripulación.

-Bien -dije-, entonces la necesidad confirma mi consejo, ya que es la única forma de salvarnos.

Mas notando que el hombre se mostraba receloso ante un derramamiento de sangre, le dije que fuese con sus compañeros y actuase como mejor le pareciese. En medio de esta conversación, advertimos que algunos comenzaban a despertar y vimos que dos de ellos se habían puesto en pie de un salto. Le pregunté si eran los hombres, que, según me había dicho, habían organizado el motín y me dijo que no. -Entonces, dejadlos escapar -le dije-, pues parece que la

Providencia los ha despertado a propósito para que se salven. Ahora bien, si los demás escapan, será por vuestra culpa.
Animado por esto, agarró el mosquete que le había dado y, con una pistola en el cinturón, avanzó con sus dos compañeros, cada uno de los cuales llevaba un arma en la mano. Los dos hombres que iban delante hicieron algún ruido y uno de los marineros se volvió. Viéndolos acercarse, comenzó a gritarles a los demás pero ya era demasiado tarde, pues, tan pronto comenzó a gritar, abrieron fuego; me refiero a los dos hombres, pues el capitán, prudentemente, reservaba su carga. Apuntaron con tanta precisión a los hombres que conocían, que uno de ellos cayó muerto en el acto y el otro quedó gravemente herido. Este intentó incorporarse y empezó a gritar, llamando a los otros para que viniesen a socorrerlo. Mas el capitán se le acercó y le dijo que era muy tarde para pedir auxilio y que más le convenía pedirle perdón a Dios por su traición. Diciendo estas palabras, lo derribó de un culatazo de su mosquete de modo que no pudo volver a hablar nunca más. Había tres más en el grupo y uno de ellos estaba levemente herido. Entonces, me aproximé y, cuando vieron el peligro y que era en vano resistirse, suplicaron misericordia. El capitán les dijo que les perdonaría la vida si le aseguraban que se arrepentían de la traición que habían cometido y le juraban lealtad para recuperar el barco y llevarlo a Jamaica, de donde habían zarpado. Le dieron todas las muestras de sinceridad que pudieron y, como él estaba dispuesto a creerles y a perdonarles la vida, no me opuse pero exigí que permanecieran atados de pies y manos mientras estuviesen en la isla.
Mientras tanto, envié a Viernes a la chalupa con el segundo de abordo y le ordené que la asegurara y trajera los remos y la vela, En eso los otros tres hombres, que se habían ido en otra dirección (felizmente para ellos) regresaron al escuchar los disparos y, al ver a su capitán, que antes había sido su prisionero, convertido en vencedor, accedieron a ser atados como los demás y, así, nuestra victoria fue total.
Solo restaba que el capitán y yo nos contáramos nuestras respectivas circunstancias. A mí me tocó empezar y le conté toda mi historia, que él escuchó con mucha atención, e incluso asombro, en especial, la forma milagrosa en la que había conseguido provisiones y municiones. Como toda mi historia es un cúmulo de milagros, quedó profundamente sobrecogido. Mas, cuando se puso a reflexionar sobre sí mismo y consideró que yo había sido salvado en este lugar para salvarle la vida, comenzó a llorar y no pudo seguir hablando.
Finalizada esta conversación, le conduje junto con sus dos hombres a mi habitación, llevándolos por donde yo había salido, es decir, por lo alto de la casa. Allí les brindé todas las provisiones que tenía y les mostré los inventos que había realizado en mi larga estancia en este lugar.
Todo lo que les mostraba, y les decía, los dejaba profundamente admirados pero, sobre todo, el capitán se quedó muy sorprendido ante mi fortificación y el

modo en que había logrado ocultar mi vivienda entre el bosquecillo. Como hacía más de veinte años que lo había plantado y, como allí los árboles crecían mucho más rápidamente que en Inglaterra, se había convertido en un frondoso bosque, imposible de atravesar por ninguna de sus partes, excepto por un costado en el que había un tortuoso pasadizo. Le dije que aquel era mi castillo y mi residencia pero que además tenía una residencia de descanso en el campo, como la mayoría de los príncipes, donde podía retirarme de vez en cuando. Le dije que se la mostraría cuando tuviera ocasión pero que, ahora, teníamos que ocuparnos de ver cómo recuperar el barco. Estuvo de acuerdo conmigo pero me confesó que no tenía idea de cómo hacerlo, pues aún quedaban veintiséis hombres a bordo, que habían participado en una conspiración maldita, y que, a estas alturas, no estarían dispuestos a renunciar a ella. Seguirían, pues, adelante, sabiendo que, si eran derrotados, serían llevados a la horca tan pronto llegaran a Inglaterra o a cualquiera de sus colonias. Por lo tanto, nosotros, siendo tan pocos, no podíamos atacarlos.

Me quedé pensando largamente en lo que me había dicho y me pareció que sus opiniones eran sensatas. Teníamos que pensar rápidamente en la forma de atacar por sorpresa a la tripulación o de evitar que cayeran sobre nosotros y nos mataran. De pronto, se me ocurrió que, en poco tiempo, la tripulación empezaría a preguntarse qué les habría ocurrido a sus compañeros que habían salido en la chalupa y, sin duda, vendrían a tierra a buscarlos, seguramente armados; y con fuerzas superiores a las nuestras. Al capitán le pareció que esta presunción era razonable.

Entonces, le dije que lo primero que debíamos hacer era evitar que se llevaran la chalupa, que estaba en la playa, vaciándola para que no pudieran utilizarla. Así, pues, nos dirigimos a la barca y retiramos las armas que aún quedaban a bordo y todo lo que encontrarnos: una botella de brandy y otra de ron, algunas galletas, un cuerno de pólvora y un gran terrón de azúcar envuelto en un trozo de lienzo. Todo lo recibí con agrado, en especial, el brandy y el azúcar, que no había probado durante años.

Cuando hubimos llevado todo esto a la costa (ya habíamos cogido los remos, el mástil, la vela y el timón del bote, como he dicho anteriormente), le abrimos un gran agujero en el fondo, de modo que, si venían con fuerzas para derrotarnos, no pudiesen llevársela.

La verdad es que no estaba convencido de que pudiésemos recuperar el barco pero pensaba que, si se iban sin la chalupa, podríamos arreglarla para que pudiera transportarnos hasta las Islas de Sotavento y en el camino recogeríamos a nuestros amigos españoles, a quienes recordaba constantemente.

CAPÍTULO XVIII.

Recuperación del barco

Habíamos arrastrado la chalupa hasta la playa, tierra adentro, para que la marea no pudiera llevársela y le hicimos un agujero en el fondo, lo suficientemente grande como para que no pudiese taponarse fácilmente. De pronto, mientras nos debatíamos sobre qué hacer, escuchamos un cañonazo que procedía del barco y advertimos que hacían señales para llamar a la chalupa a bordo, pero como esta no se movía, dispararon varias veces más y le hicieron nuevas señales. Finalmente, cuando se dieron cuenta de que las señales y los cañonazos eran inútiles y que la chalupa no regresaba, vimos con la ayuda de mi catalejo que echaban al agua otra chalupa y remaban hacia la orilla. A medida que se aproximaban, pudimos ver que venían al menos diez a bordo y que traían armas de fuego.

Puesto que el barco estaba anclado a casi dos leguas de la costa, podíamos verlos claramente mientras se acercaban, incluso sus rostros, pues la marea los había hecho desplazarse un poco hacia el este y remaban de frente a la orilla, hacia el lugar donde había desembarcado la otra chalupa.

De este modo, como he dicho, podíamos verlos claramente. El capitán reconocía la fisionomía y el carácter de todos los hombres que iban en la chalupa. Nos dijo que entre ellos había tres hombres muy honrados que, dominados o aterrorizados por el resto, se habían visto obligados a participar en el motín, pero el contramaestre, que parecía ser el jefe del grupo, y los demás, eran los más temibles de toda la tripulación y estarían, sin duda, empecinados en proseguir su nueva empresa. Ante esto, el capitán se mostró muy inquieto, pues temía que fuesen demasiado fuertes para nosotros.

Le sonreí diciéndole que en nuestras circunstancias debíamos superar el miedo y, pues, como cualquier situación sería mejor que esta en la que nos encontrábamos, debíamos esperar que el resultado de todo esto fuera la liberación, tanto si vivíamos como si moríamos. Le pregunté su opinión sobre las circunstancias de mi vida y si no le parecía que merecía la pena arriesgarse por la libertad.

-Y, ¿dónde está, señor -le dije-, esa confianza en que yo había sobrevivido en esta isla con el propósito de salvarle la vida, que hace un momento le hizo emocionarse? Por mi parte, no veo más que un contratiempo en todo este asunto.

-¿Cuál es? -preguntó.

-Que entre esa gente, como habéis dicho, hay tres o cuatro hombres honrados a los que es preciso perdonar. Si todos fueran de la misma calaña que el resto de la tripulación, habría creído que la Providencia los había escogido para que cayesen en vuestras manos. Mas, tened fe en que todo hombre que desembarque será tomado prisionero y vivirá o morirá, según se comporte con nosotros.

Le hablé firmemente pero con moderación y me di cuenta de que le había infundido una gran confianza. Así, pues, nos dispusimos a afrontar el problema con decisión y, desde que vimos la chalupa alejarse del navío, retiramos a nuestros prisioneros y los pusimos a buen recaudo.

Había dos de quienes el capitán estaba un poco receloso, y los hice conducir por Viernes y uno de los tres hombres (de los liberados) hacia mi cueva, donde estarían lo suficientemente lejos y fuera de peligro como para ser descubiertos o escuchados, o para encontrar el camino de vuelta a través del bosque si lograban escapar. Allí los dejaron atados con algunas provisiones y les prometieron que si se estaban quietos, los liberaríamos en uno o dos días; pero si intentaban escapar, les ajusticiaríamos sin misericordia. Juraron sinceramente que soportarían la prisión con paciencia y les agradecieron el buen trato, las provisiones y las velas, pues Viernes les dio unas velas (de las que hacíamos nosotros) para que estuviesen más cómodos y les dio a entender que se quedaría vigilando en la entrada de la cueva.

Los demás prisioneros recibieron mejor trato, aunque dos de ellos permanecieron atados, ya que el capitán no se fiaba de ellos. Los otros dos, fueron puestos bajo mis órdenes por recomendación del capitán, con la solemne promesa de vivir o morir con nosotros. De esta forma, contándolos a ellos y a los tres marineros honrados; sumábamos siete hombres bien armados. No dudaba que podríamos enfrentarnos a los diez que venían, teniendo en cuenta que el capitán había dicho que entre ellos también había tres o cuatro hombres honestos.

Tan pronto como llegaron al lugar donde estaba la otra chalupa, metieron la suya en la playa y saltaron a tierra, arrastrándola tras de sí, lo que me alegró mucho, pues temía que fueran a dejarla anclada a cierta distancia de la orilla, bajo la custodia de alguno de ellos, y no pudiésemos alcanzarla.

Una vez en la orilla, lo primero que hicieron fue correr hacia la otra chalupa. Evidentemente, se quedaron muy sorprendidos de encontrarla desmantelada y con un gran agujero en el fondo.

Después de examinarla durante un tiempo, llamaron dos o tres veces con todas sus fuerzas, a fin de que sus compañeros pudiesen oírlos. Pero fue en vano. Entonces, formaron un círculo e hicieron un disparo de salva con una de sus armas, cuyo estruendo pudimos escuchar claramente y retumbó en todo el bosque. Esto fue todo. Estábamos seguros de que los prisioneros que estaban en la cueva no podían oírlo y los que estaban bajo nuestro control, si bien lo oirían, no se atreverían a contestar.

Estaban tan sorprendidos y desconcertados, según confesaron más tarde, que decidieron regresar al barco a decirles a sus compañeros que los otros habían sido asesinados y que la chalupa estaba desfondada. Rápidamente, echaron la suya al mar y se metieron en ella.

El capitán estaba muy sorprendido, incluso confundido ante esto; creyéndolos capaces de regresar al barco y marcharse, dando a sus compañeros por muertos. De ser así, perdería el barco que aún tenía la esperanza de recuperar. Y al poco tiempo; se le presentó otro motivo de preocupación.

Apenas habían navegado un trecho, los vimos regresar a la costa. Esta vez, habían adoptado otra actitud, sobre la que, al parecer, habían deliberado: dejarían tres hombres en la embarcación y el resto bajaría a tierra y se internaría en la isla para buscar a sus compañeros.

Esto nos contrarió gravemente, pues no teníamos idea de lo que debíamos hacer. De nada nos serviría coger a los siete hombres que estaban en la orilla, si dejábamos escapar a los que iban en la chalupa, pues estábamos seguros de que remarían hasta el barco mientras los demás levaban anclas y desplegaban velas. De este modo habríamos perdido toda posibilidad de recuperar el barco.

No nos quedaba otro remedio que esperar el giro de los acontecimientos. Los siete hombres saltaron a tierra y los tres que permanecieron en la chalupa se alejaron de la playa, anclando a gran distancia para esperarlos. De este modo, nos resultaba imposible llegar hasta ellos.

Los que desembarcaron se mantuvieron juntos y se encaminaron hacia la cima de la colina, bajo la cual se hallaba mi morada. Podíamos verlos claramente pero ellos no podían vernos a nosotros y hubiésemos deseado que se acercaran para poder dispararles o bien que se alejaran para poder salir. Mas cuando llegaron a la cima de la colina, desde donde podían divisar una parte de los valles y los bosques situados al noreste, que era la parte más baja de la isla, se pusieron a gritar y aullar hasta que no pudieron más. Sin alejarse de la orilla y sin separarse unos de otros, se sentaron bajo un árbol a discutir lo que debían hacer. Si se hubieran echado a dormir, como lo habían hecho sus compañeros, nos habrían hecho un gran favor: Pero estaban demasiado preocupados por el peligro como para atreverse a dormir, aunque no sabían a qué debían temerle.

El capitán propuso un plan que me pareció muy razonable. Intuía que harían otro disparo de salva para que lo oyeran sus compañeros. En ese momento, debíamos caer sobre ellos, aprovechando que sus armas estaban descargadas. De este modo, se rendirían, sin lugar a dudas, y los capturaríamos sin derramar sangre. Me gustó la idea, siempre y cuando la ejecutáramos mientras estuviéramos lo suficientemente cerca como para alcanzarlos antes de que volvieran a cargar sus armas.

Pero no ocurrió así y nos quedamos quietos mucho tiempo sin saber qué decisión adoptar. Finalmente, les dije que, en mi opinión, no había nada que hacer hasta que cayera la noche y entonces, si no regresaban a la chalupa, tal vez encontraríamos la forma de impedirles llegar a la orilla o utilizar algún tipo de estratagema con los que estaban en la chalupa para hacerlos venir a la orilla. Esperamos largo rato, aunque muy inquietos, pues temíamos que se alejasen. Después de consultarlo extensamente, vimos que se ponían de pie y se encaminaban hacia el mar, lo cual nos causó una gran consternación. Al parecer, tenían tanto miedo de los peligros del lugar, que decidieron volver a bordo del barco y proseguir su viaje, dando a sus compañeros por muertos.

Apenas advertí que se dirigían a la playa, imaginé lo que, en efecto, ocurría: habían abandonado la búsqueda y se preparaban para regresar. Le comuniqué mis pensamientos al capitán, que se quedó como aterrado. Más, enseguida se me ocurrió una estratagema para traerlos de vuelta, que respondía cabalmente a mis necesidades.

Ordené a Viernes y al segundo de abordo que cruzaran el pequeño río en dirección al oeste, hacia el lugar donde desembarcaron los salvajes la noche en que Viernes fue rescatado. Cuando llegaran a un pequeño promontorio que estaba como a media milla, gritarían lo más fuertemente que pudieran y esperarían hasta que los marineros los oyeran. Después que les hubiesen contestado, debían regresar, manteniéndose ocultos y respondiendo a sus gritos, a fin de adentrarlos lo más posible en el bosque, dando un largo rodeo por ciertos caminos que les señalé, hasta llegar a donde estábamos nosotros.

Los marineros estaban llegando al bote cuando Viernes y el segundo de abordo comenzaron a aullar. Los escucharon y, en el acto, les contestaron y comenzaron a correr a lo largo de la costa en dirección oeste, hacia el lugar de donde provenía la voz. Se detuvieron cuando llegaron al río pues estaba demasiado crecido en ese momento como para cruzarlo. Entonces, llamaron a los que estaban en la chalupa para que se llegaran hasta allí y les ayudaran a cruzar, tal y como yo lo esperaba.

Cuando alcanzaron la otra orilla, observé que la chalupa se había internado un buen trecho en el río y había llegado a una especie de puerto en la tierra. Uno de los tres hombres que iban a bordo se unió a los demás, dejando a los otros dos a cargo de ella, después de amarrarla al tronco de un pequeño árbol que estaba en la orilla.

Esto era lo que yo esperaba, así que dejé a Viernes y al segundo de abordo a cargo de su parte. Yo me fui con los otros y, cruzando la ensenada sin ser vistos, sorprendimos a los dos hombres antes de que pudiesen darse cuenta; uno de ellos estaba acostado en el bote y el otro, en la playa. El que estaba acostado en la playa parecía estar entre dormido y despierto y cuando se fue a poner de pie, el capitán, que iba delante, se abalanzó sobre él y lo derribó. Entonces, le gritó al que estaba en la chalupa que se rindiera o sería hombre muerto.

No eran necesarios demasiados argumentos para que un hombre solo se rindiera frente a cinco, cuando su compañero se hallaba derribado en el suelo. Además, al parecer, este era uno de los tres que no había participado activamente en el motín, como el resto de la tripulación, por lo que, pudimos persuadirlo fácilmente, no solo de rendirse, sino de unirse sinceramente a nosotros.

Mientras tanto, Viernes y el segundo de abordo cumplían cabalmente su misión con los demás marineros. Gritando y aullando, los condujeron de colina en colina y de bosque en bosque hasta dejarlos, totalmente agotados, en un lugar tan apartado, que les sería imposible regresar a la chalupa antes del anochecer. En verdad, ellos mismos estaban extenuados cuando se reunieron con nosotros. No podíamos hacer más que espiarlos en la oscuridad para poder atacarlos con éxito. Habían transcurrido varias horas desde que Viernes se había reunido con nosotros cuando los marineros llegaron a la chalupa. Desde lejos, podíamos escuchar a los que venían delante diciéndoles a los demás que apuraran el paso, a lo que estos respondían quejándose y diciendo que estaban tan fatigados que no podían hacerlo. Esto nos alegró mucho.

Finalmente, llegaron a la chalupa. Sería imposible describir la confusión que sintieron al verla en seco, pues la marea había bajado, y no hallar a sus dos compañeros. Llamaban a uno y otro de una forma que daba pena y se decían que se encontraban en una isla encantada; que si estaba habitada por hombres, serían asesinados, y si lo que había eran demonios o espíritus, serían raptados y devorados.

Se pusieron a gritar nuevamente y a llamar a sus compañeros por sus nombres pero no obtuvieron respuesta. Poco después a pesar de la poca claridad, pudimos ver que corrían de un lado a otro, retorciéndose las manos, como enloquecidos. Se sentaban un momento en la chalupa a descansar y luego volvían a la playa, y así estuvieron mucho rato.

Mis hombres estaban deseosos de que les diera la orden de atacarlos, aprovechando la oscuridad, pero yo quería esperar la ocasión más ventajosa, a fin de que muriera la menor cantidad de gente posible. En particular, quería proteger a mis hombres pues sabía que los marineros estaban bien armados. Decidí esperar, por ver si se separaban y, para protegernos de ellos, acercamos nuestra emboscada. Le ordené a Viernes y al capitán que se arrastraran a gatas, lo más agachados que pudieran para no ser descubiertos y se aproximaran al enemigo antes de atacarlo.

Llevaban poco tiempo en esta posición cuando el contramaestre, que había sido el líder del motín y ahora se mostraba como el más cobarde y desesperado de todos, se acercó hasta donde se hallaban mis hombres con dos miembros de la tripulación. El capitán estaba tan impaciente de ver casi en su poder al principal culpable, que apenas podía esperar a acercarse para asegurar el golpe. Hasta ese momento, solo habían podido escuchar su voz pero cuando los tuvieron a tiro, Viernes y el capitán se pusieron en pie de un salto y abrieron fuego sobre ellos. El contramaestre cayó muerto en el acto; el segundo cayó muy mal herido cerca de él y murió al cabo de una o dos horas; el tercero pudo escapar.

Cuando sonaron los disparos, avancé enseguida con todo mi ejército, que ahora se componía de ocho hombres: yo, que era el generalísimo; Viernes, que era mi teniente general, el capitán con sus dos hombres y los tres prisioneros a los que les habíamos confiado armas.

Nos acercamos a ellos en la oscuridad, de modo que no pudiesen ver cuántos éramos. Al hombre que habíamos encontrado en la chalupa, que ahora era uno de los nuestros, le ordené llamarlos por sus nombres para intentar llegar a un acuerdo con ellos, lo cual ocurrió tal y como lo deseábamos, pues resulta fácil imaginar que, en la situación en la que se hallaban, no les quedaba otra alternativa que capitular. Así, pues, el marinero llamó a uno de ellos con todas sus fuerzas: -¡Tom Smith, Tom Smith!

Tom Smith respondió al instante.

-¿Eres tú, Robinson? -pues le había reconocido la voz.

-Sí, sí -respondió Robinson-. En nombre de Dios, Tom Smith, entregad las armas y rendíos porque si no, todos seréis hombres muertos.

-¿A quién debemos rendirnos? -preguntó Smith-. ¿Dónde están?

-Están aquí -dijo Robinson-. Aquí está nuestro capitán, acompañado de cincuenta hombres y os viene persiguiendo desde hace dos horas. El contramaestre está muerto, Will Frye está herido y yo estoy prisionero. Si no os rendís, estaréis todos perdidos.

-¿Se nos dará cuartel si nos rendimos?

-preguntó Tom Smith.

-Voy a preguntarlo, pero si prometéis rendiros -respondió Robinson.

Se dirigió al capitán que les gritó:

-Tú, Smith, ya conocéis mi voz. Si os rendís inmediatamente y entregáis las armas, os aseguro las vidas a todos, excepto a Will Atkins.

En seguida, Will Atkins gritó:

-En el nombre de Dios, capitán, concededme cuartel. ¿Qué he hecho yo? Todos son tan culpables como yo.

Mentía a este respecto pues, al parecer, Will Atkins había sido el primero en tomar prisionero al capitán cuando se amotinaron y lo había tratado injuriosamente, amarrándole las manos e insultándolo. No obstante, el capitán le dijo que se rindiese a su propia discreción y confiara en la misericordia del gobernador. Se refería a mí, pues todos me llamaban gobernador.

Acto seguido, depusieron sus armas y rogaron por sus vidas. Envié al hombre que les había hablado primero con otros dos compañeros para que los atasen. Entonces, mi formidable ejército de cincuenta hombres, que con aquellos tres,

sumaba ocho, avanzó hacia ellos y se apoderó de la chalupa. Yo me mantuve alejado con uno de ellos, por razones de estado.
Nuestra siguiente tarea era reparar la chalupa y tomar el barco. El capitán, que ahora tenía tranquilidad para hablar con ellos, les recriminó su villanía y las posibles consecuencias funestas de su proyecto, pues, con toda certeza, los habría podido llevar a la miseria y, a la larga, a la horca. Todos ellos se mostraron sumamente arrepentidos y suplicaron que se les perdonase la vida. Mas el capitán les dijo que no eran sus prisioneros sino del gobernador de la isla; que había pensado que los abandonarían en una isla desierta pero, con la ayuda de Dios, la isla estaba habitada y su gobernador era un hombre inglés; que este podía hacerlos ahorcar si le parecía, pero, como les había dado cuartel, suponía que los enviaría a Inglaterra para que fuesen juzgados como lo exigía la ley, con la excepción de Atkins, a quien el gobernador había dado órdenes de ahorcar a la mañana siguiente.
Aunque todo esto era una ficción, surtió el efecto que esperaba. Atkins cayó de rodillas y le suplicó al capitán que intercediese por él ante el gobernador. Los demás le pidieron en nombre de Dios que no los enviase a Inglaterra.
Se me ocurrió entonces que el momento de nuestra liberación había llegado y que resultaría muy fácil hacer que aquellos hombres rescataran el navío. Me retiré a la oscuridad, para evitar que se dieran cuenta de la clase de gobernador al que estaban sometidos, y llamé al capitán para que se acercase hasta donde yo estaba. Como me encontraba a gran distancia, uno de los míos se ocupó de llevarle la orden.
-Capitán -le dijo-, el gobernador os reclama. El capitán respondió:
-Decidle a Su Excelencia que voy de inmediato.
Esto les sorprendió y, sin duda, creyeron que el comandante estaba allí con sus cincuenta hombres.
Cuando el capitán se me acercó, le expliqué mi plan para tomar el barco. Le pareció estupendo y decidió ponerlo en práctica a la mañana siguiente.
Más, para ejecutarlo con mayor eficacia y asegurarnos el éxito, le dije que debíamos dividir a los prisioneros. Atkins y otros dos de los más peligrosos debían ser atados y llevados a la cueva donde se encontraba el resto. Esta tarea le fue encomendada a Viernes y a dos de los hombres que habían desembarcado con el capitán.
Los llevaron a la cueva, como si fuese a una prisión, que, ciertamente, era un lugar terrible para unos hombres en semejante condición.
Ordené que los otros fueran encerrados en mi casa de campo, como solía llamarla, la cual he descrito en detalle. Como estaba cerrada y ellos estaban atados, resultaba muy segura, teniendo en cuenta que debían comportarse bien.
A la mañana siguiente, envié al capitán a hablar con ellos; en otras palabras, a sondearlos y luego informarme si le parecía que podíamos confiar en aquella

gente para enviarlos a abordar el navío por sorpresa. El capitán les habló de la injuria que habían cometido contra él y de la situación en la que se hallaban. Les dijo que, aunque el gobernador les perdonaba la vida por el momento, si eran enviados a Inglaterra, sin duda los colgarían con cadenas. Mas, si se sumaban a una empresa justa, como lo era recuperar el navío, le pediría al gobernador que les perdonara la vida.

Cualquiera podría adivinar el entusiasmo con que estos hombres, que se hallaban en tan terrible situación, aceptaron la propuesta. Se arrodillaron ante el capitán y le juraron que le serían leales hasta derramar la última gota de sangre; que siendo deudores de sus vidas, lo seguirían a cualquier parte del mundo y lo considerarían como un padre mientras viviesen.

-Bien -dijo el capitán-, iré a informar al gobernador de lo que decís y veré si puedo lograr su consentimiento. Me contó sobre el estado de ánimo en que se hallaban los hombres y me afirmó que creía realmente que se mantendrían leales.

No obstante, para asegurarnos, le dije que regresara, escogiera a cinco de ellos y les dijera que tan solo escogería a cinco asistentes y que el gobernador se quedaría con los otros dos, además de los tres que habían sido enviados como prisioneros al castillo (mi cueva), en calidad de rehenes. Si no ejecutaban su misión como era debido, los cinco rehenes serían colgados en la orilla.

Ante la severidad de estas palabras, quedaron convencidos de la determinación del gobernador. No obstante, no tenían otra alternativa que aceptar la proposición. Ahora les correspondía a ellos, tanto como al capitán, convencer a los otros cinco de cumplir con su deber.

Nuestras fuerzas se organizaron para la expedición de la siguiente manera; 1. El capitán, el segundo de abordo y el pasajero; 2. Los dos prisioneros del primer grupo, a quieres había puesto en libertad y entregado armas por la confianza que les tenía el capitán; 3. Los otros dos que estaban atados en la casa de campo y que acababa de liberar, por recomendación del capitán; 4. Los últimos cinco hombres liberados. En total, sumábamos doce, aparte de los cinco que permanecían en la cueva, en calidad de rehenes.

Le pregunté al capitán si estaba dispuesto a aventurarse a abordar el barco con esta gente, pues no me parecía bien que mi siervo Viernes y yo nos marcháramos, dejando a siete hombres detrás, y que estaríamos bastante ocupados vigilándolos y proveyéndoles alimento.

Decidí dejar amarrados a los cinco que estaban en la cueva y Viernes iría dos veces al día a llevarles lo que les hiciera falta. Los otros dos, acarrearían las provisiones a cierta distancia, donde Viernes iría a recogerlas.

Cuando me presenté ante los dos rehenes, el capitán les dijo que yo era la persona a la que el gobernador había encomendado su vigilancia; que el gobernador había decretado que no fuesen a ninguna parte, a menos que yo se lo indicara; y que si escapaban serían perseguidos y atados con cadenas en el castillo. Como no queríamos que supieran que yo era el gobernador, me presenté como si fuera otra persona y les hablé del gobernador, las guarniciones, el castillo y todo lo demás.

El capitán no tenía otra dificultad que aparejar sus dos chalupas, tapar el agujero que tenía una de ellas y comandarlas. Le dio el mando de una a su pasajero, que iría con cuatro hombres y él con su segundo de abordo y cinco más tripularían la otra. Calculó su plan a la perfección. Llegaron al barco a medianoche y tan pronto estuvieron lo suficientemente cerca como para que pudiesen escucharlos, le ordenó a Robinson que los llamara y les dijera que regresaban con la gente y la chalupa pero que les había tomado mucho tiempo encontrarlos. Así los entretuvo hasta que los otros, que venían detrás, se acercaron al barco. Entonces, el capitán y el segundo de abordo entraron con sus armas y derribaron de un culatazo al que estaba de segundo y al carpintero, fielmente secundados por el resto de sus hombres. Aseguraron el alcázar y cerraron todas las escotillas para impedir que salieran los que estaban abajo. Los que iban en la otra chalupa subieron por las cadenas de proa y aseguraron el castillo de proa y la escotilla que conducía a la cocina, donde capturaron tres prisioneros.

Cuando hubieron terminado y se hallaron seguros en cubierta, el capitán les ordenó al segundo de abordo y a otros tres hombres irrumpir en el camarote principal donde se hallaba el nuevo capitán rebelde. A la primera señal de alarma, este había recogido unas armas y se había atrincherado allí con dos marineros y un grumete. Cuando el segundo, valiéndose de una palanca, echó abajo la puerta, el nuevo capitán y sus hombres abrieron fuego contra ellos. Al segundo le hicieron una herida de mosquete en el brazo e hirieron a dos más pero ninguno resultó muerto.

Mientras pedía ayuda, el segundo, herido como estaba, entró en el camarote principal y le disparó al nuevo capitán. La bala le entró por la boca y le salió por detrás de la oreja, de modo que no volvió a pronunciar palabra nunca más. Ante esto, los demás se rindieron y el barco pudo recuperarse sin que se perdieran más vidas.

Tan pronto recuperaron el barco, el capitán ordenó que se dispararan siete cañonazos, que era la señal acordada para informarme del éxito de la empresa. Podéis estar seguros de que los escuché con gran placer, dado que estuve en vela, sentado en la playa, desde las dos de la madrugada.

Cuando escuché la señal, me recosté y, como aquel había sido un día agotador, me dormí profundamente hasta que me sorprendió el estrépito de otro cañonazo. Mientras me ponía en pie, oí la voz de un hombre que me llamaba «Gobernador, Gobernador» y de inmediato reconocí la voz del capitán. Subí

rápidamente hasta la punta de la colina y lo hallé, apuntando hacia el barco. Me abrazó y me dijo:
-Mi querido amigo y salvador, ahí está vuestro barco; es todo vuestro, con todo lo que lleva a bordo y todos los miembros de su tripulación.
Miré hacia la nave y la divisé a un poco más de media milla de la playa, pues, tan pronto como la hubieron recuperado, levaron anclas y, aprovechando el buen tiempo, la llevaron hasta la embocadura de la pequeña ensenada, donde volvieron a anclarla. Como la marea estaba alta, el capitán había traído la chalupa hasta el lugar donde yo había llegado con mis balsas y había desembarcado justamente frente a mi puerta.
Al principio, estuve a punto de desmayarme de la emoción, pues veía mi liberación claramente en mis manos. Todo parecía favorable y tenía un gran barco listo para llevarme a donde quisiera. Durante un tiempo, no fui capaz de decirle una palabra y cuando me abrazó, me sujeté a él fuertemente para no caer al suelo.
Advirtió mi conmoción e, inmediatamente, sacó una botella de su bolsillo y me ofreció un trago de un licor que había traído expresamente para mí. Lo bebí y me senté en el suelo pero, a pesar de que me hallaba más calmado, no pude decirle ni una palabra.
Entonces, yo le abracé como a mi salvador y nos felicitamos mutuamente. Le dije que le veía como a un enviado del cielo para mi salvación y que todo lo ocurrido me parecía una cadena de milagros; que estas cosas eran testimonio de que la Providencia rige al mundo con mano secreta y evidencia de que los ojos de un poder infinito podían ver hasta en el lugar más recóndito de la tierra y ayudar a los miserables cuando Él lo deseaba.
No olvidé elevar al cielo el agradecimiento de mi corazón, pues, ¿qué corazón se resistiría a bendecirle a Él, que había socorrido milagrosamente a alguien que se encontraba en una situación tan desoladora? De Él provenía toda salvación y todos debíamos darle gracias por ello.
Después de conversar un rato, el capitán me dijo que me había traído algunas de las provisiones que había en el barco y que habían podido rescatar del prolongado saqueo de los amotinados. De inmediato, llamó a los que estaban en la chalupa y les ordenó que trajeran los regalos destinados al gobernador. Semejante regalo no parecía destinado a alguien que iba a embarcarse con ellos, sino a cualquiera que fuese a permanecer largo tiempo en la isla.
En primer lugar, me trajeron una caja de botellas de un excelente licor, seis botellas de dos cuartos de vino de Madeira, dos libras de un excelente tabaco, doce trozos de carne, seis trozos de cerdo, una bolsa de guisantes y casi cien libras de galletas.
También me trajeron una caja de azúcar, otra de harina, una bolsa de limones, dos botellas de zumo de lima y un montón de cosas más. Aparte de esto, me dio

algo mil veces más útil: seis camisas nuevas, seis corbatas estupendas, dos pares de guantes, un par de zapatos, un sombrero, un par de calcetines y una de sus chaquetas, que había usado muy poco. En pocas palabras, me vistió de pies a cabeza.

Era un regalo generoso y agradable para alguien en mis circunstancias. No obstante, al principio, cuando me puse las ropas me parecieron incómodas, extrañas y desagradables.

Después de las ceremonias, y cuando todas estas cosas maravillosas fueron transportadas a mi pequeña vivienda, comenzamos a debatir qué hacer con los prisioneros, pues teníamos que decidir si los llevaríamos con nosotros, en especial a dos de ellos, que eran incorregibles y obstinados en extremo. El capitán dijo que eran unos bandidos y que no teníamos ninguna obligación hacia ellos, por lo que, si los llevábamos, sería encadenados, como a malhechores, para entregarlos a la justicia en la primera colonia inglesa que tocáramos. No obstante, me di cuenta de que el capitán se sentía intranquilo con la idea.

A esto le respondí que, si lo deseaba, yo me atrevía a ir por los dos hombres de los que hablaba y preguntarles si estaban dispuestos a quedarse en la isla.

-Esto me parece muy bien -dijo el capitán-.

-Bien -le dije-, mandaré a buscarlos y hablaré con ellos en su nombre.

Mandé a Viernes y a los dos rehenes, que habían sido puestos en libertad por la buena gestión de sus compañeros, a que fueran a la cueva, condujeran a los cinco hombres prisioneros hasta la casa de campo y los retuvieran allí hasta que yo llegara.

Al poco rato volví hasta allí, vestido con mis nuevas ropas y habiendo tomado otra vez el título de gobernador. Cuando estuvimos todos reunidos y con el capitán a mi lado, ordené que trajeran a los prisioneros ante mí y les dije que estaba al tanto de su malvada conducta hacia el capitán y de la forma en que habían tomado el barco con la intención de cometer nuevas fechorías, si la Providencia no los hubiese hecho caer en el mismo foso que habían cavado para otros.

Les dije que el barco había sido tomado por órdenes mías, que por eso estaba en la rada y que dentro de poco verían la recompensa que había recibido su rebelde capitán, que estaba colgado del palo mayor.

Les pregunté si tenían algo que alegar para que yo no ordenase su ejecución como piratas cogidos en el acto del delito, conforme con la autoridad que me había sido conferida.

Uno de ellos contestó, en nombre del resto, que no tenían nada que alegar, salvo que el capitán les había prometido perdonarles la vida cuando los tomó prisioneros, por lo que, humildemente, imploraban mi clemencia. Les dije que no creía que debía tener ninguna clemencia con ellos pero que había decidido abandonar la isla con todos mis hombres y embarcarme con el capitán rumbo a Inglaterra. Como el capitán no podía llevarlos a Inglaterra si no era encadenados como prisioneros para ser enjuiciados por el motín y el hurto del barco, tan pronto llegasen allí, serían condenados a la horca, como bien sabían. Les pregunté si estarían dispuestos a quedarse en la isla, lo cual me parecía lo mejor para ellos, y les comuniqué que no me importaba que lo hicieran, ya que yo tenía libertad de abandonarla. Puesto que me sentía inclinado a perdonarles la vida, si ellos pensaban que podían sobrevivir aquí, lo haría de grado.

Se mostraron muy agradecidos por esto y dijeron que preferirían quedarse en la isla antes que ser conducidos a Inglaterra para ser ahorcados, de modo que accedí en este tema.

No obstante, el capitán comenzó a presentar ciertas objeciones, como si no se atreviese a dejarlos aquí. Me mostré un poco enfadado con el capitán y le dije que eran prisioneros míos y no suyos; que habiéndoles perdonado, no podía faltar a mi palabra; que si no estaba de acuerdo con esto, los pondría en libertad, tal cual los había encontrado; y que si esto no le parecía bien, podía arrestarlos si lograba capturarlos.

Ante esto, todos se mostraron muy agradecidos. En consecuencia, los puse en libertad y les dije que se retiraran al lugar del bosque de donde habían venido y que yo les daría armas, municiones e instrucciones para vivir cómodamente, si esto les parecía bien.

Entonces, comencé a prepararme para subir a bordo del barco. Le dije al capitán que deseaba pasar la noche en la isla para arreglar mis cosas pero deseaba que él permaneciera en el barco, para mantener el orden y, al día siguiente, me enviara una chalupa. Mientras tanto, debía colgar al capitán rebelde del palo mayor para que los hombres pudieran verlo.

Cuando el capitán se hubo marchado, hice venir a esos hombres a mi vivienda y entablé con ellos una conversación muy seria sobre su situación. Les dije que, según mi criterio, habían tomado la decisión correcta porque, si el capitán los llevaba, sin duda serían ahorcados. Les mostré al capitán rebelde colgado del palo mayor del barco y les aseguré que no podían esperar nada mejor.

Después de cerciorarme de que estaban dispuestos a quedarse en la isla, les dije que deseaba contarles la historia de mi vida en aquel lugar, a fin de facilitarles un poco las cosas. Por consiguiente, les hice una detallada descripción del lugar y de mi llegada. Les mostré mis fortificaciones, la forma en que hacía mi pan, sembraba mi grano y secaba mis uvas; en pocas palabras, todo lo necesario para que estuvieran cómodos. También les conté la historia de los dieciséis españoles, por cuyo regreso estábamos aguardando y les dejé una carta, haciéndoles prometer que lo compartirían todo con ellos.

Les dejé mis armas, a saber: cinco mosquetes, tres escopetas de caza y tres espadas. Aún tenía más de un barril y medio de pólvora, pues, después del segundo año, utilicé muy poca y no desperdicié ninguna. Les hice una descripción del modo en que cuidaba las cabras y les di instrucciones para ordeñarlas y alimentarlas y para hacer mantequilla y queso.

En pocas palabras, les conté todos los detalles de mi historia y les dije que le pediría al capitán que les dejara otros dos barriles de pólvora y algunas semillas, las cuales en otro momento me habría gustado mucho tener. También les di la bolsa de guisantes que el capitán me había regalado y les aconsejé que los sembraran y los cultivaran.

CAPÍTULO XIX.

Regreso a Inglaterra

Habiendo hecho todo esto, al día siguiente los abandoné y subí a bordo del barco. Nos preparamos inmediatamente para zarpar pero no levamos anclas esa noche. A la mañana siguiente, dos de los cinco hombres que se habían quedado llegaron a nado hasta el barco, quejándose lastimosamente de los otros tres y suplicando por Dios, que los lleváramos en el barco, pues, de lo contrario, serían asesinados. Le rogaron al capitán que los dejase subir a bordo aunque solo fuese para colgarlos inmediatamente.
El capitán dijo que no podía hacer nada sin mi consentimiento y después de algunos inconvenientes y solemnes promesas de enmienda, se les permitió subir a bordo y se les azotó fuertemente, después de lo cual se comportaron como hombres honestos y tranquilos.
Tras de esto, con la marea alta, una de las chalupas fue enviada a la orilla con las cosas que les había prometido a los hombres, a lo cual, por intercesión mía, el capitán agregó sus cofres y algunas ropas, que recibieron con sumo agrado. Además, para animarlos, les dije que, si en el camino encontraba algún navío que pudiera recogerlos, no me olvidaría de ellos.
Al abandonar la isla, traje conmigo algunas reliquias como el gran gorro de piel de cabra que me había confeccionado, la sombrilla y el loro. También traje el dinero, del que hablé al principio, que, como había estado guardado durante tanto tiempo, se había oxidado y ennegrecido y apenas habría podido pasar por plata, si antes no lo hubiese limpiado y pulido. Traje, además, el dinero que había encontrado en el naufragio del barco español.
Y fue así como abandoné la isla el 19 de diciembre de 1686, según los cálculos que hice en el barco, después de haber vivido en ella veintiocho años, dos meses y diecinueve días. De este segundo cautiverio fui liberado el mismo día del mes que había escapado por primera vez de los moros de Salé en una piragua. Al cabo de un largo viaje, llegamos a Inglaterra el 11 de junio de 1687, después de treinta y cinco años de ausencia.
Cuando llegué a Inglaterra era un perfecto desconocido, como si nunca hubiese vivido allí. Mi benefactora y fiel tesorera, a quien había encomendado todo mi dinero, estaba viva pero había padecido muchas desgracias. Había enviudado por segunda vez y vivía en la pobreza. La tranquilice respecto a lo que me debía y le aseguré que no le causaría ninguna molestia, sino al contrario, en agradecimiento por sus pasadas atenciones y su lealtad, la ayudaría en la medida que me lo permitiera mi pequeña fortuna, lo cual no implicaba que pudiese hacer gran cosa por ella. No obstante, le juré que nunca olvidaría su antiguo

afecto por mí y así lo hice cuando estuve en condiciones de ayudarla, cómo se verá en su momento.

Me dirigí a Yorkshire; pero mi padre, mi madre y el resto de mi familia había muerto, excepto dos hermanas y dos hijos de uno de mis hermanos. Cómo no habían tenido noticias mías, después de tantos años, me creían muerto y no me habían guardado nada de la herencia. En pocas palabras, no encontré apoyo ni auxilio y el pequeño capital que tenía, no era suficiente para establecerme.

No obstante, recibí una muestra de agradecimiento que no esperaba. El capitán del barco, al que había salvado felizmente junto con el navío y todo su cargamento, les contó a sus propietarios, con lujo de detalles, la extraordinaria forma en que yo había salvado sus bienes. Estos me invitaron a reunirme con ellos y con otros mercaderes interesados y, después de muchos agradecimientos por lo que había hecho, me obsequiaron con casi doscientas libras esterlinas.

Me puse a reflexionar en las circunstancias de mi vida y en lo poco que tenía para establecerme en el mundo. Entonces decidí viajar a Lisboa para ver si podía obtener alguna información sobre mi plantación en Brasil y enterarme de lo que había sido de mi socio, que al cabo de tantos años, me habría dado por muerto.

Con esta idea, me embarqué rumbo a Lisboa, a donde llegué en abril del año siguiente. Mi siervo Viernes me acompañaba fielmente en todas estas andanzas y demostró ser el servidor más leal del mundo en todo momento.

Cuando llegué a Lisboa, y después de hacer algunas averiguaciones, encontré a mi viejo amigo, el capitán del barco que me rescató la primera vez en las costas de África. Ahora era un anciano y había abandonado el mar, dejando a su hijo, que ya no era un jovenzuelo, a cargo del barco con el que aún traficaba en Brasil. El viejo no me reconoció y en verdad, tampoco yo pude reconocerlo pero inmediatamente lo recordé, así como él me recordó a mí cuando le dije quién era.

Después de algunas expresiones de mutuo afecto, le pregunté, como era de esperarse, por mi plantación y mi socio. El viejo me dijo que no había viajado a Brasil en nueve años pero podía asegurarme que la última vez que había estado allí, vio a mi socio con vida, aunque aquellos a los que había dejado a cargo de administrar mis intereses habían muerto. No obstante, suponía que podía recibir cuenta exacta de mi plantación pues, creyéndome muerto, mis administradores habían dado relación de la producción de mi parte al procurador fiscal, que tomaría posesión de ella, en caso de que yo no volviera nunca a reclamarla, dándole una tercera parte al rey y las otras dos terceras partes al monasterio de San Agustín, para ayudar a los pobres y a la conversión de los indios al catolicismo. Mas, si yo la reclamaba o alguien en mi nombre lo hacía, se me restituiría completamente con excepción de los intereses o rentas anuales, que estaban destinados para la caridad y no podían ser reembolsados.

Me aseguró que tanto el intendente del rey (de sus tierras) como el proveedor o encargado del monasterio, se habían ocupado de que el titular, es decir, mi socio, les rindiera cuentas anualmente de los beneficios de la plantación, de la cual había apartado, con escrupuloso celo, la mitad que me correspondía.

Le pregunté si sabía cuánto había crecido mi plantación, si le parecía que valía la pena reclamarla o si, por el contrario, solo encontraría obstáculos para recuperar lo que justamente me correspondía.

Me dijo que no podía decirme con exactitud cuánto había crecido mi plantación pero sabía con certeza que mi socio se había hecho muy rico, con solo la mitad y que, según creía recordar, la tercera parte del rey, que, al parecer, le había sido otorgada a otro monasterio o comunidad religiosa, producía unos doscientos moidores al año. En cuanto a la posibilidad de recuperar mis derechos sobre la plantación, estaba seguro de que lo conseguiría pues mi socio, que aún vivía, podía dar fe de mis títulos, que estaban inscritos a mi nombre en el catastro de los propietarios del país. También me dijo que los sucesores de mis dos administradores eran gente honrada y muy rica y que, según pensaba, no solo me ayudarían a recuperar mis posesiones sino que, además, me entregarían una considerable cantidad de dinero por los beneficios producidos en mi plantación durante el tiempo que sus padres la habían administrado antes de la cesión, que debieron ser unos doce años.

Me mostré un poco preocupado e inquieto ante este relato y le pregunté al viejo capitán por qué mis administradores habían dispuesto en esa forma de mis bienes, cuando él sabía que yo había dejado un testamento, que lo declaraba a él, el capitán portugués, mi heredero universal.

Me respondió que aquello era cierto pero que, no estando lo suficientemente seguro de mi muerte, no podía actuar como ejecutor testamentario hasta que tuviese una prueba fehaciente de ella. Además, no había querido inmiscuirse en un asunto que estaba en un lugar tan remoto. No obstante, había registrado el testamento, haciendo constar sus derechos y, en caso de haber sabido con certeza que había muerto, hubiese actuado por medio de un procurador para tomar posesión del ingenio, como llamaban a las haciendas azucareras, y le habría dado a su hijo, que ahora se hallaba en Brasil, poder para hacerlo.

-Pero -agregó el anciano-, tengo que daros otra noticia que quizás no sea tan agradable como las otras y es que, creyéndoos muerto, vuestro socio y sus administradores se ofrecieron a pagarme, en vuestro nombre, los beneficios de los primeros seis u ocho años, los cuales recibí. Mas, como en aquel momento se hicieron grandes gastos para aumentar la producción, construir un ingenio y comprar esclavos, la ganancia no fue tan elevada como después. Debo, daros, empero, cuenta precisa de todo lo que he recibido y de la forma en que he dispuesto de ello.

Al cabo de varios días de conversaciones con este viejo amigo, me trajo la cuenta de los pagos por los primeros seis años de ingresos de la plantación, firmada por mi socio y los administradores, que siempre se efectuó en especias tales como rollos de tabaco, toneles de azúcar, ron, melaza, etc., que son los bienes que produce una plantación de azúcar. Por esta cuenta, descubrí que los ingresos aumentaban considerablemente por año aunque, según se ha dicho, como el desembolso inicial fue grande, las primeras cuentas eran bajas. No obstante, el anciano me dijo que me debía cuatrocientos setenta moidores de oro, aparte de sesenta toneles de azúcar y quince rollos dobles de tabaco, que se habían perdido en un naufragio que sufrió en el camino de vuelta a Lisboa hacía once años.

El buen hombre comenzó entonces a
lamentarse de sus desgracias, que lo habían forzado a utilizar mi dinero para cubrir sus pérdidas y comprar una participación en un nuevo navío.

-Empero, mi viejo amigo -dijo el anciano-, no careceréis de recursos y tan pronto regrese mi hijo, quedaréis plenamente satisfecho.

Diciendo esto, sacó una vieja bolsa y me entregó, a modo de garantía, ciento sesenta y seis moidores de oro portugueses y los títulos de derechos sobre el navío en el que había ido su hijo a Brasil, del cual poseía una cuarta parte de las participaciones y su hijo, una más.

Me sentí tan conmovido por la honestidad y la amabilidad del pobre viejo, que no pude resistirlo y, recordando todo lo que había hecho por mí cuando me rescató del mar, su trato generoso y, sobre todo, su sinceridad en este momento, apenas podía contener las lágrimas ante sus palabras. Por tanto, le pregunté, en primer lugar, si sus circunstancias le permitían prescindir de tanto dinero de una vez sin que se viese perjudicado. Me contestó que le quebrantaría un poco pero que el dinero era mío y, posiblemente, lo necesitaría más que él.

Todas las palabras del pobre hombre estaban tan cargadas de afecto, que yo apenas podía contener las lágrimas, Resumiendo, tomé cien moidores y le pedí una pluma y tinta para firmar un recibo. Le devolví el resto y le dije que si algún día recuperaba la plantación, se lo devolvería, como en efecto, hice después. Respecto a los títulos de derechos sobre el navío; no podía aceptarlos bajo ninguna circunstancia pues, si alguna vez necesitaba el dinero, sabía que él era lo suficientemente honrado como para pagármelo y si, por el contrario, recuperaba lo que él me había dado esperanzas de recuperar, jamás le pediría un centavo. Entonces, el anciano me preguntó si podía hacer algo para ayudarme a reclamar mi plantación. Le dije que pensaba ir personalmente. Me respondió que le parecía razonable pero que no había necesidad de que hiciera un viaje tan largo para reclamar mis derechos y recuperar mis ganancias. Como había muchos barcos en el río de Lisboa, listos para zarpar hacia Brasil, inmediatamente me hizo escribir mi nombre en un registro público, junto con una declaración

jurada que aseguraba que yo estaba vivo y era la misma persona que había comprado la tierra para cultivar dicha plantación.
Regularizamos la declaración ante un notario y me recomendó agregar un poder legalizado y enviarlo todo con una carta, de su puño y letra, a un comerciante conocido suyo, que vivía allí. Después me propuso que me hospedara en su casa hasta tanto llegase la respuesta.
Jamás se realizó trámite más honorable que este, pues, en menos de siete meses, me llegó un paquete de parte de los herederos de mis difuntos administradores, por cuenta de quienes me había embarcado, que contenía los siguientes documentos y cartas:
En primer lugar, el informe de la producción de mi hacienda o plantación durante los seis años que sus padres habían saldado con mi viejo capitán portugués. El balance daba un beneficio de mil ciento setenta y cuatro moidores a mi favor.
En segundo lugar, el informe de los cuatro años siguientes, durante los cuales, los bienes habían permanecido en su poder antes de que el gobierno reclamase su administración, por ser los bienes de una persona desaparecida; lo que ellos llamaban, muerte civil. Dado el aumento en el valor de la plantación, el balance de dicha cuenta era de treinta y ocho mil ochocientos noventa y dos cruzeiros, que equivalen a tres mil doscientos cuarenta y un moidores.
En tercer lugar, el informe del prior de los agustinos que había recibido los beneficios de mis rentas durante más de catorce años. No teniendo que reembolsar lo que había sido utilizado a favor del hospital, honestamente declaraba que aún le quedaban sin distribuir ochocientos setenta y dos moidores que me pertenecían. De la parte del rey, nada me fue reembolsado.
Había, además, una carta de mi socio en la que me felicitaba muy afectuosamente por estar vivo y me informaba del desarrollo de la plantación, los beneficios anuales, su extensión en acres cuadrados y los esclavos que trabajaban en ella. Al final de la carta, había trazado veintidós cruces como señales de bendición que correspondían a los veintidós Ave Marías que había rezado a la Virgen por haberme rescatado con vida. Me invitaba a que fuera personalmente a tomar posesión de mi propiedad o que, al menos, le dijera a quién entregarle mis efectos si no lo hacía.
Finalmente, me enviaba muchos saludos afectuosos de su parte y de su familia y un regalo: siete hermosas pieles de leopardo, que, sin duda, había recibido de África, en algún barco fletado por él y que, al parecer, habían hecho un mejor viaje que el mío. Me mandó, además, cinco cajas de excelentes confituras y un centenar de piezas de oro sin acuñar, un poco más pequeñas que los moidores. En el mismo barco llegaron, por parte de mis administradores, mis doscientas cajas de azúcar, ochocientos rollos de tabaco y el resto de la cuenta en oro.

Podría decirse que el final de la historia de Job fue mejor que el principio. Resulta imposible explicar mi emoción cuando leí aquellas cartas y, en especial, cuando me vi rodeado de toda mi fortuna y, dado que los navíos brasileños navegan en flotas, los mismos barcos que me trajeron las cartas, trajeron mis bienes, que estaban a salvo en el río antes de que las cartas llegaran a mis manos. En pocas palabras, me puse pálido, me mareé y si el anciano no me hubiese traído un poco de licor, con toda certeza habría caído muerto de la emoción en el acto.

Incluso, al cabo de unas horas, seguía sintiéndome mal y llamaron a un médico que, conociendo en parte la causa real de mi malestar, me prescribió una sangría, luego de la cual, comencé a recuperarme y a sentirme mejor. Creo que si no hubiese sido por el alivio que me causó esto, habría muerto.

De pronto, me había convertido en dueño de casi cinco mil libras esterlinas en moneda y tenía lo que podría llamarse un estado en Brasil, que me dejaba una renta de mil libras al año y era tan seguro como cualquier estado en Inglaterra. En pocas palabras, me hallaba en una situación que apenas podía comprender ni sabía cómo disfrutar.

Lo primero que hice fue recompensar a mi antiguo benefactor, mi viejo y buen capitán, que había sido caritativo conmigo en mi desesperación, amable al principio y honesto al final. Le mostré todo lo que había recibido y le dije que, después de la Providencia celestial, que dispone todas las cosas, todo se lo debía a él. Ahora me correspondía a mí darle una recompensa, que sería cien veces mayor que lo que me había dado. Primero le entregué los cien moidores que había recibido de él. Entonces, hice llamar a un notario y le ordené que redactara un descargo, lo más clara y detalladamente posible, por los cuatrocientos setenta moidores que me debía, según lo había reconocido. A continuación, di una orden para que se le entregara un poder como recaudador de las rentas anuales de mi plantación, indicándole a mi socio que llegara a un acuerdo con el viejo capitán para que le enviase por barco, a mi nombre, lo producido. En la última cláusula, ordené que se le pagara una renta anual de cien moidores y otra de cincuenta moidores anuales a su hijo. De esta forma, recompensé a mi viejo amigo.

Ahora tenía que decidir qué rumbo tomar y qué hacer con el estado que la Providencia había puesto en mis manos. En realidad, en este momento eran muchas más las preocupaciones que cuando llevaba una vida solitaria en la isla, donde no deseaba nada que no tuviese ni tenía nada que no desease.

Ahora, en cambio, tenía un gran peso sobre los hombros y mi problema era buscar la forma de asegurarlo. No disponía de una cueva donde esconder mi dinero ni un lugar donde pudiera dejarlo sin llave o cerrojo para que se enmoheciera antes de que alguien pudiera utilizarlo. Todo lo contrario, ahora no sabía dónde ponerlo ni a quién confiárselo. Mi viejo patrón, el capitán, era un hombre honesto y el único refugio que tenía.

En segundo lugar, mis intereses en Brasil parecían reclamar mi presencia pero no podía ni pensar en marcharme antes de haber arreglado todos mis asuntos y dejado mis bienes en buenas manos. Al principio, pensé en mi vieja amiga, la viuda, que siempre había sido honesta conmigo y seguiría siéndolo. Mas, estaba entrada en años, pobre y, según me parecía, endeudada. No me quedaba otra alternativa que regresar a Inglaterra llevando mis riquezas conmigo.

No obstante, tardé unos meses en resolver este asunto y, habiendo recompensado plenamente y a su entera satisfacción a mi capitán, mi antiguo benefactor, comencé a pensar en la pobre viuda, cuyo marido había sido mi primer protector. Incluso ella, mientras pudo, había sido una leal administradora y consejera. Así, pues, le pedí a un mercader de Lisboa que le escribiera una carta a su corresponsal en Londres, indicándole que, no solo le entregase una letra a aquella mujer, sino que, además, le diese cien libras en moneda y la visitase y consolase en su pobreza, asegurándole que yo la ayudaría mientras viviese. Al mismo tiempo, le envié cien libras a cada una de mis hermanas, que vivían en el campo, pues, aunque no padecían necesidades, tampoco vivían en las mejores condiciones; una se había casado y enviudado y la otra tenía un marido que no era tan generoso con ella como debía.

Sin embargo, no hallaba entre todos mis amigos y conocidos alguien a quien confiarle el grueso de mis bienes, a fin de poder viajar a Brasil, dejando todo asegurado. Esto me producía una gran perplejidad.

Alguna vez había pensado viajar a Brasil y establecerme allí, pues estaba, como quien dice, acostumbrado a aquella región. Pero tenía ciertos escrúpulos religiosos que irracionalmente me disuadían de hacerlo, a los cuales haré referencia. En realidad, no era la religión lo que me detenía, pues si no había tenido reparos en profesar abiertamente la religión del país mientras vivía allí, no iba a tenerlos en estos momentos. Simplemente, ahora pensaba más en dichos asuntos que antes y, cuando imaginaba vivir y morir allí, me arrepentía de haber sido papista, pues tenía la convicción de que esta no era la mejor religión para bien morir.

No obstante, como he dicho, este no era el mayor inconveniente para viajar a Brasil, sino el no saber a quién confiarle mis bienes. Finalmente, resolví viajar con todas mis pertenencias a Inglaterra, donde esperaba encontrar algún amigo o pariente en quien pudiese confiar. Así, pues, me preparé para viajar a mi país con toda mi fortuna.

A fin de preparar las cosas para mi viaje a casa, y puesto que la flota estaba a punto de zarpar rumbo a Brasil, decidí responder a los informes tan precisos y fieles que había recibido. En primer lugar, le escribí una carta de agradecimiento al prior de San Agustín por su justa administración y le ofrecí los ochocientos setenta y dos moidores de los que aún no había dispuesto para que los distribuyera de la siguiente forma: quinientos para el monasterio y trescientos setenta y dos para los pobres, según lo estimara conveniente. Aparte de esto, le expresé mis deseos de contar con las oraciones de los buenos padres. Luego le escribí una carta a mis dos administradores, reconociendo plenamente su justicia y honestidad. En cuanto a enviarles algún regalo, estaban más allá de cualquier necesidad.

Por último, le escribí a mi socio, agradeciéndole su diligencia en el mejoramiento de mi plantación y su integridad en el aumento de la producción. Le di instrucciones para el futuro gobierno de mi parte según los poderes que le había dejado a mi antiguo patrón, a quien deseaba que se le enviase todo lo que se me adeudaba, hasta nuevo aviso y le aseguré que, no solo iría a verlo, sino a establecerme allí por el resto de mi vida. A esto añadí unas hermosas sedas italianas para su mujer y sus dos hijas, pues el hijo del capitán me había hablado de su familia, y dos piezas del mejor paño inglés que pude encontrar en Lisboa, cinco piezas de frisa negra y algunas puntillas de Flandes de mucho valor.

Tras poner en orden mis negocios y convertir mis bienes en buenas letras de cambio, aún me faltaba decidir cómo llegar a Inglaterra. -Me había acostumbrado al mar pero, esta vez, sentía cierto recelo de regresar a Inglaterra por barco y, aunque no era capaz de explicar el porqué, la aversión fue aumentando de tal modo, que no una, sino dos o tres veces, cambié de parecer e hice desembarcar mi equipaje.

La verdad es que había sido muy desafortunado en el mar y, tal vez, esta era una de las razones. Pero en circunstancias como la mía, ningún hombre debería desdeñar los impulsos de sus pensamientos más profundos. Dos de los barcos que había escogido para viajar -y digo dos porque a uno de ellos hice conducir mis pertenencias y, en el otro, incluso llegué a apalabrar el viaje con el capitán-, sufrieron terribles percances. Uno de ellos fue tomado por los argelinos y el otro naufragó en Start, cerca de Torbay y todos los que iban a bordo murieron, excepto tres hombres. Así, pues, en cualquiera de estos navíos, hubiese padecido miserias y sería difícil decir en cuál hubieran sido peores.

Acosado por estos pensamientos, mi antiguo patrón, a quien le contaba todo lo que me sucedía, me recomendó encarecidamente que no fuera por mar sino por tierra hasta La Coruña, que atravesara la bahía de Vizcaya hasta La Rochelle, que siguiera por tierra hasta París, que era un viaje seguro y fácil de hacer y, de ahí pasara a Calais y Dover. También podía llegar hasta Madrid y hacer el viaje por tierra hasta Francia.

En pocas palabras, estaba tan predispuesto contra el mar, que decidí hacer todo el trayecto por tierra, con la excepción del paso de Calais a Dover. Como no tenía prisa ni me importaban los gastos, realmente era la forma más placentera de hacer el viaje. Y, para hacerlo más agradable, mi viejo capitán me presentó a un caballero inglés, hijo de un comerciante de Lisboa, que estaba dispuesto a viajar conmigo. Más tarde, se nos unieron dos mercaderes ingleses y dos jóvenes caballeros portugueses, que solo viajaban hasta París. En total éramos seis y cinco criados; los dos mercaderes ingleses y los dos jóvenes portugueses se contentaron con un criado por pareja, a fin de ahorrar en los gastos, y yo llevaba a un marinero inglés para que me sirviera, aparte de mi siervo Viernes, que por ser extranjero, no estaba capacitado para servirme en el camino.

De este modo, salí de Lisboa y, como estábamos todos bien montados y armados, formábamos una pequeña tropa, de la cual tuve el honor de ser designado capitán, no solo por ser el mayor, sino porque tenía dos criados y era el promotor del viaje.

Así como no he querido aburriros con mi diario de mar, tampoco quisiera hacerlo con el de tierra, aunque durante este largo y difícil trayecto, nos acontecieron algunas aventuras que no debo omitir.

Cuando llegamos a Madrid, siendo todos extranjeros en España, decidimos quedarnos algún tiempo para ver las cortes de España y todo aquello que fuese digno de verse. Como estábamos a finales del verano, decidimos apresurarnos y salimos de Madrid hacia mediados de octubre. En la frontera con Navarra, en varios pueblos nos dijeron que había caído tal cantidad de nieve en el lado francés de las montañas, que muchos viajeros se habían visto obligados a regresar a Pamplona, después de haber intentado proseguir su camino con grandes riesgos.

Cuando llegamos a Pamplona, confirmamos lo que nos habían dicho. A mí, que siempre había vivido en un clima cálido, en el cual apenas podía tolerar las ropas, el frío se me hacía insoportable. En realidad, a todos nos resultaba más penoso que sorprendente sentir el viento de los Pirineos, tan frío e intolerable, que amenazaba con congelarnos las manos y los pies; sobre todo, cuando hacía apenas diez días que habíamos salido de Castilla la Vieja, donde no solo hacía buen tiempo, sino calor.

El pobre Viernes se asustó verdaderamente cuando vio aquellas montañas, cubiertas de nieve y sintió el frío, pues eran cosas que jamás había visto ni sentido en su vida. Para empeorar las cosas, cuando llegamos a Pamplona, siguió nevando con tanta violencia e intensidad, que la gente decía que el invierno se había adelantado. Los caminos, que de por sí eran difíciles, se volvieron intransitables. En pocas palabras, la nieve era tan densa en ciertos lugares, que resultaba imposible pasar y, como no se había endurecido, como en los países septentrionales, se corría el riesgo de morir enterrado en vida a cada paso. Permanecimos no menos de veinte días en Pamplona, donde advertimos que se aproximaba el invierno y que el tiempo no iba a mejorar, pues se trataba del invierno más severo que podía recordarse en toda Europa. Propuse que fuésemos a Fuenterrabía y de allí, tomásemos el barco para Burdeos, que solo era una travesía corta por mar.

Mas, mientras deliberábamos sobre esta posibilidad, llegaron cuatro caballeros franceses que se habían visto obligados a detenerse en el lado francés, como nos había ocurrido a nosotros en el lado español. En el camino, habían dado con un guía, con el que, atravesando la región cercana a Languedoc, habían cruzado las montañas por senderos en los que la nieve no resultaba demasiado incómoda. A pesar de que habían encontrado mucha nieve en el camino, según decían, estaba lo suficientemente dura como para soportar su peso y el de sus caballos.

Fuimos a buscar al guía, que se comprometió a llevarnos por el mismo camino sin peligro de la nieve, contando con que fuésemos bien armados para protegernos de los animales salvajes, pues, según nos dijo, no era extraño encontrar lobos hambrientos y rabiosos al pie de las montañas cuando caía una gran nevada. Le dijimos que íbamos bien armados para enfrentarnos a semejantes criaturas pero debía asegurarnos que él nos protegería de una especie de lobos de dos piernas, que, según nos habían dicho, rondaban por el lado francés de las montañas y eran harto peligrosos.

Nos aseguró que en ese sentido no teníamos nada que temer, en el camino por el que nos iba a llevar. Inmediatamente acordamos seguirlo y lo mismo hicieron otros doce caballeros, con sus sirvientes, franceses y españoles, que, como he dicho, se habían visto obligados a retroceder.

Así, pues, salimos de Pamplona con nuestro guía el 15 de noviembre. Me llamó la atención que, en lugar de conducirnos hacia delante, nos hiciera retroceder cerca de veinte millas por el mismo camino que habíamos recorrido al salir de Madrid. Después de cruzar dos ríos y llegar a la llanura, nos encontramos nuevamente un clima templado y un paisaje agradable sin nada de nieve. Mas nuestro guía, girando súbitamente a la izquierda, nos condujo hacia las montañas por otra ruta. Y, aunque los montes y los precipicios nos parecían aterradores, nos hizo dar tantas vueltas, serpentear y recorrer caminos tan tortuosos, que sin apenas advertirlo, cruzamos las elevadas montañas, sin que la nieve nos importunase. De pronto, nos señaló las agradables y fértiles regiones de Languedoc y Gascuña, que estaban verdes y florecidas. No obstante, nos hallábamos a gran distancia de ellas y aún nos quedaba un camino difícil por recorrer.

Nos intranquilizamos un poco cuando vimos que nevó todo un día y una noche, con tanta fuerza que no pudimos seguir. El guía nos dijo que nos tranquilizáramos porque en poco tiempo saldríamos de esto y, en efecto, a medida que íbamos bajando, podíamos ver que nos dirigíamos cada vez más hacia el norte. Por lo tanto, proseguimos el camino confiados en nuestro guía. Dos horas antes de que cayera la noche, nuestro guía iba a tal distancia delante de nosotros que no podíamos verlo. De repente, tres monstruosos lobos y, tras ellos, un oso, saltaron desde una zanja que se prolongaba hacia un bosque muy frondoso. Dos de los lobos se precipitaron sobre él, que si se hubiese encontrado más lejos de nosotros habría sido devorado sin que pudiésemos socorrerlo. Uno de ellos se lanzó sobre su caballo y el otro lo atacó con tanta violencia que no tuvo tiempo ni tino para utilizar sus armas, limitándose tan solo a gritar con todas sus fuerzas. Le ordené a mi siervo Viernes, que estaba a mi lado, que fuera a galope para ver qué ocurría. Tan pronto divisó al hombre, comenzó a gritar con tanta fuerza como aquél:

-¡Oh, amo! ¡Oh, amo! -y valientemente galopó hasta donde estaba el pobre hombre y le disparó en la cabeza al lobo que estaba atacándolo.

Por suerte para el pobre hombre, fue mi siervo Viernes el que acudió a socorrerlo, pues estaba acostumbrado a ver animales de este tipo en su país, por lo que se acercó sin miedo y disparó con puntería. Otro, tal vez, habría disparado de lejos, a riesgo de no herir al lobo sino al hombre. Pero incluso alguien más valiente que yo se habría asustado ante esto, como en efecto sucedió, pues toda la compañía se inquietó cuando, después del disparo de Viernes, comenzamos a oír por todas partes unos tremebundos aullidos que, redoblados por el eco de las montañas, parecían provenir de una descomunal jauría de lobos. Lo más probable es que no fueran pocos, por lo que nuestros temores estaban justificados.

No obstante, cuando Viernes mató al lobo, el otro, que se había lanzado sobre el caballo, abandonó su presa de inmediato y huyó. Por suerte, se había abalanzado sobre la cabeza del caballo y sus fauces se habían enganchado en las bridas, de manera que no le hizo demasiado daño. El hombre, en cambio, estaba gravemente herido, pues el furioso animal lo había mordido dos veces en el brazo y otra en la pierna, por encima de la rodilla, y estaba a punto de ser derribado del pobre caballo espantado cuando Viernes le disparó al lobo.

Es fácil suponer que, al sonido del disparo de Viernes, apuramos el paso por el camino (que era bastante tortuoso) para ver qué ocurría. Apenas pasamos los árboles que nos entorpecían la vista, pudimos ver claramente lo que había ocurrido y cómo Viernes había salvado al pobre guía, aunque no podíamos precisar qué tipo de animal había matado.

CAPÍTULO XX.

Lucha entre Viernes y un oso

Pero jamás se vio una lucha más feroz y sorprendente, que la que se produjo entre Viernes y el oso, que (después de tomarnos por sorpresa y asustarnos) nos brindó un espectáculo inmejorable. El oso es una fiera lenta y pesada, por lo que no puede correr como el lobo, que, en cambio, es ágil y liviano. Por esta razón, generalmente tiene dos patrones de acción. En primer lugar, el hombre no es su presa habitual, y digo habitual porque nunca se sabe qué puede hacer cuando está hambriento, como era el caso en este momento que todo el suelo estaba cubierto de nieve. Digo, pues, que no suele atacar al hombre, a menos que este lo ataque primero; todo lo contrario, cuando alguien se encuentra con un oso en el bosque, si no lo provoca, él no le hará nada; pero hay que ser muy cuidadoso y cederle el camino pues es un caballero muy quisquilloso que no desviará su ruta ni ante un príncipe. Más aún, si se le tiene miedo, lo más conveniente es mirar hacia otro lado y proseguir la marcha, pues si, por casualidad, uno se detiene y lo mira fijamente, lo considerará una ofensa. Si, desgraciadamente, se le arroja cualquier cosa que tan solo lo roce, aunque sea una rama más delgada que un dedo, se sentirá ultrajado y abandonará todo lo que esté haciendo para vengarse, pues querrá resarcir su honra en el acto. Esta es su primera característica. La segunda es que, si le ofendes una vez, te perseguirá día y noche sin tregua hasta vengarse de ti.

Mi siervo Viernes había salvado a nuestro guía y, cuando finalmente llegamos hasta él, lo estaba ayudando a bajar del caballo, pues el hombre estaba herido y asustado, tal vez lo segundo más que lo primero. De repente, advertimos que el oso más monstruoso y descomunal del mundo, al menos el más grande que jamás hubiera visto yo, salía del bosque. Nos quedamos sorprendidos ante su presencia mas, cuando Viernes lo vio, se mostró claramente alegre y arrojado.

-¡Oh, oh, oh! -dijo Viernes tres veces seguidas, apuntándolo con el dedo-. Amo, dame permiso. Le doy la mano y te hago reír.

Me quedé perplejo de ver al muchacho tan animado. -¿Estás loco? -le pregunté-. Te va a devorar.

-¿Devorar mí? ¿Devorar mí? -repitió Viernes-, yo devorar él. Yo hago reír. Todos se quedan aquí. Yo hago reír.

Se sentó en el suelo, se quitó las botas rápidamente y se puso un par de zapatos que llevaba en el bolso. Le entregó su caballo a mi otro criado y, armado con su fusil, salió corriendo como el viento.

El oso proseguía su camino tranquilamente, sin pensar en atacar a nadie, hasta que Viernes, ya muy cerca de él, se puso a llamarlo como si el animal pudiese entenderlo.
-¡Oye, oye! ¡Hablo contigo!
Seguimos a Viernes a cierta distancia pues, habiendo descendido los montes gascones, nos hallábamos en un valle despejado, en el que solo había algunos árboles dispersos aquí y allá.
Viernes estaba, como he dicho, detrás del oso. Rápidamente, se llegó hacia donde estaba y, tomando una piedra, se la lanzó, dándole en la cabeza pero sin hacerle más daño que si la hubiese lanzado contra una pared. No obstante, logró el efecto deseado, pues el muy bandido, sin el más mínimo temor, tan solo pretendía que el oso lo persiguiera para hacernos reír.
Tan pronto sintió la pedrada y lo vio, el oso se dio la vuelta y comenzó a perseguirlo con unas zancadas largas y diabólicas, moviéndose irregularmente, a la velocidad del trote de un caballo. Viernes comenzó a correr y se encaminó hacia nosotros, como pidiendo socorro, así que decidimos dispararle al oso todos a la vez, para salvar a mi siervo. Yo estaba furioso con Viernes por haber atraído el oso hacia nosotros, cuando el animal no tenía intenciones de atacarnos, y luego salir corriendo en otra dirección. Le grité:
-Perro, ¿es esta tu manera de hacernos reír? ¡Ven aquí y coge tu caballo para que podamos dispararle al oso!
Me oyó gritar y respondió:
-¡No dispares! ¡No dispares! Tranquilos. Se ríen mucho.
Por cada paso del oso, el ágil muchacho daba dos y, así, giró de repente muy cerca de nosotros y nos hizo señas para que le siguiéramos. Viendo un enorme roble, como puesto allí para sus propósitos, se subió a él, dejando el fusil en el suelo a cinco o seis yardas de allí. Mientras nosotros los seguíamos a cierta distancia, el oso llegó al árbol rápidamente. Lo primero que hizo fue acercarse al fusil y olisquearlo mas no tardó en abandonarlo. Se agarró del tronco del árbol y comenzó a trepar como un gato, a pesar de su tamaño. Yo estaba perplejo ante la locura de mi siervo y no veía el menor motivo de risa hasta que el oso se encaramó en el árbol.
Nos acercamos y vimos que Viernes había alcanzado el extremo de una rama muy gruesa y el oso había avanzado la mitad del camino hacia él. Cuando el oso llegó a la parte más delgada de la rama, nos gritó:
-¡Ah! Mirar que enseño oso a bailar.
Se puso a saltar y a sacudir la rama, ante lo cual, el oso se puso a temblar sin atreverse a avanzar y mirando hacia atrás para ver cómo regresar. Esto en verdad nos hizo reír a carcajadas. Pero aún no había terminado la broma. Cuando Viernes advirtió que se quedaba quieto, volvió a llamarlo como si el oso entendiese el inglés.

-¿No avanzas más? Te pido que acerques.
Dejó de sacudir la rama y el oso, como si hubiese comprendido, avanzó un poco más.
Entonces comenzó a saltar nuevamente y el oso se detuvo.
Pensamos que era un buen momento para dispararle a la cabeza y le grité a Viernes que se estuviese quieto para que pudiésemos hacerlo. Más nos respondió enérgicamente:
-¡Oh, ruego! ¡Oh, ruego! No dispares. Yo disparo entonces.
Quería decir después. Pero, para hacer el cuento corto, diré que Viernes bailoteaba de tal forma y el oso adoptaba unas posturas tan graciosas que nos reímos muchísimo. No obstante, todavía no sabíamos cuál era su intención pues, primero pensamos que quería tirar abajo al animal pero el oso era muy astuto y se agarraba tan fuertemente a la rama para no caer, que no teníamos idea del modo en que acabaría la broma.
En el acto, Viernes nos sacó de dudas pues, advirtiendo que el oso se mantenía aferrado a la rama y no estaba dispuesto a avanzar, le dijo:
-Bien, tú no quieres venir cerca. Yo voy cerca. Tú no vienes, yo voy.
Entonces retrocedió hasta la parte más delgada de la rama, que se doblaría con su peso y, deslizándose suavemente, se colgó de ella hasta que casi tocó el suelo con los pies. Dio un pequeño salto y corrió hasta su fusil. Lo preparó y se quedó quieto aguardando.
-Bien, Viernes -le pregunté-, ¿qué pretendes hacer ahora? ¿Por qué no le disparas?
-No disparar -me respondió-. No ahora. Si dispara ahora no mata. Yo espero y hago más reír.
Y en efecto lo logró, pues el oso, al ver que su adversario huía, retrocedió y comenzó a bajar por la rama, con mucho cuidado y mirando hacia atrás a cada paso. Luego apoyó una de las patas traseras en el tronco, se agarró fuertemente y prosiguió su descenso lentamente, apoyando solo una pata a la vez. En el preciso momento en que apoyó la primera pata en el suelo, Viernes se acercó al animal, le puso la punta del fusil en la oreja y le disparó, dejándolo muerto como una piedra.
Entonces, el muy bandido se volvió hacia nosotros para ver si nos había hecho gracia y como vio que estábamos satisfechos, se echó a reír estrepitosamente y nos dijo:
-Así nosotros matamos oso en mi país.
-¿Así los matáis? -le pregunté, pero si no tenéis fusiles.
-No -contestó-, no fusiles pero dispara flecha larga mucha.
Esto nos divirtió mucho pero nos encontrábamos en un lugar desierto, nuestro guía estaba gravemente herido y no teníamos idea de lo que debíamos hacer. Los aullidos de los lobos aún resonaban en mi cabeza y, aparte del ruido que

escuché una vez en las costas de África, del que ya he hablado, jamás había oído nada que me inspirara tanto temor.

Esto y la proximidad de la noche, nos alertó. Viernes nos sugirió que le quitásemos la piel a aquel monstruoso animal, pues valía la pena conservarla, pero todavía nos quedaban tres leguas que recorrer y el guía comenzaba a mostrarse impaciente. Lo dejamos, pues, y proseguimos nuestro camino.

La tierra aún estaba cubierta de nieve, aunque ya no tan espesa ni tan peligrosa como en los montes. Las jaurías de lobos salvajes, según nos enteramos después, habían descendido al bosque y a las llanuras, acosados por el hambre, en busca de alimento. De este modo, causaron grandes estragos en las aldeas, donde tomaron por sorpresa a los campesinos y devoraron una gran cantidad de ovejas y caballos e, incluso, algunas personas.

Aún teníamos que cruzar un tramo difícil, según nos informó nuestro guía, y si había lobos en la región, seguro que los encontraríamos allí. Era una pequeña llanura, rodeada de bosques por todos lados, terminada en un largo y estrecho desfiladero, que teníamos que cruzar para poder atravesar el bosque y llegar al pueblo donde debíamos pasar la noche.

Media hora antes de la puesta del sol, llegamos al primer bosque y, al caer la noche, alcanzamos la pequeña llanura. Al principio, no nos topamos con nada, excepto en un pequeño claro, que no tendría más de un cuarto de milla de extensión, donde vimos cinco enormes lobos cruzando el camino, en fila y a gran velocidad, como si estuviesen persiguiendo una presa. Ni siquiera advirtieron nuestra presencia y pronto desaparecieron de nuestra vista.

Ante esto, nuestro guía, que dicho sea de paso era un miserable cobarde, nos ordenó estar alertas, pues creía que vendrían más lobos.

Preparamos nuestras armas y nos mantuvimos en guardia pero no volvimos a ver otro lobo hasta que atravesamos el bosque y llegamos a la llanura que estaba a media legua. Cuando llegamos a ella, pudimos ver claramente a nuestro alrededor. Lo primero que nos encontramos fue un caballo muerto, es decir, un pobre caballo que los lobos habían matado. Había al menos una docena de ellos, royendo los huesos, pues ya se habían comido toda la carne.

No nos pareció prudente molestarlos en medio de su festín y tampoco ellos se fijaron mucho en nosotros. Viernes hubiera querido dispararles pero se lo prohibí terminantemente, temiendo que la situación se nos fuera de las manos. No habíamos atravesado aún la mitad de la llanura cuando comenzamos a escuchar aullidos aterradores que provenían del bosque a nuestra izquierda. Al instante, vimos como a cien lobos que se aproximaban a nosotros en fila, con algunos líderes en la delantera, como un ejército guiado por oficiales expertos. Apenas si sabía qué hacer para enfrentarnos a ellos pero me pareció que la mejor manera de hacerlo era formando un frente cerrado, lo cual hicimos a toda velocidad. Como entre cada ráfaga de tiros no tendríamos mucho tiempo para

recargar las armas, di órdenes de que solo disparase un hombre a la vez, mientras el resto se preparaba para la segunda descarga, en caso de que los lobos siguieran avanzando hacia nosotros. Los primeros en disparar no debían demorarse en volver a cargar sus armas, sino echar mano de sus pistolas, pues todos llevábamos un fusil y dos pistolas. De esta forma, podíamos disparar seis veces utilizando tan sólo la mitad de las fuerzas. No obstante, descubrimos que no teníamos por qué preocuparnos pues, al primer disparo, los lobos se detuvieron en seco, asustados tanto por el fuego como por las explosiones. Cuatro de ellos murieron de sendos disparos en la cabeza y otros apenas fueron heridos pero salieron huyendo, dejando las manchas de su sangre en la nieve.
Me di cuenta de que se detenían pero no se retiraban y, recordando que una vez me habían dicho que nada ahuyentaba a las fieras como la voz humana, ordené a mi gente que gritara lo más fuertemente que pudiese. Comprobé que el consejo era acertado, pues, en el acto, los lobos comenzaron a retroceder y marcharse.
Entonces, aprovechamos la oportunidad para dispararles nuevamente, lo que los obligó a huir y esconderse en el bosque.
Esto nos permitió recargar las armas y, a fin de no perder tiempo, proseguimos nuestra marcha. Más no bien habíamos recargado nuestros fusiles y nos habíamos puesto en guardia, escuchamos un estruendo en medio del bosque hacia nuestra izquierda, un poco más adelante, en el mismo camino que debíamos seguir.
La noche se aproximaba y la luz comenzaba a menguar, lo cual empeoraba las cosas. Como el ruido aumentaba, nos dábamos cuenta de que se trataba de los aullidos de aquellas criaturas diabólicas. De pronto, vimos tres tropas de lobos, una a nuestra izquierda, otra a nuestras espaldas y una tercera delante de nosotros, que nos rodeaban. No obstante, no avanzaban en nuestra dirección y, por tanto, seguimos el camino tan rápidamente como podían nuestros caballos, es decir, a trote, pues el camino era muy escabroso y no nos permitía ir más de prisa. De este modo, llegamos hasta la entrada del bosque por el que teníamos que cruzar, al final de la llanura. Más no bien comenzamos a acercarnos a la senda, nos sorprendió una jauría de lobos, que aguardaba justo a la entrada.
De pronto, escuchamos un disparo que provenía de la otra entrada del bosque. Cuando miramos en esa dirección, vimos un caballo con su silla y sus bridas, que corría como el viento, perseguido a toda velocidad por dieciséis o diecisiete lobos. Los lobos iban pisándole los cascos y el pobre animal, con toda seguridad, sería incapaz de aguantar un galope tan veloz y, finalmente, los lobos lo alcanzarían y lo devorarían; como, en efecto, ocurrió.
Entonces vimos un espectáculo aterrador, pues en la entrada del bosque por la que había salido aquel caballo, encontramos los restos de otro caballo y dos hombres que habían sido devorados por los lobos. Sin duda, uno de ellos era

quien había disparado porque, junto a su cuerpo, estaba el fusil descargado. La cabeza y la parte superior de su cuerpo, ya habían sido devoradas.

Esto nos dejó espantados y sin saber el rumbo que debíamos tomar pero los lobos pusieron fin a nuestras dudas, pues comenzaron a rodearnos, para atacarnos.

Estoy seguro de que serían más de trescientos lobos. Por suerte, a la salida del bosque, hallamos unos grandes árboles cortados el verano anterior y, seguramente, dejados allí para ser transportados más tarde. Dirigí mi pequeño ejército hacia estos árboles y nos colocamos en línea detrás de uno de ellos. Les ordené desmontar y atrincherarse detrás del tronco del árbol, formando un triángulo para poder atacar por tres frentes y mantener los caballos en el centro. Así lo hicimos, e hicimos bien, pues jamás se había visto un ataque más feroz que el que nos hicieron aquellas criaturas en ese lugar. Avanzaron hacia nosotros aullando y subieron a los troncos que, como he dicho, nos servían de parapeto, como si fueran a atacar a una presa. Esta furia, al parecer, había sido ocasionada por la vista de los caballos, que estaban a nuestras espaldas y eran la presa que más les interesaba. Les ordené a mis hombres disparar como lo habíamos hecho la vez anterior. Apuntaron tan bien, que mataron varios en la primera descarga. Mas había que seguir disparando, pues avanzaban hacia nosotros como demonios y los que estaban atrás empujaban a los de adelante. Cuando disparamos por segunda vez, pensamos que se habían detenido un poco y que huirían, pero no fue así, porque otros vinieron al ataque, de manera que nos vimos obligados a disparar nuestras pistolas dos veces más. Supongo que, en las cuatro descargas, logramos matar a diecisiete o dieciocho y herir al doble, pero los animales volvían al ataque una y otra vez.

No quería gastar nuestro último disparo a la ligera, así que llamé a mi criado, no a Viernes, que ya estaba lo suficientemente ocupado, pues con la mayor destreza imaginable había recargado mi fusil y el suyo mientras disparábamos, sino al otro criado, a quien le di un cuerno de pólvora y le ordené que la esparciera a lo largo del tronco más grueso. Así lo hizo y, no bien había regresado, cuando los lobos se dispusieron a atacar por ese lado; algunos, incluso, llegaron a saltar sobre el tronco. Entonces, apuntando con la pistola sobre la pólvora esparcida, disparé. La pólvora se incendió y todos los que estaban encima del tronco se quemaron y seis o siete cayeron, saltaron, más bien, por la intensidad del fuego. A estos los liquidamos en un momento y los demás, se asustaron tanto con el resplandor de la explosión, más intenso por la oscuridad de la noche, que se retiraron un poco.

Ordené disparar el último tiro de nuestras pistolas, después del cual, nos pusimos a gritar. Ante esto, los lobos dieron la vuelta y nosotros nos lanzamos sobre casi veinte de ellos que estaban heridos en el suelo. Los acuchillamos con nuestras espadas y obtuvimos el resultado que esperábamos pues, el resto de ellos, al oír sus lamentos y aullidos, huyeron a toda prisa y nos dejaron en paz. En total, matamos a unos sesenta lobos y, si hubiera sido de día, habríamos matado muchos más. Despejado el campo de batalla, proseguimos nuestro camino, pues aún nos quedaba casi una legua por andar. A lo largo del camino, escuchamos varias veces el aullido de estas fieras salvajes y en más de una ocasión, nos pareció ver alguno de ellos pero la nieve nos hacía daño en los ojos y no podíamos ver con precisión. Al cabo de una hora, llegamos al pueblo donde íbamos a pasar la noche. Hallamos a todos armados y terriblemente asustados, pues, al parecer, la noche anterior los lobos y algunos osos habían irrumpido en el pueblo, por lo que se habían visto obligados a permanecer en vela toda la noche y todo el día, especialmente la noche, para proteger su ganado e, incluso, a su gente.

A la mañana siguiente, nuestro guía se encontraba tan mal y se le habían hinchado tanto las extremidades a causa de las dos heridas, que no pudo proseguir el viaje, por lo que tuvimos que buscar otro guía que nos llevara hasta Toulouse. Allí encontramos un clima templado y una campiña fértil y agradable, donde no había nieve ni lobos. Cuando contamos lo que nos había ocurrido, nos dijeron que era lo habitual en aquellos bosques al pie de la montaña, en especial, cuando el suelo estaba cubierto de nieve. Nos preguntaron qué clase de guía habíamos contratado que se había atrevido a llevarnos por un camino tan peligroso, sobre todo, en aquella época del año y nos dijeron que debíamos sentirnos muy afortunados de que no nos hubiesen devorado. Cuando les dijimos la forma en que nos habíamos atrincherado con los caballos en el centro, nos criticaron severamente y nos dijeron que las probabilidades de haber sido destruidos por los lobos eran de cincuenta contra una, puesto que su furia había sido incitada por la presencia de los caballos, que eran su presa más codiciada. En cualquier otra ocasión, se habrían asustado con los disparos pero el hambre excesiva y las ganas de alcanzar nuestros caballos, les habían vuelto insensibles al peligro. Si no hubiésemos mantenido un fuego continuo y no hubiésemos utilizado la estratagema de la pólvora, nos habrían despedazado. Ahora bien, si les hubiésemos disparado sin apearnos de los caballos, no les habrían parecido una presa asequible, ya que había hombres montados sobre ellos. Finalmente, nos dijeron que si hubiésemos permanecido juntos y abandonado los caballos, se habrían lanzado sobre ellos y nosotros habríamos podido escapar a salvo, pues éramos muchos y estábamos bien armados.

Por mi parte, jamás me había visto ante un peligro así en mi vida, pues, por un momento, cuando vi aquellos trescientos demonios que venían hacia nosotros con las fauces abiertas para devorarnos y nosotros no teníamos hacia dónde escapar, pensé que estábamos perdidos. En verdad creo que no volveré a cruzar esas montañas nunca más; prefiero viajar mil leguas por el mar, aun con la certeza de tropezar con una tormenta una vez por semana.

Durante el viaje a través de Francia no ocurrió nada fuera de lo común, al menos, nada que otros viajeros no hayan referido mejor que yo. Pasé de Toulouse a París y, tras una corta estancia, llegué a Calais y desembarqué a salvo en Dover, el día 14 de enero, después de un frío viaje.

Había llegado a mi destino y, en poco tiempo, me vi rodeado de mis recién recuperados bienes, pues las letras de cambio que llevaba conmigo, me fueron pagadas escrupulosamente.

Mi principal guía y consejero privado fue mi buena y anciana viuda, quien, en agradecimiento por el dinero que le había enviado, no escatimó en esfuerzos ni atenciones hacia mí. Confíe a ella todos mis asuntos, de manera que no tenía razones para preocuparme sobre la seguridad de mi fortuna. En efecto, hasta el último día, me sentí sumamente satisfecho de la absoluta integridad de esta excelente señora.

Empecé a considerar dejar mis bienes al cuidado de ella y viajar a Lisboa para luego seguir hasta Brasil pero volvieron a acecharme los recelos respecto a la religión. Siempre dudé de la religión romana, incluso cuando me hallaba en el extranjero y, muy particularmente, cuando viví solo. Sabía que no regresaría a Brasil, y menos a establecerme, a menos que estuviese dispuesto a acoger la religión católica romana sin reservas; o, de otro modo, a menos que estuviese dispuesto a sacrificar mis principios y convertirme en un mártir de la religión y morir a manos de la Inquisición. Por lo tanto, decidí quedarme en casa y buscar el modo de disponer de mi plantación.

Con este propósito, le escribí a mi antiguo amigo de Lisboa, quien, a su vez, me contestó que sería fácil realizar el negocio allí mismo, si le otorgaba poderes para presentárselo en mi nombre a dos mercaderes, herederos de mis administradores. Como vivían en Brasil, conocían perfectamente el valor de mi plantación. Aparte de esto, eran muy ricos, por lo que, según le parecía, estarían encantados de comprarla y yo podría ganar, a lo sumo, cuatro o cinco mil piezas de a ocho.

Acepté y le di órdenes de ofrecérsela. Al cabo de casi ocho meses, cuando regresó el navío, recibí una notificación de que habían aceptado la oferta y remitido un pago de treinta y tres mil piezas de a ocho, por mediación de uno de sus corresponsales de Lisboa.

Y ahora, habiendo dispuesto lo de mi plantación en Brasil, escribí a mi viejo amigo en Lisboa, quien habiéndolo ofrecido a los dos mercaderes aceptaron la oferta, y remitieron treinta y tres mil piezas de a ocho a su corresponsal en Lisboa como pago por ello.

En cambio, firmé el documento de venta que me enviaron desde Lisboa y se lo remití a mi viejo amigo, quien me mandó treinta y dos mil ochocientas piezas de a ocho en letras de cambio, reservándose cien moidores anuales para él, y cincuenta para su hijo, según le había prometido. Y así, he hecho el recuento de la primera parte de mi vida aventurera; una vida que la Providencia ha manejado a su capricho; una vida tan variada como pocas se verán en el mundo; que comenzó locamente y concluyó mucho mejor de lo que jamás hubiese esperado. Cualquiera podría pensar que en este complicado estado de buena fortuna, no volví a padecer infortunios, como en efecto, habría sucedido si las circunstancias así lo hubiesen permitido.

Mas yo estaba habituado a la vida aventurera, no tenía familia, ni apenas conocidos, ni mucho menos amigos, a pesar de mi fortuna. Aunque había vendido mis propiedades en Brasil, no había logrado olvidar aquellas tierras y tenía fuertes deseos de regresar a ellas; sobre todo, no podía resistir la enorme inclinación de volver a ver mi isla, de saber si los pobres españoles seguían viviendo allí y qué habían hecho con ellos los bandidos que dejamos.

Mi fiel amiga, la viuda, intentó disuadirme por todos los medios y tanto insistió que durante casi siete años logró impedir que me marchase. Durante este tiempo, me hice cargo de mis dos sobrinos, los hijos de mi hermano. Al mayor, que tenía algunas propiedades, lo crié como a un caballero y lo hice heredero de parte de mi estado, en el momento en que yo muriese. Al otro lo puse a cargo del capitán de un navío y, al cabo de cinco años, viendo que era un joven sensato y emprendedor, le di un buen barco y le envié al mar. Posteriormente, este jovencito me indujo a emprender nuevas aventuras.

Mientras tanto, me había asentado parcialmente en este lugar pues, en primer lugar, me casé, para mi bien y mi felicidad, y tuve tres hijos: dos hijos y una hija. Habiendo muerto mi esposa, llegó mi sobrino de un exitoso viaje a España. Su insistencia y mi natural afición por los viajes me llevaron a embarcarme en su navío rumbo a las Islas Orientales en calidad de mercader privado. Esto aconteció en el año 1694.

En este viaje visité mi colonia en la isla y vi a mis sucesores los españoles. Escuché su historia y la de los villanos que habíamos dejado; cómo al principio maltrataron a los pobres españoles y luego llegaron a un acuerdo, para luego pelearse y volver a unirse hasta que, finalmente, los españoles se vieron obligados a usar la fuerza con ellos; cómo se sometieron a los españoles; y cuán honestos habían sido estos con ellos. En pocas palabras, me contaron una historia llena de episodios interesantes y variados, especialmente, en lo referente a las batallas con los caribes, que varias veces desembarcaron en la isla; las mejoras que introdujeron y el valor con que realizaron una expedición a tierra firme, de la que regresaron con once hombres y cinco mujeres en calidad de prisioneros, por lo que, a mi regreso, encontré una veintena de niños en la isla.

Permanecí allí veinte días y les dejé las provisiones que pudiesen necesitar, en particular, armas, pólvora, municiones, ropa, herramientas y dos artesanos que me había traído de Inglaterra: un carpintero y un herrero.
Aparte de esto, repartí la isla entre ellos y me reservé el derecho de propiedad sobre ella, de manera que todos quedaron satisfechos. Habiendo arreglado estos asuntos con ellos, les hice prometer que no se marcharían y allí los dejé. Luego pasé a Brasil, donde compré una embarcación y se la envié con más gente, aparte de víveres y siete mujeres que me parecieron aptas para servirles o casarse con ellos, según les pareciera. A los ingleses les prometí enviarles inglesas con un cargamento de provisiones si se comprometían a cultivar la tierra; y así lo hice posteriormente. Una vez se les adjudicaron sus posesiones por separado, los hombres demostraron ser honrados y diligentes. También les envié cinco vacas de Brasil, tres de la cuales estaban preñadas, algunas ovejas y cerdos, que se reprodujeron considerablemente, como pude apreciar a mi regreso.
Pero todo esto, además de la narración de cómo trescientos caribes invadieron la isla y arruinaron sus plantaciones; cómo lucharon contra el doble de sus fuerzas y fueron derrotados la primera vez, en la que murieron tres colonos; cómo una tempestad destruyó las canoas enemigas y el hambre hizo morir a todos los demás salvajes; cómo recuperaron la plantación y siguieron viviendo en la isla; todo esto y los asombrosos incidentes que acontecieron durante los diez años de mis nuevas aventuras, lo relataré, acaso, más adelante.

Fin

CPSIA information can be obtained
at www.ICGtesting.com
Printed in the USA
LVHW031217010621
689039LV00009B/1024